Flore Vasseur

Kriminelle Bande

Flore Vasseur

Kriminelle Bande

Roman

Aus dem Französischen
von
Christian Driesen

HAFFMANS TOLKEMITT

Deutsche Erstausgabe

1. Auflage, Juli 2014

Inselstraße 12, D-10179 Berlin
www.haffmans-tolkemitt.de

Umschlaggestaltung: Studio Ingeborg Schindler.
Herstellung & Produktion von Urs Jakob,
Werkstatt im Grünen Winkel, CH-8400 Winterthur.
Satz: Fotosatz Amann, Memmingen.
Druck & Bindung: Ebner & Spiegel, Ulm.
Printed in Germany.

ISBN 978-3-942989-74-9

Nach außen ist die Welt grausam,
im Innern ist sie verrückt.

David Lynch

Es ist nicht zu glauben, wie das Volk, sowie es unterworfen ist, sofort in eine solche und so tiefe Vergessenheit der Freiheit verfällt, dass es ihm nicht möglich ist, sich zu erheben, um sie wiederzubekommen. Es ist so frisch und so freudig im Dienste, dass man, wenn man es sieht, meinen könnte, es hätte nicht seine Freiheit verloren, sondern sein Joch verdient …

Étienne de La Boétie,
Von der freiwilligen Knechtschaft, 1576

Meiner Rose,
in der Hoffnung, dass es ein paar Rätsel lüften wird.

Allen meinen Freunden.

Vorbemerkung

Dieses Buch ist ein Roman.

Es beruht auf Tatsachen.

Es war mein Anliegen, im Verlauf der Geschichte auf einige wesentliche Quellen zu verweisen, sei es in Berichtsform (Untersuchungen, Presseartikel), sei es in künstlerischer Form (Filme, Musik), und sie durch Flashcodes im Internet zugänglich zu machen. Auf diese Weise wollte ich eine Verbindung zwischen Text und Internet, zwischen Fiktion und »Realität« herstellen.

Um diese »erweiterte Lektüre« vorzunehmen, genügt es, eine der kostenlosen Apps zum Lesen von Flashcodes herunterzuladen und das Smartphone während der Lektüre auf den jeweiligen Flashcode zu halten.

Diese Apps sind für die Smartphones iPhone, BlackBerry und Android in den entsprechenden App Stores erhältlich.

Die Leser, die nicht über einen der genannten Apparate verfügen, können die Liste der wichtigsten Quellen auf der folgenden Internetseite finden:

http://haffmans-tolkemitt.de/programm/flore-vasseur-kriminelle-bande/

Selbstverständlich kann der Roman auch ohne die Flashcodes gelesen werden.

1

Sébastien bestimmt. Er sagt Abende reihenweise ab, verschiebt einen Urlaub nach dem anderen. Seit dem Zusammenbruch der Schrottkredite verwaltet er nur noch Skandale. Eines Nachts im September 2011 erreicht ihn ein Anruf der Firma. Zu der Zeit hat Céline, seine Frau, ihn noch nicht verlassen. Sie erträgt seine schlechte Laune, seine knappen Antworten, begnügt sich damit, nichts von seiner Arbeit zu verstehen. Der *CEO World* beordert ihn wegen einer dringenden Angelegenheit nach New York.

Er nimmt den Frühflug, keinerlei Gepäck. Die Firma stellt ihm Anzug und Waschzeug zur Verfügung. Sein Gewicht, seine Zahnpastamarke, seine Cholesterinwerte sind dort bekannt.

Wegen der Zeitverschiebung landet er am späten Vormittag. Am Flughafen JFK erwartet ihn ein Wagen der Bank, ein schwarzer Mercedes S 550 mit getönten Scheiben. Er versucht, über die Brooklyn Bridge nach Manhattan zu gelangen. Die Autos stehen wie angenagelt auf der Fahrbahn, Sébastiens steckt mitten auf der Brücke fest. Die Klimaanlage spuckt nach Kaugummi riechende, kalte Luft aus. Auf seinem anthrazitfarbenen Ledersitz erstarrt Sébastien so langsam zum Eisklumpen.

»UN-Week, Sir«, erklärt der puerto-ricanische Fahrer.

Es ist die Woche der UN-Vollversammlung, Pech für ihn. Mit hundertdreiundneunzig Staatschefs in der Stadt befindet sich Manhattan im Ausnahmezustand. Sébastiens Zimmer im Waldorf Astoria konnte nicht reserviert werden – falls er wegen der Besprechung über Nacht bleiben müsste. Mahmud Ahmadinedschad hat eine ganze Etage in Beschlag genommen. Die Sixth Avenue ist für den Verkehr gesperrt, damit sein Hummer mit den abgedunkelten Scheiben und seine Leibgarde ungehindert passieren können. Für ein paar Tage sorgen das FBI und die New Yorker Polizei für die Sicherheit des Mannes, der Obama nachts nicht schlafen lässt.

Sébastien spürt, wie sich sein Magen zusammenkrampft. UN-Week hin oder her, der Boss von Folman Pachs wartet nicht. Er schiebt sich aus der Limousine, die auf der Brooklyn Bridge eingezwängt ist. Herbstliche Farben, eine unerbittliche Sonne, es ist Indian Summer. Sébastien atmet tief ein. Die metallisch schmeckende Luft von New York brennt sich in seine Lunge. Der Big Apple stinkt nach fauligem Fisch und Schwefel. Ohne ein Wort an den Fahrer zu richten, geht Sébastien los in Richtung Manhattan. Mitten in der Blechlawine und wütendes Hupen in den Ohren, überlegt er einen Moment, alles hinzuschmeißen und in der Menge, die er hinter der Brücke wahrnimmt, unterzutauchen.

Auf der Insel angelangt, braucht er die Wall Street nur von Ost nach West zu überqueren, um zum Weltsitz der Firma zu gelangen. Es ist gerade Mittagszeit. Arbeiter von der Baustelle des World Trade Centers essen an der Straßenecke Chips. Mädchen in Schuluniform und Turnschuhen laufen zum Unterricht in ihre Sporthalle. Lieferburschen wirbeln mit ihren Menüplatten unterm Arm umher, um die Armee von Angestellten zu versorgen, die an ihren Schreibtisch gefesselt sind. Straßenhändler setzen Hotdogs und Kebabs ab wie am Fließband. Einer hält es für hilfreich, an seiner Bude einen Hinweis anzubringen:

»Hier gibt es *echte* Hähnchen.«

Im Viertel wimmelt es von Menschen. Aus dem Century 21 – dem Schnäppchen-Markt der Stadt – kommen zufriedene Touristen, in jeder Hand volle Taschen mit dem Logo der Kette: *Fashion Worth Fighting For*.

Sébastien wendet sich nach Süden, von natürlichen, ungeschliffenen Klängen angezogen, die weder von einem Verstärker, einem Computer noch von einem Megafon entstellt werden. Sie stammen von Schlaginstrumenten und Liedern, von *echten* Menschen. Neugierig geworden, überquert er im Laufschritt die Barclays Street an der Nummer 101. Der Wagen der Heilsarmee ist umlagert. Es wird kostenloses Essen verteilt. Überall quellen die Bürgersteige von Fußgängern, Mülltonnen, illegalen Ständen mit unechten Gucci-Taschen über. Vor dem Geldautomaten der Natwest Bank kampiert ein Obdachloser. Um ihre Scheine zu entnehmen, steigen die Leute über ihn hinweg. Auf den Werbetafeln an den Straßenlaternen taucht immer wieder dasselbe Bild auf. Benjamin Millepied, Startänzer vom New York City Ballet am Himmel von Manhattan. Sein Engelsgesicht mit den Teufelsaugen wird zum Botschafter des neuen Parfums von Saint Laurent, *L'Homme libre* – Der freie Mann.

Bewacht von mächtigen Hunden der New Yorker Polizei blockieren Absperrgitter den Zugang zur Börse. In den vier Straßen, die zu dem Gebäude führen, wird der Durchgangsverkehr durch Barrieren, bewaffnete Männer und Checkpoints streng kontrolliert. Angesichts dieser gewaltigen Betonblöcke auf der Fahrbahn fragt sich Sébastien, was *echte* Freiheit bedeutet.

»Das ist absurd«, murmelt er vor sich hin, als er vor dem Checkpoint zum Broadway steht.

»Es soll verhindern, dass ein Selbstmordattentäter hier mit einem Auto reinjagt«, ertönt eine jugendliche Stimme hinter ihm.

Ein junges Mädchen im langen weißen Gewand einer

Kommunikantin und mit kastanienbraunen, lockigen Haaren mustert ihn.

»Die Wall Street ist nicht Gaza«, bemerkt Sébastien mit einem Räuspern.

Sie hat das Gesicht eines dieser Modelle des Fotografen David Hamilton, Mädchen an der Schwelle zur Frau, in ungekünstelter Haltung und hinterleuchtet, was ihre Jungfräulichkeit andeuten soll.

»Who knows …«, antwortet sie etwas rätselhaft.

Als würde sie schweben, kehrt sie zu einem Grüppchen friedlich aussehender junger Leute zurück, die wie sie in lange weiße Gewänder gekleidet sind. Direkt vor der Nase der Polizisten stimmen sie mit Antikapitalismus-Sprüchen vermengte Psalmen an. Inmitten des Dschungels verkündet eine Schar Engel mit hellen Stimmen den Tod des Liberalismus.

Ein paar Blocks weiter unten werden die Percussions und Rufe lauter. Sébastien läuft an der Fed, der US-Zentralbank, vorbei, eine *echte* Macht. Sie flutet den Planeten mit Dollars, die an nichts gekoppelt sind, **fünfundachtzig Milliarden pro Monat**: eine *echte* Bombe. Er kommt bei Haus Nummer 1 auf dem Liberty Plaza heraus, einem mit Granitplatten ausgelegten Platz, der von ein paar Oasen blassgelber Chrysanthemen belebt wird. Ein schmieriger Teppich aus Kartons, Zeltplanen, Erdnussbuttergläsern bedeckt den Boden. Dies ist der Sitz von **Occupy Wall Street**. Sébastien entdeckt den Namen des Besitzers dieses »Freiheitsplatzes« auf einem Kupferschild: *Frookbield Properties*. Folman Pachs hat den Börsengang dieser Büroimmobilien-Gruppe gemanagt. Sie hat nicht ansatzweise etwas Anarchistisches an sich. Trotzdem hat Frookbield nichts dagegen, dass die Empörten sich hier niederlassen, solange die Kameras aus der ganzen Welt da sind und filmen. Für die Immobiliengruppe ist es die Gelegenheit des Jahrhunderts, sich als Menschenfreund aufzuführen. Eine *echte* Vereinnahmung.

Die an der Westseite des Platzes heranströmenden Demonstranten schwenken ihre Transparente:

Mittelklasse: Wake up!

Ägypten, Wisconsin, Spanien, Griechenland und NYC: globalisierte Würde.

Wir sind die 99%.

Es ist der sechste Tag der »Okkupation«. Die Empörten haben auf dem Asphalt geschlafen, dem Regen widerstanden, sind knapp der Unterkühlung entgangen. Die Gestalten sind abgemagert, ihre Haare verdreckt, ihre Gesichter ausgemergelt. Frauen mit nackten Brüsten, manche im Slip, tanzen zum Klang von afrikanischen Trommeln. Sébastien beobachtet sie wie hypnotisiert. Diese *echten* Körper erinnern ihn an die Ferien mit seinen Eltern am FKK-Strand von Montalivet. Als kleiner Junge fand er es wunderbar, mitten unter den »Nackten« zu leben. Gesten und Gedanken schienen gelöster. Als Jugendlicher wurde es für ihn zur Qual. Da er sich nur mit Mühe unter Kontrolle hatte, verkroch er sich in die Familienhütte, unter dem Vorwand, etwas für die Schule zu tun. Ohne diese Sommer unter den »Nackten« hätte er sein Abitur niemals mit sechzehn Jahren gemacht. Und auch nicht seine Karriere.

In der Menge fällt Sébastien ein Hippiemädchen in einem türkisfarbenen Baumwollhöschen auf. Die langen blonden Haare wehen um ihre spitzen Knochen. Die Schminke rinnt ihr übers Gesicht. Auf ihren braun gebrannten flachen Bauch hat jemand geschrieben: »Ich mache das nicht aus Vergnügen, das ist meine politische Haltung.« Junge Männer mit nacktem Oberkörper trommeln auf blecherne Mülltonnendeckel. Schaulustige, wie Sébastien von dem eingängigen Rhythmus angelockt, drängen sich um sie, beäugen sie neugierig und fotografieren sie mit ihren Handys. Etwas naiv besprechen Arbeiter die systemkritischen Losungen auf den behelfsmäßigen Spruchbändern. Obwohl äußerst angespannt, schreiten die Polizisten nicht ein, da sie Unruhe in der Menge befürchten. Bürgermeister Michael Bloomberg warnt: »Rührt die Kinder nicht an«, zu viele Kameras. Mit seinem knitterfreien Anzug von Ermegildo Zegna, den Fratelli-Rossetti-Schuhen zu dreitausendsiebenhundert Euro und seinem Haarschnitt eines Klassenprimus trieft Sébastien geradezu vor Selbstgefälligkeit. Er bewegt sich auf feindlichem Gebiet. Aber lediglich das Mädchen mit den nackten Brüsten kommt auf ihn zu, um ihn zu provozieren, und tanzt bauchwackelnd und haareschwenkend um ihn herum. Er entspannt sich, als versetze es ihn an einen Abend auf Ibiza zu Zeiten von Nico und Velvet Underground. Lange vor der Schuldenkrise, den faulen Krediten, dem Bankrott Europas, all dem, was Sébastien Woche für Woche herausgefunden und verschleiert hat: der großen feindlichen Übernahme der Menschheit durch die internationale Finanzwelt. Bisher stand er auf der richtigen Seite der Barrikade. Was war das? Eine Wahl, eine Chance oder eine *echte* Illusion?

Wie in Trance umzingeln die Empörten Sébastien. Wie ein Mann beenden sie auf ein Signal hin schlagartig Tanz und Trommeln. Über dem Platz liegt Starre. Die Polizisten legen die Hände an die Schlagstöcke. Sich ihrer Wirkung sicher, brüllen die Empörten wütend: »This is what democracy looks like!« – So sieht Demokratie aus! Sie fixieren Sébastien. Eingekreist von der Menschenmenge, schluckt Sébastien, die Polizisten rücken einen Schritt vor. In Totenstille zerstreut sich die Menge. Eine Jugend in Lumpen wird dazu gebracht, ihren Busen zu zeigen, um auf sich aufmerksam zu machen. Es gibt nichts mehr zu filmen.

Das Mädchen in dem türkisen Höschen kommt näher. Sanft lächelnd nimmt sie Sébastiens feuchte Hand und murmelt:

»Come, baby.«

Sie führt ihn zum Zeltlager. Sonntagsprotestierer, Globalisierungsgegner, Vietnamkriegsveteranen, Kinder, die sich hinter Anonymous-Masken verstecken, kommen zu einer Versammlung zusammen. Der Bürgermeister hat Megafone verboten. Die Empörten haben das menschliche Mikro erfunden. Jemand ergreift das Wort. Um die Stimme zu verzehnfachen, wiederholen die Umstehenden es im Chor. Das dauert, ist wirkungslos, aber schön.

Das Mädchen reicht ihm eine kalte Pizza, aber beim Anblick des hart gewordenen Käses zerbricht der Zauber: Reflexartig rechnet Sébastien die Menge an gesättigten Fettsäuren aus. Die Firma wacht über die Mahlzeiten ihrer Mitarbeiter. Wenn sie häufig außerhalb essen, zu viel Bio-Frühstücksspeck in der Cafeteria bestellen, lässt die Ernährungsberaterin sie zu sich rufen. Die Firma kontrolliert alles. Die Firma? Sébastien bekommt einen Adrenalinstoß. Er richtet sich panikartig auf, schaut auf die Uhr. Er hat eine Stunde Verspätung. Bei Folman Pachs ist das der sichere Tod. Sogar wenn der Krieg vor der Tür steht.

»Bye-bye, angel«, trällert das Mädchen. »Peace.«

Schweißgebadet hetzt er um die riesige Baustelle an der Wall Street und erreicht kurz danach die West Street 200. Sein Handy klingelt schrill. Folman Pachs erstreckt sich diagonal zum Lager der Empörten, auf der anderen Seite der Eingeweide des World Trade Centers, dem Epizentrum der neuen Ära. Stunde null.

Der neue Turm der Krake – seit einer Umfrage des amerikanischen Magazins *Rolling Stone* der Spitzname der Firma –

ist ein gewaltiger Glas- und Stahlklotz. Seine glatten Fassaden lassen alles abprallen. Regen vom Hudson, Kritik, Prozesse, alles perlt daran ab. Es hat vier Jahre gedauert, dieses Gebäude mit 2,1 Milliarden Dollar an Baukosten zu errichten, die von anderen gezahlt wurden: Die Stadt hat die Steuererleichterungen und Beihilfen um ein Vielfaches erhöht, damit das durch den 11. September bis ins Mark getroffene Viertel wiederaufersteht. Als Meister der Optimierung waren die Steuerexperten von Folman Pachs mit Leib und Seele dabei: Der neue Welt-Hauptsitz wurde zu zwei Dritteln vom **New Yorker Steuerzahler** finanziert. Der Bürgermeister weihte es persönlich ein und pries das staatsbürgerliche Engagement der Firma, »die an die Zukunft des World Trade Centers glaubt«.

Als Sébastien die Empfangshalle durchquert, versucht er, wieder zu Atem zu kommen. Sonnenstrahlen dringen durch die riesigen Glasfenster, treffen auf den hellgrauen Marmor, der bis zur Decke reicht. Hier herrscht eine Atmosphäre wie auf einem Flughafenterminal nach der Atombombe. Nirgends ein Firmenkürzel, weder draußen am Eingang noch drinnen, nicht einmal auf den marineblauen Jacken der Hostessen mit ihren versteinerten Mienen. Von außen bietet sich Folman Pachs als eine glatte Fläche ohne jede Unebenheit an. Die Architektur zeigt Wirkung: Die Firma ist eine uneinnehmbare Festung.

Ein erster Fahrstuhl ohne Bedienknopf setzt ihn in der Sky Lobby sieben Etagen höher ab. Die eigentliche Empfangshalle ist den Blicken entzogen. Von oben herab senkt sich eine ellipsenförmige prunkvolle Treppe in einem harmonischen Zusammenspiel aus Holz, warmen Farbtönen und Marmor. Eine unerschrockene Jugend unterschiedlicher Hautfarbe eilt in diesem futuristischen Palast geschäftig hin und her, ein Riesenameisenhaufen, ein Staat im Staate.

Als hätte es ihn in den Science-Fiction-Film *Gattaca* versetzt, vergisst Sébastien das Hippiemädchen und die behelfsmäßigen Pappschilder von Occupy Wall Street. Er beruhigt sich. Seine Opfer werden belohnt: Er ist Teil einer abgehobenen Elite, er braucht sich vor den anderen nicht mehr auszuziehen. Er ist auf dem besten Weg, Eltern, Kinder, Frau aus seinem Leben zu streichen. So wie alles – Musik, Bücher, Dinge, Menschen –, was irgendwelche Zweifel in ihm aufkommen lassen könnte.

Sébastien steigt in einen der dreiundfünfzig Fahrstühle, die die vierundvierzig Stockwerke des Turms ansteuern. So weit das Auge reicht, arbeiten in sechs Großraumbüros vom Ausmaß eines Stadions Bataillone von Händlern (tausend in jedem Stockwerk) vor ihren Bildschirmwänden, die Hände wie festgeklebt auf der Tastatur. Im Sweatshop der Firma, dieser Ausbeuterfabrik, könnte man eine Stecknadel fallen hören. Außerhalb der Trading-Ebenen teilen sich die Angestellten eine hundertfünfundneunzigtausend Quadratmeter umfassende, gänzlich offene Bürofläche. Der Dienstgrad bemisst sich nach der Nähe zum Fenster. Nur ein paar Executive Partner verfügen über einen abgeschlossenen Raum. Es gibt wenig Klagen. Auf den Campus der besten Universitäten ausgewählt, haben die »Folman girls and boys« einen mörderischen Ausleseprozess hinter sich: zwanzig Gespräche, zwei Jahre Ausbildung wie in einem Trainingslager. Die Hälfte steht das nicht durch. Aus allen Himmelsrichtungen kommend halten sie sich für einzigartig, sobald sie sich für die Krake schlagen. Sie sind Klone. Sie haben alle dieselbe Art, sich im Fahrstuhl zu begrüßen, nach dem BlackBerry zu greifen, jemandem die Hand zu schütteln. Denselben vertrauensvollen, ein wenig gelangweilt-überheblichen Blick, dasselbe gespielt entspannte Lächeln. Dieselbe Überzeugung, einem höheren

Stand anzugehören. Sie tragen den Kopf hoch und reden wie Maschinenpistolen. Ihre Gesten sind bedächtig, ihre Schritte auf dem dicken Teppich, weich wie dreifädiger Kaschmir, gemessen. Die Mädchen, von Kopf bis Fuß in Prada-Klamotten, schreiten wie Models auf dem Laufsteg und wiegen dabei den Kopf hin und her. Sie berühren die Tasten ihres Computers so sanft, als würden sie Chopin spielen. Gewissenlos erteilen sie Unternehmen und Ländern Verkaufs- oder Kaufaufträge, Warnschüsse oder Todesurteile.

Manche verlassen den Büroturm nicht mehr, der wie ein Ökosystem, wie eine geschlossene Kapsel angelegt ist: Bio-Restaurants, Schlafzimmer, damit man nicht mitten in der Nacht nach Hause muss, ein Dienstleistungsservice, der sich mit den größten Luxushotels messen kann. Im Untergeschoss steht ein Sitzungssaal, so schön wie ein Opernhaus, für Privatkonferenzen zur Verfügung. Eine Sporthalle bietet ab 5.45 Uhr den besten Bauch-Beine-Po-Kurs der Stadt an. Die Truppe pflegt ihre olympische Form mit Rote-Bete-Saft und Dampfbädern oder mit »nützlicher« Lektüre in der Bibliothek, die ausschließlich auf die Anbetung der Märkte ausgerichtet ist. Der gesamte Aufbau der Firma spiegelt ihre zweifache Obsession – Macht und Diskretion – wider. Die Angestellten von Folman Pachs haben die Regeln verinnerlicht. Ihr Firmensitz gleicht einem Wartesaal für höhere Wesen, die vor ihrer letzten Reise stehen. Sie sind ein Ganzes, Auserwählte. Gleiche.

Im Fahrstuhl, der ihn bis ganz nach oben bringt, fällt Sébastien das Mädchen von Occupy Wall Street wieder ein: Hier ist alles perfekt, aber tot. Das ist *echte* Erbgesundheitspflege. Er erreicht das Penthouse. Nur wenige Personen haben Zutritt zum Kopf der Krake mit seinen Konferenzräumen, Privatrestaurants, Hubschrauberlandeplätzen und Panoramaterrassen, die einzig und allein der Führung vorbehalten sind. Gegen einen Schwindel ankämpfend, wankt Sébastien vorwärts. Nichts behindert den Rundblick auf Manhattan, direkt auf die Ruinen des World Trade Centers. Alles erscheint gedämpft. Im Flügel des Vorstands erhebt sich eine der sechs Sekretärinnen, um ihn bis zur Tür zu bringen und anzukündigen. Eine trotz ihres Alters flinke Frau mit ernster Miene und üppigem Busen, eine Haushälterin aus einem Zeichentrickfilm.

Kamflin sitzt an seinem Schreibtisch. Ohne von seinen Unterlagen aufzublicken, schimpft er los:

»Du kommst eine Stunde und siebzehn Minuten zu spät.«

Sein Schädel glänzt so sehr, dass Sébastien sich darin zu erkennen meint.

»Die Brooklyn Bridge war dicht.«

»Du hättest zu Fuß gehen können«, sagt er und steckt ein paar Papiere in den Aktenvernichter unter seinem Schreibtisch.

»Das habe ich auch gemacht«, rechtfertigt sich Sébastien.

»Leg dir ein neues GPS zu. Was hast du denn so lange getrieben?«

»Die Straßen sind voll von Protestlern. In der Wall Street haben sie mich aufgehalten.«

»I know, nicht übel, die kleine Barbusige, was?«, kommentiert der Chef und sieht endlich auf. »Zu viel soziales Engagement kann einen ganz schön durcheinanderbringen, findest du nicht?«

Auf dem Schreibtisch thront eine dicke, schlaffe, leuchtend rote Plastikkrake, daneben die »Verpflichtungserklärung« der Firma gegenüber ihren Angestellten (»unser Humankapital«) und ihren Kunden (»unsere Geschäftspartner«). Nach der Welle der Kritik an der Verschleierung der griechischen Konten war dieses *white paper* über ethische Standards eine Idee von Sébastien.

»Sie haben mich rufen lassen?«

»Hmhm«, macht der CEO nur und steht auf.

»Sie haben von einer dringenden Angelegenheit gesprochen?«

»Ich möchte, dass du diese »Muppet-Geschichte« in Ordnung bringst.«

Nach seinem Ausscheiden hatte **ein Angestellter der Firma** der *New York Times* eine Stellungnahme geschickt. Unter den Enthüllungen war auch der Begriff »muppet« – Deppen – , mit dem man die Kunden bezeichnete. Mit der Verhöhnung Kamflins als Kermit der Frosch hatte sich die **Bloggerszene** gründlich gerächt.

»Und sonst? Sie haben mich doch nicht deswegen über den Atlantik geholt?«, fragt Sébastien, immer noch stehend.

Seine Füße in den neuen Rossetti brennen höllisch.

»Und wegen der Muppets haben Sie doch Lucas«, fügt er noch hinzu.

Lucas Parker ist der Leiter der Unternehmenskommunikation *World*, Sébastiens Vorgesetzter. Eine Bulldogge, in den Sechzigern und noch gut in Schuss, der seine Zeit damit verbringt, gegen die Journalisten der *New York Times* zu Felde zu ziehen.

»Ääh … ich hoffe, du genießt den Ausblick … Nicht übel, das Leben, von so hoch oben betrachtet, stimmt's?«

Auf dem Hudson River kreuzt die *USA 17* in Höhe der Freiheitsstatue.

Der Hightech-Trimaran von Larry Ellison, Präsident des Softwarekonzerns Oracle, hat den America's Cup gewonnen. Sébastien möchte am liebsten fliehen. Wenn Kamflin ihn ausbooten wollte, hätte er ihm doch eine SMS geschickt.

»Würde es dir zusagen, die Unternehmenskommunikation *World* zu übernehmen?«

Lucas ist also auf der Abschussliste. Die Stufe zu diesem Posten ist hoch. Sébastien kalkuliert seinen Bonus, stößt auf ein Problem: Kann er die Erde noch schneller umkreisen als bisher?

»You do the job, du machst die Drecksarbeit, du löschst unsere Spuren. Mit Libyen bist du auch gut klargekommen«, fährt Kamflin fort. »Nun, du arbeitest professionell, du bist fleißig. Aber eins sage ich dir: Wenn du diesen Job haben willst, dann erwarte ich von dir, dass du dich wirklich darauf einlässt. Und du musst risikobereiter sein.«

Sébastien lässt sich nicht anmerken, wie verunsichert er ist. Für Folman Pachs hat er sein Leben als Vater (er verwechselt seine Zwillinge), als Mann (er rührt Céline nicht mehr an) und als Sohn (er hat keine Zeit mehr, seine Eltern anzurufen) zerstört. Was soll er noch aufgeben?

»Als Erstes musst du dich der vollen Unterstützung unserer europäischen Freunde versichern. Möchtest du vielleicht eine *Coke Zero*?« fragt der Vorstand plötzlich besorgt.

Sébastien übergeht die Frage lieber.

»Sie sprechen von Griechenland?«

»Nein, Athen hat noch etwas Zeit. Die Europäische Zentralbank gewährt Griechenland Darlehen mit Zinsen, die über denen liegen, die sie den Banken und Spekulanten einräumt, um das Land zu Fall zu bringen. Ist das nicht fantastisch? Wenn wir da demnächst auch drin sind, wird die EZB verdammt stark.«*

Solche Worte hat Sébastien noch nie aus dem Mund seines Chefs gehört. Von den Mitgliedern der Unter-

---

* Mario Pradi, ehemaliger Vizepräsident und Generaldirektor von Folman Pachs International von 2002–2005, wurde am 1. November 2011 zum Präsidenten der EZB ernannt.

suchungskommission des Senats in die Enge getrieben, von den Journalisten mürbe gemacht, hat dieser Mann ein Jahr lang nicht die geringste Gefühlsäußerung gezeigt, weder Freude noch Leid oder Zweifel.

»Du hast ein Problem«, ereifert sich Kamflin. »Und du weißt, die Firma kann Problemtypen nicht gebrauchen.«

Sébastien begreift überhaupt nichts, er fühlt sich unbehaglich. Soll das ein Test sein?

»Was für ein Problem?«

»Du vögelst nicht genug mit der Firma«, schleudert ihm Kamflin mit weit aufgerissenen Augen ins Gesicht.

»Wie bitte?«

Das Gespräch findet auf Englisch statt. Vielleicht hat er nicht richtig verstanden.

»Ja, vögeln, ficken, bumsen«, bekräftigt Kamflin. »Knie dich rein in den Mist, schmeiß dich denen an den Hals. Du darfst ihnen nicht von der Pelle rücken. Ein für alle Mal, willst du mit denen ins Bett steigen, ja oder nein?«

Bekannt für seine beherrschte Sprache und Gesten, wippt der *CEO World* von Folman Pachs auf seinem Ledersessel hin und her. Sein Unterkiefer klappt herunter, seine Augen blinzeln wie ein Spielbankautomat.

»Elender Saustall! ›Ich verrichte Gottes Arbeit‹ – Scheiße, verdammte, was glauben die denn? Die kotzen mich an mit ihren Scheißuntersuchungen.«

Wie ein tollwütiger Hund geht der Firmenchef mit großen Schritten in seinem Büro auf und ab. Er dreht seinen Kopf mit abgehackten Bewegungen von einer Schulter zur anderen. Er stößt ununterbrochen Flüche aus, wettert gegen die ganze Welt. Hat er getrunken? Erleidet er einen anaphylaktischen Schock? Von Krämpfen geschüttelt, zappelt Kamflin wie wild mit Armen und Beinen. Er hat keinerlei Kontrolle mehr über sich. Seine Zuckungen gehen in eine makabre Choreografie über. Er kreist um Sébastien, als ob er einen Tanz um seinen Skalp vollführe. Was ist nur los, dass sie heute alle um ihn herumscharwenzeln? Da er befürchtet, dass es Kamflin schwer erwischt hat, öffnet Sébastien die Tür.

»O Gott!«, ruft die Sekretärin mit dem üppigen Busen erschrocken aus, als sie den dramatischen Redeschwall Kamflins hört.

Sie weiß schon, was zu tun ist, stürzt auf ihren Chef zu und verpasst ihm zwei Pimozid. Sie zieht Sébastien ins Vorzimmer und wirft die Bürotür hinter sich zu. Sobald Kamflin den Blicken entzogen ist, geht sie zum Schreibtisch und holt ein Kleenex heraus. Sie wischt die Spucke weg, die an seinem wollenen Jackett klebt. Durch die mit Akazienholz verkleidete Wand hört man Kamflin mit seinem unverständlichen Gebrabbel die ganze Welt verfluchen.

»Das wird schon wieder, wirklich, das wird schon wieder«, versucht sie Sébastien zu beruhigen.

»Was hat er denn?«

»Tourette-Syndrom. Zu viel Stress. Topsecret. Hier, unterschreiben Sie das.«

»Was ist das?«

Sie reicht ihm ein Blatt Papier mit dem NDA-Text, dem *Non Disclosure Agreement*, der Vertraulichkeitserklärung.

»Es darf niemand etwas von seiner Krankheit erfahren. Sie haben nichts gesehen.«

»Okay«, willigt Sébastien ein und unterschreibt das Formular.

»Mister Kamflin hat das hier für Sie. Er macht Sie darauf aufmerksam, dass Sie über diese Angelegenheit mit niemandem sprechen dürfen außer mit ihm, und niemals am Telefon.«

Es ist eine Aktenmappe aus Leder. Er schlägt die erste Seite auf: *Affäre Brandenburg.*

Jeder strategische Vorgang trägt einen nie zufällig gewählten Codenamen. Das Brandenburger Tor, Sinnbild für die wiedererlangte Einheit Deutschlands, die Befreiung der Völker, das Ende des Kommunismus und für den Fall aller Schranken vor dem entfesselten Kapitalismus. Was hat die Firma da wieder gemacht?

Sébastien ist allein im Fahrstuhl und überfliegt die Zusammenfassung, eine Tabelle mit Zahlen und *Key Figures*, geordnet nach Mitgliedstaaten der Eurozone, Staatsverschuldung, Umfang der Devisenswap-Geschäfte*. Er liest ein zweites Mal. Dieses Verfahren hat die Firma angewandt, um die griechischen Schulden im Moment des Beitritts zur Eurozone im Jahr 2001 zu verschleiern. Die Tabelle verzeichnet für jedes Land die mit Hypotheken belasteten Vermögenswerte (Flughäfen, Autobahnen, Staatsbetriebe), die Bewertung der künftigen Erträge sowie Fälligkeiten. Die Stockwerke ziehen an ihm vorüber, er fällt in den Abgrund. Er kann auf die Anschuldigung des Interessenkonflikts reagieren, rechtfertigen, dass ein Trader seinen Kunden ein Produkt verkauft, mit dem derselbe Trader spekuliert. (»Wir wetten nicht gegen unsere Kunden. Wir setzen auf ein effizientes Risikomanagement«, hat er der Presse immer wieder geantwortet, als die Abacus-Affäre ans Licht kam.) Er hat bei einer wenig rühmlichen Episode in Libyen den Zorn Gaddafis überstanden und die Angelegenheit sogar vertuschen können. Aber die Brandenburg-Akte legt detailliert die Etappen eines bandenmäßig organisierten Betrugs zu politischen Zwecken offen. Wenn es stimmt, was er da liest, beziffern sich die Opfer auf Hunderte von Millionen, die Verluste auf Tausende von Mil-

---

* Als Anleihe getarntes Kapitalgeschäft mit dem Ziel, die Staatsschulden zu reduzieren und im Gegenzug komfortable Zinssätze und das Vorkaufsrecht auf zukünftige Einnahmen festzusetzen.

liarden. Bereits seit 1995 sind das politische Personal Europas, sowohl die Rechten als auch die Linken, ebenso wie die britischen Investmentbanken darin verwickelt. Er verlässt den Aufzug. Im Vergleich dazu ist Madoff ein kleiner Spieler.

Sébastien überquert die Straße, als wolle er fliehen. Er hat sich nie die Zeit genommen, auf die andere Straßenseite zu gehen. Am Ausgang des Gebäudes steht immer ein Wagen für ihn bereit. Er dreht sich um und betrachtet das Hochhaus. Vor seinem inneren Auge erstehen Bilder der in den Flammen des World Trade Centers Eingeschlossenen. Die Firma hatte entschieden, sich am Fuß des Massengrabs niederzulassen. Die Länder würden umfallen wie die Fliegen. Das Mädchen von Occupy Wall Street könnte noch Jahrhunderte hindurch seine Wut heraustanzen. Der Mercedes hält neben ihm. Er ist achtzehn Meter zu Fuß gegangen.

Der Wagen rast über den West Side Highway und umfährt Manhattan in nördlicher Richtung. Um sich zu beruhigen, blättert Sébastien im *Wall Street Journal*, das auf der Rückbank herumliegt. Frühmorgens hat man im See des Central Parks einen ertrunkenen Trader entdeckt. Das FBI vermutet einen Vergeltungsakt dahinter. Unter dem Foto des in dem künstlichen See treibenden Körpers titelt die Zeitung: *Who's next?*

Er nimmt sich die Brandendenburg-Akte wieder vor, diese ganze, bis ins kleinste Detail ausgetüftelte Trickserei mit europäischen Konten. Tausend Meilen von der Realität der Länder entfernt haben Technokraten drastische Regeln für den Zugang zum Euro festgelegt. Diese wurden von den Politikern übernommen, die feierlich die Seriosität ihres Vorgehens beteuerten. Tatsächlich erfüllte so gut wie keiner der Anwärter die Kriterien. Anstatt die Aussagen der

Politik für null und nichtig zu erklären, ließen die Finanzstrategen es zu, »notwendige Anpassungen vorzunehmen«. Sie haben die Zahlen gerundet, die Frist verlängert, ja sogar die Schulden mittels Honoraren, Kommissionen, Zinssätzen und Rückübertragung künftiger Einnahmen verschleiert. Wahrlich ein einträglicher Job. Die seit 1995 getroffenen kleinen »Arrangements« mit den Erstunterzeichnern fanden ihre Rechtfertigung durch die gewaltigen Manipulationen der letzten Beitrittsländer vor der Einführung des Euros, insbesondere Griechenlands. Doch der Wurm steckte von Beginn an in der Frucht. Das Ziel »Europa-ohne-Krieg-dank-der-Währungsunion« heiligte die Mittel. Internationale Finanzwelt und Politik haben sich gegenseitig geholfen, in ihren Allmachtsfantasien bestärkt und geschützt. Fest überzeugt von ihrem Wachstumsprojekt, handelten sie im Namen eines vermeintlichen Kollektivinteresses und verhöhnten so das Ideal vom Frieden. Das Finanzgeschäft ist nicht verlogen. Aber es macht die Lüge möglich. Geblendet von den Zahlen und aus Angst, genauestens Rechenschaft über ein Projekt abzulegen, das der Wirklichkeit nicht standhält, hat die Politik die Zügel schießen lassen. Als letzter Schrei der Manipulation der Massen hat sich das *Storytelling* als ein machtvolles Instrument durchgesetzt. Der große Mythos vom Aufbau Europas lässt sich nicht aufrechterhalten. Seine Vollendung, der Euro, wird ihn zerstören. Was weniger am räuberischen Überfall der Finanzwelt als am Versagen der von persönlichen Interessen getriebenen Politiker liegt. Ein *echtes* Gaunerstück. Die Wahrheit hat keinen Wert. Es geht nur darum, die Geschichte gut zu verkaufen.

Auf dem Flughafen schlägt Sébastien die Zeit im Spa tot. Das Personal ist überlastet. Nachdem ihn eine Maschine massiert hat, betritt er den Bauch des Flugzeugs. Er lässt sich auf seinen Sitz in der Business-Class fallen. Er quetscht die Aktenmappe unter seinen Hintern und schluckt eine Lorazepam, auch wenn das von der Firma verboten ist. Mit einem Satz von David Lynch im Kopf schläft er ein: »Nach außen ist die Welt grausam, im Innern ist sie verrückt.«

2

In Bertrands Traum spielen Lady Gaga, der Präsident und sein Vater, alle als Schweine verkleidet, in den Gartenanlagen mitten unter den Gästen Verstecken. Auf der Freitreppe taucht seine Ministerin im Tennisröckchen auf, ihre von fünfzehn Jahren Pilates-Kursen wohlgeformten Beine entblößend. Die Gartenparty schlägt in einen Tiermarkt um. Der Élysée-Palast wird zum Club Med.

Das Knarren des Sofas von oben dringt in Bertrands verqueren Traum. Über ihm beschleunigt sich der Rhythmus, der Typ flucht, das Mädchen spornt ihn an. Sein Traum nimmt eine erotische Wendung. Seine Ministerin kommt auf ihn zu und macht ihn an. Mit ihrem aufreizenden Schmollmund à la Nicole Kidman in *Eyes Wide Shut* säuselt sie: »Vergiss nicht, den Plan einzuhalten.« Es ist glühend heiß. Bertrand hat Durst.

Vor dem Haus, unter seinen Fenstern, fährt ein Müllauto die Straße hinauf. Die auf vollen Touren laufende Schüttelmechanik stört seinen Schlaf. Bertrand klammert sich am Traum fest, er will den Schluss wissen. Auf einmal stürzen aus einer Concorde Apache-Hubschrauber senkrecht auf den Rasen des Élysée. Sie besprengen die Gäste mit Rosenblättern und feinem Regen. Strandstimmung in Paris. Bertrand kann seinen Durst löschen. Vertrauensvoll hebt er sein Gesicht zum Himmel. Ganz entzückt streckt er die Zunge heraus, um ein paar Tropfen Wasser aufzufangen. Er schreit entsetzt auf, als er Benzin hinunterschluckt. Verdutzt stellt er fest, dass er allein auf dem treibstoffgetränkten Rasen steht. Mit seinen vollgesogenen Klamotten kommt er sich vor wie ein in einer Ölpest gefangener Albatros. Jemand hat die Beleuchtung verändert. Der Himmel sieht bedrohlich aus. Hinter den Salonfenstern geraten Lady Gaga, der Präsident, seine Ministerin, sein Vater und eine ganze Schweineherde angesichts dieses Schauspiels in Entzücken. Die glucksenden Geräusche ihrer Spötteleien jagen ihm Angst ein. Auf der Freitreppe kreuzt ein maskierter Mann mit einem Flammenwerfer auf. Er trägt eine Küchenschürze mit einer Aufschrift in goldenen Lettern: *Tony, der König des Hammels am Spieß*. Hinter einer Miss-Piggy-Maske verborgen, taucht von irgendwoher die Ministerin auf und schreit: »Bertrand, mein Lieber, wir haben dir doch gesagt, du sollst den Plan einhalten.« Sie nimmt die Maske ab. Bertrand fährt zusammen, als er seine eigene Mutter erkennt.

Schweißgebadet wacht er am Rand des Bettes auf. Um dem Flammenwerfer auszuweichen, hat er das Spannbetttuch herausgerissen. Er orientiert sich am Lichtkegel der Straßenlampe, erkennt die Umrisse des Elternzimmers: Aktenordner, Spiele, acht Töpfe mit beschnittenen, vertrockneten Orchideen. Bertrand beruhigt sich. Wegen der Krise wird die Gartenparty schon seit Jahren abgesagt.

Die Nachbarn nehmen noch einmal Anlauf. Das junge Paar wohnt seit Anfang des Monats über ihnen in einem Dienstmädchenzimmer. Sie sind kinderlos und mit Leib und Seele dabei. Clara fand es einmal wunderbar, sich beim Aufwachen zu lieben. Jetzt liegt sie auf dem Rücken und schläft friedlich, die Bettdecke bis zu den Schultern hochgezogen. Bertrand schmiegt sich an ihren warmen Körper, legt etwas zaudernd die Hand auf ihre Brust. Sie schiebt sie mit einer energischen Geste weg.

Er schließt die Augen, um über seinen Traum nachzusinnen. Wieso Hammel am Spieß? Wer ist der Mann auf der Freitreppe? Warum Benzin? Warum er? Oder vielmehr, warum nur er? Erst gestern hat sich wieder ein völlig kaputter Typ vor dem Justizgebäude auf der Île de la Cité angezündet. In Tunesien hatte das genügt, um eine Revolution auszulösen. In Paris hat der Bürgermeister den Psychologischen Hilfsdienst dorthin beordert.

Über ihrem Lager ist Paarungszeit. Bertrand greift nach einem seiner BlackBerrys auf dem Nachttisch: Seit vier Uhr morgens sind vierzehn Alarmmeldungen über die Entwicklung des deutsch-französischen Spreads* und zweiundsechzig neue Anrufe wie ein Schnellfeuer in seinen Schlaf geplatzt, darunter etliche von seiner Ministerin. Seit ihrer Ernennung leidet sie an Schlaflosigkeit. Der Präsident lobt ihre Leistungsfähigkeit. Tagsüber trägt sie den Kopf hoch, pariert Angriffe, behält ruhig Blut. Nachts reinigt sie ihre Waffen, kontrolliert die Munition und vollführt ein ums andere Mal in fuchsienroten Leggings den Sonnengruß. Im Kabinett nennen die Berater sie GI Jane. Sie bevorzugt Bertrand als rechte Hand. Er steht auf, streicht seinen zerknüllten Calvin-Klein-Slip glatt, holt sich ein Glas Wasser. Genau genommen hat er etwas von Yves Montand aus der Zeit von *Gamin de Paris*: braune Mähne, fleischige Lippen, von Ritalin aufgeschwemmtes, nettes Gesicht. Seine Nachbarn kommen zum Höhepunkt. Er nimmt sich vor, Ohropax zu kaufen.

7.32 Uhr. Er ist kampfbereit für seinen Tag als Büroleiter im Ministerium für Wirtschaft und Finanzen. Sein Fahrer erwartet ihn auf der Parkinsel vor dem Haus.

Bertrand zieht ein mit Seidenfäden durchwirktes Flanell-

---

* Differenz zwischen An- und Verkaufspreis eines Wertpapiers an der Börse zu einem bestimmten Zeitpunkt. Hier die Differenz zwischen den Schwankungen des DAX und des französischen Leitindex CAC 40.

jackett an, meidet den Spiegel und schleicht sich leise aus dem Zimmer. Er durchquert den fensterlosen Flur bis zur Wohnungstür. Das Parkett im Fischgrätmuster knarrt wie seine Wirbel. Gestern Abend war er beim Osteopathen, bei dem die Leute vom Ministerium Schlange stehen. Als er barfuß, nur in Unterhose auf dem kalten Boden stand, hat der Mann mit den goldenen Händen sich ihn von oben bis unten genau beschaut und, ohne ihn berührt zu haben, nur gesagt: »Da drin ist nichts mehr gerade.« Mit seiner Praxis gegenüber von Bercy, dem Sitz des Ministeriums, ist er ein gemachter Mann.

Als überfielen ihn plötzlich Zweifel, vielleicht auch ein Bedauern, kehrt Bertrand noch einmal um. Théo macht heute Vormittag seinen Vorbereitungstest fürs Abi. Sein Zimmer, über und über mit Skateboardpostern bepflastert, ist leer. Er findet seinen Sohn in der Küche, einer Abstract mit lackierten Türen als Extra, die meistverkaufte Küche der Welt, verkappter Ikea-Stil. Wie gebannt von seinem iPhone sitzt Théo mit Kopfhörern in den Ohren lässig vor seiner Schale Honigpopcorn.

»Soll ich dich vor der Schule absetzen?«, schlägt Bertrand ihm vor.

»Hä?«, fragt sein Sohn und nimmt einen Ohrstöpsel heraus.

»Soll ich dich vor der Schule absetzen?«, wiederholt Bertrand laut und deutlich. »Du darfst heute nicht zu spät kommen.«

»Nee, nee, lass man«, antwortet Théo, das Teenagergesicht hinter einer Hand versteckt.

Bertrand mustert ihn, sucht auch ein bisschen nach sich selbst. Sommersprossen, graublaue Augen, gewölbte Stirn, fein geschnittene Nase, das ist Clara als Halbwüchsige. Weiche Züge, schmaler Kopf, krauses Haar trotz des fingerdick aufgetragenen Gels der Marke Studio Line Indestructible. Seine Haut ist grünlich, wie bei allen Kindern seiner Generation, die neben Auspufftöpfen aufgewachsen sind.

»Kannst du das Ding nicht mal zwei Sekunden abstellen und mich ansehen, wenn du mit mir sprichst?« Bertrand lässt nicht locker.

»Pff, wieso denn … ich nehme mir nur ein Beispiel an dir.«

Théo grätscht seine Beine, zwei ellenlange Röhren in Jeans. Eine Machtübernahme.

»Was?«, fragt sein Vater fassungslos.

Die Vorstellung, auch nur die geringste Information zu verpassen, versetzt Bertrand in Panik, weshalb seine drei Handys fast immer eingeschaltet sind: ein privates, eins für die Arbeit und das dritte für den Fall, dass eins seinen Geist aufgeben könnte. Er schläft nie ohne seine Rettungsanker.

»Na, ich kann wenigstens damit umgehen«, brüstet sich sein Sohn.

»Das ist ja wohl ein Witz!«

Bertrand beißt sich in die Innenseite seiner Wange, wie immer, wenn er etwas bereut, lügt oder bedrückt ist. Nur sein Zahnarzt bemerkt diese kleinen Hautritze.

»Du kannst ja noch nicht mal eine SMS schicken!« erwidert Théo.

»Ich habe schon SMS geschrieben … da … da warst du überhaupt noch nicht auf der Welt! Du glaubst wohl, dass du das Schießpulver erfunden hast? SMS gibt es seit siebenundzwanzig Jahren.«

»Hast du das in deinem Universallexikon gelesen?«

Bertrand hat sich nie von den dreißig Bänden trennen können, die ihm seine Mutter zum fünfzehnten Geburtstag geschenkt hatte. »Das wird ihn sein ganzes Leben hindurch begleiten«, hatte der Vertreter versichert, als er den Bestellschein auf dem rustikalen Esszimmertisch ausfüllte.

Die Bände wurden in sechs Raten abbezahlt. Als Jugendlicher hatte er ganze Sonntage damit zugebracht, darin zu stöbern, und die Seiten unter *Republik, Koitus, Verfassung, Macht, Vagina, Revolution* gründlich studiert.

Von der Stichelei seines Sohnes tief gekränkt, schlägt Bertrand zurück:

»Also, ich träume wohl, was?«

»Was denn nun schon wieder?«

»Du hast meine Converse geklaut!«

Unbeeindruckt setzt Théo die Kopfhörer wieder auf und schiebt die Beine unter den hellblauen Plastikstuhl.

»Ach so … äh … na ja … du hast sie ja sowieso nicht mehr getragen. Außerdem würdest du dich in solchen Tretern mittlerweile lächerlich machen!«

Wenn er es gewagt hätte, so mit seinem Vater zu reden und etwas anderes zu sein als ein braver Junge, wäre sein Leben dann anders verlaufen?

Von ihrem Zimmer neben der Wohnungstür am Ende des Flurs aus brüllt Lucie, ihre dreijährige Tochter. Das Kindermädchen, das sie bezahlen, damit sie arbeiten können, hat einen Vollzeitjob mit reichlich Überstunden, vor allem am Wochenende. Sie gehört zum Mobiliar, Bertrand hat sich abgewöhnt, sie zu grüßen. Als würde er Unterlagen des Ministeriums durchgehen, sucht er nach ihrem Vornamen, nach Bruchstücken ihrer Biografie. Eine verschleierte Frau einzustellen liefert den »Bobos«, den Bourgeois-Bohemiens im Haus, die die *Inrocks* abonniert haben, reichlich Stoff zum Tratschen. In der Küche hat Théo sein iPhone auf laut gestellt. Aus voller Kehle kreischt Keny Arkana sein ***La Rage***, seine Wut, heraus. Bertrand geht erneut zum Ausgang. Dieses Mal wird ihn nichts mehr aufhalten. Er schlägt die Tür zu; eine Szene des alltäglichen Chaos. Im Fahrstuhl reißt er ein farbiges Blatt Karopapier ab, auf dem das »Nachbarschaftsfest« in zwei Wochen angekündigt wird. Die Zweigstelle der Crédit Mutuel in ihrem Viertel sponsert es. Er hat eine Familie haben wollen. Er wohnt mit Menschen zusammen, die er nicht kennt.

3

Auf dem Campus war Alison die sportliche, lustige, vielseitig begabte Kalifornierin. Unerreichbar. Die meisten Jungen des Jahrgangs waren verrückt nach ihr. Mit ihrem Julia-Roberts-Gesicht und ihrem IQ von hundertsiebenundsechzig machte sie Eindruck auf sie. Jérémie, bis dahin zurückhaltend und matheversessen, leitete zusammen mit Sébastien Costal den Finanz-Klub. Er war der Einzige, der sich ihr erklärte. Mit ihm entdeckte sie den French Kiss, die Crêperien in der Rue Saint-André-des-Arts und nachmittags die Filme von Godard im Kino Le Champollion. Dem ungehobelten jungen Mann, der nur das Studium und die Gemütslage seiner Mutter, die ihn allein großgezogen hatte, im Sinn hatte, blieb wenig Zeit, sich mit ihr zu befassen. Aber durch die Beziehung zu Alison begann Jérémie Sport zu treiben, zu lesen, sich zu sonnen und zu lachen. Sie brachte ihn dazu, seine Brille gegen Kontaktlinsen auszutauschen, seine Kleidung und sein Verhältnis zur Welt zu verändern. Sein Körper wurde straffer, seine Gesichtszüge feiner. Er lernte, den Kopf hoch zu tragen, zu lächeln und sich der Wirkung seiner Blicke bewusst zu sein, sobald er bestimmter auftrat oder sich ein wenig verspätete. Bis dahin hatte niemand seine Ausstrahlung oder seine Fähigkeiten bemerkt. Er wurde gleichzeitig schön und glücklich.

Die Tinte auf seinem Diplomzeugnis war noch nicht trocken, als die Banque Nationale de Paris ihn zum »Militärdienst« nach Hongkong schickte. Er kam in die Abteilung, die mit Derivaten handelte. Diese damals noch

»experimentelle« Tätigkeit erforderte helle Köpfe, Leute ohne Ego. Die Bank finanzierte die Wohnung, zwei Hin- und Rückflüge im Jahr. Dazu ein Taschengeld in Form des Gehalts.

Alison hatte nicht die geringste Lust, nach San Francisco zurückzukehren, und noch weniger, ohne ihn in Frankreich zu bleiben. Jérémie wäre »The One«. Sie würden Barbie und Ken sein. Sie folgte ihm nach Asien und nahm eine Stelle bei Helena Rubinstein an. Mit dem Flughafensektor betraut, überprüfte sie die Präsentation der Marke in den Duty-frees der Region. Sie hatte sich vorgestellt, Südostasien mit ein paar Lippenstiften im Gepäck zu entdecken. Aber sie kam nie über den Zoll hinaus. In den immer gleichen Abteilungen von Singapur bis Manila kontrollierte sie die Anordnung der vergoldeten Döschen. Die Flugzeugmenüs bereiteten ihr Übelkeit. Sie schleppte stets Quarktöpfchen und Süßstofftütchen von Canderel mit sich herum. In fensterlosen Lagerhallen, zwischen zwei Werbetafeln mit vorpubertären, ewige Jugend versprechenden Models, schlang sie ihren Mischmasch hinunter. Ein Flugzeug folgte dem nächsten. Mit dem Druck in der Kabine schwollen ihre Beine unter dem Handelsvertreterrock zusehends an. Sie hatte von der großen Weite geträumt. Sie bekam Füße wie Bärentatzen. Eingezwängt in Kompressionsstrümpfe, roch ihr Leben nach Kerosin und den gebratenen Nudeln mit Cashewnüssen aus der Economy-Class.

Nach einer Woche Flughafenhopping sah sie Jérémie am Freitagabend wieder. Die Westeuropäer feierten die letzten Jahre der Kolonie mit Dschunken-Wochenenden oder mit Tsingtau-Bier in den Bars von Lang Kar Fong. Mitten im Geschäftsviertel dröhnte ein Madonna-Remix, linientreu gesampelt.

Sie richteten sich gegenüber von Hongkong auf der Lantau-Insel ein.

Der Wohnkomplex war noch ganz neu und von den Ausländern, die für ein Naturjoghurtpack zehn Dollar ausgaben, in Beschlag genommen. In der Anlage befand sich ein riesiger Sportklub: Sandplätze für Tennis, Räume für Cardio-Gymnastik und für Kinderbetreuung. Am Rand des Schwimmbeckens schlürften Jérémie und Alison genüsslich Eistee, den ihnen Chinesen in weißen Baumwollshorts brachten. Das Ganze glich einem Campus für die Altersklasse der Dreiundzwanzig- bis Achtundzwanzigjährigen. Ein Ferienklub, ein weiteres Getto.

Nach seinem »Militärdienst« wurde er von der Konkurrenz »gekapert«. Die Bank verdoppelte sein Gehalt und sicherte ihm die Business-Class zu. Der Derivatemarkt weitete sich sprunghaft aus. Es war das allerneueste Gewinnsystem, eine Finanzinnovation, die die Branche sich genehmigte, um ihre Profite und das Wahnbild eines unbegrenzten Wachstums aufrechtzuerhalten. Jérémie war einer der Ersten auf dieser neuen Welle. Als er anfing, waren in der Abteilung sieben Mathestudenten beschäftigt. Zwei Jahre später unterstanden ihm hundert Leute, Hand an der Hosennaht. Mit neunundzwanzig Jahren übernahm er die Verantwortung im Weltmaßstab. Der Asienausgabe des *Economist* zufolge war er die »Engelsfratze der Derivate«.

Sie zogen in ein Haus auf dem Victoria Peak um, das sie von einem Trader von Salomon Smith Barney übernahmen, der an die Börse von Tokio wechselte. Mit ihrem Angestelltenlohn konnte Alison gerade mal die Grillparty bezahlen. Sie verzichtete. Sie lernte Kantonesisch, die besten Dim-Rezepte, veranstaltete Themenpartys: Sechzigerjahre, Indianer oder *Starsky & Hutch*. Auf den mit kurzärmligen Chinesen besetzten Fähren verschlang sie mit angehaltenem Atem Marquis de Sade. In bester Stimmung legte sie in der Schwimmhalle des Four Seasons Kilometer um Kilometer zurück und kam auf diese Weise wieder zu Kräften.

Im darauffolgenden Frühjahr wurde Jérémie in den engeren Kreis der Führungsriege der Bank aufgenommen. Sie waren begeistert von seiner Jugend, sie wollten sein Verderben. Er würde ein Rising Star sein, ein Komet, der zerschellen würde. Es passierte beinahe zu schnell. Ein Typ in seiner Gruppe hatte innerhalb einer Woche zweihundert Millionen Euro veruntreut. Um ein Exempel zu statuieren, entließ die Bank die gesamte Leitungsebene. Jérémie machte Schlagzeilen. Er war der »Boss der Betrüger«, der den Schwindel nicht hatte aufhalten können. Kontrollen existierten, aber niemand hatte ihn jemals aufgefordert, sich darum zu kümmern. Hatte er das ausgenutzt? Bunkerte er Geld in Singapur? Die »Engelsfratze der Derivate« fiel mit einem Schlag. Nach dem letzten Gespräch in einem Büroturm des Pariser Défense-Viertels eröffnete ihm der Präsident der Bank an der Türschwelle: »Einer muss dran glauben, damit das System bestehen bleibt. Danke für das, was du für uns getan hast.« Er hätte solch ein falsches Spiel nie für möglich gehalten. Die Kollegen füllten sich die Taschen, hielten sich bedeckt, logen oder stellten sich dumm. Sie ließen ihn fallen wie eine heiße Kartoffel.

Alison ertrug die Schande stoisch. Sie gaben das Haus auf dem Peak auf, stellten italienische Sofas, chinesisches Porzellan und dänische Bettwäsche in einem Möbelcontainer unter. Sie gingen auf Reisen, bekamen auf Bali ihr erstes Kind, ganz reizend. In den Ferienhäusern in Thailand und Malaysia warf Jérémie zwischen einem Babyfläschchen und einem Zackenbarsche-Angeln-Tauchkurs stets einen Blick in die *Financial Times* und tobte vor Wut angesichts des Aufschwungs der Schrottpapiere. Das war kein Run nach Gold, sondern ein Meer von Schmutz. Er hatte gelernt, misstrauisch zu sein. Um die Zeit totzuschlagen, machte er sich an die Analyse. Wie eine Ratingagentur verglich er die Produkte, untersuchte ihre Zusammensetzung, notierte die ihnen zugrunde liegenden Hypothesen. Er stieß auf eine Exceltabelle, ein Monstrum, das nur er entschlüsseln konnte. Er verbrachte immer mehr Zeit vor dem Computer. Alison wurde unruhig: Genügte sie ihm nicht? Schaute er sich Pornofilme an? Sie wollte weitere Kinder. Während des Essens sprach Jérémie nur noch von Schrottpapieren. Dieser Markt war eine Zeitbombe. Er wettete darum, dass im August alles zusammenbrechen würde. Finanzkrisen brachen immer mitten im Sommer aus. Im Jahr 2007 täuschte er sich nicht. Das war sein größter Coup, man nahm ihn gnädig wieder auf.

Nach dem ersten Zusammenbruch der Märkte konnte er dank seiner riesigen Exceltabelle die Ursachenkette aufdecken, die Dominoeffekte vorhersagen und Szenarios für einen Ausweg vorschlagen. Das hatte kein Banker auf seinem Posten vermocht, die waren viel zu sehr damit beschäftigt, die Gewinne zu maximieren. Niemand hatte sich die Mühe gemacht oder die Zeit genommen, nachzusehen, was hinter den Zeichen AAA der Ratingagenturen steckte. Niemand wusste, wer was besaß. Die Chefs der französischen Banken schworen Hand aufs Herz, dass sie keine »giftigen Kreditpapiere aus den USA« hätten. Die meisten glaubten sogar selbst daran.

Den Konkurs seines ehemaligen Dienstherrn hatte Reuters vorausgesagt. Jérémie kannte die Bank in- und auswendig. Er hatte einen ihrer Pfeiler aufgebaut, ihr Innerstes auseinandergenommen. Er rief den Generaldirektor an, mit dem niemand mehr sprechen wollte. Seine Kumpel bei anderen Banken schnitten ihn, aus Angst, das Pech könnte ansteckend sein. So fallen gelassen, hatte er nichts mehr zu verlieren. Jérémie fand ihn in einem Zustand größter Panik vor. Völlig durcheinander, wiederholte der Absolvent der Elitehochschule ENA und Finanzinspektor ein ums andere Mal: »Nur gut, dass meine Eltern schon tot sind. Aber was werden meine Kinder sagen?« Achtzigtausend Arbeitsplätze und ebenso viele Familien waren bedroht.

Jérémie versuchte nicht, ihn zu beruhigen. Er öffnete seine Superkiste und nahm einen Bogen Papier heraus. In einer Stunde hatte er es über und über mit Details für zwei Exit-Strategien beschrieben. Gemeinsam entwickelten sie einen Plan, um das überflüssige Fett auf dem schnellsten Wege abzustoßen, legten eine Summe fest, riefen das Finanzministerium an. Jérémie erfand einen neuen Beruf für sich: Bankensanierer, Spezialist für giftige Kreditpapiere. Sein Arbeitgeber diente ihm als Versuchskaninchen. Sie gingen alle beide stolz erhobenen Hauptes aus diesem Manöver hervor. Wieder im Sattel, gerettet. Jérémie baute die Bank um, dann schlug er zu: Er verlangte seine Provision (einen Prozentsatz der abgetretenen Summen) und strich drei Millionen Euro ein.

4

Clara steht vor dem viereckigen Spiegel im Badezimmer und trägt die ersten Worte ihrer Rede zusammen. Heute Abend um zwanzig Uhr wird sie im Sitzungssaal der UNESCO mit dem Orden Chevalier des Arts et Lettres ausgezeichnet. Bertrand, ihr Mann, hatte seinen Amtskollegen im Ministerium für Kultur und Kommunikation überredet, sie auf seine »Vorschlagsliste« zu setzen. Sei es, um sie zu verführen, sei es, um geliebt zu werden, er hatte schon immer das Bedürfnis gehabt, ihr etwas zu schenken.

Nur in Slip und BH, malt sie sich aus, wie sie am Rednerpult stehen wird. Im Spiegel probiert sie die Haltung des Kopfes und des Kinns aus, nicht zu hoch – eingebildet, nicht zu tief – kleines Mädchen. Sie stellt sich in Positur, lächelt sich zu, schiebt die Schultern zurück. Sie legt die Hände unter die Brüste, wie in einer Wonderbra-Werbung. Dann besinnt sie sich eines Besseren: »Meine lieben Freunde, ich bin tief bewegt, Sie heute Abend an meiner Seite zu wissen …«

Der Nachbar über ihr uriniert ausgiebig, zieht dann die Spülung. Als sie sich für den Beruf der Auslandskorrespondentin entschied, hatte sie das große Abenteuer im Sinn. Bei der *Bizness Day*, der Zeitung, bei der sie beschäftigt ist, untersteht ihr eine kleine Gruppe von Redakteuren. Sie schreibt einen Leitartikel pro Woche und zwei Reportagen pro Monat. Eigentlich hat sie einen Verwaltungsjob, sie ist Abteilungsleiterin und hat nichts von einem Ritter.

Einer Person mit vermeintlicher Macht tritt sie zunächst bestimmt und fest gegenüber, trägt ihre Argumente selbstsicher vor und durchschaut den Zynismus ihres Gesprächspartners vollkommen. Dann, nach ein paar Sätzen, verlässt sie der Mut und sie stimmt allem zu. Sie lächelt über dumme Witze und hört sich ungerechtes Gerede an. Sie bedankt sich ganz leise für die ihr zugestandene Zeit. Wie ein kleines Mädchen bei der ersten Kommunion, ein Püppchen, das immer nur Ja sagt aus Angst, dass man sie im Stich lässt. Am liebsten würde sie dieser Bande von Fieslingen eine Bombe vor die Füße werfen. Aber sie hat nur Wasserpistolen: einen verrosteten Füller, den sie nicht mehr benutzt; eine Zeitung, die dank der Finanzierung durch einen Rüstungsriesen überlebt; einen Ehemann, dessen Ideale sich durch fast fünfzehn Jahre Ministerialdienst nach und nach aufgezehrt haben.

Am Anfang ihrer Karriere hatte sie die Journalisten kritisiert, die in die Falle des Establishments tappten. Von sich selbst glaubte sie, sich nicht unterzuordnen. Eine postmoderne *Ninja Turtle* mit dickem Panzer, bereit, irgendwo im Sumpf zu enden. Auch wenn sie sich unverstanden fühlte, einsam wie ein Krokodil, mit im Kampf ausgebrochenen Zähnen. Clara wollte recherchieren, Affären aufdecken, die Wahrheit ans Licht bringen. Verschanzt hinter den Zwängen ihrer Zeitung, stieg sie auf. Mit ihren Pseudonachrichten, Tweets und sonstigen Vernebelungs-Posts weltweiter sozialer Netzwerke hält sie das »System« in Gang. Sie verlässt ihren Sessel nicht mehr.

Clara träumte davon, frei zu sein. Sie ist eine Lüge in Kinderkleidern von Petit Bateau. Bei ihrer Karriere hatte ihr der Wunsch zu gefallen immer eine Falle gestellt. Sie sucht ihre Kleidung sorgfältig aus, »Verkleidungen« für ihre Termine, sie verändert ihre Stimme, um wie eine

Erwachsene zu sprechen, schminkt sich zurückhaltend. Sie »formatiert« sich, passt sich an, um »annehmbar« zu sein. In ihrer etwas vernachlässigten Vierzimmerwohnung versucht sie diese Person im Spiegel zu verstehen. Mit der Hand drückt sie eine imaginäre Pistole auf ihr Spiegelbild, zielt zwischen die Augen. Enttäuschte altern unschön. Man rebelliert, wie man es verdient. In Frankreich ist die Empörung zu einem Werbekonzept geworden. Wie die Liebe und die Freiheit.

Ihr Handy piept, ruft sie zur Ordnung. Sie wird zu spät zur Redaktionssitzung kommen. Sie zieht hastig irgendetwas an, schnappt sich einen Zwieback aus dem Küchenbord, tritt auf Honigpopcornkrümel, die auf dem schon etwas beschädigten hellgrauen Fliesenboden herumliegen. Voller Panik bei dem Gedanken, auch nur eine Viertelminute zu spät zu kommen, rast sie los. Im Vorübergehen gibt sie dem Kindermädchen zehn Euro für Lucies Bio-Hacksteak-aus-regionaler-Produktion. Sie beugt sich herunter, um ihrer Tochter einen Kuss zu geben. Die Kleine sieht ihrer Mutter fest in die Augen und trällert: »Das Leben ist ein Maskenball, da verkleiden sie sich all'.«

Wer sagt denn, dass sie im Kindergarten nichts mehr lernen? Bemerkt Lucie ihre angeknabberten Fingernägel, ihren unruhigen Blick, wenn ihr Handy klingelt, ihre krankhafte Abhängigkeit von E-Mails, ihre – niemals gesehenen – tausendundein Facebook-Freunde, ihre ständige Angst, etwas zu verpassen? Weiß sie, dass ihre Mama, die die Barbiepuppe weggeworfen, die Prinzessinnenmärchen, Made-in-China-Produkte und Kuchen aus industrieller Herstellung verbannt hat, ein Haustier ist, darauf abgerichtet, die Regeln einzuhalten? Sich entschuldigend geht sie los. Auf dem Treppenabsatz hebt sie den zerknüllten Zettel mit der Einladung zum Nachbarschaftsfest auf und fängt sich wieder. Als braves Mädchen wird sie wohl die Zeit finden, ein Olivenbrot zu backen.

5

Auf dem Bürgersteig der Rue Bayard klappern Vanessas Absätze wie Hämmerchen. Alle achtundzwanzig Tage ist ihr Unterleib in Aufruhr, dann schluckt sie eine Ponstyl nach der anderen. Sie wird älter, die Schmerzen nehmen zu. An solchen Tagen fühlt sich Vanessa wie aufgelöst, nicht ganz auf der Höhe, zu nichts zu gebrauchen. Sie hat starke Trümpfe in der Hand: Sie ist die stellvertretende Leiterin der Corporate Affairs bei Public, einer der größten Kommunikationsberatungen der Welt, und bald Chefin einer Maschinerie, die freidreht. Große Bosse, Politiker, Akteure – Vanessa hat sie alle in ihrem allerneuesten iPhone. Sie bereitet Übernahmeangebote vor, setzt ihre »Bauern« in Aufsichtsräte, weiß, wer in welchem Bett schläft. Für ihren Vorgesetzten ist sie ein junger Hengst, für ihre Konkurrenten eine junge Stute.

Ihr Handy zeigt ihr eine Nachricht von Bertrand an, direkt aus Bercy. Ihre Studienkollegen machen das Herz ihres Netzes aus. Champagner mit Jahrgangsstempel zu Weihnachten, Einladungen zu Premieren, SMS zu den Geburtstagen der Kinder – sie verhätschelt sie. Sie sind ihre Informanten, und wenn sie an den Schalthebeln sitzen, ihre besten Kunden. Durch sie wird sie bald über ein Imperium der Verschleierung und der Vortäuschung herrschen. Sie wartet auf ihre Stunde, beobachtet sie, hilft ihnen, eine Tür nach der anderen bis zum engsten Kreis der Macht aufzustoßen. Sie überfliegt die SMS:

Sozialer Konflikt bei Prochan wahrscheinlich. Bereite dich vor. Küsschen. Bertrand.

Sie ignoriert die Nachricht. Gewählte Volksvertreter sind machtlos. Wer wirklich regiert, wurde nicht gewählt. Innerhalb von dreißig Jahren ist die Macht von den Parlamenten auf die Aufsichtsräte übergegangen. Die Menschen sind ein Marketing- oder Finanzprodukt, die Politiker nur ein Aushängeschild und entsprechend schlecht entlohnt. Unteres Personal. Bertrand, Feuerwehrhauptmann in einem brennenden Turm, kann warten.

Rot vor Zorn steigt sie in ein Taxi. Sie hat ihrem Dermatologen gerade mit einem Prozess gedroht. Er hatte ihr die Eigenschaften einer Wunderkur auf Proteinbasis gegen das Altern angepriesen. Das Mittel befindet sich in einem Laboratorium der Stanford University noch in der Testphase. Mit **FOXO3** gedopt, leben die Laborwürmer doppelt so lange. Bridget Pone ist verrückt danach. Dass der Star seinem achtjährigen Sohn Botox in die Füße gespritzt hat, spielt keine Rolle. Für Vanessa war Pone das beste Verkaufsargument. Sie tut alles, um ihr zu ähneln, seitdem die *CB News*, das Blatt der Werbebranche, sie in einem ganzseitigen Porträt als »die einflussreiche Bridget Pone« bezeichnet hat. Dreitausend Euro über die Kreditkarte, und Vanessa hat sofort mit der Behandlung begonnen. Nicht ein einziges Fältchen ist verschwunden, dafür hat sie Akne und wacht nachts von Koliken auf. Vanessa ist eine Prinzessin im Reich der Kommunikation, in der Lage, Köder und Fallen aufzuspüren, und eine gefürchtete Strategin, aber immer die Geprellte, sobald es sich um sie selbst handelt.

Ob Sportcoach, Diät- und Stilberaterin oder Kosmetikerin, sie hält einen ganzen Betrieb nur für sich allein in Gang. Sie will das Wirken der Zeit aufhalten und gibt dafür enorme Summen aus. Sie wohnt in einem großen Hausmann'schen Appartement im VII. Arrondissement mit Blick auf den Eiffelturm, geht bei den Pariser Promis ein und aus. Zwischen zwanzig und fünfunddreißig hatte sie ein Abenteuer nach dem anderen, häufte Liebhaber an und sammelte Verlobungsringe. Sie könnte ganze Ketten daraus herstellen, manchmal denkt sie daran, es zu tun. Wie ein Werk, dem sie den Titel *Diamonds are NOT forever* geben und um das man sich in einer Galerie in der 22. Straße von Manhattan reißen würde. Ihre Abende verbringt sie, verschanzt hinter Pseudonymen, mit Surfen auf *ASmallWorld*, dem Facebook der VIPs, oder auf der Partnerbörse *Meetic*, ein Glas Côte-Rôtie in der Hand. Wenn sie sich in einem der seltenen Augenblicke der Klarheit, oft nach einem Sportkurs, einmal fallen lässt, muss sie sich eingestehen: Trotz ihrer Anstrengungen ist ihr Leben armselig. Sie telefoniert mit ihren Psychotherapeuten (sie hat sich für all ihre Neurosen eine ganze Sammlung davon aus jeder Richtung zugelegt), schwitzt in einer Halle bei vierzig Grad ihr Hemd durch, um mit Bikram-Yoga »alle Gifte auszutreiben«. Von sich selbst überzeugt, stürzt sie sich wieder und wieder in den Kampf, auch wenn sie die Kollektion von Krücken, die ihr zu leben helfen, nur schlecht verbergen kann.

Das Taxi setzt sie vor dem Berkeley in der Avenue Matignon ab. Der Fahrer schimpft und durchwühlt seine Taschen. Vanessa hat nur einen Fünfzigeuroschein für eine Fahrt, die acht kostet. Murrend gibt er ihr das Geld heraus. Sie steigt aus, wirft die Tür zu. Auf die Vorderseite eines der Zwanzigeuroscheine hat jemand mit schwarzer Tinte geschrieben: »Ich bin ein Stück Papier und kontrolliere dein Leben.«

Sie holt ihren Fitbit Ultra aus der Tasche und stellt ihn mit einem Daumendruck an. Von der Größe eines USB-Sticks, zeichnet ihr Schrittzähler die wichtigsten Daten in Echtzeit auf: Anzahl der Schritte, zurückgelegte Entfernung, verbrauchte Kalorien. Sie atmet erleichtert auf: Trotz Taxi ist sie im Bereich ihres gewünschten Kalorienverbrauchs. Zweifellos die Wut.

Während ihrer Periode schreit sie jeden an, egal weswegen. Sie vermeidet wichtige Termine, hält sich ihren Kalender frei. Vanessa hat sich mit einem Mann zum Essen verabredet, mit dem sie bedenkenlos umspringen kann, ein »Freund«, Fernsehmoderator. Ewig fünfunddreißig, hat er in Wirklichkeit gerade seinen fünfundfünfzigsten Geburtstag gefeiert. Jedes Jahr im Juni, während des Mercato, dieses großen Jahrmarkts, auf dem sich das Karussell für die Crème von Rundfunk und Fernsehen dreht, droht ihm der Rausschmiss. Vanessa kennt die Programmdirektoren, tätigt ein paar Telefongespräche. Jahr für Jahr bewahrt sie ihn vor Ärger. Um sich zu revanchieren, wird er sofort aktiv, wenn sie eine »Stütze« für einen Kunden braucht: Handelt es sich um einen Künstler, lädt er ihn in seine Sendung ein; ist es ein Unternehmen, postet er auf seinem Blog ein Loblied auf dessen letzte Sponsorenaktion; und bei einem Politiker arrangiert er ein Gefälligkeitsinterview mit vorher zugeschickten Fragen und Auslassungen beim Schnitt, wenn der Betreffende nicht zufrieden ist.

»Meine Liebe, wie schön du heute bist!«, ruft der Moderator aus, der seit einer Dreiviertelstunde auf sie wartet.

Er ähnelt einem in die Jahre gekommenen Gigolo. Sein Gesicht gleicht einer dicken Kakaobutterschnitte: zwei Schichten Make-up und drei Puderschichten in unterschiedlichen Tönen.

»Danke, du siehst auch nicht übel aus«, antwortet sie und zieht die Augenbrauen hoch.

Diese automatisch dahergeredeten Sätze zermürben sie. Sie hat sie so oft wiederholt, dass sie den Eindruck hat, sie selbst erfunden zu haben.

»Wie geht es dir?«, fragt sie mechanisch.

»Ich kann nicht mehr«, seufzt er.

Vanessa schaltet auf Autopilot. Als Tränenablage zu dienen, ohne jemals die eigenen zu zeigen, macht die Hälfte ihrer Arbeit aus.

»Der Sender geht baden. Paris nervt mich, das Fernsehen ist tot. Die Produktion will auf meine Stelle so eine zwanzigjährige Schnecke vom Casting für *Secret Story* setzen. Auf meinem Blog werde ich nur noch beschimpft. Auf meine Facebook-Mitteilungen keine Reaktion: Nicht mal zwei ›Gefällt mir‹ auf den letzten Eintrag, stell dir das mal vor! Und die von Wikipedia wollen mich abschießen«, sprudelt es aus ihm heraus.

»Wegen Wikipedia mach dir keine Sorgen. Unser Online-Rufschädigungsdienst bringt das in Ordnung«, wiegelt Vanessa ab.

»Glaubst du? Ich werde mich noch umbringen«, gesteht er.

In einem Zug leert er ein Glas San Pellegrino, um seine Tränen zu unterdrücken. Aus Abscheu vor so viel Schwäche wendet Vanessa den Blick ab. Ein Yorkshire auf einem Hocker am Nachbartisch winselt ungeduldig. Er hat denselben Haarschopf wie seine Herrin, eine wasserstoffblonde Oma. Sie teilt sich ein Kabeljaufilet mit ihrer Urenkelin, die völlig aus dem Häuschen ist wegen des nächsten »Prinzessinnenballs«. Wie zur Befreiung klingelt Vanessas Handy. Nach einem Blick auf die Nummer erklärt sie ihrem Freund:

»Entschuldige, aber ich muss rangehen. Wie die mir auf die Nerven geht, aber ich schwör dir, ich brauche nur zehn Sekunden. Es ist wichtig.«

Sie lehnt sich in den goldsamtenen Sessel zurück und drückt die grüne Taste ihres Apparats:

»Na, meine Liebe, wie geht es dir? Ja, selbstverständlich habe ich an deine Kampagne gedacht.«

Vanessa verzieht das Gesicht, äfft ihre Gesprächspartnerin nach.

»Ja, du musst unbedingt hervorheben, was dich auf dem Fleischmarkt von den anderen unterscheidet. Du bist die Nummer eins, oder? Also, du musst jetzt in die Offensive gehen.«

Die neue Kampagne ihrer Kundin ist in der Metro plakatiert: *Ein großes Rinderfest zum Valentinstag* – Vanessas Idee. Sie lächelt dem Yorkshire zu, spricht immer lauter:

»Wir brauchen heute richtige Leader, keine alten Knacker in blauen Anzügen. Nein, solche, die eine Vision von der Welt haben, ich meine, eine *richtige* Vision. Verstehst du? Kannst du mir folgen? Also, ihr müsst der Zuckerberg oder auch der Larry Page des Rindfleischs werden. Wer? Na, du weißt schon, der Chef von Google, dieser Junge da, im Kapuzenshirt … Ach was, den kennst du nicht …?«

Vanessas Blick bleibt am Gesicht ihres Moderator-Freundes hängen. Das Make-up hat sich an den Nasenflügeln gesammelt, eine Art Sahara-Dünen. Die letzte Wangenoperation ist schiefgegangen. Sein Gesicht ist zum Schlachtfeld der Schönheitschirurgen geworden. Mit Kortison vollgepumpt, hat er in einem Monat zehn Kilo zugenommen.

»Na dann, ich vergesse dich und dein Fleisch nicht, ja? Aber jetzt muss ich aufhören, ich bin gerade in einer Besprechung. Ja, meine Liebe … die Kerle mit ihren Kapuzen … ich ruf dich wieder an. Tschüs, sei umarmt.«

Sie drückt die Aus-Taste, fassungslos.

»Mein Gott, diese kleinen Provinzklitschen. Da fragt man sich, ob die überhaupt Internet haben«, kommentiert Vanessa und lacht wie eine hysterische Ziege.

Sie sieht sich auf einmal in einem Spiegel. Ihr Herz macht

einen Sprung: Sie wird ihrer Großmutter immer ähnlicher. Sie schließt die Augen, atmet tief durch und denkt an die letzten Ratschläge ihrer Yogalehrerin: »Richte dich auf, öffne dein Sonnengeflecht, stell dir vor, dass sich deine beiden Schulterblätter berühren, schließe die Tür deines Tempels. Und vor allem: Atme.«

Der Yorkshire bellt und unterbricht ihre Gedanken. Paris ist ein Zirkus. Es ist die Stunde der Clowns. Die frühere Entwicklungshilfeministerin, Yasmina Roumi, geht quer durch das Restaurant. Sie hat denselben Botox-Lieferanten wie die meisten Leute an den Tischen, ein Spezialist, der in Saint-Barth lebt, wenn er das Triangle d'Or nicht gerade in eine Ausbesserungswerkstatt verwandelt. Unter dem Einfluss ihrer Ehefrauen oder Geliebten strömen seit einiger Zeit auch Geschäftsleute zu ihm. Sie kommen wegen Faltenunterspritzungen in die Stirn. Das Botulin legt die für die Faltenbildung verantwortlichen Muskeln still. Die Kerle verwandeln sich in Wachsmasken. Mit der Zeit erreicht die Substanz das Herz. Sie empfinden nichts mehr. Die ehemalige Ministerin wirft Vanessa vernichtende Blicke zu, sie hält sie für eine Verräterin. Sie unterstützt ihren Konkurrenten um den Posten des Bürgermeisters von Paris. Vanessa entblößt ihre von Zahnstein befreiten Schneidezähne zu ihrem breitesten Lächeln. Sie wittert Blut, und das bereitet ihr Freude.

»Nein, so was! Die hat sich ja genauso verhunzen lassen wie diese Bogdanoff-Brüder«, ruft sie aus, als die frühere Ministerin weitergegangen ist.

»Was?«, fragt der Moderator ganz verwirrt und versucht, sein Gesicht in den Händen zu verbergen.

»Sie hat sich so sehr mit Botox vollgepumpt, dass sie nicht mal mehr die Augen schließen kann.«

Vanessa vergisst ihre Aknepickel, ihre nächtlichen Koliken, ihren nächsten Injektionstermin in einer Woche.

Finster dreinblickend steht die Oma mit der blonden Haarpracht und dem Yorkshire vom Tisch auf.

»Na schön. Sag mal, wo waren wir stehen geblieben? Worüber hatten wir gerade gesprochen? Ach ja, deine Projekte«, sagt Vanessa und blickt ihrem Gegenüber direkt in die Augen.

»Super, super, alles okay«, erwidert der Moderator missmutig und greift zur Speisekarte.

Am liebsten würde er ihr eine Gabel ins Gesicht schleudern, und während er in die Karte guckt, legt er sich einen Plan zurecht. Vanessa nimmt einen Salat mit marktfrischen grünen Bohnen zu dreißig Euro. Sie hält sich mit dem Essen zurück, für sie ist das eine Frage der Effizienz. Nüchtern lässt es sich besser nachdenken. Das hat sie heimlich im *Psychologies Magazine* gelesen.

Ihr Handy zeigt eine Nachricht von Public an, vom Sekretariat des Präsidenten. Sie ist mit einem roten Ausrufezeichen versehen.

Personal nimmt Leiter der Prochan-Filiale Place d'Italie als Geisel. Börsenkurs fällt rapide. Krisensitzung in zwanzig Minuten.

Vanessa steht auf und verabschiedet sich.

»Oje, entschuldige, die Pflicht ruft. Ein gefesselter Chef. Nicht zu fassen, dieses Land! Alles, was Beine hat, macht sich aus dem Staub. Wir werden noch alle im Ausland landen.«

Während sie ihre Sachen nimmt, kann sie ihre Erleichterung darüber, das Essen abzukürzen, kaum verbergen. Er hätte ihr nichts gebracht.

»Die Rechnung geht selbstverständlich auf mich, lass es dir schmecken. Ich werde mich um deine Wikipedia-Seite kümmern. Salut, mein Lieber.«

Im Taxi sieht sie ihre E-Mails durch, prustet los, als sie die letzte Erfindung eines ihrer Kunden entdeckt, mit der er »seine Supermärkte im Zentrum der Stadt menschlicher gestalten« will: Seine Angestellten sollen nach dem Gangnam Style tanzen. Zu bestimmten Zeiten mit diesen Flashmobs »das Leben feiern«, »alle zusammen sein« und vor allem »es denen von Monoprix ordentlich zeigen«, schreibt er.

Bei Google stößt sie auf einen neuen Artikel über Sébastien Costal. Für ihre eigentlichen Sorgen hat sie sich Alerts eingerichtet: Fortschritte in der Schönheitschirurgie, Gerüchte über ihre Kunden, aktuelle Lage ihrer potenziellen Kunden. Als Europa-Chef für Kommunikation von Folman Pachs ist Sébastien Costal eine hochinteressante Person für Vanessa und ihren Arbeitgeber. Folman Pachs ist in Ungnade gefallen. Das trifft auch die Unternehmenskommunikation. Vanessa spürt Sébastien seit den Studienjahren nach, seitdem sie »ihn liebt«, ohne je darüber gesprochen zu haben. Wenn Sébastien wenigstens die kurze Nachricht finden würde, die sie bei einer Party vor fünfzehn Jahren in seinem Lieblingsbuch hinterlassen hat. Sébastien feierte gerade den Einzug in seine neue Wohnung, eine etwas verrückte Maisonettewohnung im VI. Arrondissement, mit Balken, Terrakottafliesen und Büchern bis zur Decke. Vanessa hatte viel getrunken. Überzeugt, dass er es immer wieder aufschlagen würde, hatte sie auf die erste Seite von *Anna Karenina*, einem seiner Heiligtümer, geschrieben: »Ich liebe dich, ich hab dich schrecklich gern.« Das war, bevor sie aufhörten zu trinken, zu singen, zu rauchen, sich für andere Dinge zu verausgaben als für ihre Arbeit. Und vor den Pillen für alles: das Gewicht, den Orgasmus, den Katzenjammer.

Seitdem wartet sie auf ein Zeichen, einen Anruf. Vanessa, die Königin im Reich der Phrasen und der Manipulation.

Es ist ihre einzige zärtliche Äußerung. Er hat sich niemals für irgendjemanden interessiert. Sébastien ist seinem Weg gefolgt, ohne einen Blick für sie.

6

Seit der Rettung durch einen großen Industriekonzern hat sich Claras Zeitung radikal verändert. Die unbefristeten Arbeitsverträge wurden durch befristete ersetzt, die angestellten Journalisten durch freie, die nach Zeilen bezahlt werden, die Vor-Ort-Recherchen durch AFP-Meldungen. Die Direktion hat Pflanzen und Spesenrechnungen untersagt. Ein junger Volontär verschanzt sich hinter dem Empfangstresen. Über ihm breitet sich die Website der Zeitung, der Gegenstand aller Verbitterung, auf einem riesigen Flachbildschirm aus.

Clara kreuzt mit Verspätung im Redaktionssaal auf. Die Journalisten sitzen antriebslos an einem U-förmigen Tisch, halten sich an ihren Kaffeebechern fest, denen noch ein Nachgeschmack von Tomatensuppe anhaftet. Wie in der Schule hören sie ihrem Chefredakteur zu, der die Themen verteilt.

»Aber da ist ja die Königin des Tages. Bloß keine Eile. *Wir* haben ja alle Zeit!«

An seinem iPod klebend überprüft er alle zwei Minuten die Aktualisierung der Website der Zeitung. Wutanfälle und Slipper mit Troddeln sind seine Markenzeichen. Eine Schuppenflechte zerfrisst sein Gesicht. In jedem seiner belanglosen Leitartikel verbreitet er sich über Humanismus und Moral. Er hat die Mitgliedskarte der Sozialistischen Partei seit 1967. Nach Jahren bei Hühnchen mit Morcheln in der Kantine der Partei in der Rue de Solférino isst er jetzt endlich jeden Donnerstag im Élysée.

»Séverine Leduc, das betrifft doch deinen Bereich, nicht wahr?«, legt er herausfordernd los.

Wie alle hochaggressiven Menschen brüllt der Chefredakteur herum, um seine Angst, bloßgestellt zu werden, zu verbergen. In jeder Sitzung braucht er eine Zielscheibe. Heute Vormittag lässt er Clara nicht einmal Zeit, den Mantel abzulegen.

»Ganz genau«, bestätigt sie gelassen. »Das ist die Praktikantin, die ich einstellen sollte. Du weißt ja, die Tochter deines Unternehmerfreundes. Des Königs der Brioches«, fügt sie etwas spöttisch hinzu.

Seit den Mittelkürzungen überschwemmen Praktikanten die Redaktion. Für vierhundertfünfzig Euro im Monat liefern junge Leute mit Masterabschluss Artikel wie am Fließband: schlampige Übersetzungen von angelsächsischen Informationen aus dem Netz, umgeschriebene Agenturmeldungen, auf Twittermeldungen basierende Reportagen. Séverine Leduc hat keine besondere Fachkompetenz. Sie ist das Nesthäkchen der Nummer eins der Brioches-Industrie. Ihr Lebenslauf war vor zwei Monaten auf dem Schreibtisch von Clara gelandet. Er trug den Vermerk »Einzustellen als Praktikantin +« und war mit den Initialen des Chefs unterzeichnet. »+« bedeutete »plus Kantinenmarke«. Eine Bevorzugung.

»Ach ja«, versucht er zu verharmlosen. »Aber lassen wir das. Viel wichtiger ist, dass wir für das hier keinen Bedarf haben, absolut nicht!«

Er schlägt die Zeitung auf der Doppelseite von Clara auf. Der Titel: *Die zehn bestbezahlten Chefs in Frankreich.*

»Was soll das? So einen Text liest man doch alle Tage! Der Hass auf den Boss steht gerade hoch im Kurs! Ich sehe nicht, wo hier das Problem sein soll.«

»Das Problem …«

»Wobei mir einfällt«, unterbricht ihn Alex, ein Journalist mit Kräuselhaar in Jeans und Holzfällerhemd, »haben Sie die Statements von Méluche gesehen? Und Beppe Grillo in Italien? Wenn Coluche noch leben würde, hätte er vierzig Prozent! Man muss diese maßlosen Gehälter unter die Lupe nehmen. Übrigens, da wir gerade dabei sind, wir könnten einen Artikel über den Boss von Public machen, der sich ganz nebenbei einen Riesenbonus genehmigt, nachdem er sich vor dem Volk geradezu rührend für die Begrenzung der Spitzengehälter ausgesprochen hat.«

Die Redakteure nicken zustimmend. Als unmittelbar Beteiligter hatte Bertrand Clara vom Defilee der Vorstände der im CAC gelisteten Gesellschaften letzten Sommer im Büro der Ministerin berichtet. Um ihren persönlichen Status zu verteidigen, hatten sie gedroht, nach Brüssel oder Singapur zu gehen und ihre multinationalen Unternehmen auszulagern. Ihr Vermögen, ihre solide geschäftliche Lage, ja sogar ihre Posten verdanken sie dem Staat. Heute sind die Vorstände der vierzig CAC-Gesellschaften zur Hälfte von der Politik eingesetzte ehemalige Staatsbeamte. Nach Jahren im Kabinett oder in der obersten Verwaltung mit der höchsten Gehaltsstufe stehen sie jetzt als Finanzinspektoren an der Spitze der französischen Banken. Unsere mächtigsten Unternehmer haben ihr Luxus- oder Bauimperium mithilfe öffentlicher Aufträge, unglaublich günstiger Zahlungsbedingungen und durch Klüngelei mit der Politik errichtet. Sie kaufen die Presse, haben Paris in der Hand. Der Chef von Public gehört zu einer dritten Kategorie, der des Jetsets der Global Player, der Klasse der Unberührbaren.

»Ab jetzt machen wir solche Artikel nicht mehr«, murrt der Chefredakteur mit zusammengebissenen Zähnen. »Der Chef von Crédit Populaire hat eben angerufen, du weißt ja, Clara, der, den ›deine‹ Praktikantin als Nummer zwei einstuft. Also, er hat mich gehörig abgekanzelt.«

»Ach ja? Es ärgert ihn wohl, nicht der Erste zu sein?«

Die Redakteure grinsen. Seit der Krise ähneln die Redaktionssitzungen immer mehr einer Vollversammlung des Gewerkschaftsverbands.

»Ich sage es dir, ich sage es euch allen hier, mit Artikeln dieser Art ist jetzt Schluss«, betont der Chefredakteur mühsam beherrscht.

»Aber es ist nicht Schluss damit, dass Sie seichte Texte von uns verlangen und immer mehr Infografiken statt Hintergrundartikel«, wirft ihm Alex der Holzfäller an den Kopf. »Na denn, es geht doch nichts über den Papierkorb!«

»Ich habe meine Meinung geändert.«

»Und warum?«, hakt Clara ein wenig spitz nach.

»Du hältst dich wohl für besonders schlau? Ich will es dir erklären. Der Chef von Crédit Populaire hat alle Abonnements seiner Gruppe gekündigt. Dreitausendfünfhundert Abonnenten in Luft aufgelöst, pftt, mit einem Telefonanruf. Glaubst du, dass wir uns das in diesem Moment leisten können? Brauchst du deinen Taschenrechner, um auszurechnen, wie viel deine ›Info‹ uns gekostet hat?«

»Aber diese Typen bekommen denselben Betrag in Euro, den sie früher in Franc hatten«, unterbricht ihn Alex, während er mit seiner rechten Hand den Plastikbecher zusammenpresst. »Ihr Gehalt hat sich um das Sechsfache erhöht, sie entlassen massenweise, der Staat deckt ihre Fehler mit öffentlichen Geldern zu, feuert sie der Form halber und setzt sie woanders wieder ein, und wir halten die Klappe! Diese Typen kommen aus der Krise noch reicher wieder raus. Wozu sind wir eigentlich da!«

»Ich habe euren Gerechtigkeitsfimmel satt«, belfert der Chefredakteur. »Dafür sind wir nicht da! Ihr seid Journalisten und nicht Martin Luther King.«

Die Redaktionsmitglieder erheben sich unter Protest. Bei

den Budgetkürzungen, dem Einbruch der Verkaufszahlen, der sinkenden Moral der Truppe und der allgemeinen Gleichgültigkeit bedeutet eine Tageszeitung herauszubringen ein wahres Heldenstück.

»Ich werde euch sagen, wozu ihr da seid«, fährt er fort. »Das ist offenbar nicht klar. Ihr seid dazu da, dass der Chef stolz ist, wenn er morgens in der Cafeteria seines Ladens die Zeitung aufschlägt! Stolz, auf Seite vier die letzte Kampagne seines Unternehmens zu sehen. Also, das Ziel ist, dass unsere Kunden, die Anzeigenkunden, auf ihre Zeitung stolz sind.«

»Die Anzeigenkunden … ihre Zeitung. Na, sieh mal einer an, und der Leser, was machst du mit dem?«, erwidert Clara herausfordernd, die Hände an den Hüften.

Es ist lange her, dass er Clara so heftig erlebt hat. Als er sie vor fünfzehn Jahren einstellte, gefiel ihm diese Seite einer fuchsteufelswilden Furie an ihr. Mit der Zeit sind sie alle gesetzter geworden.

»Dass du das endlich in deinen Schädel kriegst: Ohne Anzeigenkunden kein Leser. Ohne Anzeigenkunden kein Job. Kein Job für mich, kein Job für dich. Keine Zeitung. Wenn du den Ast absägen willst, auf dem du sitzt, na bitte, dann geh woandershin. Du kannst es ja mal als Bloggerin versuchen. Das würde gut zu dir passen mit deiner großen Klappe! Und nach sechs Monaten erzählst du mir dann, wie es bei der Suppenküche so läuft!«

Er wendet sich zu den Redakteuren und weist zur Tür. Infolge des Wutausbruchs hat seine Schuppenflechte eine blassviolette Färbung angenommen.

»Habt ihr begriffen? Unsere besten Ergebnisse hatten wir bei der Affäre Strauss-Kahn. Drei Wochen lang plus hundert Prozent. Nicht einmal bei Cahuzac hatten wir mehr. Genau das brauche ich!«

Die Affäre hatte eine ganze Kaste in hysterische Angst

versetzt, Angst, deswegen abgesägt zu werden, wofür sie bekannt ist: nämlich über dem Gesetz zu stehen.

»Ich brauche die allerneuesten Entwicklungen, Storys aus der Unterwelt, Gerüchte, Bettgeschichten!«, schreit der Chefredakteur.

»Wir sind eine Wirtschaftszeitung«, entgegnet Alex und krempelt seine Ärmel hoch.

»Ich pfeif drauf! Ich hoffe, die Dinge sind jetzt klar. Um fünfzehn Uhr will ich eure Artikel haben.«

Clara geht an ihm vorbei zum Ausgang. Ohne die Zähne auseinanderzunehmen, keucht er ihr ins Gesicht:

»Und du, Madame Ritter der Schönen Künste und meiner Arschbacken, pass auf, ich behalte dich im Auge. Dein Aufstieg in die Pariser Prominenz beeindruckt mich nicht.«

Solche Sticheleien sind alltäglich geworden. Es sollte sie treffen. Aber sie hat sich einen Panzer zugelegt, lässt sich nicht erschüttern. Niemand hier wird die Welt verändern. Kränkungen sind alles, was vom Gedankenaustausch übrig geblieben ist.

Sie geht durch den Redaktionssaal zu ihrem Schreibtisch. Im Bruneau-Katalog zum Aktionspreis gekaufte Tische aus erlenfarbenem Kunststoff biegen sich unter den nie gelesenen Büchern. Sie stehen dicht gedrängt in dem riesigen fensterlosen Raum. Ein schon etwas abgewetzter flaschengrüner Teppich dämpft die Schritte. Keine Privatsphäre zwischen den Arbeitsplätzen. Um die Gemeinkosten zu senken, hat der Eigentümer die gesamte Redaktion auf einer Etage zusammengelegt, vorgeblich weil die »Ideen so besser kreisen«. Und um die Zeitung zu »verjüngen«, hatte er sie umbenannt, aus *Das Raunen der Wirtschaft* wurde *Bizness Day* in blassorangefarbenen Lettern. Obwohl Kopfhörer sie voneinander abschirmen, belauern sich die Redakteure gegenseitig, verabreden sich per E-Mail zum Mittagessen. Sie fabrizieren Pauschalinformationen an die

Adresse der Anzeigenkunden, leichte Kost. Die **Fabrikation von Konsens.**

Claras Handy zeigt eine Nachricht von Alison an, seit der Studienzeit ihre beste Freundin. Die beiden sind füreinander so etwas wie ein Spiegel, in dem jede ihr Gegenteil sehen kann. Clara arbeitet, ist finanziell unabhängig. Paris ist ein Wettlauf der Ratten. Sie hängt sich an die Vorhut. Alison kümmert sich um ihre Kinder und um sich selbst. Ohne jeden materiellen Zwang führt sie ein Leben, als gleite sie leicht auf Wasserskiern dahin, im Vertrauen auf einen rätselhaften, äußerst brillanten, millionenschweren Ehemann. Die eine ist eine »befreite« Frau, die andere eine »Trophäe«. Sie schwanken zwischen der Überzeugung, alles zu haben, und einem tiefen Gefühl von Vergeudung. Dafür, was die jeweils andere hat, bewundern sie und beneiden sie sich, gestehen es sich jedoch selten ein. Clara entziffert die Nachricht:

Heute Abend bist du die Beste. The best. So proud of you. Go for gold! Your BFF, Ali.*

* Best Female Friend.

7

Im letzten Stockwerk eines neuen Sozialwohnungsblocks in Sarcelles erscheint auf einem von Antoines Bildschirmen das etwas verschwommene Gesicht Claras. Sie ist an ihrem Arbeitsplatz bei der Zeitung. Er hat ihre Webcam gehackt, die sie ohne ihr Wissen filmt. Er hat diese Frau angebetet. Für sie war er Tony der Starke, der Star des Campus, ein Meter dreiundachtzig voller Muskeln, Humor und Zärtlichkeit. Sie hätte ihn beinahe getötet und hat dann alles getan, um ihn zu vergessen. Ohne es zu wissen, hat er ihrem Leben eine Struktur gegeben. Für sein eigenes hat er das nicht geschafft.

In seiner Zweizimmerwohnung Nummer 9-3 gegenüber der Regionalbahn dienen unausgepackte Kartons als Möbelstücke. Herumliegende angebrochene Maisdosen, Ginflaschen, aufgerissene Erdnusstüten, Rasiercreme und alte Unterhosen verbreiten einen Geruch nach Rindercurry. Auf dem höchsten Karton thront wie eine Trophäe eine nagelneue Compound-Armbrust. Antoine streicht beim Vorübergehen darüber, es ist seine neueste Anschaffung, die er sich von den beim Pokerspiel wiederverwerteten Goldkursgewinnen im Internet gekauft hat. Oder umgekehrt.

Der einzige Tisch mitten im Zimmer blinkt wie eine fliegende Untertasse. Server, Lautsprecherboxen, Bildschirme wetteifern miteinander um Bilder und Geräusche: abgehackte Sätze arabischer Sender, Zahlenreihen, Standbilder von gehackten Überwachungskameras – und eben Clara in Großformat. Vor ein paar Tagen hat sich Antoine mithilfe einer Schwachstelle bei Windows 8 in ihren Computer gehackt. Die Idee kam ihm nach fünfzehn Jahren, in denen er sie gemieden hat und zeitweilig völlig niedergeschlagen war. Er liest ihre E-Mails, hört sie, beobachtet sie bei der Arbeit. Er erkennt sie wieder, wie sie die Augenbrauen hochzieht oder sich am rechten Ohr kratzt, ein Tick, der ihn einmal dahinschmelzen ließ.

In jedem Jahrgang der Eliteschule »scheitert« eine kleine Minderheit von Personen und drückt so die Abschlussstatistiken über die »Platzierung« der Studenten. Im Jahrbuch der Ehemaligen, Gral der Headhunter, in dem jeder seine Heldentaten auflistet, werden sie unter »Sonstige« geführt. Antoine ist seit mehr als fünfzehn Jahren verschwunden. Von seinem Sockel gestoßen, pflegt er sein Schattendasein und ist unter die Hacker gegangen, ein Soldat aus der Not heraus, ein Meister der Piraterie. Niemand kennt ihn. Er lebt am Rand der Gesellschaft. Er ist einer der besten **Grey-Hats** von Paris, ein Netzpirat, der am Tag als White-Hat für die Sicherheit im Netz arbeitet und sie in der Nacht als Black-Hat unterhöhlt. In der Szene gilt er mit seinen bald vierzig Jahren als alter Hase.

Als Jugendlicher knackte Antoine Codes. Es machte ihm Spaß, sich mit seinem Computer in die Bastionen des großen Kapitals und die Zitadellen der Macht einzuschleichen: Banken, Waffenfirmen, Verfassungsschutz. Weder beschädigte noch entwendete er etwas, vielmehr informierte er die Geschäftsführer über die Sicherheitslücken. Es war ein Zeitvertreib ohne besonderen Zweck, eine Herausforderung der Technik. Während seines Studiums verzichtete er darauf. Der »Unfall«, der ihn nicht wieder hochkommen ließ, war ein Glücksfall für seine Karriere als digitaler Söldner. Seither hat er sich angewöhnt, sich am Computer neue Protokolle, Malware und Programmiersprachen selbst anzueignen. Eine unliebsame Begegnung hat ihn dazu gebracht.

Während eines Flugs von Manila nach Amsterdam im Jahre 2009 saß er im hinteren Teil des Flugzeugs eingezwängt zwischen einem Holländer mit dicken Armen und einem jungen Spanier, anscheinend ein Surfer, der mit dem Holländer ein Gespräch anzufangen versuchte. Nach dem dritten Bier begannen sie von ihrem Urlaub zu erzählen. In der Annahme, sich nie wiederzusehen, sagten sie sich alles. Sie tauschten ihre Smartphones aus, verglichen die Fotos der Prostituierten, Mädchen und Jungen, alle minderjährig, die sie »aufgerissen« hatten. Als Ohrenzeuge wider Willen musste Antoine den Bericht ihrer Heldentaten über sich ergehen lassen. In einer Bar hätte er zugeschlagen. Unter dem Vorwand, ihnen Witze zuschicken zu wollen, ließ er sich ihre E-Mail-Adressen geben. Wieder am Boden, rächte er sich.

Von Paris aus überzog er die zwei perversen Typen mit einer regelrechten Attacke. Mittels eines Virus schickte er an alle ihre Kontakte eine Nachricht mit dem Foto der beiden in voller Aktion, betitelt: *Ich bin ein fetter Pädophiler, und ich genieße es.*

Antoine verschaffte sich auch Zugriff auf den Computer des Holländers. Der surfte auf Facebook und in Blogs mit dem Avatar eines jungen Mädchens, mischte sich in die Unterhaltung von Teenagern über Masturbation ein und wärmte Debatten über Fellatio wieder auf. Antoine benachrichtigte die Bullen, die ein Pädophilen-Netz aufdeckten. Einige Wochen später riefen sie ihn wieder an und schlugen ihm ein paar Einsätze vor: Antoine unterwanderte für sie das organisierte Verbrechen des Visakartenbetrugs. Er war tüchtig, angesehen und geriet so in die Welt der Geheimdienste. Er hat sich auf Informationsaustausch und Mailbox-Piraterie verlegt und ist Verbindungsmann des Verbindungsmanns, kennt die Auftraggeber nicht, die Unterabteilung K – Wirtschafts- und Finanzaufklärung – des Inlandsgeheimdienstes, den Sicherheitsdienst Wirtschaft beim Auslandsnachrichtendienst, eine Privatgruppe, Matignon. Das ist eine Garantie für seine Sicherheit. Man bezahlt ihn für seine technischen Kompetenzen und seine soziale Nichtexistenz. Dank dieser Aufträge kommt er am Monatsende besser über die Runden, und sie machen mögliche Verluste beim Goldhandel oder beim Pokern wieder wett.

Im selben Jahr, in dem er seine Geheimdienstkarriere begann, fuhr er mit dem Motorrad nach Deutschland. Auf der Autobahn Köln–Berlin konnte er endlich zweihundertvierzig Stundenkilometer fahren. Er machte einen Umweg über das Brandenburger Tor. Zwanzig Jahre war es her seit der Wiedervereinigung. Zwanzig Jahre Illusion einer befriedeten Welt. Er ging zu Fuß hindurch. Auf einmal erschien ihm die Verbissenheit, mit der er die Realität unterwanderte, ihre dunklen, schmutzigen Seiten aufdecken wollte, fragwürdig, ein Rausch, der nichts anderes war als eine Flucht vor sich selbst. Wovor floh er, wenn er im Untergrund lebte?

In Berlin nahm er an einem Treffen des **Chaos Computer Clubs** teil. In einem überfüllten Saal führten zwei Männer ihr neuestes Programm vor, eine App zum Schutz von Hinweisgebern, um so die Meinungsfreiheit zu verteidigen. Der größere der beiden beanspruchte die ganze Aufmerksamkeit für sich. Julian Assange sammelte Freiwillige, um eine Unmenge von höchst vertraulichen Informationen zu bearbeiten und diese undichten Stellen der Öffentlichkeit zugänglich zu machen. Antoine war misstrauisch: Ein richtiger Hacker versucht nicht, sich in den Vordergrund zu drängen. Anfangs missfiel ihm diese Bohnenstange mit dem weißen Haarschopf und den verrückten Ambitionen. Ein paar Monate später erhielt er das von Wikileaks hergestellte Video *Collateral Murder*. Aus einem Apache-Hubschrauber heraus hatten GIs auf eine Gruppe von Fußgängern in den Straßen Bagdads geschossen. Mit ihren ultrapräzisen Infrarotbrillen hatten sie die Kamera eines der Männer mit einer Raketenabwehr »verwechselt«. Sie waren über Zivilisten hergefallen, die sie beschützen sollten. Im Bericht über die Militäroperation berief man sich auf Notwehr. Es war ein Blutbad. Dank Wikileaks ging das Video um die ganze Welt. Die amerikanische Armee musste den Übergriff schließlich eingestehen. Der saubere Krieg hatte nicht stattgefunden. Die öffentliche Meinung wendete sich. Antoine vergaß sein Misstrauen und kam aus der Deckung.

Seitdem treibt er sich während seiner reichlichen Mußestunden in Hackerkreisen, bei Anonymous oder dem noch schärferen LulzSec herum. Neben seiner Informantentätigkeit, für die er vom Staat, von der Armee oder von multinationalen Energie-, Automobil- und Lebensmittelkonzernen bezahlt wird, nimmt er jede Gelegenheit wahr, die Mächte zu entlarven, die sich hinter einem Avatar verbergen: Er torpediert Regierungsstellen während der arabischen Revolutionen, blockiert Transaktionen der Banken, hackt E-Mail-Konten privater Sicherheitsfirmen, deckt Schwachstellen im System der massenweisen Ausbeutung auf. Tagsüber arbeitet er für das Establishment und seine Dienstleister, nachts attackiert er sie.

8

Bertrand wäre nie von seiner Route nach Bercy abgewichen, hätte den knapp Vierzigjährigen am Vorabend nicht seine Kindheit eingeholt. Er war als Vasall seiner Ministerin auf Dienstreise im Département Drôme unterwegs. Sie kündigte höchstpersönlich einen Extrazuschuss über zehn Millionen Euro zur Unterstützung der Lederwarenindustrie an. Im Behördenjargon wird ein solcher Besuch als »Kundendienst« bezeichnet. Zur Rettung des Gütesiegels *Made in France* verspricht sie schnell mal zehn Millionen. Will man als Politiker seine Stellung behaupten, muss man auf die Abfolge der Abendnachrichten im Fernsehen Einfluss nehmen.

Seine Ministerin hat die Reise genutzt, um einem Bio-Schweinezuchtbetrieb ohne Vorankündigung einen Blitzbesuch abzustatten. Es bereitet ihr größtes Vergnügen, mit anzusehen, wie ihrem Siegelring tragenden Sekretär, Absolvent der ENA – Kaderschmiede für hohe Staatsämter – und zuständig für ihren Terminkalender, ihre Sicherheit, ihre Pinkelpausen und Friseurtermine, der kalte Schweiß ausbricht. Er kümmert sich um die Logistik, Bertrand um die Politik. Wie zwei ausgehungerte Bengel buhlen sie um ihre Aufmerksamkeit.

Die Bilder von einer heftigen Auseinandersetzung mit den Angestellten von Sanofi, die gegen einen Kündigungsplan demonstriert hatten, waren vom Fernsehteam von France 2 zensiert worden. Die Lokalgrößen scharwenzelten um die Ministerin herum. Fassungslos sah der Präfekt mit an, wie der Bürgermeister, die Regionalräte, die Präsidenten der Handelskammer und des örtlichen Unternehmerverbands sie bedrängten. Sie stießen sich mit den Ellenbogen weg, um mit auf dem Foto des *Dauphiné Libéré* zu sein, in ihrem Wagen mitzufahren, ihre Handtasche zu halten. Besuch bei der Familienkasse, bei der Arbeitsagentur, Kaffee im Stehen und ein unverhofftes Gespräch mit einer Gemüsebäuerin über den ersten Spargel des Jahres – die Ministerin war fortwährend auf Trab. Weit weg von Bercy und einer bald nicht mehr zu verbergenden Katastrophe, schöpfte sie Atem. Die Sonne brannte auf ihre Wangen. Das Blut zirkulierte wieder. Sie bekam etwas Menschliches zurück, lächelte am Fuß der Treppe in Cannes wie Nicole Kidman: »Schaut her, Franzosen, zeigt euch«, hatte der Präsident bei der letzten Sitzung des Ministerrats hilflos ausgerufen.

Mit verschlossenem Gesicht, in Gedanken bei dem Berg unerledigter Arbeit, hielt sich Bertrand am Ende des Gefolges auf, das die Fußgängerzone im Laufschritt durchquerte. Töpferwaren, Nougatstangen, Honiggläser, Patés und Spargel – er schleppte die Geschenke, die die Ministerin unterwegs bekommen hatte. Sie musste die Hände frei behalten, um so vielen wie möglich die Hand zu schütteln. Es sah aus wie der Tross der Tour de France mitten in der Hauptgeschäftsstraße. Das von den Abgeordneten zusammengestellte Dossier unter Bertrands Arm war schon ganz zerknittert. Eine farbige politische Karte des Gebiets, jüngste sozio-ökonomisch-politische Fakten (Demonstrationen, Mordfälle, Unfälle, Firmenpleiten, Großprojekte), wichtige Indikatoren in Prozent (Arbeitslosigkeit, Jugendarbeitslosigkeit, staatliche Beihilfen, Migrantenanteil), Dateikarten des Verfassungsschutzes über die Meinungsführer der Region, Schlüsseldaten der Lederbranche, Rede vor der Handelskammer. Dort, wo die Ministerin ihre Erklärung abgegeben hatte, kam es unter den einheimischen Amtsträgern zu einem regelrechten Handgemenge. Der Streitgegenstand war vollkommen unerheblich, außer für diese Leute. In der Präfektur gab es für dergleichen Anlässe offenbar unbegrenzt Zeit und Geld.

Wütend blieb Bertrand vor einem Geschäft mit tibetischer Kunst stehen. Ewas rechts der Mitte der Schaufensterauslage war ein kleines Schild in Augenhöhe angebracht:

*Zu den Kindern emporklimmen heißt sich auf die Zehenspitzen stellen.**

Bertrand las den Satz noch einmal. Da er ihn nicht verstand, schrieb er ihn zusammen mit dem Namen des Autors auf, Janusz Korczak, ein polnischer Schriftsteller und Kinderarzt, von dem er noch nie etwas gehört hatte. Bertrand hatte immer zu den Erwachsenen wie zu Riesen hochgeschaut. Und er, was für ein Vater war er?

Wie durch einen raschen Schnitt mit dem Skalpell tat sich plötzlich ein tiefer Spalt auf. Darunter Abgründe. Der Pulk war verschwunden. Die Arme voller blödsinniger Geschenke, stand Bertrand wie angewurzelt vor einem Gebäude, das ihm auf einmal ganz vertraut vorkam. Bei anstehenden Wahlen, sozialen Konflikten und Stürmen streift er kreuz und quer durch Frankreich. Die Städte ziehen an ihm vorüber, eine wie die andere. Völlig beherrscht von seinen Zahlen, den schweren Schlägen, die er einzustecken oder auszuteilen hat, gibt er nicht darauf acht. Es ist eine Szenerie im Hintergrund, bestehend aus Blaulichtern, ausgestorbenen Straßen, Fabriken, die dichtmachen, Tuc-Crackern und Landwein. Abgeordnete, Handelskammern, Präfekturen, Gewerkschafter gleichen einander. Ein Abstecher in die Provinz verleiht neuen Schwung, um die nächste Aktion zu planen. In Bertrand häufen sich die Orte

---

* Aus Janusz Korczak: *Wenn ich wieder klein bin und andere Geschichten von Kindern*, 1973

an und verschmelzen zu einem einzigen: einer herausgeputzten Provinz, falls es ein Wochenende ist. Achtlos dem Tross der Ministerin folgend, hatte er gar nicht wahrgenommen, wo er entlangging, und landete so vor dem Prisunic seiner Kindheit. Ehemals war er Mittelpunkt der Stadt gewesen, jetzt befand sich hier eine H&M-Filiale. Bertrand fühlte sich in hohem Maße austauschbar. Verletzlich, unnütz. Ein X-Beliebiger, behangen mit Nougat und Spargel. Die Clocharde – damals sagte man noch nicht Obdachlose –, die die Kinder mit ihrem Stock schlug, war mittlerweile wohl gestorben.

Auf der Rückfahrt im Zug stellte er die neuesten Nachrichten über die Eurokrise zusammen (der Spread, **die unterschiedlichen Zinssätze Deutschlands und Frankreichs**, die neuesten Zahlen von der Verschuldung Italiens, der anhaltende Aufschwung des Nationalismus in Europa) und informierte dann seine Ministerin. Frankreich koppelt sich ab und zieht Europa mit nach unten. Es glaubt noch immer reich zu sein. Die Regierung ist in Bedrängnis und weiß nicht, wie sie mit diesen extremen Entwicklungen umgehen soll. Bertrand sagt eine Telefonkonferenz mit den Sherpas der Finanzminister der Eurogruppe ab. An diesem Tag hat Bertrand zum ersten Mal nicht die Kraft, zu lügen und die üblichen Geschütze aufzufahren: Die Zahlen der Wirtschaft seien gut, die Reformen im Land zahlten sich aus, man solle den Zeitungen keinen Glauben schenken. Er atmet schwer, verspürt Übelkeit. Wozu das alles? Um sich die Arbeit dieser Fettwänste von Provinzabgeordneten mit ihrem in den Hosengürtel gequetschten Schlips aufzuhalsen?

Im letzten Studienjahr hatte er für seinen Bericht über die Besteuerung der Finanzströme den Hochschulpreis für die beste wissenschaftliche Arbeit bekommen. Als er nach seinem Auslandsmilitärdienst aus New York zurückkehrte, hatte ihn die Rothschild-Bank eingestellt, weil sie an seinen Überlegungen interessiert war. Obwohl schon ein alter Hut, würde die Idee von der Transaktionssteuer immer wieder auftauchen und die Debatte in Gang halten. Mit seinem Eintritt in die Regierung Jospin im Jahr 2000 hatte der neue Wirtschaftsminister Laurent Fabius nach dem Kernstück seines Mandats gesucht. Da sie die Ministerien seit Jahrzehnten mit Beratern versorgte, hatte Rothschild Bertrand empfohlen.

Voller Ideale, seine Abschlussarbeit unterm Arm, landete er in Bercy als Retter der Menschheit, in der Überzeugung, am großen Schicksal Frankreichs mitzuwirken. Man hatte ihn die langen Gänge entlang bis zu einem Raum mit einer Nummer geführt. Elf Quadratmeter, das gewerkschaftliche Minimum für eine sitzende Person. Bertrand wollte seinem Land dienen. Auf seinem Schreibtisch aus Akazienimitat hatte die Verwaltung die Waffen postiert, die ihm zur Verfügung standen: ein Heft, drei Kugelschreiber, ein leerer Ordner, ein Lineal, zwei Stabilos, eine Schere, ein alter Computer ohne Internetanschluss, die Vorschriften im Brandfall. Im Zimmer roch es nach den Ausdünstungen seines Vorgängers. Bertrand hatte seine Abschlussarbeit in dem leeren Standardbüroschrank verstaut. Er wurde Referent in der Abteilung für Finanzdienstleistungen. Die Fenster waren versiegelt. Keine Chance, sich frischen Wind zu verschaffen oder sich hinauszustürzen.

Während dieser fünfzehn Jahre hat Bertrand auf die für ihn nützlichen Personen gesetzt, die richtigen Steigbügelhalter ausgemacht. Entsprechend den wechselnden politischen Umständen tauschte er seine Montur, seine Marotten, seinen Minister aus. Er hat gelernt, Kröten zu schlucken, sich mit den Leuten von der ENA gutzustellen, in Halbsätzen zu sprechen, sich hinter Abkürzungen zu verstecken, beim

Drei-Banden-Billard zu glänzen, sich nicht mehr im Spiegel zu betrachten. In den Korridoren von Bercy zu manövrieren, den Spielchen der staatlichen Organe (ENA, Ecole Polytechnique, Finanzinspektion, Oberstes Verwaltungsgericht und Justizministerium sowie Rechnungshof) standzuhalten, hat ihn völlig in Anspruch genommen. Weil er sich in die Technik flüchtete, akzeptierte, herabgestuft und aufs Abstellgleis geschoben zu werden, hat er die Zeit, als die Rechten an der Macht waren, überstanden. Bertrand hat sich bis an die Spitze der französischen Technokratie, bis aufs oberste Deck des »Dampfers« mit Blick auf die Seine gehievt und darüber die Seinen und sich selbst vergessen. Dort oben empfängt er alles, was das Land an Gewerkschaften, Vereinen, Verbänden und Lobbys aufzuweisen hat, die sich an ihre Einkünfte und Besitzstände klammern. Er will niemanden verärgern, will Zeit gewinnen. Er redet in Andeutungen, mit Auslassungen, gibt sich die allergrößte Mühe, nichts zu versprechen und nichts abzulehnen. Er verwaltet die Erwartungen, die er mit der Realität verwechselt. Er vertritt das Land bei allen Wirtschaftsdebatten, speist mit Obamas Beratern. Als Mensch schrumpft er mehr und mehr zusammen, überrollt von einer dreifachen Dampfwalze: Karriere, Ehe, Hauptstadt. Das überteuerte »Pariser Leben«.

Bei ihm hat alles etwas Unzeitgemäßes: der Schnitt seines Anzugs, die Gesichtsfarbe, die Beziehung zu der einzigen Frau, die er je geliebt hat, Clara. Von Weitem ist alles in Ordnung, unter Kontrolle, blitzsauber, dabei ist er noch keine vierzig. Er verfasst Hausmitteilungen wie am Fließband, die selten gelesen werden. Sein soziales Leben dient dazu, dass sein Netz Früchte trägt. Cocktailempfänge, Beratungen, Indiskretionen im *Canard enchaîné** – er stellt

---

* französische Satirezeitung

die Illusion der Macht zur Schau. Er achtet darauf, zu offiziellen Essen verspätet einzutreffen, brüstet sich mit seiner Rolle des Technokraten, der bei den Mächtigen gut angesehen ist, bauscht Gerüchte über sie auf. In Bercy ist er nichts weiter als die Stimme seiner Herren: der Ministerin, des Präsidenten, der Banker, der Lobbyisten, von Brüssel und den Regionen, in zufälliger Reihenfolge. Stets auf seinem Posten und immer zuverlässig, repräsentiert er die Welt des Davor. Die des Dogmas vom unendlichen Wachstum, von unbegrenzten Ressourcen, von unantastbaren Eliten und gefügigen Massen. Die alte Ordnung und den ehrwürdigen Staat: eine Welt in Auflösung.

9

Wenn in Bercy plötzlich ein Bankchef auftaucht, läuten alle Alarmglocken Sturm. Seitdem er den öffentlichen Dienst verlassen hat, verachtet er ihn und seine kümmerlichen Gehälter. Er befasst sich wieder mit ihm, um seine Haut zu retten. Blendend ausgerüstet mit seinem goldenen Handschlag, schwingt er die Peitsche einer drohenden Pleite. Es ist nie seine Schuld. Um Profite, also »Wachstumspunkte für das Land«, zu erzielen, hat das Investmentbanking seines altehrwürdigen Instituts das Portfolio seiner Depotkunden abgeschöpft, und das über Generationen. Verbittert zeigt er die mit AAA eingestuften CDO*-Stapel vor, die er unterschrieben hat, um sich abzusichern. Er hält ihnen Rechnungsbücher hin und beschwört das Gespenst einer systemischen Krise, von Tausenden gefährdeten Arbeitsplätzen, einem das Ansehen des Landes beschämenden Bank Run** und einer sicheren Niederlage der herrschenden Partei bei den nächsten Wahlen. Zitternd rechnen die Technokraten von Bercy – auch Bertrand – die Anzahl der aneinandergereihten Nullen nach, lassen sich von Reportings in der Art einer höllischen Schnitzeljagd in die Enge treiben. Quasi in Geiselhaft rufen sie Jérémie.

---

* Collateralized Debt Obligation: Absichtlich komplex strukturierte Finanzprodukte für unterschiedliche Bedürfnisse, wie Refinanzierungskosten senken, Möglichkeiten für Schiedsverfahren ausnutzen und vor allem das Kreditrisiko minimieren. Freier, nicht regulierter, also unbegrenzter Markt.

** Bei einem Bank Run heben viele Anleger zugleich Geld ab. Das kann zur Insolvenz der Bank führen.

Mit seinem kostbaren Köfferchen taucht er dann irgendwann auf. Die »Kranke« wartet in einem eigens zu diesem Zweck vorgesehenen Raum: dem *war room*. Jérémie findet ganze Kolonnen von Buchungslisten, Tausende von Seiten mit Codes und Zahlen: Produkte, Kredite, Garantien – bis zu fünfzigtausend Buchungszeilen. Die Leute von der Bank verteidigen sich, sie zeigen »Elemente« auf, aber keine Erklärung. Sie verlassen den Raum mit einem letzten hoffnungsvollen Blick auf diesen Finanzmann, der aussieht wie ein Tennisspieler. Jérémie zieht sich mit seiner kleinen Mannschaft von Data Crunchers zurück, ebenso flinke wie formbare junge Leute. Sie geben die wichtigsten Kreditlinien in das gewaltige Tabellenkalkulationsprogramm ein. Sie bemessen sich in Milliarden Euro. Jérémie hat eine Nacht, um seine Prognose vorzulegen, den Motor auseinanderzunehmen, seine Vorstellungen von zu erwartenden Cashflows zu entwickeln. Während sein Team die Daten durchrechnet, ruft er seine Geschäftsfreunde an, seine »Kumpel«: Die anständigen Banker kennen sich, vertrauen einander, arbeiten nur unter sich. Es ist eine Handvoll. Sie wissen, wer hinter den Firmenkürzeln die Geschäfte getätigt hat, mit wem und warum. Am nächsten Morgen ruft Jérémie Minister, Generaldirektoren, Büroleiter und sonstige Zerberusse zusammen. Sie haben nicht geschlafen. Einige sind in der Nähe des *war room* geblieben, haben Jérémie und sein Team mit Kaffee und Klub-Sandwiches von Ladurée versorgt und dabei ängstlich auf die Bildschirme gestarrt, um eine erste Bewertung abzulesen. Den Beginn einer Zukunft.

In die Totenstille hinein leitet Jérémie, ein Auge auf dem Computer, seine Prognose mit einer Vorrede ein. Sein erster Satz ist ein Ritual.

»Der Gott der Statistik ist unbarmherzig, und er hat gesprochen. Wie Sie wissen, ist das System der Ratingagenturen ein großer Bluff. Ihre Papiere mit dem Triple A sind keine achtzehn *Cent* wert.«

Im »Milieu« macht man sich nicht einmal mehr die Mühe, von »Vermögenswerten« zu sprechen. Der Kredit ist kein Kapital, das man sich zurückholt, sondern das man wieder verkauft, ein »Papier«, ein elektronisches Schreiben, das man jedermann unterjubeln kann. Dann redet Jérémie Klartext:

»Das macht für Sie ein Loch von zwölf Milliarden. Okay, das ist eine grobe Schätzung. Aber auf eine Milliarde mehr oder weniger kommt es ja nicht an!«

Dann listet er bis ins kleinste Detail die Schwachstellen, Verluste und Ungereimtheiten, alle Schattenseiten des Bankinstituts, auf. Der Urteilsspruch fällt: Der Chef steht an der Spitze eines Kartenhauses, zutiefst gedemütigt, weil er das in keiner Weise geahnt hat. Und weil er Dinge geleugnet oder verheimlicht hat. Bei seiner Inkompetenz erwischt, nackt wie eine Made bei Polarkälte, schweigt er, wird alles billigen, egal was. Jérémie fährt fort:

»Was vermieden werden muss, sind Kreditlinien ohne Garantie der EZB. Das lindert zwar den Schmerz, löst aber nichts. Es ist wie im Krankenhaus: Hast du einmal Morphium genommen, kommst du nicht wieder davon los. Es erleichtert, ist aber der Anfang vom Ende.«

Nun verordnet er die Behandlung. Verkauf in Tranchen, oft zum Schrottwert, immer in drei Teilen: Vernichtung der hoffnungslosen Bestände, Veräußerung der giftigen Kreditpapiere zum besten Preis, Rettung der einigermaßen gesunden Teile. Er verkündet, was zu tun ist: den Schlamassel aufwerten. Er schlägt ein Heilmittel vor: die potenziellen Käufer auflisten. Geier-Fonds, direkte Konkurrenten, Staaten – Jérémie sagt, an wen verkauft werden soll und wie viel. In diesem Moment der Operation klappt der Chef, trotz seines goldenen Handschlags und der Unmengen von CDO-Abschlüssen, zusammen. Kein Produktpaket bewahrt vor dem Risiko des Gesichtsverlusts.

Die Krönung des Ganzen: In seinen Einschätzungen hat Jérémie auch den Einfluss des politischen Diskurses bedacht und die wichtigsten Begriffe aufgeführt. Die Kommunikationsberater, Vanessa oder ihre Konkurrenten, übernehmen den Rest. Die Manipulationsmaschine kann starten. Wenn möglich noch vor Öffnung der Börse. »Sanierung, klare Entscheidungen, Solidität gesichert«; die Aktion läuft an, die Wörter kommen wie von allein. Der Form halber entlässt Bercy die Chefs aus ihrem Amt. Ein paar Wochen später werden sie an die Spitze einer anderen Bank katapultiert. Das geht wie geschmiert. Die Dienststellen des Ministeriums verfügen über eine VIP-Abteilung beim Arbeitsamt und beim Fiskus.

Die Politiker verstärken die Rettungspläne, die Banken veröffentlichen fantastische Zahlen. In diesem Freudentaumel überspringt der CAC 40 die Schranke von viertausend Punkten. Jérémie operiert Tag und Nacht, amputiert, bereinigt, saugt Fett ab, näht wieder zu. Von außen betrachtet halten sich die Banken, bestehen alle Stresstests. Notdürftig zusammengeflickte Zombies. Sie leihen sich nichts mehr untereinander. Das Bankensystem ist gelähmt. Die Schwächsten schließen sich zusammen, um ihre Haut zu retten. »Na schön«, pflegt Jérémie dann resigniert zu sagen, »wenn du einen Liter Milch mit einem Liter Scheiße mischst, ergibt das zwei Liter Scheiße.« Sie steckt überall. Die EZB hat die Schleusen geöffnet: Sie ertränkt die Ausscheidungen unter einer Flut von frischer Liquidität.

Von den Zeitungen an den Pranger gestellt, von seinesgleichen 2005 vor die Tür gesetzt, ist Jérémie der Mann im Schatten, der Mann mit dem Rettungsplan für Portis, Irland,

Island, die Fusion von GMRR* und Sparkasse. Als alter Schmuggler kennt er die Tricksereien der Banken und der Staaten und ihr hysterisches Kleben am »Papier«. Auf der ganzen Welt gibt es fünf oder sechs wie ihn. Er ist der »panic button« der Europäischen Kommission und der Regierungen und flüstert den Hedgefonds ins Ohr, sie seien »die Einzigen, die in der Lage sind, die Politik auf den Boden der Tatsachen zurückzuholen«. Cameron und der Präsident der Europäischen Kommission Marropo haben seine Handynummer. Die Kanzlerin nennt er beim Vornamen. Das Geheimnis seines Erfolgs? Sein Computer, seine Datenbanken, seine Handys und seine Kumpel.

---

* Golden Rim Ressources Ltd., ein Unternehmen, das in Mali und Burkina Faso Goldvorkommen auskundschaftet

10

Im Wipfel einer knorrigen Eiche flattert eine weiße Plastiktüte im Wind. Der Telegrafenmast ist über und über mit Zetteln beklebt. Eine Sozialarbeiterin, die gerade aus der Regionalbahn gestiegen ist, drückt sich an den Hauswänden entlang bis zum Arbeitsamt. Am Nachmittag gleicht Sarcelles einer ausgestorbenen Stadt. Die Einwohner haben sich in ihren vier Wänden verkrochen oder am anderen Ende der Schienen, in Paris, das sie unter sich »die Matrix« nennen.

In Antoines Zweizimmerwohnung läuft ***Lettre à France,*** Brief an Frankreich, von Michel Polnareff in Endlosschleife. Auf seiner Weltreise hat er nichts anderes gehört. Während er immer weiterzog, hat er sich fast verloren. Er hatte keine Zeit, Clara auf das Lied aufmerksam zu machen. Doch Polnareffs Frankreich war immer sie.

Er hockt sich vor einen kleinen Plastikbehälter, überprüft die Mischung. Der Gips fängt an, fest zu werden. Er verstaut die Betonsäge unter der Matratze auf dem Fliesenboden. Er räumt die abgetrennten Teile der Rigipsplatte in den Boden seines einzigen Einbauschranks. Dann lässt er ein paar versiegelte Säckchen mit Goldstücken senkrecht in das ausgesägte Loch gleiten: Napoleondore, Sovereigns, Krugerrands aus Südafrika. Antoine hat keinerlei Vertrauen in die Banken. Er tauscht Gehälter und Gewinne gegen kostbare Metalle ein und bringt das Ganze in Sicherheit. Er verstreicht den Gips, stellt seinen neuesten »Safe« fertig. In seinen zwei Zimmern in Sarcelles häuft er ein kleines Vermögen an. Antoine ist jedoch alles andere als ein Geizkragen. Er bereitet sich auf einen Währungskrieg vor, den Zusammenbruch Europas, den finalen Crash.

Nachts pokert er im Cercle Cadet, einem Klub im IX. Arrondissement. Handwerker, Geschäftsleute, Angestellte kreuzen hier mit ihrem Monatslohn, den Ersparnissen ihres Filius oder dem Sparstrumpf einer netten Tante auf. In der testosterongesättigten Atmosphäre schreien die Typen herum oder brechen zusammen. Die chinesischen Croupiers verziehen keine Miene. Das Geld brennt den Leuten unter den Nägeln. Die Schicksale geraten durcheinander. Antoine meidet die viel eleganteren Clubs des Triangle d'Or, wo die Geschäftswelt ihre Nächte verbringt. Auf ihren roten Samtsesseln in den verräucherten Sälen halten sie sich für Mafiosi und vergessen, dass sie es sind. Stars des Showbiz, erregte Unternehmer, ehrgeizige junge Männer der CAC-Gesellschaften spielen Sich-gegenseitig-Angstmachen. Aber nie mit ihrem Leben. Sie vermeiden es, nach Hause zu gehen, sich der tief im Innern bohrenden schrecklichen Frage auszusetzen: »Was hast du mit deinem Tag angestellt?« Diese Könige des Absurden sind nicht einmal überzeugt, überhaupt einen gehabt zu haben.

Es ist Zeit für sein Ritual, das Bad. Als Antoine einige Monate zuvor die Wohnung mietete, hat er nichts verlangt – weder Licht, Ausblick oder ein bestimmtes Stockwerk – außer einer Garage für sein allerneuestes, geliebtes Motorrad, eine Hayabusa Suzuki mit hundertsiebenundneunzig PS, und einer Badewanne für sich. Duftkerzen, Kokosmilch-Badezusatz, Plastikenten, eine Bürste für das Fußgewölbe – sein Badezimmer könnte das einer typischen Leserin der Frauenzeitschrift *Biba* sein. Er hat seinem Körper niemals Aufmerksamkeit geschenkt. Seitdem er mit zerschlagenen Knochen auf dem Boden des Campus lag, hegt und pflegt und überwacht er ihn, stets in der Angst, nicht mehr laufen zu können.

Er lässt sich ins Wasser gleiten, genießt einen Moment dieses unendliche Gefühl von Ruhe. Auf ein über die Badewanne gelegtes Brett stellt er seinen Laptop, einen Mac, dessen Logo er mit einem Kreuz aus schwarzem Tesafilm überklebt hat. Sein schlaffer Körper ist bis zu den Schultern mit Wasser bedeckt, seine Energie richtet sich auf das Wesentliche, die Durchblutung des Gehirns. Hier, in der Badewanne, im Zustand der Schwerelosigkeit, kann Antoine am besten nachdenken. Und seine schönsten Attacken liefern.

Mit dem linken Fuß am Hahn lässt er etwas warmes Wasser nachlaufen, öffnet seine VPN-Verbindung, um seine IP-Adresse zu verbergen. Derart gesichert, schließt er sich den Hunderten von Piraten an, die wie er gerade online sind. Er startet das Softwareprogramm LOIC, um sich an der Denial-of-Service-Attacke auf die Labore von DACHE zu beteiligen. Mehrere Stunden lang wird der Pharmariese keine E-Mails mehr bekommen, keine Websites öffnen können und keinen Zugriff auf seine Unterlagen haben. Sein Börsenkurs wird an diesem Tag abstürzen und etliche Millionen Börsenkapital vernichten. Die Hacker werden *back doors* einrichten, damit sie auf ihren Servern wieder herumsurfen können. Und um im Internet vielleicht Patentschriften und andere vertrauliche Informationen zu verbreiten. Antoine verabscheut die Pharmaindustrie, er hält sie für weitaus gefährlicher als die Waffenhändler und die Banklobby zusammen. DACHE **weigert sich, Medikamente nach Griechenland zu liefern**, seitdem der Staat die Bestellungen nicht mehr bezahlen kann. Nur bar zahlende Kranke werden noch behandelt. Dann ist Funkstille: Dem »Kartell« ist es gelungen, das Geräusch abzustellen, die Quelle zu diskreditieren. Wie bei allen Fragen zu Steuerparadiesen, zum abgekarteten Spiel der Eliten, zur ausströmenden Radioaktivität und noch viel Schlimmerem.

Während der Attacke sendet Euronews in einem Fenster seines Computers die x-te Reportage über Spanien. Demonstranten umstellen das Parlament. Die Abgeordneten sollen über ein Sparprogramm abstimmen, das die Troika – Vertreter des Internationalen Währungsfonds, der Europäischen Union und der Europäischen Zentralbank – ihnen diktiert hat. Unter Buh-Rufen betreten sie das Parlament.

»Mit Schulden die Völker kleinkriegen! Das wird man ihnen noch heimzahlen!«, kommentiert Antoine, während er mit dem linken Fuß das Wasser abstellt.

Der Reporter berichtet von den Anstrengungen der Halbinsel, im Jahr 1999 in die Eurozone aufgenommen zu werden. Dann zoomt die Kamera auf einen Aktivisten, der herausschreit:

»Ihr wolltet Sklaven. Ihr werdet Rebellen haben!«

»Genauso ist es!«

Die Reportage schließt mit Ausschnitten aus einer äußerst kritischen Untersuchung des IWF über das Vorgehen der Europäischen Kommission in der Griechenlandkrise: **Die Weigerung, den Banken allzu große Verluste aufzuerlegen, hat die Rezession verschärft.**

Antoine ist mit Europa groß geworden. In der Schule lernte er seine Schlachten und Zuckungen auswendig. 1984 sah er, wie Mitterrand und Kohl in Verdun Hand in Hand standen. 1992 fuhren seine Eltern mit ihm – wegen der Geschichte – nach Maastricht. 1999 tauschte er, ohne mit der Wimper zu zucken, seine Francs in Euro um. 2005 stimmte er beim Referendum über die Europäische Verfassung mit einem entschiedenen Ja. Pro-Europäer zu sein hieß, ohne zu wissen warum, fortschrittlich zu sein, so wie man es ihm immer gesagt hatte. Das war sein ideologischer Saucenfond, dazu die Marken, das *Just do it* von Nike und die japanischen Mangas. Als sich die Welle des Nein zu Europa durchsetzte, ist er noch einmal für vier Jahre nach Asien aufgebrochen. Und er hat aufgehört zu wählen.

Die Offensive gegen DACHE verstärkt sich. Sein Computer agiert von allein. Wie Tausende anderer Geräte in diesem Moment versucht er, eine Verbindung mit den Servern des Pharmariesen herzustellen. Da er gerade nichts zu tun hat, klickt er auf einen von ihm selbst geschaffenen RSS-Feed über die ***Apokalypse der Zombies***. So ist eine ganze Serie von Attacken benannt, die die USA innerhalb weniger Wochen überzogen hat. Antoine hat eine Vorliebe für das Aufspüren sonderbarer Ereignisse, um sie dann in einen Zusammenhang zu stellen. Dabei findet er seine besten Lektürehinweise.

Hollywood, Florida: Zwölf Schüler und zwei Lehrer der McArthur High School fallen nach einem mysteriösen Ausbruch von Nesselfieber auf Armen und Oberkörper in Trance.

Fort Lauderdale, Florida: Der Flugplatz wird infolge einer plötzlich aufgetretenen Nesselfieberepidemie geschlossen. Tausend Passagiere mussten behandelt werden, und vierzehn Flugzeuge starteten mit Verspätung.

Waco, Texas: Nachdem er seinen Hund, ohne ihn vorher zu töten, gegessen hat, jagt Michael Terron bellend seinem Nachbarn hinterher. Er fleht die zu Hilfe gerufenen Polizisten an, auf ihn zu schießen, damit die Wirkung des K2, eines synthetischen Cannabis, nachlässt.

Boca Raton, Florida: Auf der Fahrt vom Krankenhaus, in dem er arbeitet, wird Doktor David Richard, Anästhesist, wegen Geschwindigkeitsüberschreitung gestoppt. Als er in Handschellen auf dem Rücksitz des Polizeiwagens sitzt, durchschlägt er mit dem Kopf das Trenngitter, spuckt dem Polizeibeamten Blut ins Gesicht und beißt ihm in die Wange.

Lititz, Pennsylvania: Richard Cimino jr. wird in den Morgenstunden von Ordnungskräften überwältigt. Splitternackt und blutüberströmt hatte er den Kopf einer Frau angefressen und dabei tierische Laute ausgestoßen. Obwohl er durch eine Schreckschusspistole lahmgelegt wird, beißt er den Notarzt, der ihn versorgen will.

Hackensack, New Jersey: Ein Mann wird ins Krankenhaus eingeliefert, nachdem er sich seine eigenen Eingeweide herausgeschnitten und versucht hatte, die Polizei damit zu bewerfen. In einen Winkel seines Hauses verschanzt, hatte er gedroht, sich zu töten.

Miami, Florida: Rudy Eugène, einunddreißig Jahre, arbeitslos, wird von Polizeibeamten mit fünf Schüssen niedergestreckt, als er am Rande des Verkehrsknotenpunkts Causeway Bay das Gesicht eines Obdachlosen hinunterschlang. Nackt, Grunzlaute ausstoßend, saß er rittlings auf seinem Opfer, Ronald Poppo, fünfundsechzig Jahre, und hielt ihn verbissen fest. Ungeachtet der Aufforderungen der Polizisten machte er sich daran, ihm nach Auge, Ohr und Wangen eine Niere herauszureißen. Im Jahr 2008 hatte der Angreifer Rudy Eugène mit angesehen, wie sein Haus von der Bank gepfändet wurde. Er soll Mephredon genommen haben. Diese billige, auch als »Badesalz« bezeichnete Droge ist im Handel als antriebsförderndes Mittel frei verkäuflich und steht häufig an den Kassen. Die trauernde Witwe beschreibt ihn als freundlichen Menschen.

Antoine blickt zu dem Säckchen mit Ingwerbadesalz auf dem Rand der Badewanne, ein Treuegeschenk der Verkäuferin des Body Shops in der Gare du Nord.

Auf seinem Laptop öffnet sich ein neues Fenster und reißt ihn aus der morbiden Faszination seiner Lektüre. Es ist ein Amateurvideo von einem seiner Hackerfreunde mit dem Vermerk »Watch this«. Es handelt sich um eine lange Einstellung von einem Güterzug an einem Bahnübergang, der mit Bradley-Panzern und Militärlastern vom Typ Hemmt beladen ist. Der Zug durchquert **Watsonville**, einen stillen Ort südlich von San Francisco. Vom Bahnübergang aus aufgenommen, scheint die Wagenschlange kein Ende zu nehmen.

Um seine Meinung zu untermauern, beginnt er zu recherchieren, nachdem er seine Quellen gesichert hat, und geht auf die Konspirationsseiten. Er zappt auf ein Punk-Anarchisten-Forum. Im Kopf fügt er die einzelnen Teile des Puzzles zusammen. Im November 2011 hatte Obama erklärt: »Die Unruhen in der aufgebrachten Bevölkerung aufgrund der Wirtschaftskrise stellen eine weitaus ernstere Bedrohung dar als der Terrorismus.« Am 31. Dezember 2011 hatte der Friedensnobelpreisträger den Patriot Act verlängert und verschärft, indem er den ***National Defense Authorization Act*** unterzeichnete, ein Gesetz, das es erlaubt, »ohne Prozess für eine unbestimmte Zeit jede Person zu verhaften, die eine Bedrohung für die amerikanischen Interessen darstellt«. Der Todesstoß für den *Habeas Corpus Act*, wonach niemand ohne Gerichtsbeschluss in Haft gehalten werden darf, wird sang- und klanglos zum gerade anbrechenden neuen Jahr geführt. Im April hat das Department of Homeland Security – das Ministerium des Innern – den Kauf von **vierhundertfünfundneunzig Millionen Streubomben** bestätigt. Was würden sie damit anstellen? Ihre eigene Bevölkerung angreifen? Bin Laden ist tot. Die Finanzwelt macht alles nieder. Und die Politiker machen mit. Sie haben ausgedient. Iran, Libyen, Griechenland, das Klima – alles Krisen, die nicht schnell gelöst werden können. Sie verbergen das Wesentliche: Das Scheitern des westlichen Modells zieht die Mehrheit der Bevölkerungen der Nordhalbkugel mit sich in die Deflation, die Deklassierung und die Depression. Die Geheimhaltung dient nur den Inkompetenten.

Antoine weiß, dass all das – ein Staat, der seine eigene Bevölkerung angreift – möglich geworden ist. Im letzten September hatte er mit den Aktivisten von Occupy Wall Street auf dem Broadway demonstriert. Als richtiger Hacker wollte er sich diese neue Form der Empörung mit eigenen Augen ansehen und kaufte sich ein Ticket nach New York. Es war gut gemeint und friedlich. Ein als Trader verkleideter Typ mit einem Strick um den Hals deklamierte Shakespeare: »To be or not to be?« Eine Frau in den Fünfzigern, ganz in Hellgelb, zog einen Aktenkoffer hinter sich her. Aus Angst vor einem Einbruch schleppte sie Beweise für das abgekartete Spiel zwischen einer großen amerikanischen Bank (die sie entlassen hatte) und der Waffenlobby mit sich herum. Weil sie zwielichtige Geschäfte der Bankenindustrie enthüllte, fürchtete sie um ihr Leben. Antoine stellte sich an eine Hausecke, ein paar Blöcke südlich des Union Square. Vor ihm stöhnte ein Mädchen mit strohigen roten Haaren. Sie musste etwa zwanzig Jahre alt sein. Er hatte sie schon im Lager bemerkt. Dort gab sie Yogakurse, bei denen sich ihre Tätowierung im Nacken, ein etwas verunglückter Schmetterling, immer etwas verzerrte. Jeder Tag, der verging, veränderte sie. Der Dreck, die Nächte auf dem nackten Asphalt, die Angst vor Razzien, die Kälte zehrten an ihr. In wenigen Wochen war sie um zehn Jahre gealtert. Jetzt, auf dem Broadway, war ihre Kehle ganz ausgetrocknet, ihre Stimme heiser. Sie lag völlig entkräftet auf dem Boden. Als Antoine sich bückte und ihr eine Flasche Wasser reichte, tauchten auf einmal die »Ordnungskräfte« auf. Ohne Vorwarnung nahmen sie sie mitten in Manhattan als Zielscheibe und besprühten sie mit **Tränengas**. Die Kräfte des Lebens gegen die Kräfte des Todes, ein Duell Mann gegen Mann – so kann man die Schlachten der Welt zusammenfassen. Die Vereinigten Staaten, ein Land der Wirtschaftszombies und der Zombieideale, lassen schon ihre Kinder fallen. Amerika ist noch verrückter, als man meint, und bereitet sich auf den Bürgerkrieg vor.

Alle vier Jahrzehnte ist eine Generation wie besessen von dem Drang, die Demokratie neu zu erobern. Antoine muss für niemanden sorgen. Religion, Konsum, Fernsehen – er glaubt an nichts. Er versucht ohne Fesseln zu leben, fühlt sich nur im Netz wohl. Ohne jegliche Bindung, hat er sich die Mauern seines Gefängnisses selbst geschaffen. Er sieht zu, wie diese Ära zu Ende geht. Davor will er noch mit Clara sprechen. Antoine steigt aus der Badewanne, zieht ein eigens für die abendliche Zeremonie bestimmtes sauberes T-Shirt und eine saubere Hose an.

11

Zur Überreichung des Ordens Chevalier des Arts et des Lettres platzt der Sitzungssaal der UNESCO aus allen Nähten. Minister auf dem Prüfstand, Direktoren zwischen zwei Prozessen, Leitartikler mit gebremster Feder, das sind die 0,001 Prozent, die Frankreich aus- und kaputtmachen, eine ehrwürdige Versammlung von Hemden mit Monogrammen, Handtaschen von Vuitton, roten oder weißen, geschickt um die Schultern drapierten Stolen. Von ihren Rednertribünen herab fallen sie übereinander her, in Talkshows reißen sie sich in Stücke. Ist kein Mikro auf sie gerichtet, laden sie sich zum Essen ein. Unter der Deckentäfelung des Hauptsitzes des Weltkulturerbes nehmen sie Neuigkeiten vom jüngsten Sprössling entgegen, rufen einander zu und begrüßen sich mit »Kamerad«. Die Mitglieder der Elite kennen sich untereinander, sie haben ihre Treffpunkte, die Cocktailpartys, den Golf und die Jagd. Unter sich leben sie wie im Rausch. Ein Terrorist könnte hier ein Blutbad anrichten.

Clara hat dieselbe Kopfhaltung wie Sissi, ihr schmaler Körper ist in ein strenges Kostüm gezwängt. Allein am Rednerpult, von Hunderten Augen seziert, erlebt sie ihre fünfzehn Minuten Ruhm à la Warhol. Innerlich wütet sie gegen diese Jacke von Zara, die sie unterwegs ohne Anprobe gekauft hat und die am Hals kratzt. Ängstlich fasst sie sich in den Nacken, ist sich nicht mehr sicher, ob sie das Etikett entfernt hat. Wie lange schon hat sie sich nicht mehr die Zeit genommen, in eine Ankleidekabine zu gehen?

Sie spult eine Nullachtfünfzehnrede über die Rolle der Frau in der Presse ab, über das Vertrauen, das ihr ihre Redaktion entgegenbringt. Eine hagere Brünette in den Fünfzigern krampft die Füße in den für einen Mindestlohn gekauften Pumps zusammen. Die echten Powerfrauen möchten ihre Zeit als Schürzenjäger-Killerin vergessen machen. Das Blut ihrer Opfer klebt an den Stufen, die sie zum Ruhm emporgestiegen sind. Jetzt betonen sie ihre Weiblichkeit: Wenn sie nicht mehr genug essen, stecken ihre ausgemergelten Körper in Kostümen von Chanel; wenn sie heimlich naschen, quetschen sie sich in eine zu enge Bluse, darüber hängen lange Ketten wie Sabberlätzchen um den Speckfaltenhals. Ihr »Hunger« bemisst sich nach der Höhe ihrer Absätze. Mit verschlossenen Mienen, undurchdringlichen Gesichtern warten die Gäste, in Gedanken bei ihrem Steuerberater, auf die Appetithäppchen.

Ohne dem Fresko von Dalí über ihnen auch nur einen Blick zu schenken, diskutieren Bertrand und Jérémie, die Hand vor den Mund gelegt, in den hinteren Reihen leise miteinander.

»So kann es nicht weitergehen«, flüstert Bertrand.

»Ach was, hier hat niemand ein Interesse daran, dass sich etwas ändert«, beschwichtigt Jérémie und weist mit dem Kinn auf die Anwesenden. »Die Too-big-to-fail, das sind die hier, Mann! Die geben nichts aus der Hand. Wenn du zur Elite gehörst, dann hast du ausgesorgt!«

Ihre Karriere startete von demselben Ausgangspunkt. Bertrand hat sich mit Erlassen, interministeriellen Streitereien, mit Supranationalität und Dienstreisen in die Provinz betäubt. Im inneren Machtzirkel der Politik hat er Zähne und Zentimeter eingebüßt. Jérémie ist nach seinem spektakulären Absturz mit den aufsteigenden Winden der Finanzwelt gesegelt und hat sich so seinen Weg gebahnt. Mit seinem gebräunten Gesicht und den halblangen Haaren scheint er nie arbeiten zu müssen. Er hat Zeit für sich. Je mehr es mit der Wirtschaft bergabgeht, desto leichter ist sein Spiel. Er lebt im Schatten, nahe an der wirklichen Macht, weiß jedoch, dass man sich die Finger verbrennt, wenn man sie zu ergreifen sucht.

»Es geht zu weit. Du musst deinen Leuten von den Banken und Fonds sagen, dass sie zurückrudern sollen«, beharrt Bertrand.

In Bercy ergeht es Bertrand wie dem Chef von TEPCO nach dem Tsunami. Er kennt das Ausmaß der Katastrophe, weiß aber keine Lösung. Die Massen einzulullen ist eine Frage der nationalen Sicherheit, wozu ein zur militärischen Geheimsache erklärter Komplex aus Medien und Pharmaindustrie Beihilfe leistet.

»Hör auf rumzujammern! Die Sparpolitik ist geweihtes Brot für Technokraten wie dich! Erst lässt du das Land zusammenbrechen, und dann winkst du alles durch, wovon du nur träumst. Offenbar hat die griechische Regierung die Defizitzahlen aufgebläht, um eine größtmögliche Zahl an Reformen durchzusetzen.«

»Das würde mich nicht wundern.«

»Mensch, ihr müsst einen Schlussstrich ziehen und Griechenland fallen lassen. Das Land ist keine 460 Milliarden wert. Auch wenn es im Norden reichlich Schiefergas gibt und die Inseln paradiesisch sind. Das muss aufhören.«

»Man hätte sie nie in den Euro aufnehmen dürfen. Es ist genau dasselbe wie mit Zypern, Portugal, Irland … und erst Slowenien, verdammt!«, klagt Bertrand. »Wir haben uns reinlegen lassen wie Anfänger.«

»Spiel nicht das Unschuldslamm. Ihr habt beide Augen zugedrückt, als es euch in den Kram passte. Du vergisst, dass ich meine Zeit damit verbringe, eure Deals wieder auszubaden.«

»Hm«, räumt Bertrand mit leerem Blick ein. »Wir waren naiv, und die Märkte haben das geschätzt.«

»Hat eine führende Geschäftsbank wie die BNP ein Interesse daran, dass Griechenland zusammenbricht, oder nicht? Das ist doch das Problem, mein Lieber.«

Vor ihnen dreht sich Alison verärgert um und wirft ihnen einen strafenden Blick zu.

»Shut up, you two. Wenigstens wegen Clara könntest du dich zusammenreißen, Bertrand! Es ist ein großer Tag.«

Geburten, Hochzeiten, Kümmernisse und kleine Siege, sie sind immer füreinander da gewesen. Alison fühlt sich in der Rolle eines Cheerleaders außerordentlich wohl.

»Die Schwäche Frankreichs löst überall Besorgnis aus. Es zieht Europa nach unten. Vor zehn Jahren wollten wir Deutschland sein. Wir werden Spanien oder Italien sein«, fährt Jérémie leiser fort. »Wir müssen die Rente mit achtundsechzig einführen und die Lebensversicherungen in eine Leibrente auf dreißig Jahre umwandeln.«

»Das ist kompliziert«, verteidigt sich Bertrand, um seine Verbitterung zu verbergen.

»Kompliziert! Ihr habt keine europäische Strategie, keine Wirtschaftspolitik und seid nicht mal mehr imstande, euren gesunden Menschenverstand zu gebrauchen! Bis jetzt habt ihr die Arbeitsplätze mal hier, mal dort zusammengekratzt, sogar unter Sarko. Aber jetzt muss man schließen. Sonst werden die Märkte den Spread prügeln und in die Höhe treiben. Und an dem Tag, an dem die französischen Zinssätze steigen, musst du nur noch Sirtaki tanzen lernen.«

Die Verschuldung der Nation bleibt dank der äußerst schwachen Zinssätze vertretbar. Daran ist nichts Rühmliches: Die Märkte verleihen an Frankreich, weil sie an Spanien, Portugal, Italien oder Griechenland nicht mehr verleihen. Am Rande des Kontrollverlusts über die öffentlichen Finanzen ist das Land ein Albtraum für die Technokraten.

»Selbst Pitch wird euch irgendwann fallen lassen«, trumpft Jérémie auf, wobei er auf einen Mann unter den Gästen zeigt.

Der äußerst zurückhaltende Chef einer der mächtigsten Ratingagenturen der Welt ist Franzose. Außer den Statthaltern der Macht, die ihm zu Füßen liegen, kennt ihn niemand, und niemand hat ihn gewählt. Er ist der einflussreichste Mann im Land, er taucht niemals in den Zeitungen auf. Bertrand ruft ihn einmal täglich an, um das Fälligkeitsdatum für die Herabstufung des französischen Ratings hinauszuzögern. Es gehört zu seinen Vorrechten, die Chefs – die Bercy ernannt oder gekürt hat – davon zu überzeugen, schlechte Nachrichten zurückzuhalten. Er übt auf die öffentliche Auftragsvergabe Druck aus, holt das Kündigungsverbot in der Verwaltung aus der Schublade, appelliert an den Korpsgeist – er schmeichelt, fleht, ordnet an, droht. Er gewinnt Zeit, korrumpiert sich in jedem Augenblick.

»He, hörst du mir überhaupt zu?«, bedrängt ihn Jérémie.

»Pitch? Ja, du hast ja recht, ich muss ihn anrufen«, stimmt Bertrand zu, während er sich den Hals verdreht, um Alison anstieren zu können wie ein Dackel, der seine Beute wittert. »Aber … was hat denn deine Frau gerade?«

»Weiß ich doch nicht. Wieso?«, fragt Jérémie erstaunt.

Über ihren werbewirksamen, auf dünnen Absätzen ruhenden Anti-Cellulite-Beinen ragen zwei Pobacken hervor, die sich unter der eng anliegenden Hüfthose abzeichnen. Ein Fledermauspullover aus weißem Kaschmir unterstreicht ihre Wespentaille und gibt eine sonnengebräunte Schulter frei. Bestimmt die Seychellen.

»Findest du nicht, dass sie sich … ich weiß nicht … irgendwie verändert hat? In den ganzen zwanzig Jahren habe ich sie noch nie so gesehen«, beharrt er genießerisch.

Jérémie schnappt seinen hündischen Blick auf.

»Nein – was willst du damit sagen?«, fragt er zurück und zieht Bertrand beiseite.

»Wir sind Freunde … Ich kann doch offen mit dir reden, oder?«

»Ja … sicher …«

Bertrands Augen weiten sich lüstern, seine Züge, in denen wieder einmal etwas von Montand aufscheint, beleben sich.

»Deine Frau ist verdammt sexy!«

»Was? Wer?«, ruft Jérémie aus, auf einmal etwas weniger selbstgefällig.

»Sie hat einen Liebhaber, nicht wahr? Soll ich ihr einen Kerl vom Geheimdienst auf den Hals schicken?«

»Na, hör mal!«

»So habe ich sie noch nie gesehen. Chapeau, Junge …!«

»Also, ich hab damit nichts …«, fängt Jérémie an und fährt sich durch die Haare. »Na schön, jetzt lass uns aber wieder über ernsthafte Dinge reden: Wo willst du sie herbekommen, deine sechzig Milliarden Einsparung in fünf Jahren? Lass mich raten, du wirst die Transaktionssteuer einführen.«

Bei diesen Worten hat Bertrand Alison vergessen, sein Gesicht ist wieder grau. Da er seine Sicherheit zurückgewonnen hat, bohrt Jérémie noch tiefer.

»Du weißt genau, dass alles so bleibt, wie es ist. Solange man die Steuerparadiese nicht antastest, kommt man da nicht raus. Und ihr werdet sie nie antasten, weil ihr die großen Geldwaschanlagen nur allzu nötig braucht! Zypern ist Schrott, und ihr habt's nicht mal fertiggebracht, euch hinter verschlossenen Türen zu einigen. Jetzt weiß alle Welt, dass diese Geschichte mit dem **direkten Zugriff auf die Bankeinlagen** kommen wird. Über die Finanzreform hätte ich fast Tränen vergossen. Es war richtig rührend, wie der Präsident sich über die Fonds, die den Euro torpedieren, ausgelassen hat. Was für ein Witz! Ihr spielt euch zum Moralprediger auf, aber unsere Privatjets machen euch blass vor Neid!«

»An deiner Stelle würde ich nicht so große Töne spucken. Wenn das so weitergeht, fliegt dein Jet bald schon mit Rapsöl!«

Jérémie rechnet aus, wie viel Hektar man für einen Hin- und Rückflug Paris–New York braucht. Bertrand nickt einem Mann unter den Gästen zu, der sein Vater sein könnte. Er neigt die Stirn, bezeugt ihm seine Ehrerbietung. Es ist der Leiter von Prevoyo, dem französischen Versicherungsriesen, der kurz vor dem Bankrott steht. Seine Bilanz ist mit Subprimes* und mit dreifachem A bewerteten europäischen Schulden, die die Crédit Général ihm verkauft hat, belastet. Der Rettungsplan für seine Gruppe, der auf den Empfehlungen von Jérémie beruht, muss morgen Vormittag in Bercy als Erstes besprochen werden. Bertrand sieht, wie er einem ehemaligen Bankdirektor, der von der Presse abgestraft wurde, nachdem der Elysée ihn hatte fallen lassen, etwas zuflüstert. Zweifellos erzählt er vom Golfen in Marokko am letzten Wochenende.

»Wenn du meine Meinung wissen willst«, meldet sich Jérémie wieder zu Wort, »der Staat kann alles, aber heute ist er nichts mehr. Verteidigung, Gesundheit, Bildung, das kostet einen Haufen Geld. Man sollte mit den europäischen Ländern, die Kurs halten, eine föderale Regierung bilden und die anderen abstoßen. Am Ende haben wir uns zu einem für die Bevölkerungen enorm hohen Preis zusammengeschlossen. Und, verstehst du, die große Frage ist doch: Gehört Frankreich dazu?«

---

* Zweitklassige Hypothekendarlehen für Kreditnehmer mit geringer Bonität

Fix und fertig weist Bertrand auf Sébastien, der in seinem dunklen, zu großen Anzug wie verloren wirkt.

»Jedenfalls gibt es hier einen unter uns, der aussieht, als ob er nicht mehr kann. Guck dir Seb an, in zwölf Monaten ist er um zehn Jahre gealtert. Armer Alter! Er ist völlig ausgebrannt.«

Sébastien hat in jeder Hand ein Smartphone und trommelt mit gerunzelter Stirn darauf herum. Er droht mal dem einen, mal dem anderen. Über die Bildschirme gebeugt, jongliert er mit Informationen, Ziffern, Zeichen, Gesprächen. Er ist die Karikatur einer Führungskraft in Zeiten der Effizienzsteigerung. Wie Kainsmale der höheren Sphären scheinen unter den verdorbenen Zügen des Geschäftsmanns mit seiner von kalter Luft und Trockenheit angegriffenen, faltigen Haut noch seine jungenhaften Züge durch. Schneller als sein eigener Schatten bringt er rund um die Uhr Gerüchte über Interessenkonflikte, Insidergeschäfte, Meineid, illegale Absprachen, sittenwidriges Verhalten zum Schweigen. Im Saal der UNESCO hat er mit seiner salatgrünen Gesichtsfarbe und seinem gekrümmten Körper das Aussehen einer kränklichen, strengen Eule.

»Man müsste sich fast Sorgen machen …«, fängt Jérémie an.

»Sorgen um wen? Ich hoffe, nicht um mich«, säuselt Vanessa, die plötzlich wie eine Wölfin hinter ihnen aufgetaucht ist. In ihrer Courrèges-Jacke aus rotem Kunstleder über dem schwarzen Spitzenrock und den Doc Martens aus Krokodilleder erinnert sie an einen Weihnachtsbaum.

»Das ist meine fünfte Ordensübergabe in zwei Wochen! Also, ich sage euch, dieser Job geht mir verdammt auf die Nerven!«, stöhnt sie. »Aber trotzdem, Glückwunsch, Bertrand«, fährt sie mit Blick auf Clara am Rednerpult spöttisch fort. »Sie ist wirklich stark, deine Frau. Was für ein schönes Paar ihr seid!«

Als eine Frau in den Vierzigern, die mit Vorliebe jüngere Männer vernascht, verachtet sie die verheirateten Paare, sieht an ihnen nur ihre eigene Einsamkeit, ihr müßiges Dasein, das sie mithilfe von Prozac-Tabletten und Blitztreffen zu vergessen sucht.

»Habt ihr Seb gesehen? Er ist ganz abgemagert«, fährt Bertrand rasch fort, um vom Thema abzulenken.

»Krebs!«, diagnostiziert Jérémie mit Bestimmtheit. »Er hatte bereits ein Magengeschwür, und er hat seine Frau betrogen, die ihn übrigens verlassen hat. Magengeschwür-Ehebruch-Krebs, das Dreigestirn des postmodernen Menschen, erwischt uns alle. Und beim nächsten Mal bekommt er dann richtig Ärger!«

»Aber nein«, widerspricht Vanessa gönnerhaft. »Er ist eben auf die Fucon-Diät reingefallen, genauso wie Hollande und die anderen.«

»Warum sagst du das?«, fragt Bertrand und zieht den Bauch ein. »Wo ist das Problem?«

Er hat den Bestseller des Ernährungsexperten, der jetzt auf seinem Schreibtisch unter dem *Who's Who* von 2012 einstaubt, an einem entscheidungsfreudigen Tag nach den Weihnachtsferien gekauft. In Bercy geht er moralisch vor die Hunde und physisch in die Breite. Bertrand verflucht seine Fettpolster an der Gürtellinie, Kollateralschäden der Fleischgerichte mit Ministeriumssauce. Mit zwanzig sind die Männer besessen vom Sex, mit dreißig von ihrer Karriere, mit vierzig von ihrem Gewicht. Die Frauen gehen den umgekehrten Weg. Die »Geschlechterprobleme« lösen sich in der Apotheke: Die Männer stellen sich auf Süßstoff um, während die Frauen sich trauen, Präservative zu kaufen.

»Sie nehmen zu schnell ab«, erklärt Vanessa. »Dann kriegen sie Falten. Schau dich um: Man könnte sie alle für durchweichte Spatzen halten. Nur die Hängebacken bleiben, sogar bei den jungen Leuten! Ich erkenne sie schon an ihrem Mundgeruch.«

»Nein«, entgegnet Jérémie, die Hände auf dem Rücken wie ein Arzt bei der Diagnose. »Es ist viel ernster. Seb hat mir gegenüber ganz merkwürdige Gedanken geäußert, in Richtung ›Gemütszustand‹.«

»Hm, möglich, selbst die besten Stepptänzer stolpern mal«, vermutet Vanessa. Sie fährt sich mit der Zunge über die Lippen und beschließt: »Ich muss etwas für ihn tun. Unter Freunden hilft man sich, stimmt's?«

Auf der Bühne guckt Clara kaum in ihre Notizen. Sie dankt ihrem Mann, ohne den sie nichts kann, dann ihren Kindern, ohne die sie nichts ist. Verständnisinnige Blicke wenden sich Bertrand zu, der wie peinlich berührt lächelt. Am Ende ihrer Rede spendet der Saal höflich Beifall. Vanessa ahmt mit leiser Stimme Dalida nach: »Worte, Worte, Worte«, und macht sich dann auf die Jagd. Die Hüften schwenkend schreitet sie in ihren Kroko-Docs bedächtig auf Sébastien zu, der sich abgesondert hat, um nur mit seinen Telefonen zu sprechen.

»Na, sag schon, Seb, was ist los mit dir?«

»*Not now*«, stößt er hervor und wendet sich ab.

»Du solltest öfter mal ins Solarium gehen«, fährt sie unbeirrt fort. »So, wie du aussiehst, solltest du dich nicht in der Öffentlichkeit sehen lassen.« Sie bemerkt die bläulichen Schatten unter seinen Augen. »Probier doch mal die Revitalisierungsgesichtskur von Cellman aus. Eine Pipette pro Tag, einen Monat lang. Das macht aus dir einen ganz anderen Menschen«, erläutert sie zuvorkommend.

»*No comment*«, zischt Sébastien zwischen den Zähnen hervor, auf seine Telefone starrend.

Er spricht mit ihr, wie er seine Texte schreibt: in Verkürzungen. Für die meisten seiner Gesprächspartner bedeutet ein vollständiger Satz Zeitverlust, etwas extrem Altmodisches. Einer seiner Apparate gleitet ihm aus der Hand und fällt zu Boden, sodass eine SMS in Fettschrift sichtbar wird.

Deutsche nimmt 150 MOI. On top a 900. Com 0,25. Target ok. Pr tbc.

»Alles in Ordnung?«, erkundigt sie sich und reicht ihm sein Telefon, nachdem sie die Nachricht gelesen hat.

»Ich hab das Lügen satt.«

Vanessa muss an die von der Agentur organisierte letzte Sitzung mit dem Verhandlungscoach denken. Seiner Ansicht nach lügt der Durchschnittsmensch bis zu zweihundert Mal am Tag, und am meisten in der ersten Minute eines Gesprächs. Jedenfalls hat ihr die Weiterbildung sehr gutgetan.

»Aber warum? In unserer Gesellschaft ist die Lüge eine Überlebensstrategie«, beruhigt sie ihn. »Soll ich dir einen kleinen Trick verraten?«

Sébastien hebt den Kopf, mustert sie von oben bis unten und stimmt ihr innerlich zu. Schon auf die Frage »Wie geht's?« lügt er.

»*You bill* – stellst du das in Rechnung?«, gibt er in aggressivem Ton zurück.

Sie überhört den bitteren Hohn.

»Um zu erkennen, ob jemand lügt, wenn er lächelt, beobachte die Augen. Wenn es keine Fältchen gibt, heißt das, dass er schwindelt.«

Stolz auf ihre Beweisführung, streicht sie mit einer Hand durch ihre Haare in Fukushima-Tönung, ein etwas ins Grünliche spielendes Platinblond.

»Was rätst du ihnen denn, deinen Pinocchios?«

»Die Augenbrauen hochzuziehen, wenn sie lügen, das kompensiert! Haben sie dir das bei Folman nicht beigebracht? Sie sollten mal meine Dienste in Anspruch nehmen!«

Sébastien verstaut seine Handys in der Innentasche seiner Anzugtasche. Das Etikett von Dior flattert daran wie eine Fahne. Er fixiert Vanessa und stößt bösartig hervor:

»Ich hätte nicht gedacht, wie sehr du mich einmal anwidern würdest. Toll, was aus uns geworden ist! Hast du dich mal angeschaut, mit deinen zurechtgebogenen Augen, deinen falschen Lippen, deinem falschen Lächeln … deinem falschen Leben?«

Während eines Angriffs niemals die Körperhaltung verändern. Die Zähne zusammenbeißen, abwarten, bis es vorüber ist. Wenn ich nicht reagiere, existiert es nicht, sagt sich Vanessa und stellt sich taub. Ohne die Miene zu verziehen oder sich von der Stelle zu rühren, lächelt sie den Leuten zu, die sich nach ihnen umgedreht haben. Solange er über sie herfällt, entzieht sie sich und denkt an einen glücklichen Moment: an die *bizutage*, den Brauch an der Hochschule, die Neulinge lustig-rüden Mutproben auszusetzen. Sébastien hatte ihr Schlagsahne ins Gesicht geschmiert. Weil sie gerade zur Miss Promo gewählt worden war, hatte sie über die Demütigung hinweggesehen. In Wirklichkeit gefiel ihr dieser spontane, brutale Überfall. Sie hatten nie wieder darüber gesprochen. Innerhalb ihrer Clique waren sie in Kontakt gekommen, hatten sich aber nie in irgendeiner Weise berührt. Ihre Wahrsagerin hatte ihr jedoch eine Seelenverwandtschaft mit Sébastien bestätigt. Sie hat sich hinter ihrem Stolz verschanzt und, ohne mit der Wimper zu zucken, mit angesehen, wie er sich verliebt, geheiratet und sich in eine Maschine verwandelt hat, ebenso wie sie. Sie spielt die Gleichgültige, ohne ihn jemals aus den Augen zu lassen. Er hackt auf ihr herum, also beachtet er sie. Besser so, denkt sie sich: Mit unterdrückter Wut kann man besonders gut miteinander schlafen.

»Hast du es nicht satt, deine Leute zu täuschen, *alle* Leute zu täuschen?«, beendet er seine Tirade und lässt sie stehen.

Es ist sein längster Redeschwall an diesem Tag. Ohne ein Wort geht er an Bertrand und Jérémie, die wie versteinert dastehen, vorbei.

12

Umringt von mehreren Hyänen des CAC 40, die sie beglückwünschen, geht Clara zum Buffet. Ein ungebetener Gast hat sich unter die Leute gemischt, dessen Kleidung zu keinem Gewinner in diesem meritokratischen Spiel der Elite passt. Ein Mann mit Militärhaarschnitt in Jeans und Bomberjacke. Ein Rechtsextremer? Ein Typ vom Nachrichtendienst? Bertrand erkennt verblüfft Antoine, der seit fünfzehn Jahren nicht mehr aufgetaucht ist. Wer hat ihn reingelassen? Was macht er hier? Hat Clara ihn bemerkt?

Sie steht am Buffet und diskutiert, noch ganz bei ihrer Rede, mit einem Gläschen in der Hand. Antoine beobachtet sie unauffällig. Sein Herz schlägt wie das eines Teenagers bei seiner ersten Party. Plötzlich bekommt er Zweifel: Wozu die Toten wieder ausgraben, die Vergangenheit heraufbeschwören? Als Ausreden für ein verkorkstes Leben funktionieren sie doch ausgezeichnet und sind ausgesprochen nützlich. Als er sie das letzte Mal gesehen hat, war sie seinetwegen am Boden zerstört. Jetzt zieren reizende Krähenfüße die Winkel ihrer blauen Augen. Ein makelloser Körper, perfekt geschminkt und gekleidet, diskretes Lächeln sowie beherrschte Gesten, das Bild einer echten *business woman*. Nur ihre zu einem Dutt hochgesteckte rote Mähne droht förmlich zu explodieren. Sie hat sich eine Maske aufgesetzt und ihre Emotionen dahinter versteckt. Gegen ihre Haare aber, die genauso leiden wie sie, kann sie nichts machen. Im Ausschnitt ihres dezenten Dekolletés erspäht er ihre milchweiße Haut, die er so gern gestreichelt hat. Er sieht, wie sie lächelt, wie sie sich einige

Häppchen genehmigt und schließlich eine Tablette gegen Magenschmerzen einwirft. Sie hat zwar ein gutes Herz, aber keinen Mumm in den Knochen.

Nun schaut sie zu ihm herüber. Mit einem Mal verfinstert sich ihre stoische Miene. Das letzte Mal, als sie ihn gesehen hat, es war eine schwarze und eisige Nacht auf dem Campus, fiel er ins Bodenlose. Aus tiefster Bestürzung hatte er nicht geschrien. Für eine kurze Zeit haben sie sich geliebt, dann für immer zerstört. In wenigen Sekunden stürzte er ab. Auf dem Campus nannte man dies »den Unfall«.

Am jeweils anderen Ende der Welt wollten sie nichts mehr voneinander wissen. Sie flüchtete sich in eine Scheinwelt: Heirat, zwei Kinder, drei Psychoanalytiker. Ein Leben aus halbseidenen Entscheidungen und Kompromissen, das sie nun mit versteinerter Miene vor sich ablaufen sieht. Seit fünfzehn Jahren macht sie sich etwas vor, und jetzt steht dort Antoine mit seinem sanften Gesicht. Weder scheint er Schmerzen zu haben noch Angst, noch überhaupt bewegt zu sein. Er lebt, hat festen Halt, steht. Vor ihr. Das Gefühl, ob nun Freude oder Schrecken, ist dermaßen tief vergraben, dass sie zunächst einmal gar nichts empfindet. Sie stellt ihr Gläschen Guacamole zurück. Sie dreht ihm den Rücken zu, holt tief Luft und stürzt sich auf Alison, die gerade zu ihr getreten ist.

»Meine Liebe, wie geht es dir?«, sagt sie mit einer übertriebenen Umarmung, als wolle sie sich in ihren Armen verstecken.

»Hast du gesehen, wer da ist?«, flüstert ihr Alison ganz aufgeregt ins Ohr.

»Ich bitte dich, tu so, als ob du nichts bemerkt hättest.«

»Natürlich … You are so wonderful!«

Clara macht einen Schritt zur Seite und dreht sich um,

da sie ganz sicher sein will. Vollkommen enttäuscht muss sie mit ansehen, wie Antoine Sébastien, der den Empfang wutentbrannt verlassen will, hinterhergeht und ihn bei der Schulter packt. Sein alter Freund, der vor sich hin schimpft, dreht sich um: »Was denn noch?« Plötzlich leuchtet sein Gesicht auf, mit freudiger Stimme ruft er:

»Tony! Mensch … Mensch, du bist das, Alter!«

Sébastien schlägt mit einer Hand auf Antoines Schulter, wie um es auch wirklich zu glauben. Das minderwertige Nylon seiner Bomberjacke überrascht ihn.

»Das ist ewig her! Unglaublich … Was soll dieser Aufzug: Bist 'n Bulle, oder was?«

»Und du … du machst immer noch bei den Betrügereien der alten Clique mit!«

»Du hast keine Ahnung«, antwortet Sébastien. »Aber, aber …«

Er fängt den flehenden Blick von Clara auf. Er könnte den Vermittler, den Friedensrichter geben und das Happy End einläuten. Seit dem Unfall auf dem Campus vor fünfzehn Jahren sind sie alle zum ersten Mal wieder am selben Ort vereint. Niemals war das Leben einem Theaterstück so nahe.

»Komm, wir gehen etwas trinken«, schlägt Antoine vor und packt ihn am Arm. »Hier riecht's nach Abschaum.«

Auf dem Vorplatz des UNESCO-Gebäudes lassen sich Clara und Bertrand auf die Rückbank des Peugeot 308 vom Ministerium fallen. Sie ist erschüttert. Während er die Tür zuschlägt, beißt er sich in die Backentasche. Jérémies Prophezeiungen, Vanessas Bemerkungen über die Elite – diesen zahnlosen Tiger –, die stets frohlockt und zu nichts taugt, Antoines Rückkehr und überhaupt seine eigene Machtlosigkeit – all dies macht ihn rasend. Als der Fahrer den Wagen anlässt, versperrt ihnen ein Lamborghini den Weg.

»Entschuldigt bitte«, ruft Jérémie, den Kopf durchs Fenster gestreckt, »ich habe meine neue Maschine noch nicht so gut im Griff.«

»Ihr müsst ihm verzeihen«, setzt Alison, die neben ihm sitzt, nach, »immer muss er ihn mitbringen. He is such a little Boy!«

Hinten im 308 tobt Bertrand:

»Wie bescheuert man doch in diesen neuen Dienstwagen aussieht. Erst werden die Mittel gekürzt, dann muss man die Karre zurückgeben, und er, er fährt im Auto von Batman herum!«

»Bertrand!«, schreit Jérémie, der nur mit großer Mühe den Motorenlärm übertönen kann, durch sein Fenster. »Morgen werde ich etwas später da sein. Ich komme, sobald ich kann. Es gibt Neuigkeiten.«

»Was?«

»Ich habe«, kündigt Jérémie an, »nur wenig Zeit, die Leute aus Katar sind in Paris, du verstehst schon. Da kann ich nicht ablehnen. Wir müssen ein Problem regeln.«

Mit Vollgas düst er davon.

»Ein Problem regeln? Und ich, was ist mit mir? Bin ich ein Plüschtier? Für wen halten sich diese Finanzleute eigentlich?«

»Ihr fresst ihnen doch aus der Hand! Das weißt du besser als sonst jemand«, fällt ihm Clara ins Wort. »Was ist das überhaupt für ein Treffen morgen im Ministerium?«

»Darüber kann ich dir nichts …«

»Komm schon … Welche Vermögenswerte will er dir wieder aufschwatzen? Wen habt ihr dieses Mal unter dem Hammer: Prevoyo, Crédit Géneral, den Zombie Xenia, die französische Immobilienkreditbank?«, macht sie sich lustig.

Das Marsfeld zieht an ihnen vorüber, und in fast schon getragenem Ton fährt Bertrand fort:

»Also wirklich, Clara! Zurzeit ist es einfach superkompliziert. Da fragt man sich, ob du überhaupt noch Zeitung liest. Ich arbeite den ganzen Tag, vierundzwanzig Stunden, und versuche zu verhindern, dass das System zugrunde geht. Es ist Krieg!«

»Krieg, sicher, aber gegen wen?«

Bertrands Adamsapfel hüpft, und er setzt die Miene des ewig Unverstandenen auf.

»Erspar mir bitte dein Gequatsche. Das bringt nichts. Übrigens, den Überraschungsgast heute Abend, hast du ihn reingelassen?«

»Wen?«, sagt sie, ohne ihre Aufregung verbergen zu können.

»Du weißt sehr genau, wen.«

»Nein, keine Ahnung«, leugnet sie, während das Bild von Antoine ihre Gedanken stocken lässt. »Der Zoo lässt keine Neuen mehr rein. Seitdem riecht es hier muffig.«

Entnervt lockert Bertrand seine Krawatte. Clara fühlt sich in Form und fährt fort:

»Wenn wir schon vom Zoo sprechen – hast du Vanessa gesehen? Die schreckt wohl vor gar nichts zurück. Glaubt sie, sie spielt bei *Millennium* mit, oder wie?«

»Spüre ich da so etwas wie Eifersucht?«, stichelt Bertrand.

»Eifersucht? Worauf denn?«, entgegnet sie mit einem falsch klingenden Lachen.

»Auf Vanessa! Nichts kann sie aufhalten. Überall hat sie das Heft in der Hand.«

»Soll sie sich doch mit ihrem Heft den Arsch abwischen!«

»Weil du ja anscheinend so viel mehr draufhast? Ernsthaft? Und wir, was haben wir beide denn eigentlich?«, ruft er in einem Moment von Klarheit.

Überrumpelt wendet sich Clara ihrem Mann zu, der wie ein kleiner Junge wirkt, der auf der Rückbank seines 308er Dienstwagens in einem Anzug chauffiert wird, der seinem Großvater gehören könnte.

»Na … wir … wir haben … unsere Kinder!«, versichert sie sich.

In diesem Anflug von Zärtlichkeit fängt sie sich wieder, streicht ihm über den Kopf, legt ihre Hand in seinen Nacken und verharrt so. Ganze fünf Sekunden lässt sich Bertrand überzeugen, bis er schimpfend von ihr wegrückt.

»Das habe ich mir gedacht!«

Claras Hand fällt auf ihre Knie zurück. Sie presst ihren Körper in die Polsterbank aus marineblauem Loden. Bertrand, dem es die Sprache verschlagen hat, beißt sich ein Stück Haut ab und saugt schweigsam sein eigenes Blut. Durch die Fensterscheibe gesehen scheint Paris eine Hauptstadt aus Wachs zu sein, die in ihren Gewissheiten erstarrt und durch ihre Ausflüchte gelähmt ist. So wie Clara seit fünfzehn Jahren.

In jener Nacht im November 1995 waren spätherbstliche Nebelschwaden auf der Hochebene von Saclay aufgezogen. Die feuchte Kälte vermischte sich mit dem Geruch von Brennnesselsud. Je nach Windrichtung erreichten den zwischen Gerstenfeldern und Wald gelegenen Campus Wellen ätzender Ausdünstungen.

Wie ein geschlagener Hund lag Antoine, das Ass des Jahrgangs, auf dem blanken Boden des Gangs vor Claras Zimmer. Dass es zwischen den beiden geknallt hatte, machte bereits die Runde und ließ jeden irgendwie beruhigt aufatmen. Zu perfekt war ihre Geschichte, als dass sie hätte andauern können. Lachen, ein knarrendes Bett, schließlich *Lucky* von Radiohead waren durch eine Tür am Ende des Gangs zu hören. Antoine schloss seine Augen.

Das kalte Linoleum ließ ihn eine Stunde später wieder aufwachen. Er legte sein Ohr an die Tür, Totenstille. Erschöpft ging er die Treppen hinunter, ohne zu wissen, was er tun sollte. Ein Blick auf sein Handgelenk zeigte ihm, dass es 1.42 Uhr war. Als er vor dem Gebäude stand, betrachtete er Claras Balkon in der vierten Etage. Das Licht war ausgeschaltet. Der Wind pfiff, die Kälte schnürte ihm die Kehle zu. Um 1.44 Uhr kreischte eine Eule. Nacht und Wald gewannen die Oberhand. Er musterte die Fassade, das wäre doch gelacht. Er rückte den Mülleimer unter den Sims des ersten Balkons und kletterte ohne Schwierigkeiten die Mauer hoch bis in den vierten Stock. Jetzt würden sie sich endlich aussprechen können. Fluchend kletterte er über das Geländer. Welches chemische Zeugs hatte ihn bloß dazu gebracht, die Dozentin für Rechnungswesen zu bespringen? Sie war als neues Mitglied einer großen amerikanischen Wirtschaftskanzlei noch nicht einmal dreißig Jahre alt, dazu stets in eng anliegende Kostüme gekleidet. Früher hatte sie hier studiert, jetzt gab sie einige Kurse, um ihrem Lebenslauf etwas hinzufügen zu können, das in den Agenturen der Pariser Headhunter Gold wert war: »Hat an der HEC gelehrt.« Sie stand für das Leben danach, die Verführung im Büro, die Erotik des Großkapitals. Obwohl ihr Kurs jeden Freitagmorgen um acht Uhr stattfand, schlug er dennoch alle Anwesenheitsrekorde. In sauberen Polohemden, eingedieselt wie Matronen, um die Alkoholfahnen zu verbergen, die von der Semesterparty am Vorabend herrührten, schlugen sich die Typen vom Campus um einen Platz in der ersten Reihe. Ihre zinnoberroten, von Kaugummi der Marke Hollywood geminzten Lippen führten sie in die Feinheiten der T-Konten ein. Die Schule verstand es, ihre Truppen zu motivieren.

Die pädagogischen Qualitäten der jungen Lehrkraft hatten bis dahin bei Antoine keine Wirkung gezeigt. Da er mit Haut und Haaren in einer zauberhaften Beziehung steckte, hatte er sie nicht zur Kenntnis genommen, er war sogar stolz, sich von der Masse abzuheben. In der letzten

Reihe studierten Clara und er Karten, bereiteten ihre nächste Reise mit dem Rucksack vor, möglichst eine Weltreise. Als Quittung bekamen sie eine Fünf, die sie zur Wiederholung des gesamten Kurses zwang.

Wenn die Schüler mit ihren Bewertungen nicht zufrieden waren, hielt die Schule sie dazu an, mit dem Lehrer zu »verhandeln«. Lektion für die Zukunft: Niemals etwas zugestehen. Antoine war an diesem Abend allein gekommen, um für ihre Sache einzutreten. Die atemberaubend schöne Lehrerin hatte sich an das Pult im Klassenraum gelehnt und empfing ihn mit strenger Miene. Es handelte sich um eine bloße Formsache, es ging darum, eine Fünf zu vermeiden. Sie hatte gefragt, warum ihn der Kurs nicht interessiere. Dann versenkte sich sein Blick in ihren. Kurz darauf schließlich seine Hände, sein Mund und sein Körper. Vergessen waren die T-Konten sowie Clara, die, um den Ausgang besorgt, vor der Glastür auf ihn wartete. Tony, König des Jahrgangs und idealer Schwiegersohn, legte zur Essenszeit die Lehrerin für Rechnungswesen auf dem Pult im kleinen Hörsaal flach. Die Umarmungen mit Clara waren schön und romantisch, ihre Lust von Höflichkeit geprägt. Sanft, zärtlich und wohlerzogen. Ohne Risiko. Mit der Dozentin fühlte er sich wie befreit. Durchbruch des Verdrängten? Erneut dachte er an die Geschichte mit dem Kaugummi. Frisch wie das Leben? Auf dem Balkon beschlichen ihn Zweifel: Ging es dabei nicht eher um den Tod? So erinnerte er sich an jenen Morgen des vorigen Winters, als er Clara im Citroën BX von Bertrands Vater auf eine Spritztour nach Honfleur mitgenommen hatte. Am Strand hatten sie mit den Fingern ein gegrilltes Hähnchen und anschließend Schokoladenkekse mit Aprikosenfüllung verschlungen. Auf dem Rückweg hatten sie überstürzt auf dem Seitenstreifen angehalten, um miteinander zu schlafen.

der Kantine ihrer Firma während ihres Praktikums herumstolzierten; wie sie ihr allerersties tragbares Telefon von SACEM kauften; wie sie bei Sonnenaufgang aufstanden, um ihre Hemden fürs Büro zu bügeln, und sich dabei auf die Vorderseite und den Kragen beschränkten, da die Jacke den Rest bedeckte. Er beschrieb ihm die Nächte, die sie damit zubrachten, Zahlen zu frisieren, Präsentationen vorzubereiten, die kein Mensch las, und durch ganz Paris zu gurken, um einem Partner ein Dokument zu übergeben, der sich niemals dafür bedankte.

»Ich hätte alles für einen Espresso an der Theke dort drüben gegeben, um euch bei euren Spielchen als *business men* zuzuschauen«, fährt Antoine fort, während er auf die Bar zeigt. »Aber ich hatte die Gelegenheit, die erste Stufe, verpasst. Als ich dann zwei Jahre später rausgekommen bin, fand ich das alles nur noch widerlich. Und außerdem konnte ich auf keinen Fall so weitermachen wie davor, etwa meine kleine Aktentasche nehmen, morgens nach La Défense fahren und für irgendwelche Typen kurz vorm Herzstillstand arbeiten. Wenn du den Campus verlässt, dann betrittst du entweder den roten Teppich …«

»… roter Teppich, dass ich nicht lache. Schienen, von denen du niemals runterkommst, bis du stirbst!«, höhnt Sébastien lautstark.

Ihm ist sichtlich unwohl, seine Arme sind verschränkt, die Beine eng übereinandergeschlagen und der Kopf gesenkt. Eine Abwehrhaltung. Antoine sieht sich gezwungen fortzufahren:

»Ich habe alle Zeitungen, die du nach jedem Besuch dagelassen hast, förmlich verschlungen. Am meisten mochte ich die persönlichen Nachrichten in der *Libération*. Sobald ich in der Lage dazu war, hinterließ ich welche für Clara.«

»Und …«

»Nichts natürlich. Also habe ich ihr immer wieder

geschrieben. Jede Woche, wie ein Verrückter. Ich hatte bei jeder neuen Zeile den Eindruck, mir würde die Hand abfallen. Ich habe von ihr niemals auch nur das kleinste Lebenszeichen bekommen. Als hätte es mich nie gegeben. Für sie – und für die meisten meiner sogenannten Clique übrigens auch. Was für ein toller Korpsgeist!«

Auf dem Campus war Bertrand sein bester Freund gewesen. Ins Krankenhaus bequemte er sich nicht. Antoine verstand den Grund besser, als er von der Heirat mit Clara erfuhr. An jenem Tag, nach einer Übungsstunde im Schwimmbad, ließ er sich von seinem Rollstuhl ins Wasser fallen. Seine Dosis Antidepressiva wurde erhöht. Kurze Zeit später brachte man ihn in einen dreihundertfünfzig Quadratmeter großen Saal. Das war eine »Einzigartigkeit« in Frankreich, erklärte ihm die aufgeregte Krankenschwester: Einhundertfünfzig manuelle und elektrische Rollstuhlmodelle waren in diesem Showroom ausgestellt. Antoine erreichte den Boden des Schwimmbeckens. Von da an jagte ein Fortschritt den anderen.

»Und als ich erfuhr, dass sie schwanger ist, habe ich das getan, worum sie mich in dieser Nacht auf dem Campus gebeten hat. Ich verschwand.«

Wenn Clara schwanger war, so verdrängte ein neues Leben das alte.

Im Fernsehen gibt der griechische Premierminister eine Erklärung zum Selbstmord des Rentners ab. Mit naturgemäß finsterem Ausdruck beeilt sich der ehemalige Folman-Pachs-Mitarbeiter zu bemerken: »Ein bedauerlicher Vorfall. Mehr habe ich nicht zu sagen.«

»Ihr seid wohl überall, das ist doch nicht möglich!«, ruft Antoine.

Auf dem Bildschirm erkennt Sébastien den früheren Mitarbeiter der Firma.

»Niemand hat jemals wirklich verstanden, warum Clara

sich so plötzlich für Amerika begeisterte«, seufzt Sébastien zur Ablenkung.

»Sie hat nie darüber geredet?«

»Nein, wieso? Wir dachten, nach deinem Unfall wäre sie total durchgedreht.«

In jedem Jahrgang gibt es drei, vier Studenten, die das Semester nicht beenden. Kein schlechtes Ergebnis bei vierhundert Leuten. Krankenhaus, Sanatorium, entschuldigtes Fehlen ... In jenem Jahrgang gab es den »Unfall«, den Bruch des »reizenden Paars«; der eine endete in der Reha, die andere im Exil auf der anderen Seite des Ozeans.

»Aber ihre Heirat mit Bertrand war schon irgendwie seltsam«, gibt Sébastien zu.

»Was für ein Verräter!«

»Wenn du wüsstest!«, entfährt es Sébastien fast schon bösartig. »Und trotzdem, als er sie gefunden hatte, weißt du, da wog sie anscheinend nur noch sechsundvierzig Kilo. Sie wohnte in einem verdreckten Loch in der Lower East Side, eine Art besetztes Haus.«

»Du willst mir doch nicht erzählen, dass er ihr das Leben gerettet hat!«

Das war aber der Fall.

»Okay, okay, entschuldige. Und du, aus welchem Rattenloch kommst du gekrochen?«

»Na ja, ich bin gereist, habe in Bars gearbeitet, irgendwelche kleinen Jobs. Ich wollte die zwei Jahre Krankenhaus vergessen, diese Typen, die durch einen Unfall mit dem Motorrad halb gelähmt waren. Clara und ich, wir wollten das eigentlich zusammen machen. So habe ich es eben allein gemacht. Überall habe ich sie gesucht.«

Clara kaufte bei Ikea Geschirr für ihre Vierzimmerwohnung im IX. Arrondissement. Antoine verirrte sich auf der Seidenstraße. Tausende Kilometer voneinander entfernt erschienen sie wie das Klischee des Kleinbürgers, der den Anschein erweckt, guten Glaubens zu sein.

»Warum hast du mich niemals angerufen?«, fragt Sébastien.

»Dich anrufen? Damit du mir von deinem Bonus und deinen Deals auf der anderen Seite der Welt erzählst? Wie du im Jet über Sibirien fliegst nach dem Verkauf der halben Taiga an BP? Damit du mir erzählst, wie du die Stelle deines Chefs bekommen würdest?«, regt sich Antoine auf. »Damit du mich von oben herab anschaust, nur weil ich nicht bei einem Unternehmen des CAC arbeite? Weil ich mit siebenundzwanzig keine zweihundert Mille kassiere? Also, echt!«

Anstatt zu antworten, trinkt Sébastien seinen Tomatensaft in einem Zug aus und beginnt dann zu jammern:

»Ich habe solche Kopfschmerzen. Du weißt ja, dass ich mir die Schulter auskugeln kann, schon allein durch den Stress. Soll ich's dir zeigen? Jetzt, sofort? Guck!«

Mit einem Mal wirkt er ganz aufgedreht, wirft seine Schulter zurück und seinen Kopf in die entgegengesetzte Richtung.

»Bist du jetzt total übergeschnappt?« Antoine hält ihn zurück, indem er seine Bewegung mit festem Griff stoppt.

»Sieh an, für einen ehemaligen Invaliden bist du ziemlich schnell!«, ruft Sébastien erstaunt. »Hast wohl Kampfsport gemacht oder so?«

»Und du? Du hast doch kein Burn-out?«

Schweigend blicken sie sich an, sie zögern, richtig miteinander zu sprechen.

»Ich bekomme sechshundert E-Mails pro Tag«, gesteht Sébastien schließlich müde. »Ab und zu lösche ich alle auf einmal, einfach so, zack … Kollektiver Selbstmord von E-Mails. Ein schwarzer Bildschirm, ein leeres Blatt Papier, man geht über Los, beginnt aber nicht von vorn. Strg-Alt-Entf. Manchmal beneide ich sie sogar.«

»Was redest du da! Hey, bist du sicher, dass alles okay ist, Alter?«

Mit müden Händen und hängenden Schultern starrt Sébastien den Tisch an.

»Und Clara? Hast du sie gesehen?«, fragt er, um erneut vom Thema abzulenken.

»Wegen ihr bin ich heute Abend zur UNESCO gekommen.«

Antoine sieht sich wieder auf dem Campus, wie er nach dem Unterricht auf sie wartet, am Mensatisch die Weltrevolution plant und ihr nach einer durchzechten Nacht in der Cafeteria beisteht.

»Weißt du, sie ist die Einzige, die noch irgendwie glaubwürdig erscheint«, gesteht Sébastien. »Wir stehen bis zum Hals im Wasser. Sie nur knietief.«

»Sie sieht so traurig aus.«

»So hat sie immer schon ausgesehen, mein Lieber.«

»Du sagst, ihr steckt zu tief drin? Zu tief in was?«

»Ach … misch dich da nicht ein, lass es einfach«, wiegelt Sébastien etwas gefasster ab. »Du hast schon genug Jahre vergeudet.«

Sébastien lehnt sich zurück, die Arme wieder verschränkt, die Beine übereinandergeschlagen. Er könnte alles ausplaudern, alles verraten über die Akte Brandenburg, die bald schon in aller Munde sein wird: Die vernetzte Bevölkerung wird den finanzpolitischen Betrug entdecken, der viel zu gewaltig ist, um glaubhaft zu sein.

»Also … rede schon«, insistiert Antoine. »Ist es wegen der Krise und alldem? Gut, du bist der Sprecher des **größten Betrügers aller Zeiten**. Wer würde da nicht durchdrehen! Du kennst die Geheimnisse der Götter!«

»Abwarten, mein Lieber. Abwarten …«

Sébastien würde gern seine Schuld eingestehen. Die Angst,

dass alles rauskommt. Die Befürchtung, dass das nichts ändern wird. Wie ihn alles anwidert, und er sich selbst am meisten. Würde er sich jemandem anvertrauen, so erleichterte ihn das für fünf Minuten, wäre ihm aber zu nichts nütze. Antoine erscheint auf keinem Radar und hat zu keiner Führungsetage Zugang. Keine Gerechtigkeit also.

»Ist es Europa?«

»Ach, niemand außer Amerika hat noch Lust auf Europa …«

»Wovon redest du …«

Sie blicken wieder auf den Bildschirm. Die Lottozahlen werden gerade angezeigt.

»Wer nicht wagt, der nicht gewinnt«, seufzt Antoine. »Los geht's, soll ich dich fahren?«

»Schon gut, auf mich wartet ein Wagen.«

»Was?«

»Er folgt mir auf Schritt und Tritt. Hast du ihn auf dem Weg hierher nicht bemerkt?«

Antoine war durch Clara abgelenkt gewesen und hatte nichts gesehen. Das hätte ihm eigentlich klar sein müssen. Auf dieser Führungsebene lassen die Unternehmen den Großzügigen raushängen: Wagen mit Fahrer, Coach für Gewicht, Herz, Style und Willenskraft; aber ebenso Pförtner, Tischreservierungen im Ritz und die jährliche Beitragszahlung für den exklusiven *Cercle de l'Union interallié*, in dem sich Adel, Großunternehmer und Spitzenpolitiker tummeln. Die leitenden Angestellten denken, sie werden für ihre Mühen, ihre »Verdienste«, belohnt. Ihrer Meinung nach stechen sie aus den anderen hervor, sie halten sich für Beckham und glauben manchmal ernsthaft, »geliebt« zu werden. Sie kapseln sich ab, um ihre beste Leistung aus sich herauszupressen. Ihren ganzen Saft.

»Schick den Kerl nach Hause. Wir schnappen etwas Luft. Du bist ja ganz blass.«

»Es ist …«

Nach Verlassen der Kneipe geht Antoine zu einer große Limousine, einem anthrazitfarbenen Chrysler 300 C. Die Firma saugt die ganze Welt aus, kauft aber, Heimatliebe verpflichtet, Made in USA. Er klopft ans Fahrerfenster, die Scheibe senkt sich. Ein Mann mit eckigem Kiefer, die Hände am Lenkrad, kommt zum Vorschein.

»Herr Costal fährt mit mir«, ruft ihm Antoine zu.

»Ich habe den Auftrag, ihn an seinen Wohnort zurückzubringen«, antwortet der Fahrer mit blassblauen Augen und kurz geschorenem Haar freundlich, aber entschieden. »Ich lasse niemals einen Klienten zurück.«

Ein Kabyle, vermutet Antoine. Wegen ihrer Diskretion, Effizienz und Intelligenz sind diese Berber aus Nordostalgerien bei den privaten Sicherheitsdiensten sehr gefragt.

»Genau dorthin werde ich ihn fahren.«

»Dann folge ich Ihnen.«

»Wie Sie wünschen«, erwidert Antoine und macht auf dem Absatz kehrt.

»Scheint mir ganz schön scharf, dein Wachhund. Hast du die Mafia am Arsch?«, flüstert Antoine, während er auf das Motorrad zeigt, das fünfzig Meter entfernt von ihnen steht, dieses Ungeheuer von Maschine, das er verwöhnt wie eine Geliebte, die er nicht hat, nach der er aber verrückt ist.

»Die Mafia? Kommt drauf an, was du darunter verstehst. Los, ärgere ihn ein bisschen, einfach so«, stachelt Sébastien ihn erwartungsvoll an.

Ungeschickt steigt er auf. Der Motor heult auf, Antoine reißt die Maschine herum und düst davon. Sébastien gerät aus dem Gleichgewicht und hält sich so gut es geht fest. Sie überqueren den Pont de l'Alma und fahren das Seineufer entlang. Die Limousine versucht an ihnen dranzubleiben, muss aber aufgeben, als Antoine im Zickzack zwischen den Autos hindurchfährt. Hinter ihnen leuchtet der Eiffelturm. Sébastien schreit, als hätte er im Finale der Fußballweltmeisterschaft ein Tor geschossen. Concorde, Louvre, Ménagerie … es ist Jahre her, dass er, den nur noch seine Produktivität, sein KPI, interessiert, Paris eingeatmet hat. *Echte* Luft.

14

In der Fleet Street in London, oberste Etage des Gebäudes von Folman Pachs International, dominiert Michael Perblood den ganzen Raum. Mit seinem Bürstenhaarschnitt, der breiten Stirn und den weißen Schläfen ähnelt der Chef der europäischen Dependance mehr und mehr seinen Kunden, den russischen Oligarchen. Er trat nach Abschluss seines Studiums in Edinburgh mit zweiundzwanzig Jahren in die Firma ein. Als prämierter Ringer im griechisch-römischen Stil liebte er den Talg auf seinen Händen, die Überraschung des Gegners, wenn er ihn mit einem Schulterwurf durch die Luft schleuderte; er liebte dessen Angst, wenn er ihn, die Nase in seinem Ohr und rittlings auf seinem Bauch sitzend, am Boden festnagelte. Er träumte davon, Gladiator zu sein, nun ist er der Kronprinz des Kraken, der gefühlte Nachfolger von CEO Lloyd Kamflin. Mit einem persönlichen Vermögen von geschätzt zweihundertfünfundzwanzig Millionen Pfund ist er der größte Geldgeber des British Museum. Mit hochgekrempelten Ärmeln beobachtet er einen Doppeldeckerbus, der auf der Straße angerast kommt. Sein Vater, ein Zahnpastavertreter, brachte ihm von jeder seiner Reisen in die Hauptstadt eine Miniatur der Busse mit. Alexander ALX 400, Volvo B7TL sowie, die mochte er am liebsten, Routemaster RM 54, alles echte Sammlerstücke. Nach den Anschlägen 2005 trennte sich Perblood von ihnen. Er erfuhr davon, als er gerade eine in Weizengrassaft aufgelöste Alka-Seltzer einnahm. Am Vortag noch hatte er mit dem Bürgermeister die Wahl Londons für die Ausrichtung der olympischen Sommerspiele gefeiert. Er hatte die Kampagne finanziert. Die Feier endete in einem Blutbad mit sechsundfünfzig Toten und siebenhundert Verletzten. Ein Gemisch auf der Grundlage von Aceton hatte das Dach eines Busses weggesprengt und dabei vierzehn Personen, die im oberen Deck seelenruhig Platz genommen hatten, in Stücke gerissen. Perblood drückt auf eine Taste seines Telefons.

»Sarah, seien Sie doch so gut und bitten Sie Ken Polach, er möge sofort herkommen.«

»Sofort, Mister Perblood.«

Er wirft einen Blick auf die an einer Wand aufgereihten Bildschirme, die alle auf unterschiedliche Sender diverser außereuropäischer Staaten, etwa Al Jazeera, CNN und NHK World, eingestellt sind. Die Pariser Börse öffnet gerade, der NIKKEI stürzt in den Keller, **die italienische Arbeitsministerin**, Elsa Fornero, weint bei der Ankündigung, die Renten zu kürzen. Köpfe rollen, die Welt gerät ins Wanken. Folman Pachs zieht seine Figuren.

Seine Assistentin Sarah öffnet die Tür. Sie hat die Figur eines Models, ist mehrsprachig, hat Literaturwissenschaft in Cambridge studiert. Ihr Anblick muntert ihn auf. Sie umsorgt ihn wie eine Wölfin, sie kümmert sich um die Bestellungen seiner nachtblauen Wollstrümpfe und um sein Abonnement der Ringerbibel *Wrestling USA Magazine*. Vor allem aber wacht sie über den Nachschub seiner homöopathischen Lieblingspillen Narcissus Ego 9 CH, das Geheimnis seiner eisernen mentalen Verfassung.

Polach, eingezwängt in ein Baumwollsakko, tritt nach ihr ein. Als Überbleibsel einer eher unschönen Jugend zeichnen kleine Krater sein ganzes Gesicht. Ein bodennaher Körperschwerpunkt sowie Beine in Form von Strommasten stören seinen Gang. Aufgrund der Reibung sind die Haare auf der Innenseite seiner Oberschenkel verschwunden. Polach hat so gar nichts von einem James Bond an sich.

Bevor er in den privaten Sektor wechselte, hatte er seine Missionen im Auftrag des MI5 immer erfolgreich abgeschlossen. Er kam gerade zurück von einem Einsatz für Shell bei einer Geiselnahme in Kirgisien. Dort hatte er die glanzvolle Welt multinationaler Konzerne für sich entdeckt. Die Pensionierung rückte immer näher: Mit Ende dreißig würde er aus dem Feld abgezogen werden, um nur noch Zusammenfassungen von Mitschnitten über das Imperium von Rupert Murdoch zu ordnen. In den fünfzehn Jahren seiner Karriere hatte er mit ansehen können, wie das Schicksal von Nationen in ein Schlachtfeld und mit Filz ausgelegte Parlamente in Aufsichtsräte verwandelt wurden. Multinationale Konzerne, so reich wie Staaten, nur eben viel wendiger als diese, gestalten die Welt. Da sie niemandem vertrauen können, agieren ihre Vorsitzenden in elender Einsamkeit. Ganz oben wird die Luft dünn, man trocknet aus, das Denken versagt. Sie rauschen mit Überschallgeschwindigkeit vorbei und gehören nicht mehr wirklich dazu. Ihre Funktion steuert ihr Gehirn. Sie räsonieren wie Esel, verstricken sich mehr und mehr in ihre Betrügereien und machen zunehmend Fehler. Um diese völlig panische Elite herum schießen Geheimagenten und Privatdetektive wie Pilze aus dem Boden.

»Wir haben ein Problem«, sagt Perblood mit eisigem Gesicht.

»Ja, Mister Perblood.«

»Sie müssen jemanden beschatten.«

»Jawohl, Mister Perblood «, antwortet Polach beflissen und senkt dabei den Kopf, als würde er mit einem Monarchen sprechen.

»Folgen Sie Costal. Er ist zurzeit in Paris. Ich möchte alles über sein Umfeld wissen.«

Verwundert weicht Polach ein paar Schritte zurück.

»Sébastien Costal, aber Mister Perblood … er ist unser bester Mann. Bei der Sache in Libyen, da hat er …«

»Ich weiß selbst, was er für uns getan hat, aber jetzt entgleitet er uns. Mir lässt das keine Ruhe. Irgendetwas stimmt nicht mit ihm, da ist was oberfaul … Bei all dem, was zu tun ist, kann ich mir keinen weiteren Gau leisten. Und wie Sie sicher wissen, ist Kamflin schon wieder ausgerastet.«

Trotz zweier Valium hatte der Vorstandsvorsitzende von Folman Pachs einen Journalisten bei einem Interview in seinem New Yorker Büro wie ein Hund angeblafft. Ordnungskräfte, die hinter der Tür Wache hielten, mussten sogar eingreifen. Der PR-Verantwortliche der Firma, Lucas Parker, schlug eine Entschädigung für den Journalisten vor: Seine Kinder sollten zwei Jahre kostenlos die beste Privatschule von Manhattan besuchen. Perblood fährt fort:

»Hoffentlich verschwindet Kamflin bald … Ich bin mir übrigens ziemlich sicher, dass dieses Interview in New York Costals Idee war – was für ein Schwachsinn! Es ist nur eine Frage der Zeit, bis irgendein dämliches Handyvideo bei YouTube auftaucht. Lange können wir diese Tourette-Geschichte nicht mehr vertuschen.«

Polach kann sich die Schlagzeile der *New York Post* vorstellen: »Ein Zombie an der Spitze von Folman Pachs«.

»Der Ausschuss trifft sich in einer Woche«, redet Perblood weiter. »Der Job gehört mir. Darauf arbeite ich seit fünfundzwanzig Jahren hin! Ich habe keine Lust, mir von Costal dazwischenfunken zu lassen. In einem Anfall hat ihn Kamflin von einer streng geheimen Sache unterrichtet. Costal darf sie unter keinen Umständen bekannt machen. Setzen Sie die Leute von Strafor darauf an. Die haben sich in Libyen gut aus der Affäre gezogen. Und dass Sie mir ja an ihm dranbleiben. Ich will wissen, was seine Zwillinge zum Frühstück futtern.«

»Sébastien Costal ist geschieden.«

»Das ist mir scheißegal … Sie haben mich schon verstanden.«

Als Chef von Folman Pachs Europe war Michael Perblood bei allen Treffen mit den Staaten der Europäischen Union dabei. Die Affäre Brandenburg ist seine schönste Trophäe und absolut geheim. Es ist 9.30 Uhr, Sarah kommt herein mit dem Tee, der einen Hauch von Milch und zwei Stück Zucker enthält.

»Sagen Sie, meine Liebe, haben Sie meine Karten?«, säuselt er.

»Erste Reihe«, antwortet sie in professionellem Ton. »Ein Bote hat sie soeben gebracht.«

»Wann geht das Flugzeug?«

»Sie haben noch sechs Stunden und achtzehn Minuten. Aber vergessen sie nicht Ihren Call mit Herrn Pradi in zehn Minuten. Er hat ausdrücklich darauf bestanden.«

»Ich weiß, ich weiß …«, entgegnet Perblood, den die täglichen Anrufe des EZB-Chefs langweilen, etwas gereizt.

Sarah verschwindet wieder. Vertrauensvoll fährt er fort:

»Ich habe gerade Anteile von UFC, der Ultimate Fighting Championship, erworben. Zehn Millionen Euro, Peanuts im Vergleich zu meinem letzten Rothko.«

Mit dem Kinn deutet er auf ein Gemälde in Schwarz und Mauve, das an einer der Wände hängt. Er ist steinreich. Das Bild repräsentiert all die Freiheit, die er niemals haben wird. Polach ist es gewohnt, dass die Arbeitgeber mit ihm reden, auch wenn es nichts mit ihm zu tun hat. In den Zeiten von »Information ist alles« hat absolute Verschwiegenheit ihren Preis. So hat er sein Honorar erhöht. Als Profi unterbricht er das Selbstgespräch nicht.

»Und heute Abend ist das große Meisterschaftsfinale in Amsterdam. Ausschließlich Free Fight! Muay Thai, Karate, Judo, brasilianisches Jiu-Jitsu, Ringen … alle Schläge sind erlaubt!«, ereifert sich Perblood. »In einem vergitterten Ring dreschen die Athleten aufeinander ein. Das ist angeblich zu ihrem Schutz! Von wegen!«

Er dreht sich zur Glasfront, womit er das Gespräch für beendet erklärt. Unten erkennt er einen seiner ehemaligen Angestellten, der auf dem Gehweg Stellung bezogen hat. Ausstaffiert mit einem perlgrauen Anzug, zieht er einen quietschrosa Rollkoffer hinter sich her, auf dessen Vorderseite in riesigen, mit schwarzem Textmarker geschriebenen Buchstaben steht:

JESUS

Er sieht Perblood, reißt ein Schild in die Höhe.

I am not your slave.

15

Im Februar geht es heiß her, eine gute Nachricht für Folman Pachs und seine Teilhaber. Sébastien sollte sich über die zusätzlichen Millionen Dollar freuen, die sich allein an diesem einzigen Tag mir nichts, dir nichts auf seinem Mitarbeiterbeteiligungskonto ansammeln. An der Biegung des Boulevard de Bercy steigt er schlecht gelaunt aus dem Chrysler.

»Ich brauche nicht lange«, kündigt er trocken und entschieden an.

»Ich werde hier auf Sie warten. Nehmen Sie ihre Akten nicht mit?«, setzt der Fahrer mit mütterlicher Stimme und Killerblick hinzu.

Auf der Rückbank aus rotbraunem Leder liegen Dokumente kreuz und quer.

»Nein, brauch ich nicht«, antwortet Sébastien und schluckt eine Tablette.

Zügig geht er auf den Koloss des Wirtschafts- und Finanzministeriums zu. Wie aus dem Nichts taucht ein Amtsdiener auf, fängt ihn am Eingang ab und bittet ihn, zu folgen. Politiker mögen es nicht, wenn man sie mit Bankern sieht. Das wird zunehmend zu einem Problem.

Für Sébastien beginnt nun ein Marathon. Wie ein Symbol für die französische Verwaltung bildet Bercy ein Labyrinth, ein wahres Paradies für Buchhalter und Rundschreiben. Kunstwerke, Grünpflanzen, Le-Corbusier-Möbel und indirekte Beleuchtung sind dazu da, zweiundvierzig Kilometer an Fluren irgendwie aufzulockern. Diese führen zu identischen Büros, die von identischen Technokraten mit identischen Vorstellungen bevölkert werden. Zur Pausenzeit bewegen sie sich mit düsterer Miene wie Ameisen durch das Labyrinth aus glanzlosem Marmor. Völlig außer Atem und mit holprigem Schritt kann Sébastien kaum folgen. Sein Gehirn setzt sich gegen all die Lügen, die Kluften zur Wehr. Sein Körper meldet sich zu Wort, spielt verrückt: Verdauung und Atmung geraten ins Stocken, seine Bewegungen geraten aus dem Ruder. Nichts läuft noch rund bei ihm. Schließlich betreten sie den Flügel, der zum Büro der Ministerin und in die Stille der Zahlen führt. Der Amtsdiener bleibt vor einer Tür stehen, die durch eine Nummernfolge gekennzeichnet ist. Er klopft, öffnet die Tür und kündigt Sébastien an. Bertrands Büro ist besser verborgen als die Geldschränke der Barings Bank.

»Warum versteckt ihr euch denn so? Habt ihr Angst, ausgeraubt zu werden, oder was?«, ruft er beim Eintreten.

»Wenn das von einem Angestellten bei Folman Pachs kommt … stimmt, da könnte man sich die Frage stellen«, antwortet Bertrand umgehend.

Verdutzt zieht sich der Amtsdiener zurück und schließt hinter sich die schwere Tür aus Mahagoniholz. Sébastien war gar nicht aufgefallen, dass es die gleiche wie in Kamflins Büro ist. Sie begrüßen sich mit Küsschen.

»Danke, dass du dir etwas Zeit für mich nimmst«, beginnt Sébastien.

»Kein Problem. Viel habe ich nicht, aber für Freunde doch immer! Was kann ich für dich tun?«, fragt Bertrand scheinheilig.

Mit mulmigem Gefühl weist er auf einen der Besuchersessel aus taupefarbenem Leder. Der unerwartete Besuch eines Kriegers von Folman Pachs ist stets ein schlechtes Omen, auch wenn er der Patenonkel seines Sohnes ist. Bertrand setzt sich auf den Sessel ihm gegenüber. Dem Wippen seines Fußes nach zu schließen, wird Sébastien wohl direkt zum Punkt kommen. Die Flanellhose ist hochgerutscht, sodass ein Stück des schwarzen Strumpfs und der Hühnerwade zum Vorschein kommt.

»Also, ich werde nicht um den heißen Brei herumreden. Wir müssen über die Brandenburg-Sache sprechen.«

»Brandenburg?«, weicht Bertrand aus und steht auf.

»Verdammt, tu nicht so! Nicht mit mir. Du weißt es sehr genau!« Sébastien verliert die Geduld.

Die ganzen Monate über haben beide geahnt, dass der andere es wissen würde. Aufgrund ihrer Schweigepflicht haben sie das Thema niemals angesprochen. Nun bricht Sébastien das Tabu und lässt die Bombe zwischen ihnen hochgehen.

»Mach dir keine Sorgen. Es wird schon alles gut gehen«, wiegelt Bertrand ab.

»Die Verträge werden eines Tages auftauchen, irgendjemand wird am Ende den Schwindel aufdecken. Die Journalisten von Bloomberg verlangen immer häufiger Zugang zu den Eurostat-Archiven*. Das geht bis zum Europäischen Gerichtshof.« Sébastien lässt nicht locker.

Der Antrag des weltweit führenden Finanzinformationsdienstes wurde im August 2010 gestellt. Unter Berufung auf die Informationsfreiheit forderte er Zugang zu offiziellen Dokumenten, die die Verbindungen zwischen Griechenland und Folman Pachs belegen. Die Journalisten wollten die Details des Devisenswap-Geschäfts verstehen, das die Senkung der Schulden Griechenlands erlaubt und, abgesegnet durch Eurostat, zur zeitweiligen Erfüllung der Maastricht-Kriterien geführt hatte. Es würde nicht schwerfallen, herauszufinden, wer welche Rolle bei diesem ganzen Schwindel gespielt hatte, und zu überprüfen, ob auch noch andere Länder darin verwickelt waren. Zwei Jahre brauchte der **Europäische Gerichtshof**, um zu der

* Statistisches Amt der EU

Entscheidung zu gelangen, dass »die Verbreitung dieser Dokumente den Schutz des öffentlichen Interesses im Hinblick auf die Wirtschaftspolitik der Union und Griechenlands beeinträchtigt hätte«.* In der Zwischenzeit übernahm der ehemalige Vizepräsident von Folman Pachs Europe, Mario Pradi, der bei den Gesprächen um den Euro zwangsläufig dabei gewesen sein muss, die Führung der EZB. Europa wollte Vorreiter in Sachen Transparenz sein. Mit Pradi an der Spitze würde nichts durchsickern. Seit dem Urteil des Europäischen Gerichtshofs werden das Spiel der Geschäftsbanken um den Beitritt zum Euro und die Eingriffe von Folman Pachs in Griechenland als geheim eingestuft.

»Die Kommission hat das Ding doch unter Verschluss gebracht, *no stress*«, versucht Bertrand zu beruhigen und kaut auf einem kleinen Wulst in seinem Mund herum. »Alles unter Kontrolle. Die Medien stürzen sich weiterhin auf Griechenland und Zypern. Keine Sorge. Und als i-Tüpfelchen, solange die Bankkonten nicht angerührt werden …«

»Selbst das, das geht gerade alles den Bach runter. Ihr seid einfach zu blöd. Wenn die Medien ihre Nase in die Akten stecken und anfangen, ihre Schlüsse zu ziehen, dann sind wir am Arsch«, prophezeit Sébastien.

Mit rauchendem Kopf betrachtet Bertrand die Seine. Bloombergs Journalisten war es nicht gelungen, die EZB in die Knie zu zwingen. Aber bei der Fed waren sie erfolgreich, als sie den **Skandal um geheime Anleihen** (dreizehn Milliarden Dollar) aufdeckten, die den Banken, darunter auch einigen aus Europa, zusätzlich zu den staatlichen Rettungspaketen bewilligt worden waren. Die Nachricht hatte in den USA große Wellen ge-

* Urteil des EuGH vom 29. November 2012

schlagen. Bis nach Europa ist sie nicht gedrungen. Clara hatte das Thema bei einer Redaktionssitzung angesprochen. Ihr Chefredakteur nannte sie eine Verschwörungstheoretikerin. Dies ist der letzte Trumpf der gegenwärtigen Machthaber: eine Presse, die bis zum Hals im Schlamassel steckt.

»Das wird noch böse enden«, unkt Sébastien. »Die Typen bringen alles ans Licht, und dann gibt's ein Hauen und Stechen. Sie führen die Todesstrafe wieder ein. Es wird einen internationalen Gerichtshof für Wirtschaftsverbrechen geben, und vor dem müssen wir uns alle verantworten. Dann schnappt die Falle zu.«

»Quatsch, die Leute sind wie gelähmt. Jede Woche tritt ein Minister zurück, alle zwei Wochen gibt es einen Rettungsplan, jeden Monat einen Skandal. Die reinste Seifenoper! Kann es denn noch schlimmer kommen? Die Leute sind der Überzeugung, dass auch nur die kleinste Bewegung ihren Untergang zur Folge haben wird. Sie sind viel zu paralysiert, um aufzuschreien. Selbst wenn sie Bruchteile von alldem verstehen, können sie das Ganze doch überhaupt nicht begreifen. Dass sich etwas ändert, davor hat man am meisten Angst!«

In ihrer Panik vor möglichen Ausschreitungen lässt sich die Regierung regelmäßig von Spezialisten für Massenpsychologie beraten. Einer dieser »abendlichen Besucher« hat diesem Zustand erschreckender Paralyse einen Namen gegeben, der wie eine Ohrfeige für die französische Bevölkerung ist: **Katatonie**, die Angst, nicht mehr »da zu sein«, eine Störung der Identität.

»Nein, du wirst sehen, wenn die Brandenburg-Sache rauskommt, dann flutscht das einfach so durch. Und wir stehen sowieso nicht in vorderster Reihe.«

Mit dem Rücken zu Sébastien stehend, lügt er, was das Zeug hält. Auf der Seine wendet mit stotterndem Motor ein Ausflugsdampfer. Russen in kurzen Hosen lassen sich auf dem Heck fotografieren.

»Nein, gar nicht! Was wirst du machen, hm?«, fährt ihm Sébastien ins Wort. »Dokumente verbrennen wie im Kalten Krieg? Mach die Augen auf! Dein Fahrer mit seinem Peugeot 308 wird dich da nicht rausholen.«

Auf Bertrands Schreibtisch landet eine Kapsel Magermilch in einem Becher mit kaltem Kaffee, der neben dem Brieföffner steht.

»Ich denke, wir sollten alles im Netz verbreiten. Oder die Dokumente WikiLeaks zuspielen.«

»Um dann wie **Manning** im Gefängnis zu landen und ohne Klamotten, mit nur einer Stunde Hofgang am Tag, zu verfaulen? Oder wie Assange mit einer elektronischen Fußfessel und einem Prozess am Arsch?« Bertrand dreht sich um. »Ich sag's dir noch mal: Die Leute sind unfähig, sich zu erheben. Ihre Angst ist zu groß, alles zu verlieren. Sie wählen Le Pen, oder Hollande macht wieder das Rennen und ernennt einen Banker zum Chef von Bercy.«

»Von Matignon«, präzisiert Sébastien reflexartig. » Hôtel Matignon. Der Sitz des Premierministers. Das Ziel von Folman Pachs ist Matignon.«

»Eine hübsche kleine Diktatur, und es geht wieder von vorne los. Wir aber, wir werden uns immer zurechtfinden. Es gibt keine Nation und noch weniger ein europäisches Bewusstsein. Wir haben nichts zu befürchten.«

Sébastien lässt seinen Blick durchs Zimmer schweifen, dessen sehr französische Noblesse schon fast der Vergangenheit angehört. Schickes und viel Nippes. Hinter dem Schreibtisch fesselt ein gerahmtes Foto auf einem mit Akten übersäten Pult seine Aufmerksamkeit.

»Mein Patenkind ist doch schon viel größer! Hast du kein neueres Bild?« Er klingt verwundert und gleichzeitig vorwurfsvoll.

»Äh … nein, warum? Lass mal sehen«, sagt Bertrand, während er sich dem Pult nähert.

Er greift nach dem Rahmen und lässt sich in seinen Chefsessel fallen. Auf dem Bild hat er einen Arm um die Schultern seines Sohnes gelegt. Théo, dem zwei Schneidezähne fehlen, grinst wie ein Schneekönig. Auf seinem Kopf sitzt ein schwerer und zu großer Skihelm, und er präsentiert eine Medaille, seine zweite schon. Clara trägt ihre Tochter, die sich wie eine Katze eingerollt hat, in einem Tuch. Alle lächeln. Die Grobkörnigkeit des Schwarz-Weiß-Abzugs lässt Augenringe, Falten und Gereiztheit verschwinden.

»Ich habe davon nicht so richtig was mitbekommen«, gesteht Bertrand plötzlich schuldbewusst.

Er erinnert sich, wie er den Fotografen, der seine Kunden im Klub Piou Piou anbaggerte, verflucht hatte. Ohne ihn würde er sich an ihren letzten Skiurlaub vor drei Jahren jedoch überhaupt nicht erinnern. Drei lange Jahre mitten in einer Kernschmelze, permanent darum bemüht, eine Panik, den Bank Run, eine wahre Flut von Bankrotten, eine Revolution der Gesellschaft zu vermeiden. Und die Wahrheit. Ein Geständnis.

Auf der Innenseite seiner linken Wange herumzukauen besänftigt ihn ein bisschen. Der Amtsdiener tritt mit einem Zettel in der Hand ein: Es geht um die Liquidität des Versicherers Prevoyo. Er überfliegt die ersten Zeilen: Ein Zusammenbruch steht unmittelbar bevor. Mit einem Satz springt er auf, so als würde das irgendetwas bewirken können.

»Du musst mich entschuldigen … ein Notfall.«

»Klar, sicher … Du musst wieder was geradebiegen, um deine Chefin zu retten. Was hat sie denn diesmal angestellt? Hat sie bei ihren Universitätsabschlüssen geschummelt, bei ihrer Vermögenssteuererklärung, bei ihren Konten in Steueroasen?«

Bertrand steckt den Zettel in den Schredder unter seinem Schreibtisch. Das Geräusch von zerreißendem Papier beruhigt ihn: noch etwas, wovon die Öffentlichkeit nichts erfährt. Seit ihrer Ernennung hat die Ministerin acht Kilo abgenommen. Europakrise, Armutsexplosion, Druck seitens der Medien … Sie findet, auf den Fotos sehe sie zu dick aus. Morgens gibt er ihr Küsschen auf die Wangen, die jeden Tag härter und trockener werden.

»Ach komm, du solltest mehr auf dich achtgeben, Mann«, fügt Bertrand mit warmer Stimme dem vorher Gesagten hinzu. »Keine Ahnung … mach 'ne Reise, um den Kopf klar zu kriegen. Du bist dabei, die Kontrolle zu verlieren.«

Wenn ich bei Folman aussteige, denkt Sébastien, bin ich ein toter Mann. Bleibe ich, dann werde ich verrückt. Wenn Sébastien auspackt, sagt sich Bertrand, dann verliere ich meinen Job, meine Karriere und Clara. Er reißt ein bisschen Haut aus seiner Wange ab. Dann könnte er gleich eine Frittenbude in China eröffnen.

»Was ist eigentlich in dich gefahren«, geht er wieder auf Sébastien los, »Vanessa bei der UNESCO vor all den Leuten einfach so zu attackieren?«

»Irgendeiner musste es ihr ja mal sagen.«

»Was denn?«

»Dass sie einem langsam Angst macht, wie ein blonder Gremlin!«

»Du übertreibst! Und außerdem war das nicht nett gegenüber Clara …« Bertrand versucht, ihm ein schlechtes Gewissen einzureden.

»Mach dich nicht über mich lustig. Du hast ja nicht einmal zugehört! Das hat, nebenbei bemerkt, keiner von uns.«

Es gibt keinen Grund, darüber auch nur ein Wort zu verlieren: Da sie eines Tages Könige sein würden, war ihnen einfach alles egal. Aus Bertrands Mundwinkel rinnt Blut.

»Was hast du denn, verdammt, du blutest ja? Wusstest du nicht, dass man Kokain nicht schluckt?«

Bertrand geht um seinen Schreibtisch herum, um ein Taschentuch zu holen.

»Komm schon, fahr nach Dubai, amüsier dich ein bisschen, du bist schon ganz grau im Gesicht«, setzt Bertrand erneut an, während er sich die Mundwinkel abtupft.

»Wenn einer hier grau aussieht, bist du das!«, ruft Sébastien vom Sessel aus.

»Wie bitte?«

»Denkst du, du kannst mich mit deinem Marmor, deiner Prinzessinnenaussicht und deinem Diener in Livree beeindrucken?«, blafft Sébastien und steht auf. »Das ist alles Augenwischerei. Diese Welt ist tot.«

Seine Worte prallen an den stummen Wänden ab, die seit sechsundzwanzig Jahren Wutanfälle und Niederlagen verpuffen lassen. Auf dem Oberdeck eines Ausflugsdampfers übergibt sich eine Japanerin. Der Strahl ergießt sich auf das Glasfenster des unteren Decks, wo eine Familie ihr Festmahl von McDonald's in sich hineinstopft. Vor über fünfzehn Jahren hat Bertrand den Dampfer von Bercy bestiegen. Er hat es fast zum Kapitän gebracht. Jetzt sieht er nur noch den Eisberg, in den er mit voller Kraft hineingerauscht ist.

»Mann, Seb, niemand hat dich gezwungen, die Karriereleiter bei Folman Pachs hochzuklettern«, sagt er mit bösem, durchdringendem Blick.

»Ich werde aus dem Spiel aussteigen. Die Kurve kratzen!«

Mit einem Mal springt er auf und stürzt wild entschlossen auf Bertrand zu.

»Wir stehen in Reih und Glied, wir sind gar nicht mehr wir selbst. Wir sind die Finanz-SS, und du und Vanessa, ihr seid Kollaborateure!«

Bertrand, dessen Augen auf den sich kaum berührenden Flaggen Frankreichs und Europas ruhen, weicht vor Sébastien an die Wand zurück. Er weiß nicht, wie er mit ihm fertigwerden soll, ja ist noch nicht einmal sicher, ob er eigentlich Lust dazu hat. Er muss ihn loswerden.

»Ich bitte dich … mach 'ne Therapie. Es nützt überhaupt nichts, den Helden zu spielen. Am Schluss wird dir niemand eine Medaille umhängen. Rette deine Haut, denk an deine Kinder. Da musst du jetzt einfach durch.«

»Man sieht sich in der Hölle wieder«, warnt ihn Sébastien beim Aufreißen der Tür. »Hat Théo ein Glück, dass seine Mutter mutiger ist als sein Vater. Pass bloß auf, dass du sie nicht auch noch in einen Zombie verwandelst.«

Mit einer persönlichen Attacke hatte Bertrand nicht gerechnet. Hinter dem Amtsdiener durchquert Bertrand, den Blick auf den Boden geheftet, die endlosen Flure aus Marmor. Die amtierende Macht, links wie rechts, setzt auf den Hass des jeweils anderen, der durch das Fernsehen und Entwürfe ungerechter Gesetze befeuert wird. Mangels Ideen verschlimmert sich alles, für Ablenkung wird gesorgt. Bertrand springt mit den anderen in den Abgrund. Eines Tages wird dieser Tempel technokratischer Herrschaft wie in Griechenland oder Libyen gestürzt und geplündert werden.

16

Eingepfercht in ihr verglastes Büro mit Blick auf den Redaktionsraum versucht Clara, Änderungen von Artikeln durchzuschleusen. Seitdem sie Chef vom Dienst ist, verbringt sie ihre Tage damit, die Texte der anderen umzuschreiben, den Ton zu entschärfen und Enthüllungen zu vermeiden, die den Geldgeber, einen Hersteller von Munition, der sich brüstet, mit der Rettung der Zeitung vor dem Bankrott ein »gutes Werk« zu vollbringen, verärgern könnten. Recherchieren wollte sie, produktiv sein, schöpfen. Sie schreibt nicht einmal mehr. Wie eine Lehrerin macht sie ihre Korrekturen direkt am Computer, das ist effizienter. Während des Redigierens eines x-ten Artikels über Franzosen, die ins Ausland abwandern, klingelt ihr Telefon, es ist Sébastien. Sie erwartet eine Erklärung für seine gestrigen Pöbeleien gegen Vanessa. Er möchte sie sehen, möglichst schnell.

»Und warum? Du pfeifst, und ich soll angerannt kommen?«, sagt sie gereizt, während sie sich in ihrem Stuhl aus Kalbsleder und PVC aufsetzt.

»Ich glaube, nur du kannst mir helfen«, sagt er mit gebrochener Stimme.

»Ich habe genug von dem Fraß deiner Bank, Herr König von Folman Pachs International! Soll ich wieder irgendeinen Schwindel, von dem keiner erfahren darf, schönreden? Ohne mich diesmal!«

Sie hat sich immer ins Zeug gelegt, um Sébastien zu schützen. Seit 2008 entschärft sie die Meldungen, die seine Firma betreffen, schmettert alle Anschuldigungen ab. Im Frühjahr 2011 hat sie sogar **Nachforschungen, die Folmans Umtriebe in Libyen aufdeckten, unter Verschluss gehalten** und die Sache »im Sande verlaufen lassen«. Sébastien befand sich in der Schusslinie.

Anlässlich Gaddafis Besuch in Paris im Dezember 2007 war es ihm dank Bertrand gelungen, sich bei einem Essen, das Bercy zur Auflockerung der wirtschaftlichen Beziehungen zwischen französischem und libyschem Staat organisiert hatte, unter die Leute zu mischen. Tripolis hatte Geld, Gaddafi war gerade wieder in die Vollversammlung der UNO aufgenommen worden. In Paris wollte er jetzt einkaufen gehen. Die CAC-Kapitäne standen mit gezücktem Füllfederhalter Spalier. Der Élysée-Palast sprach von unterzeichneten Verträgen in Höhe »mehrerer Milliarden«, der Beginn einer Amtszeit, die einem von den Düften des Orients umwehten Jackpot glich. Einige Wochen später reiste Sébastien mit dem Verantwortlichen von Folman Pachs für den Mittleren Osten nach Tripolis. Sie verließen den Präsidentenpalast mit einer Anweisung über 1,3 Milliarden Dollar, die vom Konto der Libyan Investment Authority (LIA), dem Staatsfonds, abgebucht wurden. Die Firma teilte sich den Sparstrumpf vom Oberst mit Crédit Géneral, HBSC, JR Rolan und der Narlye Group. Zur Feier des Tages hatten Sébastien und sein Kollege bei einem Zwischenstopp in Dubai in einem Hotelzimmer in der Marina ein paar russische Prostituierte mit Champagner von Cristal zu fünfhundert Dollar die Flasche nass gespritzt.

Zum selben Zeitpunkt hatte die Firma in London und New York den gesamten Betrag, »das Papier«, auf amerikanische und europäische Bankwerte, die am Boden lagen, gesetzt. Die Analysten glaubten an einen sprunghaften Aufschwung, eine nur vorübergehende Depression. Mitten in der Immobilienkrise kam dies einem Selbstmord gleich: Die Bankwerte wurden durch die Märkte niedergemetzelt. Keiner der »Partner« des libyschen Fonds hatte Folman aus der Patsche geholfen. Ein Jahr später mussten der Verantwortliche für den Mittleren Osten und Sébastien dem Kalifen erklären, dass von der Ausgangssumme nur noch 25,1 Millionen, sprich zwei Prozent, übrig waren. Sébastien zufolge war Gaddafi total zugekokst gewesen, hatte herumgeschrien und den Direktor des Staatsfonds, den er auf der Stelle absägte, geohrfeigt. Sie fürchteten um ihr Leben. Mit einem gepanzerten Auto flüchteten sie bis zum Flughafen und nahmen, das Ziel spielte keine Rolle, den ersten Flug außer Landes. Sie fanden sich in Addis Abeba wieder. Wenige Tage vor dem Treffen hatte die Firma die wichtigsten Mitarbeiter Hals über Kopf nach Hause geholt, das Büro in Tripolis wurde geschlossen. Von New York aus machten sich die Anwälte an die Arbeit. Damit er Ruhe gab und Milde walten ließ, hatte Kamflin dem Oberst vorgeschlagen, Anteile an Folman Pachs zu erwerben: Zum Ausgleich würde die LIA fünf Milliarden in Aktien erhalten. Die Firma hatte ein ganzes Netz von Filialen auf den Kaimaninseln aus der Tasche gezaubert. Die Verhandlung dauerte fast zwei Jahre. Kamflin gewann Zeit. Gaddafi würde keine Ruhe geben. Sein Sohn, Saïf al-Islam, Doktor der Philosophie der London School of Economics, belagerte das Büro von Perblood in London. Einige hochrangige, sehr exponierte Angestellte wie Sébastien erhielten Personenschutz. Bei Folman feierte man die Libyenkrise, den Tod des Vaters sowie die Verhaftung des einflussreichsten Sohnes wie nirgendwo sonst.

»Es ist noch viel schlimmer«, kündigt Sébastien an.

»Das sagst du jedes Mal.«

»Nein, dieses Mal ist es zu spät«, wird er wütend. »Wir treffen uns am Kreisverkehr.«

»Welcher Kreisverkehr? Wovon redest du? Am Theater?«

»Nein. Dort, wo wir uns immer getroffen haben … früher.«

»Früher? Warum machst du so ein Geheimnis draus, Seb?«

»Dein Telefonanschluss wird abgehört.«

»Was? Mein Telefon? Bei Folman ist wohl der Verfolgungswahn ausgebrochen!«

»Am Kreisverkehr … wie früher … vor fünfzehn Jahren.«

»Aber …« Clara denkt nach.

Sébastien hatte niemals auch nur die kleinste Gefühlsregung gezeigt.

»Streng dich an!«

»Früher? Ach so! … Du meinst, im Café …«

Clara sieht sich wieder als Studentin im Café Fontaines, Porte de Saint-Cloud, eng umschlungen mit Antoine auf einer senffarbenen Kunstlederbank, mit Sébastien, Jérémie und Alison, die ihren Kaffee trinken. Hier trafen sie sich, um auf den Campus, »nach Hause«, zu fahren. Bertrand hupte und parkte in der zweiten Reihe. Sie zwängten sich in den gepimpten Citroën BX. Im Radio lief **Blur mit *Girls and Boys*.**

»Du hast mich schon richtig verstanden. Morgen, sieben Uhr.«

»Hä? … Frühmorgens?«

»Willst du's exklusiv, oder soll ich jemand anders anrufen?«

»Okay, okay. Und wehe, du hast nichts für mich«, sagt sie schließlich mechanisch.

»Ich bin mir nicht sicher, ob du dem Ganzen auch gewachsen bist«, schießt er zurück. Wie gebannt starrt sie auf einen chinesischen Antistressball, den ihr Bertrand von seiner letzten Dienstreise nach Peking mitgebracht hat, und bekommt so die Anspielung nicht mit. Ihr Schreibtisch bricht unter all den exotischen Nippes fast zusammen. Bertrand gibt ihr die Geschenke, die er bekommt, im schlimmsten Fall sind es Souvenirs vom Flughafen. Sie beginnt, den Ball in ihrer linken Hand zu drehen.

»Also, sag mal …«, fängt sie plötzlich zu säuseln an.

»Was?«

»Ich habe mich gefragt …«

»Was?«

Clara wird es plötzlich ganz heiß.

»Ich weiß nicht … mir war so, als hätte ich gestern Antoine gesehen … bei der UNESCO.«

»Ach ja?«

»Na ja, also, glaube ich«, gluckst sie.

Verfluchen möchte sie sich.

»Und du willst jetzt, dass ich euch wieder zusammenbringe? Glaubst du im Ernst, ich hätte nichts Besseres zu tun?«

Clara räuspert sich. In ihrer linken Hand dreht sich der chinesische Ball wie ein Kreisel.

»Nein … Es ist nur …«

»Hör mal«, unterbricht er sie, »du bist doch ein großes Mädchen, oder? Da wird dir schon was einfallen. Du willst mir doch nicht weismachen, du hättest Angst vor Gespenstern? Bis morgen!«

Der Ball fällt runter. Die Leitung ist tot. Clara setzt sich gerade hin, wendet sich ihrem Bildschirm zu. Sie gibt Antoines Familiennamen »Mayo« bei Google ein. Der Computer spuckt eine Reihe Links aus. Sie klickt den ersten, einen Wikipedia-Eintrag, an.

»Antoine Mayo: geboren am 15. Februar 1906 als Antoine Malliarakis in Port Said, Ägypten, gestorben am 1. Oktober 1990 in Seine-Port, Frankreich, war ein griechisch-französischer Kostümbildner, Filmarchitekt und Maler.«

»Sehr wohl ein Gespenst«, murrt sie. »Selbst meine Putzfrau kann ich googeln.«

Auf dem Bildschirm erscheint neben den Suchergebnissen eine gezielte Werbung:

Die Liebe mit vierzig.

Ratlos hebt sie den Ball auf und lehnt sich zurück. Sie wendet sich wieder dem Artikel zu, der auf dem Bildschirm seiner Korrektur harrt. Sie beginnt zu lesen, und da sie sich nicht konzentrieren kann, hört sie gleich wieder auf. Jetzt nimmt sie ein Blatt Papier, macht einige Entwürfe. Infolge eines »Warentauschs« hat sie eine Sendung im Radio geerbt. Um an den Kiosken zu überleben, versucht die Zeitung, Journalisten in verschiedenen Medien zu platzieren, damit sich ihr Bekanntheitsgrad erhöht. Der Radiosender, in diesem Fall der Partner, möchte neue Hörer durch Zeitungswerbung gewinnen. Drei Minuten von Clara entsprechen einer Achtelseite der Zeitung. Niemand zahlt, alles wird getauscht, wiederverwertet. Jeder – Zeitung, Radio, Journalist – versucht in dem Bermudadreieck zu überleben.

Auf Sendung zu sein könnte wahnsinnig aufregend sein, eine wahre Befreiung, eine echte Konfrontation mit den Hörern. Claras Rolle ist jedoch vorgegeben, sie steckt zwischen der verlegerischen Linie ihrer Zeitung (keine Anzeigen verlieren) und jener des Radios (über zwei Prozent Höreranteil bei den Einschaltquoten erreichen) fest. Sie hasst diese Pflichtübung, diese Einsamkeit während der Sendung mit fünf Millionen Zuhörern. Vorher lässt sie ihr keine Ruhe, währenddessen quält sie sie, danach bringt sie sie zur Verzweiflung. Gewissenhaft liest sie einen vorbereiteten Text aufs Komma genau ab, geht brav auf die Einwürfe des Moderators ein. Die Chefetage ist ganz verliebt in die Vorstellung eines warmherzigen, freundschaftlichen Radios voller »aufgeklärter Humanisten«. Ihre Sendung besteht darin, die verschiedenen Artikel, die auf ihren Seiten erscheinen, in einen größeren Zusammenhang zu stellen, manchmal vielleicht noch eine Idee hinzuzufügen. Keine großen Wellen schlagen, sondern den Raum füllen. Bloß nicht anecken. Die Intendantin des Senders strebt ein politisches Amt an. Ihre Partnerschaftsstrategie, ihr »Warentausch«, zielt einzig und allein auf sie selbst ab: Hörer dank Werbung hinzugewinnen, die Kosten dank kostenloser Sendungen senken. Was hier geschieht, ist das Überstülpen von *cost killing* und Selbstvermarktungsstrategie über die Ideen der französischen Denkfabrik. »Aufgeklärte Humanisten«, erdrückt von der Diktatur der Zahlen. Und Clara macht bei der ganzen Chose mit. Die Sendeplätze sind teuer. Ihre Gedanken haben nur Bedeutung, weil sie, mit dem Stempel *Bizness Day* versehen, keine Gefahr darstellen.

Ohne es wirklich zu bemerken, schreibt sie auf das leere Blatt: »Wer hat mich in Ketten gelegt?«

17

Bertrand überfliegt den neuesten Artikel über Folman Pachs und deren Unterwanderung europäischer Regierungen in der *New York Times*. Seit dreißig Jahren wiegen die Geschäftsbanken die Politiker in Sicherheit, wenn nichts mehr geht. Sie bieten Lösungen zur Finanzierung an, wenn es keine mehr gibt, erfinden Finanzprodukte, wenn sonst alles ausgeschöpft ist, verschleiern die Schulden, versprechen zukünftige Gewinne. Die Politik muss handlungsfähig bleiben, die Zahlen müssen stimmen: Folman hat ganz sicher eine Lösung parat. Die Firma wurde, neben anderen, zum unverhofften Partner einer politischen Kaste, die von kurzen Fristen und der Aussicht auf Wiederwahl wie besessen war. Nichts ist für Folman jemals ein Problem, alles stets Gelegenheit für Geschäfte, vor allem Schulden der öffentlichen Hand. Seit 2008 profitieren die Mitarbeiter der Firma von der Not der Regierungen und treten aus dem Schatten heraus. Unter dem Vorwand »absoluter Dringlichkeit« erlangen sie Zugang zu politischen Posten. Mario Pradi (Direktor der EZB), Lucas Papoudamos (griechischer Premierminister), Petra Chistaloudou (Vorsitzende der griechischen Schuldenagentur), Ganz Pasleitner (Berater des Generaldirektors der Europäischen Finanzstablisierungsfazilität) werden ernannt, aber niemals gewählt. Sie werden mal hier, mal da als »der richtige Mann dafür« verkauft. Absurder könnte es nicht sein: Die Zukunft ganzer Länder wird Leuten anvertraut, die auf den Begriff des Gemeinwohls am allergischsten reagieren. Die Franzosen misstrauen den Angelsachsen von Natur aus und haben ihnen ganz gut widerstehen können – bis jetzt.

Bertrand hätte niemals gedacht, eines Tages jemanden von Folman, der noch dazu der Pate seines Sohnes ist, beruhigen zu müssen. Bei Lichte betrachtet, hatte er schon länger das Gefühl, von Sébastien ein wenig verachtet zu werden, so als ob er kein Interesse an ihm, oder zumindest keines mehr, hätte. Was die Arbeit angeht, haben sie de facto wenig miteinander zu tun. Sébastien verbringt die meiste Zeit bei den Mitgliedern der Europäischen Kommission. Die Presse delektiert sich an den jeweiligen nationalen Debatten, während in Brüssel, das von ihr vollkommen ignoriert wird, alles entschieden wird. Befindet sich Europa aber in der Krise, dann hegt sie die Vorstellung – ja, klammert sich geradezu daran –, die Regierung eines Landes könne noch Einfluss nehmen.

Jérémie ist schon seit zwei Stunden überfällig. Als er anruft, um zu sagen, dass er nicht kommt, entschuldigt er sich nicht einmal:

»Ich habe gerade Seb getroffen«, alarmiert ihn Bertrand. »Dem geht's nicht besonders.«

»Hör zu, ich habe keine Zeit.« Jérémie macht es kurz.

Er kommt gerade aus einer der sieben Toiletten ihres Stadthauses, ein weitläufiges Bauwerk aus Steinblöcken, vierhundert Quadratmeter Wohnfläche, umgeben von einem drei Hektar großen eigenen Park. Als Alison und er nach Frankreich zurückkehrten, wurden sie beim Anblick dieses alten Anwesens, eines Hauses in Saint-Cloud, schwach. Vollkommen verrückt war das, mit fünfunddreißig Jahren. Die krassen Honorare, die er bei jeder seiner Rettungsaktionen erhielt, erlaubten eine vorzeitige Tilgung des Darlehens.

»Aber …« Bertrand erhebt sich, als wolle er ihn aufhalten.

»Ich habe ein Angebot vom Arum-Fonds«, unterbricht ihn Jérémie, um die Klospülung zu übertönen. »Sie haben sich bereit erklärt, Shift Ambassador, die marode Sparte von Prevoyo, zu übernehmen.«

»Endlich mal eine gute Nachricht … ich weiß nicht, wie lange ich die Journalisten noch hätte hinhalten können.«

Erleichtert sinkt Bertrand in seinen Bürostuhl.

»Aber unter einer Bedingung …« Jérémie bleibt vor dem Spiegel in seinem Zimmer der »Elternsuite« stehen.

»Raus damit«, brummt Bertrand verärgert, während er einen Notizblock mit seinem Namen, gefolgt von »Büro des Ministers«, und einen Füller der Marke Montblanc, ein Geschenk von JP Morgan, hervorholt.

»Zwei Prozent Anteile.«

»Was?«

Im Schutze seines Büros macht Bertrand sich nicht mehr die Mühe, das Herumkauen in seiner Mundhöhle noch irgendwie zu kontrollieren. So setzt er die Höhlenarbeiten fort.

»Nur ein Staat macht wohl Unternehmen wieder flott, ohne sie jemals zurückzukaufen«, ruft Jérémie. »Warum habt ihr 2008 die Banken nicht verstaatlicht? Dann wären wir jetzt nicht an diesem Punkt!«

»Wir hatten keine ausreichenden Mittel. Also haben wir unsere Leute reingesetzt.«

»Finanzinspektoren, die von nichts Ahnung haben. Eine super Idee!«

Jérémie, der für seine Flugstunden schon spät dran ist, hebt seine Tasche auf und steigt die Treppe hinunter.

»Wir wissen eben nicht, wie das geht«, rechtfertigt sich Bertrand.

»Aber du weißt, wie man den Euro rettet? Ein guter Witz …«

Zwischen europäischen Gipfeltreffen, blitzartigen Zusammenkünften in Berlin und Rettungsplänen in unfassbarer Milliardenhöhe lassen die Regierungen ihre Grundprinzipien fahren und versuchen dabei das Wesentliche zu kaschieren: Maastricht hat politisches Handeln einfach geschluckt, die Währungsunion ist ein ökonomisches und gesellschaftliches Desaster. Die gegenwärtige politische Klasse wurde zusammen mit dem Projekt einer Konstruktion von Europa geboren. Da sie sich unfähig zeigt, dem Mythos abzuschwören, schiebt sie seinen Zusammenbruch auf und verstrickt sich jeden Tag ein Stückchen mehr in sinnlose Entscheidungen.

»Aber … Prevoyo ist doch ein Aushängeschild der französischen Wirtschaft«, führt Bertrand an. »Und jetzt soll es an die Chinesen verkauft werden? Mitten in der Schlacht um die Umfragewerte? Kannst du dir das Gesicht des Präsidenten vorstellen?«

»Komm mal wieder runter. Wenn du nichts unternimmst, kannst du dein Aushängeschild vergessen.«

»Aber wie zum Teufel konnte es so weit kommen, verdammt?«, seufzt Bertrand entmutigt.

Jérémie hält am Treppenabsatz inne und wirft ein:

»Jeder will seinen Pfründe verteidigen. Und euch war alles egal. Das Problem ist, ihr habt nur an eure Wahl gedacht.«

»Und du und deine Kumpels von den Hedgefonds, euch ging es doch auch nur um eure eigene Kohle«, erwidert Bertrand gereizt.

In aller Stille spuckt er einen Fetzen Haut in ein Taschentuch. Beim Anblick seines blutenden Fleischs muss er sich zusammennehmen, um sich nicht zu übergeben.

»Jeder kocht sein eigenes Süppchen, mein Lieber! Wir decken uns gegenseitig. Sieh mal, die Demokratie funktioniert nicht. Damit sich das ändert, muss sie richtig auf die Fresse fliegen. Wir müssen bankrottgehen. Die Republik wird diese beschissene Elite einfach nicht überstehen. Wie sollen denn Abgeordnete, oder selbst hohe Funktionäre wie du, ein System infrage stellen, das sie zu Königen gemacht hat? Schau dir Merckel an und was sie zuletzt rausgehauen hat: ›**Wir brauchen eine marktkonforme Demokratie!**‹«

»Du bist total durchgeknallt!«, entfährt es Bertrand, dem die Argumente ausgehen.

Eine Bemerkung der Form halber, um seine Rolle zu spielen. Die Politiker wiederholen gegenüber der Bevölkerung, man solle »Verantwortung« übernehmen. Sie sind die Einzigen, die es nicht tun. Seit drei Jahrzehnten kreuzen die Banker mit ihren Wachstumskurven in den Büros der Ministerien auf, die die dort arbeitenden Enarchen* mit ihren mit Dossiers, archivierten Papieren, Rundschreiben, Erlassen und Notizen vollgestopften Schränken zugestellt haben. Die Ministerialangestellten sind zunehmend von der Angst getrieben, irgendeine Gelegenheit zu verpassen und zurückgesetzt zu werden. Nicht mehr populär zu sein. Unter keinen Umständen darf man beim Wähler an Beliebtheit verlieren: dauerhafter Frieden, ein glückliches Leben, Flachbildschirm für alle. Dank der Politiker und der sie beratenden Technokraten ist das Finanzwesen zu einer Industrie geworden und nicht zu einem Mittel, die Industrie zu finanzieren. Nach jeder Wahl haben die Politiker die Zügel für einige Prozentpunkte des BIP gelockert, sich vom neoliberalen Dogma anstecken lassen. Und jetzt haben wir den Scheren-Effekt, die Bevölkerung befindet sich zwischen den zwei Schneiden. Seit den achtziger Jahren hat sich die Politik zunehmend überstaatlichen Regulierungen unterworfen, einem Europa im Laufschritt. Die

---

* Absolventen der École nationale de l'administration (ENA), Eliteschule für französische Verwaltungsbeamte

Regulierungen haben die staatliche Souveränität (Außenpolitik, Sicherheit, Währung) Schritt für Schritt kassiert und Zwänge geschaffen: eine rigide Finanz- und Fiskalpolitik. Diese selbst auferlegten, unhaltbaren Zwänge stehen neben einer durch dieselbe Politik veranlassten Deregulierung des Finanzwesens, die als Nonplusultra einer von seinen Dämonen befreiten Welt verkauft wurde. Und die seit dem Fall der Mauer unaufhaltsam fortschreitet. Sie war die Lokomotive der Wirtschaft, sprich der Gesellschaft, also der Politik. Diese hat das Phantasma einer äußerst ausgeklügelten und absolut sicheren Finanzindustrie ohne den geringsten Zweifel geschluckt. Dabei hatte das Finanzwesen in magischer Weise alles im Voraus geplant: Versicherungen, Derivate, CDOs, alles unter dem Deckmantel von immer unverständlicher werdenden Abkürzungen, permanenter Innovation. Und je weniger die Politik versteht, umso weniger reguliert sie. Ein infernalisches Paar, ein fataler Fehler: Die Banker werden nach Transaktion und Consulting vergütet und nicht nach Verbesserung des Allgemeinwohls. Sie werden nicht bezahlt, um die Wahrheit zu sagen oder die Menschheit voranzubringen, sondern um zu verkaufen. Die Politik hat sich Handschellen verpasst. Die Schlüssel hat sie dem Finanzwesen gegeben. Seither macht es damit, was es will, führt sie an der Leine herum, hält sie auf Abstand. In diesem Spiel gibt es keine Unschuldigen. Mangels Entschlossenheit hat sich das vermeintlich grandiose politische Projekt Europa zu einem schäbigen Finanzprodukt entwickelt. Nicht besser als Subprimes.

»Kennst du vielleicht eine bessere Lösung als den Zusammenbruch?« Jérémie bleibt beharrlich. »Denkst du, das wird noch lange so weitergehen, die Sache mit der Notenpresse? Was habt ihr denn gedacht, wie weit ihr damit kommt? Wenn die Leute mitkriegen, dass sich auf ihren

Konten nichts weiter als Sammelbildchen von Panini befinden, die ihnen noch nicht einmal gehören, und ihre Wohnung, für die sie dank eines Darlehens über dreißig Jahre ein kleines Vermögen ausgegeben haben, nichts mehr wert ist, dann …«

Er durchquert das riesige Vestibül, geht, ohne mit der Wimper zu zucken, am Hausmädchen vorbei, einer Filipina, die sie bei ihrer Weltreise im Anschluss an die Zeit in Hongkong eingestellt hatten und die seitdem bei ihnen wohnt.

»Ich weiß, ich weiß«, unterbricht ihn Bertrand. »Die leitenden Angestellten kriegen am Ende Sozialhilfe, und die Putzfrauen haben alle einen Doktor!«

»Es ist viel schlimmer als in den dreißiger Jahren! Damals gab es wenigstens noch die Landwirtschaft. Man macht sich völlig falsche Vorstellungen. Nicht die Inflation hat Hitler stark gemacht, sondern zwei Jahre **Sparmaßnahmen von Brüning**! Das Gemetzel muss endlich aufhören!«

»Wenn du das schon sagst …«, seufzt Bertrand, während er sich in seinen Sessel fallen lässt.

Im Auftrag der Minister sowie für sich selbst ist er wie besessen von Umfragewerten, Anspielungen, geistreichen Formulierungen. Er vernichtet seine Konkurrenten auf Twitter, streut Informationen und Gerüchte im *Canard enchaîné*. Um nichts in der Welt verpasst er den Cocktail-Empfang des preisgekrönten Wochenblatts Ende Mai im Lateinamerikahaus. Sein einziges Ziel besteht darin, den inneren Kreis nicht zu verlassen, sich nicht zu weit vom warmen Zentrum zu entfernen, seine Rolle als Handlanger beim nächsten G20-Gipfel zu behalten. Selbst wenn das überhaupt nichts bringt. Etwas anderes, jemand anders könnte er nicht sein.

»Ihr wollt doch bloß Zeit gewinnen, um jemandem das Baby zu übergeben, der noch blöder ist als ihr. Nach mir die Sintflut …« Jérémie spielt den Richter. »Weißt du was, die Politik verschleiert die Wirklichkeit so lange, bis sie nicht mehr zu leugnen ist. Die Märkte nehmen sie so lange vorweg, bis sie sich durchsetzt. Das System ist dermaßen verseucht, dass man noch nicht einmal einen Virus braucht, um es in die Luft zu jagen. Denn es ist selbst der Virus. Und du, du steckst da mittendrin.«

Hin und her gerissen zwischen Zynismus und der Erleichterung, endlich einmal verstanden zu werden, verzieht Bertrand sein Gesicht. Am Lenkrad eines mit Nitroglyzerin beladenen Achtunddreißigtonners fährt er in rasendem Tempo auf verminter Strecke.

»Genau …«, mildert er mit ruhiger Stimme ab, »ich habe mich gefragt …«

Clara versteht nichts davon. Sébastien steht kurz vorm Burn-out. Und von Vanessa wird er im Grunde verachtet. Allein Jérémie kann ihm wirklich helfen.

»Ja …«

»Weißt du … Büroleiter zu sein ist auch ziemlich … unsicher.«

Jérémie bricht in Gelächter aus, während er Richtung Eingangstür geht:

»Machst du dich über mich lustig, oder wie? Unsicher? Warum gehst du nicht zurück zu **Rothschild**? Du suchst dir Posten in zwei Verwaltungsräten, da kannst du ein bisschen üben, ein paar Beziehungen knüpfen, und in drei Jahren, schwuppdiwupp, stehst du an der Spitze von Air France. Ein ehrlicher Technokrat, dem für seine treuen Dienste gedankt wird.«

»Nein … mich wird es bald erwischen«, gesteht Bertrand.

Er dachte, er würde Strippen ziehen. Dabei verbringt er seine Zeit mit Beschwichtigungen und Kompromissen. Man hört ihm selten zu. Er agiert im Schatten, schlägt zu, lässt verschwinden. Ein Wächter des Tempels.

»Es ist … verstehst du … es wimmelt hier nur so von Enarchen! Ich kann diese Typen nicht mehr sehen! Ich gebe dir ein Beispiel, ganz simpel! Ich habe mir gerade die Büroleiterin vom Gesundheitsministerium vorgeknöpft. Ich habe ihr einen soliden Finanzierungsplan zum Kauf der öffentlichen Krankenhäuser vorgelegt. Neunhundertfünfzig Millionen in drei Jahren für etwas, das vierhundertfünfzig pro Jahr Verlust macht. Nicht schlecht, oder?«

»Lass mich raten – sie hat gesagt, das ist zu kompliziert.«

»Ja! Sie will es nicht machen, weil ihr irgendwie sechsundzwanzig Typen fehlen, um das im Land umzusetzen. Also heißt es njet. Nicht wirtschaftlich, weil kein Personal. Sicher, die Geschäftswelt ist auch voller Dummköpfe und Kleingeister, aber sie ist in hohem Maße vorhersehbar. Es geht immer nur darum, wer den Größten hat. Glaubst du etwa, eine hohe Funktion im öffentlichen Bereich hätte mehr Klasse? Im Grunde ist es das Gleiche, nur kommt noch das Geschwafel vom Geist des öffentlichen Dienstes hinzu. Alles Heuchler.«

Bertrand greift nach dem Foto von seinem Sohn im Skiurlaub, das auf dem Schreibtisch steht, sein Lachen rührt ihn.

»Ich kann einfach nicht mehr. Ich werde in Frankreich niemals richtig Karriere machen. Ich komme aus keiner der Eliteschulen, das werde ich mein Leben lang bedauern. Und dann sind diese Typen ausschließlich für sich selbst da. Zumindest seid ihr beim Geschäftemachen ehrlicher: Es geht darum, den anderen aufzufressen, aber immerhin gibt es noch Platz fürs Unbekannte. Wenn du in der Verwaltung anfängst, dann weißt du, wo du enden wirst. Und es geht darum, wer dem anderen am meisten auf den Sack geht.«

Amüsiert denkt Jérémie daran, wie sie sich fünfzehn Jahre lang mehr oder weniger freundschaftlich gestritten haben und wie Bertrand ihn als Aasgeier der Finanzwelt abkanzelte und als Kröte beschimpfte, dabei aber stets auf seine Sprache achtete, als würde er die Lehramtsprüfung für Griechisch und Latein absolvieren.

»Also, was ich will – ich will jetzt einfach scheißviel Kohle verdienen! Genau wie du«, rutscht es Bertrand gegen seinen Willen raus.

»Oookay … Na gut … Du gibst mir einen Tipp beim nächsten Rettungsplan, und ich mache für dich das Ding mit den Amis klar«, schlägt Jérémie vor, während er am Türöffner seines Lamborghinis herumhantiert. »Ideal für dich wäre, wenn wir einen Fonds finden würden, der sich in Frankreich am Markt platzieren und in Not geratene Firmen aufkaufen möchte, oder?«

»Einen … Geierfonds?« Bertrand schnellt nach oben.

Das Wort brennt ihm auf der Zunge.

»Nenn ihn lieber *distressed**, wie im Englischen, das schwächt die grausame, gefräßige Seite daran etwas ab. Nun, du könntest den Amis die richtigen Türen öffnen, den Boden für sie urbar machen «, überlegt Jérémie. »Hättest du Lust, wieder nach New York zu gehen?«

»Nichts könnten wir mehr brauchen«, gesteht Bertrand, dessen Blick an Claras Gesicht auf dem Foto hängen bleibt.

»Gut«, kürzt Jérémie ab und lässt den Motor an. »Was sage ich nun den Chinesen wegen Prevoyo? Geht das klar?«

»*Done deal.* Die Kennzeichnung *Made in China* wird aber hinter den europäischen Filialen versteckt, ja?«

Bertrand legt auf, seine Augen funkeln. Er stellt sich vor, wie er Bercy über das Dach entkommt, mit dem Fallschirm in den Himmel von Paris springt, Clara an der Hand packt und freudestrahlend zu einem Jet rennt. Sich wieder ver-

---

* Kurzform für distressed debt hedge funds. Ein Mittel der Banken, um Kreditengagements vorzeitig zu beenden.

lieben und frei sein. Er sieht sich, wie er auf Augenhöhe mit den Typen von der Narlye Group zu Mittag isst. Schluss mit den Bücklingen und Scherereien, mit den Enarchen und ihren Siegelringen. Wieder nach New York gehen heißt von vorn anfangen, das Leben eines x-beliebigen Zockers führen. Manhattan, diese Insel, wo alle kleine Ganoven sind.

18

An der Porte de Saint-Cloud brechen Presslufthammer unter einem Himmel voller Wattewolken die Straße auf. Die Bauarbeiter werfen den Schutt auf einen Haufen an der Baustelle. Clara hält sich die Ohren zu, während sie über den Platz geht. Der Betonstaub legt sich auf ihren H&M-Parka. Die Stadt dringt in ihre Poren ein. Jeden Tag stirbt sie ein bisschen mehr. Es ist 6.55 Uhr. Paris, ein Schlachtfeld, erwacht. Seine Einwohner laufen notgedrungen gebückt, verschmelzen mit dem grauen, rissigen Beton. Wie alle hier hat Clara Herz und Hirn im Kühlschrank gelassen. Eine Taube fliegt mit einer Fritte weg, die sie auf dem Gehweg aufgelesen hat. Clara hat noch nie junge Tauben gesehen. Die Pariser Exemplare sind wohl nicht so blöd, hier ihre Jungen zu bekommen.

Das Café Fontaines ist leer. Vom Tresen nimmt sie die *Bizness Day* und bestellt für 4,80 Euro einen Tee der Marke Twinings, bitteres Zeug, das die Zähne braun macht. Sie setzt sich auf die Eckbank, an einen Tisch für zwei Personen. Sie nimmt sich nicht mal mehr die Zeit, ihre eigene Zeitung zu lesen. Die Schlagzeile geht über das ganze Titelblatt: ***Die Schweizer Armee bereitet sich auf Unruhen in Europa vor.*** Als Erläuterung darunter: »Die bankrotten Staaten werden bald nicht mehr in der Lage sein für ihre eigene Sicherheit zu sorgen.« Clara grummelt vor sich hin angesichts der reißerischen Aufmachung. Sie schaut sich um, ob auch niemand sie beobachtet, verschlingt dann den Artikel in einem Atemzug und sackt in sich zusammen, als sie einen Kasten entdeckt. Eine vierzigjährige arbeitslose Spanierin verkauft ihre Organe im Internet; in Griechenland geben ruinierte Eltern ihre Kinder ins Heim (immerhin haben sie dort genug zu essen); in Italien gibt es zahlreiche Selbstmorde unter Unternehmern aus der Region um Turin. Ein kleiner Schauer überläuft sie. Ohne dass sie es bemerkt hat, hat sich Sébastien zu ihr gesetzt.

»Und? Hast du was gelernt?«, beginnt er mit rauer Stimme.

Er starrt sie an, ohne sie wirklich wahrzunehmen. Er sitzt ihr gegenüber mit trüben Augen und aufgedunsenem Gesicht, so als ob er zu viele Medikamente nehmen würde. Mit seiner kurzen Sporthose, einer Windjacke aus Titanfasern und neongrünen Asics-Laufschuhen, ausgestattet mit dem Propulsion-Trusstic-System, das die Abdruckphase des Fußes stabilisiert, wirkt er wie als Leichtathlet verkleidet. Ein Hamster, der aus seinem Rad gefallen ist.

Schon immer hat er sein Spiel mithilfe ominöser Reisen ans Ende der Welt und mit Sonnenstudiobräune verschleiert. Trinkt er etwa? Auf dieser Ebene im Hierarchiegefüge ist Alkohol verboten und nur in Ausnahmefällen mit Zustimmung der Chefetage erlaubt. Alle vier Monate werden Bluttests bei hochrangigen Mitarbeitern angeordnet. Bis jetzt war Sébastiens Verhalten tadellos. Seine Scheidung behandelte er wie einen Kollateralschaden der Immobilienkrise. Wegen seines kämpferischen Alleskönner-Lächelns nannte man ihn den Lance Armstrong der Bankensprecher. Das war, bevor der Fahrradchampion geständig wurde: Übermenschen existieren nicht, es gibt nur Betrüger.

Er spielt mit einem Stück Zucker auf dem Tisch. Clara fallen seine früher stets gepflegten, jetzt aber eingerissenen Fingernägel auf. Er steckt seine Hände unter den Tisch.

»Also, was ist denn dein Knüller? Was habt ihr jetzt schon wieder verbrochen?«, bricht Clara das Schweigen.

Er blinzelt mit den Augen, wird plötzlich lebhaft.

»Das hier!«

Er hält ihr ein gefaltetes Stück Papier hin. Dann beugt er sich nach vorn, um seine Schnürsenkel zu binden, und springt mit einem Satz auf.

»Zerreiß es, wenn du es gelesen hast. Heute Abend, 22.30 Uhr. Stell keine Fragen. Tschüs.«

Sie entfaltet das Papier, auf dem der Briefkopf der Firma steht. Mit der Hand hat er darauf den Namen eines Internetcafés im X. Arrondissement, eine html-Adresse und das Passwort einer ihr unbekannten Mailbox geschrieben.

»Warum diese Heimlichtuerei? Du bist völlig durchgeknallt, die Stasi und so, das ist längst vorbei!«, ruft sie etwas lauter.

Sébastien macht wieder kehrt. Er beugt sich zu ihr hinunter und flüstert mit Grabesstimme in ihr Ohr:

»An deiner Stelle würde ich mir das für später aufheben. Du wirst es noch brauchen.«

»Aber warum ein Internetcafé?«

»Das ist ja schlimmer, als ich dachte! Wann hast du eigentlich zum letzten Mal echte Nachforschungen betrieben?«

Er bemerkt ein paar weiße Haaransätze, die in ihrer Mähne durchschimmern. Sie hielten sich immer für unbesiegbar, dachten, sie stünden über den anderen und seien unsterblich. Das Rad dreht sich schneller als gedacht. Entgeistert beugt er sich erneut nach vorn.

»Weil das, was ich dir mitteilen möchte, gefährlich ist. Weil ich nicht dort sein werde und weil man an solchen Orten nur Agenten von al Qaida und Kreditkartenbetrüger sucht. Und es mit Folman Pachs, egal was so geredet wird, noch nicht so weit gekommen ist!«

»Du spinnst ja … Schlimmer als bei Gaddafi kann es nicht sein!«

»Es geht um Europa«, entfährt es Sébastien.

»Was? Niemand kümmert sich noch einen Scheiß …«

Er wirft ihr einen vernichtenden Blick zu. Nachdem sie die Ergebnisse der Nachforschungen über die Aktivitäten der Firma in Libyen vertuscht hatte, hatte Sébastien sie mit Blumen von Lachaume überhäuft. »Du hast mir das Leben gerettet«, stand auf der Karte.

»Sei pünktlich«, befiehlt er. »Ich zähl auf dich.«

Er weiß nicht, was ihm am meisten zu schaffen macht: zu wissen, dass der Schwindel wirklich stattgefunden hat, oder dass aller Wahrscheinlichkeit nach niemand daran Anstoß nehmen wird. Schlecht gelaunt setzt er eine Windbreaker-Mütze auf, durchquert das Café und prüft dabei aus dem Augenwinkel, ob sich irgendjemand bewegt. Kaum ist er über die Türschwelle, sprintet er los und lässt Polach, der gerade das Café betreten will, hinter sich. Urplötzlich bremst der schwarze Chrysler von Folman Pachs am Kreisverkehr vor dem Café, als wollten seine Insassen die Kasse ausrauben. Clara bemerkt einen wunderschönen Mann in dunklem Anzug und mit blauen Augen, der wie zum Duell bereit scheint. Sébastien dreht sich zu ihm um, ihre Blicke kreuzen sich. Nichts geschieht. Bereitet sich die Schweizer Armee darauf vor, ganze Ströme von Wirtschaftsflüchtlingen aufzuhalten? Clara muss an diesen einen Satz denken, den sie letzte Woche in einem Buch ihrer Tochter gelesen hat, eine krude Geschichte über Hühnerställe, die von Mardern angegriffen werden. »Angst verleiht Flügel … den Hühnern.« Wer aber sind die Marder?

Die Unterredung mit Sébastien hat dreißig Sekunden gedauert. Knappe Sätze und Treffen in Speed-Dating-Manier sind für Clara nichts Neues. Wer wirklich Macht besitzt, hat nichts Besseres zu bieten.

Es bleibt ihr noch eine gute halbe Stunde, bevor Alison zu ihrem allwöchentlichen Frühstück kommt. Auffrischung der Freundschaft, ihr gemeinsamer Moment. Sie können quatschen, aber vor allem auch ernsthaft miteinander sprechen. Was die Arbeit angeht, so wahrt Clara den Schein, in ihrer Beziehung tut sie nur so, als ob, und ihren Kindern rennt sie bloß noch hinterher. Bei Alison kommt sie für einen Moment zu sich.

Von seiner Zweizimmerwohnung in Sarcelles aus verschafft sich Antoine Zugang zu Claras Smartphone. Er schaltet die eingebaute Kamera ein: Das Bild ist schwarz. Sie muss ihr Gerät in der Tasche gelassen haben. Er aktiviert das GPS. In einem Fenster auf seinem Bildschirm wird die Karte von Paris angezeigt. Ein kleiner roter Punkt, der Claras Standort anzeigt, blinkt. Er überprüft es zweimal: Was macht sie im Café Fontaines, in dem sich die »Bande« während ihrer Studienzeit immer getroffen hat?

Um sich die Wartezeit zu vertreiben, öffnet sie ein Schulheft mit großen Kästchen, ihre Arbeitsnotizen. Dreißig Minuten, motiviert sie sich, gerade genügend Zeit, um die Eckpunkte einer guten Radiosendung zu entwerfen: Thema, Blickwinkel, Schlüsselideen. Sie hat dafür immer mindestens einen Tag gebraucht, meistens den Tag, bevor sie auf Sendung ging. Sie notiert: »Marder«, »Schweiz«, »Angst«, »Sonne«, »Paris«, »Tauben«. Sie zeichnet Pfeile ein. Und streicht alles durch mit einem riesigen »ANTOINE!«.

Mittlerweile füllt sich das Café, sie öffnet ein schickeres Notizbuch mit rotem Ledereinband, ihre persönlichen Aufzeichnungen. Sie beginnt eine neue Seite. Ganz oben schreibt sie hin: »Antoine wiedersehen«. Sie zieht einen Strich, der das Blatt in zwei Spalten, überschrieben mit »GO« und »NO GO«, aufteilt. Sie schreibt die Argumente untereinander, füllt zusehends das Blatt, dann wertet sie aus. Unter den Spalten notiert sie das Fazit: »Leere Hülsen sind wir, überall lauert der Tod.«

Erstaunt über ihren eigenen Satz richtet sie ihren Oberkörper auf. Sie betrachtet den Satz, verwirft ihn schließlich. Mit einem Seufzer reißt sie das Blatt aus ihrem Notizbuch. Mutterseelenallein hockt sie in diesem Pariser Café, nur noch damit beschäftigt, das Blatt zu zerreißen und es in Schnipsel zu verwandeln. Seitlich der Bar sitzt Polach, der beobachtet, wie sie sich aufregt. Vom Nachbartisch nimmt sie sich eine Ausgabe des *Parisien* und schlägt die Wirtschaftsseiten auf. Darin die Kurzmeldung, dass im Parlament die Diskussion über Steuerbefreiung von Jachtbesitzern wiederaufgenommen wurde.

Alison schlängelt sich zwischen den Gästen durch, emanzipierte Mütter, ehemalige Führungskräfte und Bauarbeiter in der Pause.

»Sorry, Darling. Wartest du schon lange?«, ruft sie, während sie sich zu ihr herunterbeugt, um sie mit einem langen, ausgiebigen amerikanischen Hug zu umarmen.

Clara tut die Umarmung gut. Alison ist im Grunde die Einzige, die sie in die Arme nimmt.

»Nein, nein, keine Sorge. Ich habe ein bisschen nachgedacht.«

Der Tisch ist mit kleinen Papierschnipseln übersät. Sie schiebt alles zusammen und formt einen kleinen Haufen. Er gibt das Bild ihrer Vorsätze, ihrer Gedanken, ihrer Stimmung ab: zerschnippelt, konfus, deprimiert. Beim Anblick von Alison, die gut gekleidet, ausgeruht und braun gebrannt ist, wird ihr klar, dass sie es nicht einmal geschafft hat, sich zu schminken.

»Das ist total schön, sich hier in diesem Café zu treffen. Erinnerst du dich noch? Ist es, weil du Antoine gesehen hast? Bist du ein wenig nostalgisch geworden?«

»Red keinen Quatsch.« Clara wird rot. »Nein, nein, ich war hier mit Seb verabredet.«

Sie beißt sich auf die Lippen, denn ihr wird klar, dass sie lügen muss. Hat sie auch seine Anweisungen zerrissen?

»Seb, in so einer Bar?«, wundert sich Alison mit einem verächtlichen Blick auf den Twinings-Tee in der Tasse ihrer Freundin.

»Ja, es … es liegt auf seiner Jogging-Strecke«, improvisiert sie. »Er wollte sich für die Sache bei der UNESCO entschuldigen. Weißt du … wo er Vanessa angepöbelt hat.«

Sébastien hatte kein Wort darüber verloren.

»Ach, die! Die kann ich auch nicht ausstehen«, befindet Alison.

»Kein Wunder, wenn sie mir Küsschen gibt, dann habe ich den Eindruck, sie versteckt hinter ihrem Rücken ein Messer.«

»She is a witch, die Klapperschlange der Konzerne. Jérémie hat ständig mit ihr zu tun, er sagt, er hat kein Wahl«, seufzt Alison.

»Genau das passiert, wenn man sich mit den Mächtigen einlässt: Du wirst zwangsläufig ein schlechter Mensch.«

»Auf jeden Fall war es eine super Party, meine Liebe. Und was für eine Rede …«

Von all ihren »Freunden«, die zur Preisverleihung gekommen waren, ist Alison die Einzige, die ihr gratuliert.

»Deine Kinder können so stolz auf dich sein! Du bist die Einzige, die etwas aus ihrem Leben gemacht hat«, fügt sie hinzu.

Alison mit ihrem Master in Marketing hat einen Terminplan wie ein Minister, der ausschließlich auf die Stimulation ihres Körpers sowie ihre Nachkommenschaft ausgerichtet ist. Sie ist nicht mehr zu stoppen, wenn sie die »Freuden« ihres von der schäbigen Lohnarbeit befreiten

Lebens preist. Aber oft ist sie darüber verbittert, eine in Luxus schwelgende *desperate housewife* zu sein.

»Ach, komm schon, Ali. Du weißt doch genau, dass das alles nur Show ist.«

Alison muss schlucken, schaut dann weg, um einen Kellner zu suchen. Sei freundlich, ermahnt sie sich still, und die Leute sind es auch zu dir. Es sei denn, sie haben Angst davor.

»Meinst du, die haben hier frisch gepressten Saft? Also … Also, das mit Antoine, das ist doch verrückt. Was wirst du jetzt tun?«

Stillschweigend betrachtet Clara die Papierschnipsel. Irgendwo dort liegt die Antwort.

»Auf jeden Fall scheint er sehr gut in Form zu sein … Er hat irgendetwas an sich, er ist anders als die anderen, ein bisschen rough … ich weiß nicht … wild, unschuldig. Ein *bad boy*, nicht vom System kaputtgemacht und so, verstehst du?«

Entmutigt denkt Clara, die ihr zustimmen muss, an die Figur ihres Ehemanns, der sich mehr und mehr in eine Flasche Perrier verwandelt.

»Ich verstehe nicht, warum er einfach so zurückgekommen ist und warum gerade jetzt …«

»Das ist so romantisch!«, ruft Alison. »Ich freue mich so für dich.«

»Ach ja? Weißt du, Antoine gehört der Vergangenheit an«, beteuert Clara vehement.

»Und das heißt, er wird immer da sein. Das ist deine Chance!«

»Also bitte! Antoine?« Sie schiebt ihren Stuhl zurück.

»Mir machst du nichts vor, meine Liebe. Du hast zwar irgendwie weitergemacht … bist aber niemals darüber hinweggekommen.«

Das ist ihr einfach so rausgerutscht. Alison befürchtet, Clara verletzt zu haben.

Ihre Freundin ist so direkt und dennoch so zartfühlend bei dem traurigen Thema, dass es Clara aufwühlt. Den Tränen nahe ist sie jetzt, sie dreht sich weg.

»Wo bleibt denn der Kellner?«

»Keine Sorge«, beruhigt Alison sie mit kräftiger Stimme und nimmt ihre Hand. »Uns geht es allen so …«

»Das heißt?«

»Honey, wir haben uns selbst dermaßen beschnitten, dass wir keinen Atem mehr bekommen! Wir sind lustige kleine Bonsais!«

Angespornt durch das Lächeln Claras fügt sie hinzu:

»Und ein Bonsai ist zwar niedlich, aber eben auch total bescheuert!«

Am Nebentisch müssen zwei Manager, die bei Kaffee und einem Glas Wasser zusammensitzen, innerlich zustimmen.

»Hast du niemals einen Liebhaber gehabt?«, fragt Clara, die das Geheimnis der Lebensfreude und Schönheit Alisons zu ergründen sucht. »Zurzeit siehst du einfach umwerfend aus.«

»Einen Liebhaber?« Alison bricht in Lachen aus. »Bei den *vielen* Männern, die ich bei meinen *zahlreichen* Aktivitäten treffe! Du machst wohl Scherze! Am ehesten kann ich noch darauf hoffen, von meinem Tenniscoach flachgelegt zu werden!«

Clara gewinnt an Farbe zurück, ihr Blick wird weicher, sie bewundert ihre Freundin. Wann hat das Leben seinen Glanz verloren?

»Nein, ganz im Ernst«, setzt Alison nach, »was mich bestürzt, ist, dass ich seit fünfzehn Jahren immer denselben Schwanz sehe! Und so oft sehe ich den übrigens auch nicht mehr.«

Die Gäste von den Nachbartischen drehen sich um, Clara läuft knallrot an. An der Theke bezahlt Polach seine drei Kaffee und verlässt den Raum. Das ist alles nicht uninteressant, aber für Folman Pachs war nichts dabei.

Von Sarcelles aus lässt sich Antoine nicht das Geringste entgehen. Er erinnert sich noch gut an Alison, immer etwas zu vernünftig, zu gut gelaunt. Clara spricht wieder leiser.

»Wir sind alle Scheidungskinder. Also klammern wir, um es besser als unsere Eltern zu machen. Aber was genau soll das heißen? Entweder man zwingt sich, aus Anstand treu zu bleiben, obwohl man sich im Grunde hasst, oder man genehmigt sich ein paar Abenteuer, um dann erleichtert aufzuatmen, dass es woanders auch nicht besser ist – was soll man denn da machen?«

»Überhaupt nichts«, antwortet Alison plötzlich sehr ernst. »Was du da beschreibst, ist die einfache Variante. Ein Paar wird durch den Alltag zerstört. Wer fremdgeht, will bloß aus diesem Alltag raus. Aber all das bleibt am Ende ziemlich *kleinbürgerlich* und zum Scheitern verurteilt. Nein, meine Liebe, die wahre Herausforderung, the big one«, ruft sie energisch aus, »liegt darin, seinen Mann wieder zurückzuerobern! Und sich selbst darin wiederzufinden.«

»Du spinnst.«

»Gar nicht! Nenn es einfach Strategiewechsel, Darling!«

Sie werden von Sirenengeheul unterbrochen. Im Café recken alle Gäste ihre Köpfe und schauen wie ein Mann durch das Fenster. Ein Peugeot 607 der Regierung, dem zwei Motorräder der Republikanischen Garde voranfahren, kommt mit voller Geschwindigkeit angerast, saust über die Place de la Porte de Saint-Cloud und heizt, Fußgänger und Autos an die Seite drängend, durch die Avenue de Versailles.

»Wieder mal ein Minister, der zur Arbeit fährt und das unbedingt zeigen muss«, kommentiert Clara. »An allen

Leuten vorbeiziehen und bei Rot über die Ampel fahren. Das ist das Einzige, was von den Politikern zu merken ist.«

Sie muss an Bertrand denken, der immer mehr Falten bekommt, eben weil er keine Überzeugungen mehr hat und es sich vor allem nicht eingesteht. Er wird der letzte Mohikaner sein. Ihn zurückerobern?

»Deswegen siehst du so toll aus? Für Jérémie! Hast du eigentlich deine Brüste machen lassen?«

»Nein, ich mach so 'ne Art Muskeltraining. Das hebt alles wieder an, unglaublich.« Alison lächelt schelmisch. »Ich zeig's dir, wenn du artig bist. Kommt jetzt mal endlich der Kellner? Die gesetzlichen dreißig Minuten, die dir von deinem Arbeitgeber zugestanden werden, sind bald um. Und ich hab das Gefühl, dass du bald losmusst ...«

»Warte ... Was machst du an deinem Geburtstag?«, fragt Clara weiter.

»Eine Überraschungsparty, du wirst noch rechtzeitig Bescheid bekommen. Also, was ist jetzt mit Antoine, freust du dich oder nicht?«

»Ich hab keine Ahnung. Ich weiß nur, dass alles wieder nach oben kommt. Du kennst doch den Spruch: Wenn Wind weht, dann können selbst Hühner fliegen. Genau das waren wir, vor zwanzig, dreißig Jahren. Jetzt wird der Wind schwächer, uns geht die Puste aus. Und ich, ich werde abstürzen und auf dem Boden zerschmettert werden.«

»Wie auch immer du dich entscheidest«, sagt Alison und greift nach ihrer Hand, »ich werde für dich da sein, und Jérémie auch. Er macht sich riesige Sorgen um Bertrand.«

»Ich kann mit ihm einfach nicht mehr reden«, gesteht Clara mit trauriger Mine.

»Meine Liebe, das schafft keiner mehr.«

In Sarcelles, in seiner Zweizimmerwohnung, die Rollläden heruntergelassen, leuchtet das Gesicht von Antoine auf. Er wollte Claras Gehirn hacken. Er hat die *back door* gefunden, den versteckten Eingang. Der Rest ist bloß noch Formsache. Wird er vielleicht sogar ihr Herz erreichen?

19

Um sich von seinen schlaflosen Nächten am Krankenbett der Banken zu erholen, zieht sich Jérémie in das ausgebaute Souterrain seines Stadthauses zurück. Es ist sein Unterschlupf, etwas zwischen einem Fernsehzimmer und einer sehr britisch anmutenden Bibliothek. In seiner Ledercouch versunken, mit einem Buch und angeschaltetem Flachbildschirm, wartet er auf den Schuldspruch des isländischen Sondergerichtshofs gegen Peir Gaarde. Der ehemalige Premierminister ist der einzige Politiker auf der Welt, der während der Finanzkrise für Fahrlässigkeit verurteilt und zur Verantwortung gezogen wird.

Island war ein Paradies für Anleger. Seine Bevölkerung hatte folgsam und ohne zu murren die ultraliberale Politik der konservativen Regierung hingenommen. Bis dato lebte die Region von Fischfang, Erdwärme und Aluminium. Das isländische Wunder, zehn Jahre ununterbrochenes Wachstum, gründete sich auf die Finanzindustrie. Ihr Wert entsprach dem Zehnfachen des BIP. Drei Banken hatten Geldanleihen in Wundertüten verteilt. Es wimmelte nur so von Luxusautos mit Allradantrieb und Häusern, die von Architekten entworfen worden waren. Ausländische Anleger stürzten sich auf den neuen Goldesel, dem Ratingagenturen wie benebelt den Stempel *Triple A* verpasst hatten. Dann brach in den USA der Immobilienmarkt zusammen, und die kleine Insel geriet in den Strudel. Die isländische Krone wurde durch die Inflation regelrecht ausgewaschen, sie verlor binnen weniger Monate vierzig Prozent an Wert. Auf mehrere Generationen hin verschuldet, würde die

Bevölkerung niemals ihre Schulden zurückzahlen können. Die Kreditkarten funktionierten weder im Ausland noch im Internet. Die Europäische Union fühlte sich nicht recht zuständig, rührte keinen Finger und ließ das Land den Bach runtergehen. Dreihundertfünfzigtausend Personen? Eine Mini-Titanic für Brüssel, das viel mehr mit Irland, Spanien, Portugal und Griechenland beschäftigt war. Der amtierende isländische Regierungschef geriet in Panik. Marropo, Präsident der Europäischen Kommission, übermittelte ihm schließlich die geheime E-Mail-Adresse von Jérémie. Der hatte sich gerade erst mit einem Rettungsplan hervorgetan, den er für die Bank Fexia auf die Beine gestellt hatte.

Jérémie erreichte Reykjavík an einem Nachmittag im Oktober 2008. Die Stadt war in undurchdringlichen Nebel getaucht. Jérémie, der etwas neben sich stand und sich nicht orientieren konnte, tastete sich vorwärts bis zum Taxistand. Wie ein Rohstoffhändler räsonierte der Fahrer über den Dorschpreis und dessen enge Anbindung an den Ölpreis. Lange Schlangen hatten sich vor der Botschaft von Kanada gebildet, dessen Einwanderungsgesetze nicht ganz so streng sind und dessen Wetter den Isländern vertraut sein musste. Vor dem Parlament hörte Jérémie Frauen und Männer auf Küchenutensilien herumschlagen: die Vorläufer der »Topfdeckel-Revolution«. Jérémie war überzeugt davon, auf dem Mars gelandet zu sein. Der Wirtschaftsexperte des Premierministers informierte ihn gleich bei seiner Ankunft in der Lobby des Hilton. Er saß auf der Lehne eines rotbraunen Ledersessels und erteilte ihm völlig panisch, aber genauso detailliert Auskunft über die involvierten Institutionen, das Liquiditätsniveau, die Absprachen mit der Zentralbank und das Kreditportfolio. Jérémie tat so, als würde er einige wichtige Informationen aufschreiben. Der Referent begleitete ihn anschließend zum Regierungssitz, eine Art großes weißes Farmhaus mit drei Etagen und Dachziegeln aus Schiefer. Ganz offensichtlich lief in diesem Land alles anders. Das inspirierte ihn. Er bekam Lust, etwas ganz Neues auszuprobieren. Eine Art politischen Dreifachsalto, um die Geschicke wieder in die eigene Hand zu nehmen.

Sie gingen ins Esszimmer, in dem ringsum viele alte Bücher standen und das von einem Gemälde des isländischen Impressionisten Ásgrimur Jónsson dominiert wurde. Der Premierminister, dessen Kopf dem eines bebrillten Teddys glich, saß gerade über einem Gericht mit Schafsblutwurst. Er erhob sich nicht einmal. Sein Essen musste kochend heiß verzehrt werden. Sonst würde der Geruch des Blutes nicht mehr auszuhalten sein.

»Man sagt, Sie seien ein Visionär. Nun, wozu raten Sie mir?«

»In ungefähr zehn Tagen wird hier das Licht ausgehen. Die Kassen sind leer. Den Pinguinen werden Sie wohl keine Häuser verkaufen können. Und die Leute können Sie auch nicht verhungern lassen.«

»Nein, natürlich nicht«, entgegnete der Regierungschef gereizt und stopfte eine Gabel Essen in den Mund.

Jérémie wurde fast schwarz vor Augen.

»Also, Sie haben zwei Möglichkeiten«, warf er ihm im Gegenzug an den Kopf. »Entweder Sie regeln das über die Währung. Oder Sie regeln das über die Bevölkerung.«

»Sie machen wohl Witze? Reden wir über Ihren Plan.«

Die Schafswurst spiegelte sich in seinen Brillengläsern. Jérémie richtete den Blick fest auf das Hauptmotiv des Gemäldes, ein schneebedeckter Vulkan unter einem in Polarlicht getauchten Himmel.

»Die Währung muss vom Dollar abgekoppelt, die Banken geschrumpft werden, um zu retten, was Island selbst ist. Und man muss es schnell tun, sich sofort in den Kampf stürzen.«

»Das heißt?«

»Schützen Sie Ihre Wirtschaft. Es gibt drei, vier exportierende Industrien. Die müssen Sie unterstützen, denn die werden Sie brauchen, um Geld einzunehmen, wieder flüssig zu werden und von vorne zu beginnen. Schneiden Sie alles weg, was nicht aus Island kommt.«

Bei diesen Worten spuckte der Premierminister ein bisschen Schafsblut in seine Krawatte, die er mit der Serviette verwechselt hatte. Jérémie setzte noch einen drauf:

»Verstaatlichen Sie die Banken. Niemand wird Ihnen zu Hilfe eilen. Geben Sie die Landsbanki auf und retten Sie Ihre Bevölkerung. Lassen Sie ihr den Anteil am Dorsch. Der Fischfang ist ihre Zukunft! Man muss jetzt wieder auf die hard assets, auf das Feste, das Echte setzen.«

»Aber … was ist mit dem Finanzwesen?«, erkundigt sich der Isländer, ein wahrer Neokonservativer der ersten Stunde, während er die Brille abnimmt.

»Sie sehen doch, wohin das geführt hat! Vergessen Sie's.«

»Wenn ich den Fischfang wieder ankurbele, habe ich keine Chance mehr, dem Euro beizutreten.«

»Der ist doch sowieso ein Zombie! Man verlängert um jeden Preis künstlich sein Leben, das Tier ist jedoch bereits tot. Sagen Sie das aber nicht so direkt heraus. Man wird Sie für einen Verräter halten, oder sogar für einen Terroristen. Ziehen Sie lieber die Verhandlungen über den Beitritt in die Länge. Bis dahin wird Europa zusammengebrochen sein.«

»Sie verlangen von mir, die europäische Gemeinschaft zu hintergehen und den Euro abzulehnen!« Der Premierminister erhob sich aufgebracht.

»Na und? Ihre Gegenüber werden zwar schreien, vielleicht werden sie Ihnen sogar drohen, aber Sie haben keine andere Wahl. In moralischer und politischer Hinsicht ist

Ihre Position grundsolide. Eines Tages, in nicht allzu langer Zeit, wird Ihr Land Schule machen.«

»Sie sind … Sie sind ein Banker, der sich für die Bevölkerung einsetzt … ich verstehe gar nichts mehr …«

»Sehen Sie es so, ich stehe für eine neue Strömung. Und Sie, also Island, stehen für gar nichts. Das ist ein Glücksfall! Überlegen Sie mal: Sie können machen, was Sie wollen.

Der Regierungschef folgte mehr oder weniger den Empfehlungen. Er wertete die Währung ab, um den Export wieder in Gang zu bringen, erhöhte die Sozialleistungen, um den Konsum aufrechtzuerhalten, und brachte die Kapitalvermögen unter Kontrolle. Vor allem ließ er die Banken bankrottgehen. Weniger aus ideologischen als aus pragmatischen Gründen: Es gab einfach keine andere Lösung. Er half ruinierten Kunden, indem er ihre Immobilienkredite neu verhandelte. Die Landsbanki ging mitsamt ihrer bei britischen Kleinanlegern sehr beliebten Internettochter unter. Ihre Online-Konten zeigten nur noch Nullen an. Schließlich mischte sich **Jordan Grown**, der britische Premierminister, ein. Er forderte eine komplette Rückzahlung. Aus schierer Wut brachte er das Antiterrorgesetz zur Anwendung, um die in Großbritannien deponierten Gelder der Landsbanki einfrieren zu lassen. Der isländische Ministerpräsident Peir Gaarde verließ sein Büro unter einem Hagel fauler Eier und ranzigem Käse.

Einige Monate später bestätigte die Bevölkerung die Vorgehensweise, indem sie in zwei Referenden die Bezahlung der Banken und die Vergütung der britischen Anleger ablehnte. Jérémie hatte empfohlen, die ökonomische und politische Krise frontal anzugehen, anstatt an ihr herumzudoktern. Das in die Enge getriebene Island verhängte Sanktionen lieber gegen die Banken als gegen seine Bevölkerung. Es verordnete dem Finanzwesen eine Entziehungskur. Folman Pachs hatte keine Zeit, Fuß zu fassen. Als es sich von seinen toxischen Wertpapieren und seiner geldversessenen Elite befreit hatte, verzeichnete das Land wieder Wachstum. Wollte die politische Klasse all das zunächst nicht wahrhaben, so bedurfte es schließlich einer viel härteren Wirklichkeit und einer Bevölkerung, die sich auch tatsächlich zu Wort meldete. Und vielleicht Jérémies, der sechs Stunden auf isländischem Boden geblieben war.

In Erinnerung an diesen Auftrag notiert Jérémie an den Rand seines Lehrbuchs für Hubschrauberfliegen:

Wer wird gewinnen? Die 30 000 000 000 000-Euro-Frage!

Dreißigtausend Milliarden, die Gesamtsumme aller Konjunktur- und Rettungspläne von 2008 bis 2011, soweit zuletzt bekannt. Die weltweite Geldmenge ist in vier Jahren verdreifacht worden. Die Politiker spielen auf Zeit, indem sie massenweise Geld hineinpumpen. Von der Inflation hat jeder etwas – denn sie verschleiert die umfassende Verarmung, die Herabstufung der Menschheit.

Seine Gedanken werden durch das Handy unterbrochen. Unbekannte Nummer. Ein in Panik geratener Staatschef? Ein Heuschreckenfonds, der einen guten Deal wittert?

»Man hat aber auch nie Ruhe«, seufzt Jérémie beim Abnehmen.

»Herr Belfont?«, fragt eine gedämpfte Stimme. »Hier ist Dr. Caltran vom Bichat-Krankenhaus.«

Das Krankenhaus? Da Jérémie überzeugt ist, eine Disposition für Krebs zu haben, zuckt er zusammen. Das muss das Ergebnis seiner letzten Analysen sein. Seit seinem fünfunddreißigsten Lebensjahr unterzieht er sich jedes Jahr einer Rektaluntersuchung.

»Es geht um meine Prostata, oder? Sie rufen wegen meines PSA-Werts an?«

Innerlich triumphiert ein Teil von ihm. Bis jetzt lag er immer richtig, das Ergebnis wird okay sein. Einen kurzen Moment genießt er die Aufregung des Hypochonders.

»Hier ist die Notaufnahme für Schlaganfälle«, fährt der Mann am Telefon fort. »Ich rufe Sie wegen Ihres Vaters an. Er ist gerade auf unsere Station eingeliefert worden.«

»Mein Vater? … Sie machen Witze, oder?«, fragt Jérémie ein wenig enttäuscht nach.

»Sein Zustand ist sehr bedenklich«, entgegnet der Arzt.

»Hören Sie, ich habe jetzt keine Zeit. Machen Sie's kurz, ich befinde mich mitten in einer wichtigen Besprechung. Was hat er denn nun schon wieder?«

Im Fernsehen zoomt CNBC gerade auf die neueste Anschaffung von Paul Allen, dem Chef von Microsoft: eine MIG 29, ein russischer Kampfjet.

»Er hatte einen relativ schweren Schlaganfall.«

»Was soll das heißen, ›relativ‹? Und warum rufen Sie überhaupt *mich* an?«

»Sie sind doch sein Sohn, oder? Für den Notfall hat er in seiner Brieftasche Ihren Namen als Kontakt hinterlassen.«

»Sie sagen, in … seiner Brieftasche«, wiederholt Jérémie, der in sich zusammensackt.

»Es wäre das Beste, Sie würden so schnell wie möglich vorbeikommen, damit wir uns unterhalten können«, rät der Arzt, bevor er auflegt.

Völlig perplex starrt er auf seinen Flachbildschirm. CNBC bestätigt die Meldung: Peir Gaarde wird in einem von vier Anklagepunkten für schuldig befunden, geht jedoch straffrei aus. Schuldig, aber nicht verantwortlich. Alte Kamellen.

Jérémies Vater leitet eine der größten Headhunter-Agenturen von Paris. Er hat sein Leben damit zugebracht, den Krieg um »die »Talente« anzuheizen und Leute ausfindig zu machen, die sich dem alleinigen Wohl der Aktionäre bereitwillig opfern würden. Mit seinen sechzig Jahren und seiner gebeugten, wenngleich athletischen Figur arbeitet er, um zu beweisen, dass er nichts von einem Rentner an sich hat. Als westliche Unternehmen in Europa anfangen, Vierzigjährige zu entlassen, um in großem Umfang Chinesen einzustellen, erkennt er darin eine Goldgrube, lernt Chinesisch und wird Partner einer Agentur in Shanghai. Gegenüber seinen Kunden wiederholt er, »man muss von diesem neuen Markt profitieren«. Sein Jagdbuch ist immer voll. Jérémie kommt ihm nicht zu nahe, eine Art Sicherheitszone trennt sie. Der Anruf zu seinem Geburtstag 2010 dauerte ganze dreiundfünfzig Sekunden. Neuer Rekord. Bei allem, was mit seinem Vater zu tun hat, kommt er ins Schwimmen.

Ihre letzte Unterhaltung hatte schlecht geendet. Bei einem Abendessen mit Alison im Thiou, einer Kantine für Mittfünfziger aus Bank und Politik, stellte er ihnen eine kaum volljährige Chinesin vor, die er von einer seiner Reisen nach Asien mitgebracht hatte. Sie benahm sich wie ein kleiner Junge, ihr formloser Körper verlor sich in einem viel zu großen Pullover. Sein Vater, der einen Arm um ihre spitzen Schultern gelegt hatte, erzählte mit zitternder Stimme von ihrer Begegnung auf dem Campus der Tsinghua-Universität in Peking. Er hatte einen Vortrag auf einem Forum für Personalrekrutierung gehalten, das von europäischen multinationalen Konzernen organisiert worden war. Gao hatte in der ersten Reihe gesessen, ein wenig rechts. Sie hatte von ihrem Schreibheft aufgesehen, wobei sich ihre Blicke gekreuzt hatten. Das hatte ihn aus dem Konzept gebracht. Sie bewarb sich um einen Job. Da er keinen klaren Gedanken fassen konnte, ließ er seinen Kunden das Gespräch führen. Trotz seiner Bemühungen wurde sie nicht genommen. Um sie wiederzusehen, gab er vor, er wolle ihr »Rückmeldung geben«, ein paar »Verbesserungsvorschläge« unterbreiten. Er hatte sie mit einigen Brocken Chinesisch und nicht mehr feierlicher Galanterie auf die französische Art bezirzt. Beim Anhören der Geschichte ihrer Begegnung lachte Gao mit vorgehaltener Hand, um ihre Zähne zu verbergen. Ihre Augen strahlten vor jugendlicher Frische. Angewidert, ohne den Ausgang abzuwarten, beschimpfte Jérémie seinen Vater, er sei ein perverser, von Alzheimer zerfressener Sack und Gao eine Spionin im Dienste der Partei. Er fasste Alison am Arm und befahl ihr, aufzustehen. Sie lief knallrot an, als ihr Ehemann sie mit eingezogenem Kopf durchs Restaurant zerrte. Dabei murmelte sie den blasierten Kunden immer wieder »It's okay, no problem. We are sorry« zu. Ein paar Monate später erhielten Jérémie und Alison eine Heiratsanzeige.

Jérémie wählt die Nummer des Bichat-Krankenhauses. Das automatische Auskunftssystem schlägt vor:

»Handelt es sich um einen Notfall, drücken Sie die 1; für die Urologie drücken Sie die 2; für die Frauenklinik drücken Sie die 3; für die Onkologie drücken Sie die 4; für die Endokrinologie und Diabetologie …«

»Und wenn Sie lieber gleich verrecken wollen, drücken Sie die 0.« Jérémie legt wütend auf.

20

Bertrand prüft jede Erklärung seiner Ministerin, bereitet Dossiers vor, begleitet sie überallhin. Je nach Uhrzeit dient er ihr als Ratgeber, Ghostwriter, Punchingball oder Kindermädchen. Aufopferungsvoll stellt er sich vor sie. Die gefährlichsten Angriffe kommen aber niemals von außen. Der Krieg findet im Verborgenen, innerhalb der Verwaltung statt. Umringt von Enarchen in zu engen dunkelblauen, auf die Wandverkleidung ihrer Büros abgestimmten Anzügen mit goldenen Manschettenknöpfen, reibt sich Bertrand in zähen, sinnlosen interministeriellen Sitzungen auf. Steif, zerknirscht, schwer beladen mit dicken Aktenmappen aus Karton und ohne jeglichen Sinn fürs Praktische bewegen sie sich durch die Flure. Um einzuschlafen, beten sie am Abend rückwärts die Liste alle Départements herunter. Weder zweifeln sie jemals an sich selbst noch an ihrer Zukunft. Sie verschlingen die amtliche Mitteilung eines Gremiums, um nachzusehen, ob auch von Absatz 18 des Gesetzentwurfs gesprochen wird, über dem sie seit sieben Monaten brüten. In den Sitzungen sprechen sie frei, sitzen kerzengerade, ihre Hände liegen flach auf dem Tisch, die Finger trommeln leise. Sie sprechen von sich in der dritten Person Plural, zeigen damit, dass sie etwas viel Größeres als sich selbst repräsentieren. Sie fühlen sich, als hätten sie eine Mission: den Staat schützen. Unermüdlich bombardieren sie sich mit Verklausulierungen, so wie andere *Vier gewinnt* spielen. Wenn sie sich einmal verständlich ausdrücken, dann erweisen sich ihre Gedankengänge als ebenso brillant wie nutzlos. Das Ziel besteht niemals darin, tatsächlich zu handeln oder ein Projekt voranzubringen, sondern einen Platz zu besetzen und die Privilegien ihrer Verwaltung zu verteidigen. Sichergehen, dass sich nichts ändert. Weil Bertrand sie nicht ausstehen kann, ist er zwangsläufig der Beste unter ihnen geworden.

Allein in seinem Büro, den Kopf zwischen den Händen, liest er noch einmal ein offizielles Memo seiner Ministerin, ihre Haltung zur Situation auf Zypern. Bei der Sitzung der Eurogruppe hatte man für sie nur einen Klappstuhl frei gehalten. Sie wurde einfach übergangen und konnte der von der Mehrheit vertretenen Idee, die Bankeinlagen anzuzapfen, nichts mehr entgegensetzen. Bertrand streicht einige Formulierungen, brummt vor sich hin:

»Zeit schinden, Zeit schinden. Aber wie viel Zeit bleibt denn noch, zum Teufel?«

Vor ihm ein kalter Kaffee, eine angebrochene Kapsel Magermilch hat eine Pfütze in der Untertasse hinterlassen. Wie immer fliegt alles auseinander. Sein privates Handy, das ihn eigentlich niemals stört, meldet sich: *I Want Your Sex* von George Michael erklingt im Raum. Wütend haut Bertrand mit der Faust auf das Gerät, um es zum Schweigen zu bringen. Théo liebt es, seine Handys zu klauen, um ohne sein Wissen irgendwelche Klingeltöne herunterzuladen. Mit bösem Blick stiert er auf die Tür, in der Hoffnung, der davorstehende Amtsdiener habe nichts mitbekommen. Eine schnarrende Stimme reißt ihn aus seinen Gedanken. Er faselt:

»Ja, Sébastien Costal war gestern bei mir … Nein, darüber haben wir nicht gesprochen. Das wird schon. Der reißt sich wieder zusammen … Ich kenne ihn gut … Natürlich, das versichere ich Ihnen.«

Er fängt wieder an, seine Mundhöhle zu bearbeiten. Es klopft an der Tür. Er zuckt zusammen.

»Ich muss jetzt auflegen«, fährt er leichenblass fort. »Ja, ich rufe Sie wieder an, sobald ich etwas Neues weiß. Machen Sie sich keine Sorgen.«

Beim Auflegen stößt Bertrand seine Tasse um. Milch und Kaffee schwappen auf die mit »Vertraulich« überschriebenen Akten – ein verheerender Bericht über Spanien (Immobilien: minus siebzig Prozent; Jugendarbeitslosigkeit: plus fünfzig Prozent) – sowie auf sein Hemd aus Baumwolle und Seide.

»Das kann doch nicht wahr sein, das kann einfach nicht wahr sein! Bin ich verhext, oder was?«, schimpft er bei der Suche nach einem Taschentuch in der Schreibtischschublade. »Kommen Sie rein!«

Ein Referent in schwarzem Rollkragenpulli und grauer Flanellhose tritt ein. Um schneller zu gehen, läuft der etwas untersetzte Mann leicht vornübergebeugt; um wichtig zu wirken, gibt er sich einen finsteren Ausdruck. Der Enarch, Jahrgangsbester der ENSAE*, muss gerade mal fünfundzwanzig Jahre alt sein. An seiner linken Hand funkelt ein nagelneuer Ehering.

»Siehst du nicht, dass ich beschäftigt bin?«, blafft Bertrand ihn an. »Was gibt's denn jetzt schon wieder?«

Der junge Mann reicht ihm eine Akte.

»Die neuesten Zahlen des INSEE**, ganz frisch!«

»Schon?« Bertrand wundert sich.

»Mir ist es gelungen, das Originaldokument zu beschaffen«, kommentiert der Referent stolz seinen Fund. »Die sind noch nicht ganz fertig, aber ich habe einen Freund beim INSEE, und ich dachte mir, dass …«

---

* École Nationale de la Statistique et de l'Administration (Eliteuniversität für den öffentlichen Dienst)

** Institut national de la statistique et des études économiques (französisches Pendent zum Statistischen Bundesamt)

»Na, komm schon, spuck's aus. Wir haben nicht den ganzen Tag Zeit. Was steht drin?«, fragt Bertrand.

Er geht zu einem Schrank und holt ein sauberes Hemd heraus. Er zieht sich aus, wobei einige Speckröllchen über seinem Ledergürtel von Hermès zum Vorschein kommen.

»Na los, hab ich gesagt.« Bertrand wird ungeduldig.

Der Referent kratzt sich verlegen am Hals.

»Wir stürzen ab …«

»Das macht dann wie viel mehr?«, sagt Bertrand und schmeißt das schmutzige Hemd neben den Papierkorb.

»Dreißigtausend«, verkündet er mit unsicherer Stimme.

»Dreißigtausend Arbeitslose mehr? Innerhalb eines Monats?« Bertrand dreht sich um wie eine Furie. »Du willst mich wohl umbringen!«

»Und die Daten sind schon bereinigt, da wir alle Arbeitslosen entfernt haben, deren Bezüge auslaufen«, brüstet sich der Fachreferent sichtlich zufrieden.

»Und die Zahlen von der DARES*, dem ›Arbeitsausschuss‹?«

»Noch schlimmer.«

»Einen derartigen Anstieg der Arbeitslosigkeit können wir nicht vermelden! Die Opposition wird uns zerfetzen. Hübsch das noch ein wenig auf«, beschließt Bertrand.

»Aber … wir können doch nicht einfach so betrügen!«, ruft der Referent, indem er seinen ganzen Mut zusammennimmt.

»Mensch, aus welchem Loch kommst du denn gekrochen?«

Frankreich hat eine politische Entscheidung für die Arbeitslosigkeit getroffen. Eine tickende Bombe. Die Zah-

---

* Direction de l'animation de la recherche des études et des statistiques, Direktion für den Forschungs-, Studien- und Statistikbereich beim Arbeitsminister

len zu frisieren ist eine Spezialität, die seit den frühen zweitausender Jahren einfach dazugehört.

»Und du redest auf keinen Fall von den Ergebnissen aufs Jahr gerechnet. Du sprichst ausschließlich von Prozenten und spielst etwas mit der Zahl der Erwerbstätigen. Du hast doch sicher einen Schulabschluss? Und dann ruf in den Regionalgebieten an, dass die mir so viele Leute wie möglich auf Sozialhilfe setzen.«

»Aber … das entspricht nicht der Wahrheit. Und die Sozialhilfe können wir auch nicht mehr bezahlen!«

Einen Büroleiter herauszufordern bedeutet unweigerlich, einen Schritt zurück zu machen, sprich zwei Jahre Schrankdienst in der Präfektur von Saint-Étienne.

»Die Wahrheit, welche Wahrheit denn? Und für wen? Dir muss man auch wirklich alles erklären«, attackiert ihn Bertrand verzweifelt. »Tüftel irgendwas aus. Hat man dir das an der ENA in den Kursen zur Leitung der öffentlichen Finanzwirtschaft nicht beigebracht? Zahlen sind dazu da, manipuliert zu werden. Also los, an die Arbeit!«

Auf seinem Posten empfängt Bertrand Anweisungen. Hat er einmal die Möglichkeit, auf einem Untergebenen herumzuhacken, dann lässt er sich gehen.

»Hast du die Amis gesehen? Die Arbeitslosigkeit schießt durch die Decke mit zwanzig Prozent, das steht in allen offiziellen Statistiken, aber Obamas Leute geben eine Zahl von 12,5 bekannt.«

»Und?«, fragt der Referent, der sich zunehmend unwohl fühlt.

Er spielt mit seinem Ehering. Bertrand fällt der Tick auf, den hatte er auch. Als er jung verheiratet war, störte ihn der Ring immer.

»Jeder glaubt Obama! Niemand prüft das nach! Noch weniger die Journaille. Und ich weiß, wovon ich spreche. Das ist Magie, einfach fabelhaft! Schau dir deine Kumpels von der Bank an, die sind uns weit voraus! Ja genau, an die müssen wir uns halten. Das sind die Meister im Vertuschen!«

»Bitte?«, empört sich der Referent, der sich fragt, ob sein Chef nicht gerade seine Rechtschaffenheit auf die Probe stellt.

»Du hast hier Vorgesetzte. Du redest, sie hören zu, und dann spucken sie's wieder aus. Keine Zeit für eine Überprüfung. Fakten checken? Niemals. Pech für sie. Das scheint immer noch zu funktionieren, nutz also die Gelegenheit!«

Bei diesen Worten fällt sein Blick auf das Foto mit Clara und seinen Kindern im Skiurlaub.

»Ach, komm schon, mittelmäßig zu sein bietet doch auch Schutz.«

»Wie bitte?«

»Dich muss man wirklich wie einen Anfänger behandeln! In Frankreich machen die Freimaurer die Deals, die führenden Familien machen ihre Züge, die Banken finanzieren alles, und wir, wir bürgen dafür und besetzen die Stellen mit unseren Leuten. Das ist die achte Weltmacht, ein versteckter Staatskapitalismus, dessen einziges Wirtschaftsmodell der Konsum darstellt, sprich die Mehrwertsteuer. Deswegen haben wir immer mehr Schulden gemacht und wurden schließlich vom Finanzwesen aufgefressen. Keinem ist dabei aufgefallen, dass die Bilanzsumme der BNP dem BIP von Frankreich entspricht! Mich würde es nicht wundern, wenn wir auf die Fresse fliegen! Was hast du denn geglaubt? Vielleicht, dass wir Industriepolitik betrieben haben?«

Bertrand kaut heftig in seiner Mundhöhle herum. Wenn der Referent weiterhin so dumm aus der Wäsche guckt und mit seinem nagelneuen Ehering herumspielt, dann wird er anfangen zu brüllen.

»Du bereitest mir ein paar Formulierungen vor, in denen von einem deutlich geringeren Anstieg der Arbeitslosigkeit die Rede ist. Die Presse wird schreiben: ›deutlich geringere Arbeitslosigkeit‹.«

Niedergeschlagen begibt sich der Referent zur Tür. In der Auseinandersetzung ist er um ein paar Zentimeter geschrumpft.

»Ich möchte so schnell wie möglich den Chef des INSEE sehen. Arrangier mir ein gemeinsames Mittagessen. Dem muss man mal die Leviten lesen. Und du, du bist entlassen!«

»Bi… bitte«, stammelt der Referent wie gelähmt.

»Nee … nicht sofort. Du verlässt jetzt einfach mein Büro.«

»Aber …«, der Referent fasst sich wieder, »wir gehen mit den Vertretern von Cheval essen.«

»Aha! Was wollen die denn?«

»Dasselbe wie die Vertreter von Yatching, ihre steuerlichen Vergünstigungen behalten«, erinnert ihn der Referent.

Er legt die Hand auf die Türklinke, würde am liebsten wegrennen.

»Mach's kurz«, drängt Bertrand ärgerlich. »Welche Verfügung genau?«

»Den Erhalt der Mehrwertsteuerbefreiung bei Vermietung von Luxuswaren. Sie haben ein gutes Dossier. Man hat mir gesagt, Vanessa Dumoulin von Public steckt dahinter.«

»Die schrecken auch vor nichts zurück!«, wettert Bertrand.

In Bercy fungiert Bertrand als Schiedsrichter zwischen perfekt aufgestellten Parteien, die den Sinn fürs Allgemeinwohl vollkommen aus den Augen verloren haben. Entschuldigungen für seine Probleme, Argumente für seine

Forderungen hat jede genug. Er wollte das Finanzwesen reformieren, Frankreich im Glanz erstrahlen lassen. Er verteilt bloß Reste um, verwertet sie.

21

Alison steuert ihren roten Mini Cooper die Allee zu ihrem Stadthaus hinauf. Als sie in den Park einbiegt, fallen ihr die Knospen an den Zweigen der drei Magnolien auf. Für jedes ihrer Kinder hat sie eine gepflanzt. Wenn sie Anfang April zu blühen beginnen, stellt sie ihre Familie vor der prachtvollsten auf. Ein professioneller Fotograf macht einen Schnappschuss, der als zentrales Element der sakrosankten, durch und durch amerikanischen Glückwunschkarte dient, die Ende November versendet wird. Sie legt ihr einen Brief bei, eine Art Memo über die zahlreichen Abenteuer ihrer Familie: die Ferien in Courchevel, das Haus auf Korsika, die Zeugnisse, ausgefallene Zähne oder die Farbe des Gürtels beim Judo. Voller Elan hat sie sich in diese angelsächsische Tradition gestürzt, glücklich darüber, ein Projekt zu haben und die Details ihrer »Familienchronik« selbst zu verfassen. In Dünndruckheften von Hermès notiert sie das erste Wort, Wehwehchen, Lächeln. Einen Sohn haben, einen Baum pflanzen, ein Buch schreiben: Dem Kubaner José Marti zufolge, einer ihrer Lieblingsdichter, sind dies die drei Säulen eines erfüllten Lebens. Sie war sich so sicher, dass sie aus ihren Aufzeichnungen irgendetwas, ein großes Werk machen würde. Geburt, Ferien, Glücksfälle. Diese Aufgabe verfolgt sie nun. Ihr Leben ist flach geworden. Die Kontrolle über ihre eigene Geschichte nutzlos; sie zu verfassen schwierig. Es gibt nichts mehr zu erzählen. Jérémie fasst sie nicht mehr an. Das Leben ihrer Kinder hat sie auf die Sekunde genau abgestimmt, sie brauchen sie nicht mehr. Als perfekte Mutter hat sie sich in ein Taxi verwandelt.

Jérémie schießt rückwärts in seinem Lamborghini Aventador heraus. Überrascht würgt er ihn vor Alisons Mini ab. Er regt sich auf, sie wundert sich: Eigentlich bringt ihn nichts aus der Ruhe. Als sie – er versucht gerade, den Motor wieder anzulassen – auf seiner Höhe ankommt, hält sie neben ihm und lässt das Fenster herunter:

»Hallo, Darling. Wo willst du denn so eilig hin?« Sie begrüßt ihn mit einem breiten kalifornischen Lächeln.

»Ich muss etwas erledigen«, brummt er zurück.

»Aber ich dachte, du arbeitest heute nicht. Was ist denn los?«

»Ich muss nur etwas erledigen«, wiederholt er ungeduldig.

»Was wohl?« Sie macht sich über ihn lustig. »Wen muss der Superman der Schulden denn heute wieder retten?«

»Hör auf«, antwortet er gereizt, während er seinen Wagen neu zu starten versucht. »Ich habe keine Zeit …«

»Ach komm, sag schon …«

»Es geht um meinen Vater! Er ist im Krankenhaus. Schlaganfall. Kapiert?«

Verstört würgt nun Alison ihr Auto ab.

»Jesus Christ! Ich komme mit!«

»Kommt nicht infrage. Ich möchte nur sehen, wo er liegt. Misch dich da nicht ein. Ich kann sowieso nicht lange dortbleiben.«

Jérémie legt den ersten Gang ein. Der Aventador macht einen Satz und zerkratzt dabei Alisons Mini über die gesamte Länge, dann würgt Jérémie ihn erneut ab. Blitzartig steigt er aus, wirft die Schlüssel in den Kies, stürzt auf Alison zu.

»Gib mit deine Schlüssel«, befiehlt er.

»Was?«

»Steig aus! Ich bringe ihn nachher zurück.«

Alison nimmt ihre Sachen. Jérémie steigt ein, legt den Rückwärtsgang ein, das Auto gehorcht ohne Probleme.

»Wenigsten etwas, worauf man sich noch verlassen kann«, nuschelt er.

»Tell him we love him«, schreit ihm Alison hinterher.

Am Empfang des Bichat-Krankenhauses tritt er von einem Bein aufs andere, während er den Anweisungen der Empfangsdame zuhört. Sie verhaspelt sich ein wenig, sie sieht selten dermaßen schöne Männer. Er rennt zu den Fahrstühlen, stürzt beim ersten Halt heraus. Als wüsste er genau wohin, reißt er die Tür eines Zimmers auf und bleibt wie versteinert stehen. Sonnenstrahlen fallen auf das Bett einer stillenden Mutter, die jüngst entbunden hat. Er stammelt etwas zur Entschuldigung, verduftet dann Richtung Empfang, wobei er sich daran erinnert, dass Alison »ihre Brüste schützen« wollte. Mit der Faust haut er auf den EG-Knopf, was auch immer das bringen soll.

Die Frau vom Empfang, die überzeugt ist, er sei nur ihretwegen zurückgekommen, erklärt ihm etwas gespreizt das Gewirr von Etagen und Stationen. Sie geht ihm auf den Senkel. Jérémie klebt an ihren Lippen, ist aber unfähig, sich zu konzentrieren. Seine Fähigkeit, Schlussfolgerungen zu ziehen, seine Kaltschnäuzigkeit wirken auf die Europäische Kommission beruhigend. Nächte ohne Schlaf, unmögliche Fristen, politischer Druck – Jérémie besteht alle Stresstests. Man hört ihn an wie den Messias. Liegt sein Vater aber in der Klinik und steht er einer Servicekraft gegenüber, die an der Fachhochschule Sozialmanagement studiert, dann spielt sein Kompass verrückt.

Er findet seinen Vater schließlich in komatösem Zustand in einem Zimmer, in dem die Zeit stehen geblieben ist. Seine Hände liegen neben seinem krankhaft blassen Körper, ein bläuliches Weiß, passend zu dem chlorgebleichten Baumwolllaken, das ihm bis zum Brustkorb reicht. Die Bestie schläft. Jérémie nähert sich. Unter der Sauerstoffmaske atmet er leicht und rhythmisch. Jérémie beugt sich nach vorn. Noch nie hat er seinen Vater aus solcher Nähe betrachtet. Unter den gekräuselten Haaren gehen die Altersflecken bis zu den Ellbogen. Als er ihn das letzte Mal in einer ähnlich verheerenden Lage gesehen hat, muss er acht Jahre alt gewesen sein.

Sein Vater verbrachte den ganzen Sommer auf einem Liegestuhl im Südwesten Frankreichs, die Augen aufs Meer gerichtet. An einem Nachmittag nahm Jérémie all seinen Mut zusammen und näherte sich ihm. Er machte sich Sorgen, sich womöglich falsch benommen zu haben und der Grund für die Martern seines Vaters zu sein, den er sonst immer lachen gesehen hatte. Jérémie hatte ihn, als er an seinem Ärmel zog, gebeten, mit ihm schwimmen zu gehen. Daraufhin schrie ihn sein Vater, der sich eine Träne wegwischte, an. Jérémie rannte weg in den Garten. Seine Großmutter, eine wunderschöne Frau mit blassgrünen Augen, die stets perfekt gekleidet war und ihre Blumen über alles liebte, fand ihn in einer Pinie sitzend. Sie machte ihm ein Sandwich mit weißer Schokolade von Galac und genehmigte sich selbst einen Port aus einem ihrer unzähligen Aperitifgläser. Zusammen spielten sie erst *1000 Kilometer*, dann *Mikado*. Sie ließ ihn gewinnen.

Als die Schule wieder anfing, zog Jérémie mit seiner Mutter in eine kleine Vorortwohnung. Sie hatte wieder zu arbeiten begonnen. Während des Sommers machte sie einen Crashkurs zur Vertreterin für Medizinprodukte. Als geschiedener Mann führte sein Vater ein prächtiges Leben. Jeden Monat sandte er einen Scheck, zu Weihnachten ein Geschenk und sonst Postkarten mit exotischen Bildern, von denen Jérémie die Briefmarken ablöste. Zu seinem Geburtstag nahm er ihn mit ins Restaurant. Seine Großmutter mit den sanften Augen sah er nie wieder. Dass Alison dieselben hat, wird ihm zum ersten Mal klar, als ein junger Typ hereinkommt, der seinen weißen Kittel offenbar zum ersten Mal trägt.

»Herr Belfont, nehme ich an?«

»Ja«, antwortet Jérémie und richtet sich auf.

Unter den Ärmeln schaut ein T-Shirt hervor. Auf Brusthöhe scheinen riesige Buchstaben durch: AC/DC. Jérémie fällt das dicke Kommunionsarmband mit seinem Vornamen, Romain, auf.

»Wir haben vorhin miteinander gesprochen.«

»Ach so?«, wundert sich Jérémie. »Könnte ich mit dem Arzt reden?«

»Das bin ich.«

»Chefarzt?«

»Ebenso.«

Jérémie schaut bedrückt: Seit wann sind die Ärzte jünger als er?

»Also, was ist los?«, fährt Jérémie fort und steckt seine Hände in die Taschen, um seine Nervosität zu verbergen.

»Hämorrhagischer Infarkt in der rechten Gehirnhälfte. Er war bei sich zu Hause, wird wohl gearbeitet haben. Als seine Frau ihn gefunden hat …«

Jérémie würde ihn am liebsten schlagen. Sein Vater hat Geld und amouröse Abenteuer zuhauf gehabt. Aber nur eine einzige Frau: seine Mutter. Bis Jérémie auf den Campus zog, lebte er mit ihr allein. Sie hatte zwar Liebhaber, aber keinem gelang es, sich wirklich zwischen sie zu stellen. Wartete sie auf die Rückkehr ihres Mannes, schützte sie ihren geliebten Sohn? Gerade jetzt fehlt sie ihm so. Er dämpft seinen Kummer, verwandelt ihn in Wut. Gao, die Chinesin mit ihrem nervösen Gebaren einer Jugendlichen, spielt einfach nicht in derselben Liga.

»Er hat sie nicht vorher gerufen? Was hat sie denn gemacht?«

»Er war an seinem Arbeitstisch zusammengebrochen, konnte sich weder bewegen noch sprechen. Wussten Sie, dass Ihr Vater Muntermacher zu sich nahm?«

»Na ja … Kaffee, wie jeder andere auch«, sagt Jérémie und dreht sich zu dem einzigen Fenster des Raums.

»Nein, ich spreche von Viagra, die er mit Poppers zusammen einnahm. Das führt zu einem heftigen Anstieg von Stickstoffmonoxid. Das Gehirn kann so viel nicht fassen. Solche Unfälle mehren sich mittlerweile.«

»Mein Vater? Geopfert auf dem Altar der Fickerei und des Großkapitals! Verwundet im Kampf«, bricht es aus Jérémie heraus.

Er ist über sich selbst schockiert. Der Chefarzt betrachtet ihn mit trister Mine. Gekränkt dreht er sich zum Fenster, das zu einem der Innenhöfe des Krankenhauskomplexes geht.

»Bitte«, fährt der Arzt fort, »ich möchte nicht verhehlen, dass es schwer werden wird. Die MRT-Ergebnisse seines Gehirns sind nicht gut. Er hat eine Gefäßthrombose im Occipitallappen.«

»Können Sie nicht französisch sprechen?«

»Geben Sie sich keinen Illusionen hin, der Mann, den Sie hier vor sich haben, ist nicht mehr derselbe, der er vorher war.«

»Der er war, der er war …« Jérémie dreht sich verärgert um. »In letzter Zeit erkannte ich ihn überhaupt nicht mehr wieder. Er traf Entscheidungen ohne Hand und Fuß.«

»Das heißt?«

»Vor einem Jahr gab er seine Uhr einem Typen, der die Straße entlanglief. Einfach so. Aus reinem Vergnügen«, erklärt Jérémie, während er um das Bett herumgeht und sich neben den Arzt stellt.

Seite an Seite betrachten sie den ruhenden Körper.

»Interessant. Gab es noch weitere Verhaltensauffälligkeiten dieser Art, Entscheidungen, die Sie überrascht haben?«

»Ich habe meinen Va… diesen Mann niemals wirklich gekannt. Nein«, fährt er ganz leise fort, so als wolle er nicht, dass sein Vater es mitbekommt, »vor allem habe ich ihn niemals wirklich verstanden. Gerade erst hat er ein Mädchen geheiratet, das meins sein könnte, ich will damit sagen, ähm … meine Tochter … also, meine Frau. Ach, Sie wissen schon, was ich meine!«

Jérémie tritt ein wenig beiseite. Gao, die mit lautlosen kleinen Schritten hereingekommen ist, hat sich zwischen beide geschoben, die Augen auf den Boden gerichtet. Schmuck, Luxuskleidung, kiloweise Rosen – schon immer hat sein Vater seine Eroberungen verwöhnt. Mangels Liebe unterhielt er eine Horde hochgerüsteter Hühner. Aber Gao trägt nur eine graue Jeans und eine Daunenjacke aus dem Supermarkt. Sein Vater gibt ihr also etwas anderes. Diese Geschichte macht ihn ernsthaft wütend.

»Aha, da ist ja seine Frau! Sieh mal einer an!«, ätzt Jérémie.

Gao unterdrückt das Weinen, während sie zur Tür stürzt.

»Herr Belfont, reißen Sie sich etwas zusammen«, versucht der Arzt ihn zu beschwichtigen. »Ohne seine Frau wäre Ihr Vater vermutlich tot.«

»Und was hat das Ganze überhaupt mit mir zu tun?«

»Sie müssen auf alles gefasst sein.«

»Damit habe ich nichts zu schaffen!«, schreit Jérémie und verlässt seinerseits das Zimmer.

»Die nächsten achtundvierzig Stunden sind kritisch«, kann der junge Arzt gerade noch hinterherrufen.

Gao wartet auf dem Flur, ihre Nase steckt in einem

Taschentuch. Jérémie beugt sich zu ihr hinunter und flüstert ihr zu:

»Was wirst du denn jetzt machen, da dein Sugar Daddy nur noch für die Glotze vor der Couch gut ist? Machst du dir vielleicht Hoffnungen, mit dem Erbe dein Dorf zu retten?«

22

Wie ein Derwisch wirbelt Alison durch ihr Haus, das in völliger Stille liegt. Naturtöne mit Sprenkeln von Sienabraun, schnörkellose Möbel, Bilder und Kunsthandwerk sind kunstvoll arrangiert. Die Inneneinrichtung ihres Stadthauses entzückte die Redaktion von *Madame Figaro* derart, dass sie ihr ein ganzes Dossier mit Artikel und Fotos widmete: *Palm Springs landet in Saint-Cloud.*

Alison hat ihre Tennissachen weggeräumt, Termine bei ihrer Kosmetikerin gemacht, ihre Fußnägel müssen auf Vordermann gebracht werden. Sie lebt in einer Traumkulisse, deren Ton abgestellt wurde.

Sie hat eine Zukunft als professionelle Wellenreiterin in multinationalen Konzernen für ein Leben als Ehefrau, schließlich als ganz dem Familienglück verschriebene Mutter eingetauscht. Sie kocht hervorragend, treibt, ohne mit der Wimper zu zucken, ihre Kinderschar zu Höchstleistungen an, freut sich auf jede noch so kleine Vernissage. Mangels Arbeit hat sie ihre Schwangerschaften getaktet. Alle zwei Jahre eine, sechs Jahre lang. Auf die eine oder andere Weise musste sie doch produktiv sein. Sie hat nur Jungen bekommen und ist nun überzeugt, dass sie bis an ihr Lebensende geliebt werden wird.

In diesem Haus hat jeder seinen Wochenplan, gespickt mit Zielen und Vergütungen. Sie zieht ihre Kinder groß, indem sie ihnen eintrichtert, sie seien Champions. Erreicht ihre Langeweile den Höhepunkt, dann stellt sie sich neuen Herausforderungen, verfasst eine x-te Liste mit Dingen, die noch zu tun sind. *No worries.*

Alison scheuert in ihrer perfekt eingerichteten Küche unbeobachtet die makellose Spüle. Auf der Flasche Geschirrspülmittel, neben dem infantilen Logo, prangt das Porträt einer fröhlichen, die Meere verteidigenden Seefahrerin. Das Produkt »schützt die Natur«, die Abenteurerin ist nur eine Sandwichfrau. »Modern zu sein ist die Ambition toter Blätter«, versichert sich Alison. Das hat sie in einem Buch von Kundera gelesen. Mit der Hand streicht sie über ihren dreißigtausend Euro teuren »piano de cuisine «, einen Herd der Marke La Cornue, Modell Grand Palais. Sie setzt sich auf einen Barhocker an die zentrale Kücheninsel, die zum Schneiden und zum Essen »in der Küche« dient. Wenn sie die ewigen Mahlzeiten im Speisezimmer nicht mehr aushält.

Sie öffnet ein Kochbuch, *Wagnis Bali: Dreißig Gerichte, die nach Paradies schmecken*. Sie wählt das komplizierteste Gericht. Als sie Jérémie, die Liebe ihrer Studentenzeit, heiratete, hatte sie gehofft, eine neue Familie zu bekommen, Ersatzeltern zu finden. Völlig unerwartet verstarb ihre Schwiegermutter im Jahr ihrer Hochzeit. Jérémie, dem es das Herz brach, arbeitete doppelt so viel. Unter dem Vorwand, mit seinem Sohn Schwierigkeiten zu haben, war ihr Schwiegervater den Enkeln niemals nähergekommen. Als waschechte Amerikanerin hat sie immer gedacht, dass sich alles noch einrenken würde. Sie bewundert die Lebenskraft ihres Schwiegervaters, die sie in den Augen ihres Jüngsten, Tom, wiederzufinden glaubt. Wenn Jérémies Vater einmal stirbt, dann werden sie alle zu Waisen.

Das zierliche philippinische Hausmädchen tritt ein. Die Schürze schnürt ihre blaue Bluse in der Taille. Im Flaum ihrer Schläfen sitzen Schweißperlen. Ihre schwarzen glatten Haare sind zu einem losen Pferdeschwanz zusammengebunden.

»So, Madame, ich bin fertig. Brauchen Sie noch etwas?«

»Mmmh, let's see. Die Wäsche?«
»Gebügelt.«
»Das Badezimmer oben?«
»Geputzt.«
»Die Toiletten auf der Treppe?«
»Mit Chlor gereinigt, wie Sie es mögen.«
Alison springt vom Hocker, mustert ihr Hausmädchen. Sie überragt es um gut dreißig Zentimeter, taxiert es:
»Meine Kleider?«
»Sortiert.«
»Die Schränke der Kinder?«
»Aufgeräumt.«
»Ihr Spielzeug?«
»Abgestaubt.«
Wie eine Erzieherin aus der Schule, den Zeigefinger auf dem Mund, befiehlt Alison:
»Well … Do it again!«
»Wie bitte?«
»Fangen Sie wieder von vorn an! Ich habe die Bücher der Kinder gesehen. Sie sind schlecht geordnet. Erst nach Sprache, *dann* in alphabetischer Reihenfolge. Englisch, Französisch. Wie sollen sie das denn sonst verstehen? Fangen Sie noch mal an!«
»Jawohl, Herrin«, antwortet die zierliche Frau mit gesenktem Kopf.
»Und nennen Sie mich nicht so! Das habe ich Ihnen schon mal gesagt!«
Das Hausmädchen verschwindet. Entnervt nimmt Alison einen Topf aus dem Schrank und stellt ihn in den Geschirrspüler. Nur für dieses eine, schlecht abgespülte Küchengerät startet sie einen Waschvorgang. Ihr Telefon vibriert. Ihre Mutter ruft aus San Francisco an. Wie ein aufgedrehtes junges Mädchen antwortet sie:
»Ja, alles super Mama! … Die Kinder? Tom hat das

Racing-Turnier gewonnen … Ja, in der untersten Kinderklasse! … Das Haus? Na ja, ich habe eine Couch gefunden, wie soll ich sagen, das kannst du dir gar nicht vorstellen. *Unglaublich!*«

Alison setzt sich auf den Hocker, um das Gespräch fortzusetzen.

»Jérémie, seine Arbeit? On top, as always … Ob er Angst um seinen Job hat? Ach, Mama, ich habe schon längst aufgehört zu versuchen, dahinterzukommen. Er scheint aber überhaupt nicht beunruhigt.«

Damit die Zeit schneller vergeht, überfliegt Alison während des Telefonats die Bilder im Kochbuch, wobei sie sich innerlich fragt: Wie stellen sie es an, dass das Blatt Koriander genau in die Mitte des gegrillten Rinderfilets fällt? Vor lauter Langeweile hat sie Jérémies Vater schon fast wieder vergessen.

»Und den Zeitungen darf man sowieso nicht glauben. Der Finanzwirtschaft geht's prima! …«

Sie macht große Augen, als sie eine Nachspeise aus Kokosnuss und Ingwer entdeckt, und schätzt die Anzahl Kalorien ab.

»Ob ich Angst vor Aufständen in Europa habe? Nein, warum? Mama, du musst aufhören, CNN zu schauen, das sage ich dir immer wieder …«

Hinter dem großen Küchenfenster spielt der Wind mit den Zweigen der Magnolien. Der Rasen ist gestutzt wie auf einem Golfplatz.

»Und ich … Wie es mir geht?«, wiederholt Alison etwas unbeherrscht.

Mit einem Mal gerät sie ins Stocken, sucht die Antwort in ihrem Kochbuch.

»Wie es mir geht, fragst du?«, wiederholt sie mit verdrehten Augen.

Sie blickt um sich: ihre blitzblanke Küche, ihr geputztes

Fenster, ihr Haus ohne Seele. Ihr Leben ohne Freude. Wie lange schon hat sie ihre Mutter nicht gesehen? Ernsthaft mir ihr gesprochen? Ist sie weit weg, fehlt sie ihr. Ist sie ganz in der Nähe, nervt sie sie. Und wenn sie morgen sterben würde, was hätten sie gemeinsam erlebt? Was hat sie *ganz allein* erlebt? Überraschend muss Alison schluchzen, verdrückt es aber sofort.

»Wie es mir geht, fragst du, na ja… Super! Ich muss jetzt aber los, ich habe einen Kurs. Ja, einen Kurs … für … für … Tennis! Yeah … ich werde besser. Ich bin bei dreiundachtzig Prozent gelungenem Aufschlag … Ja … Unfassbar!«

Alison kippelt auf ihrem Hocker und fällt fast um. Jemand anders versucht, sie auf dem Telefon zu erreichen.

»Ich muss jetzt los, Mama, außerdem bekomme ich gerade einen zweiten Anruf … Ja, ich muss auflegen, Mama, verstehst du? Das ist bestimmt etwas Wichtiges. Wir sollten uns bald mal mit den Kindern auf Skype verabreden.«

Erleichtert nimmt Alison den anderen Anruf an und meldet sich mit professioneller Stimme:

»Alison Belfont?«

»Hallo, guten Tag, darf ich mich kurz vorstellen? Hier ist Ahmed vom Orange-Kundenservice, ich rufe Sie an, um mit Ihnen über unser neues Angebot zu spre…«

Alison feuert ihren BlackBerry Pearl durch den Raum. Die Hausangestellte kommt angerannt und hebt das Gerät auf.

»Alles in Ordnung, alles in Ordnung«, sagt Alison und reißt ihr das Telefon aus der Hand.

Wie ein eingeschnappter Teenager verschwindet sie in ihrem Zimmer, schlägt die Tür zu. Sie setzt sich auf das Bett, zieht ihre Hose herunter und spreizt die Beine. Sie reißt zwei entzündungshemmende Schmerzpflaster von Flector ab, die beidseits in der Leistengegend aufgeklebt waren. Sie stöhnt, als sie die blauen Flecken sieht, nimmt die letzte Tablette aus einer Packung Prozac und legt sich hin, die Augen starr zur Decke gerichtet. Kurz darauf steht sie auf und geht entschlossen zu ihrem Ankleideraum. Sie kommt an Jérémies nach Farben sortierten Hemden, an seinen nach Marken geordneten Jeans vorbei. Unter einer von ihnen zieht sie aus einer versteckten Schachtel Mini-Shorts in kräftigem Blau, ein rotes Jäckchen und paillettenbesetzte Pumps hervor. Sie stopft alles in eine Tasche von Vanessa Bruno, hüpft dann leicht wie eine Feder die Treppe hinunter und ruft dem Hausmädchen zu:

»Sagen Sie den Kindern und meinem Mann, dass ich bei einem Elternabend in der Schule bin.«

23

Clara hat schon des Öfteren Informanten in einem Café, auf einer Bank am Bahnsteig oder an einer Imbissbude am Flughafen getroffen. Sie hat vertrauliche Berichte per E-Mail, Umschläge in ihrem Briefkasten oder unter der Tür durchgeschoben erhalten. Aber niemand hat sich bisher virtuell, in einem Internetcafé mit ihr verabredet. Sie erinnert sich noch gut an Sébastiens Panik, als Gaddafi dem europäischen Management von Folman Pachs ans Leder wollte. Sie glaubt aber nicht mehr daran, dass sich ihre Zeitung der Aufdeckung einer wahrhaften »Affäre« verschreibt. Zwischen Bankern, die Anzeigen schalten, und Aktionären aus der Industrie gibt es einfach zu viele Personen, denen auf die Füße getreten werden könnte. Zudem wiederholt der Chefredakteur immer dann, wenn ein Journalist ein Thema vorzuschlagen versucht: »Europa vergrault den Leser.«

Im Nieselregen läuft sie die Rue du Faubourg-Saint-Denis entlang, spornt sich an: Vielleicht gelingt es ihr, Sébastien ein paar Informationen über Antoine zu entlocken? Ist er verheiratet, Familienvater? Durch die Feuchtigkeit wird ihr Haar immer krisseliger. Von hinten gleicht sie einem Rastafari im Kostüm von Monoprix. Sie holt den Zettel hervor, den Sébastien ihr heute Morgen im Café Fontaines gegeben hat. In der Redaktion hat sie ihn immer verteidigt. Aber als Théos Pate hat er durch Abwesenheit geglänzt. Es fiel ihr leicht, ihm das nicht übel zu nehmen; um seine Töchter kümmert er sich schließlich auch nicht. Wie das Leben der meisten Männer, mit denen sie zu tun hat – leitende Angestellte, überqualifiziert, auf die vierzig zugehend und zum Machtzentrum großer Unternehmen gehörend –, besteht auch das Sébastiens aus einer Folge von E-Mails, Sitzungen und dem Verfassen von Memos. Sie machen etwas her. Nach ihrem alljährlichen Evaluationsgespräch brechen sie häufig in Tränen aus. Frauen auf entsprechenden Posten meckern, stöhnen über die Schwierigkeit, Beruf und Privatleben unter einen Hut zu bringen. Sie wollen durch »die »gläserne Decke« stoßen, gleich behandelt werden. Was sie vergessen: Zuletzt schützen nur noch Kinder vor der Erstarrung, vor der Entfremdung.

Auf der Rue du Paradis schlüpft Clara in das Internetcafé, eine riesige WG der globalisierten Menschheit: Russen, Kurden, Inder, Marokkaner, *gamer*, allesamt Nostalgiker, die von ihren Bildschirmen magisch angezogen werden. Ein Vierzigjähriger überprüft den Goldkurs. Eine Punkerin mit pinkfarbenem Iro sitzt kichernd vor ihrer Facebook-Seite. An der Wand schippert ein Dampfer verheißungsvoll über ein Meer aus Träumen, Costas wohltuende Kreuzfahrten im Ägäischen Meer werden angepriesen. Es riecht nach gegrilltem Hammel und frittierten Zwiebeln vom benachbarten Kebabstand. Für fünf Euro kauft sie den Dreißig-Minuten-Tarif »Freiheit«. Sie sucht nach einem etwas abseits gelegenen Computer. Blaulicht von einem Streifenwagen dringt in das Internetcafé. Die Punkerin grummelt:

»Was ist denn heute Abend nur mit den Bullen los? Ist die Tollwut ausgebrochen, oder was?«

Clara folgt exakt Sébastiens Anweisungen: Über **Tor**, einen angeblich sicheren Browser, gibt sie die angegebene URL, eine unbekannte Webmail, dann Log-in und Passwort ein. Neun Nachrichten, gesendet von brandenburg@yahoo.com, sind noch als ungelesen markiert. Jede trägt in ihrem Betreff den Namen eines Landes der Eurozone. Kein Text, nur zwei Anhänge: ein PDF (in unverständlichem Juristenenglisch, auf den ersten Blick wohl ein Vertrag) sowie eine Excel-Datei mit Auflistungen von Namen und Zahlen in vier Spalten. Das Ganze mit dem Stempel *EU Restricted Access* versehen. Unter Verwendung des mitgesendeten Avatars öffnet sie ein Fenster im Chat. Sofort wird eine erste Nachricht angezeigt: *Stell Nachforschungen an, und kein Wort zu B.*

Da kann Sébastien unbesorgt sein. Clara und Bertrand reden nur noch über organisatorische Dinge. Aus Angst, sich alles von der Seele zu reden und sich nichts mehr zu sagen zu haben. *Kein Bock mehr, alles runterzuschlucken?*, tippt sie seufzend.

Buchstaben blinken. *Mach deine Arbeit. Und dieses Mal richtig.*

Sie regt sich auf. *Seit wann hast du mich zu belehren, du Bankster?*

Mit einem Mal verschwindet das Dialogfenster. Am anderen Ende von Paris ist Sébastien offline gegangen. Sie versucht ihn auf seinem Handy zu erreichen. Anrufbeantworter. Während die an die Mails angehängten Dateien heruntergeladen werden, wirft sie einen Blick durch das große Fenster des Internetcafés. Eine Chinesin geht auf den Strich. Sie gehört zur »Nachtschicht«, alles Mädchen, die gegen zwanzig Uhr von einem Transporter an der Porte Saint-Denis, kurz vor dem Triumphbogen, ausgespuckt werden. Man hat ihnen eine Stelle als Sekretärin in Europa versprochen und ihren Ausweis einbehalten. Genauso gut hätte man sie zwangsverheiraten können. Man nennt sie »Läuferinnen«. Um nicht wegen Anwerbens von Kunden aufgegriffen zu werden, müssen sie immer in Bewegung bleiben. Wie ein Löwe in seinem Käfig irrt das Mädchen, das einzig und allein auf ihre Schuhe blickt, auf einer Fläche von zehn Quadratmetern herum. Clara sieht, wie sie schlottert. Ein Typ, der sich ebenso unwohl fühlt wie sie, tritt heran. Sie versucht, Haltung zu bewahren, nennt ihren Preis. Sie begeben sich auf die Suche nach einem schlecht beleuchteten Winkel. Alles geschieht direkt auf dem Asphalt. Wie alt wird das Mädchen sein?

Die guten Journalisten bleiben lieber im Verborgenen, aber dieses virtuelle, rasche und unpersönliche Treffen mit Sébastien ähnelt einem schlechten Scherz. Enttäuscht darüber, dass sie mit ihm nicht über Antoine sprechen konnte, kramt sie ihre Sachen zusammen. Eine jugendliche Stimme mit südlichem Akzent unterbricht sie:

»Hallo, Mädel! Hängen wir jetzt also im Netzcafé ab, um uns heimlich zu verabreden!«

Dem Flaum auf den Wangen und seinen Funken sprühenden Augen nach zu urteilen, befindet sich der Junge wohl mitten in der Pubertät. Ein kleines bisschen jünger, und er könnte ein Freund von Théo sein.

»Entschuldigung, wie bitte?«

»Ey klar, Mann, du suchst doch 'nen Typen? Traust dich wohl nicht, die Kontaktseiten bei dir zu Hause aufzurufen, weil du Angst hast, dein Heinz könnte dich dabei erwischen?«

»Also …«

»Warte mal … Ich kenn dich doch. Lass mich mal überlegen …«

Er betrachtet angestrengt ihr Gesicht, inspiziert ihr Profil.

»Das ist es, ich hab's. Du hast mal den Wetterbericht auf M6 gemacht. Wow … In echt siehst du aber besser aus als im Fernsehen.«

Clara verachtet das Fernsehen und hat dort auch noch nie gearbeitet. Anlässlich ihrer Leitartikel ist ihr Gesicht mal hier, mal dort in den Zeitungen aufgetaucht. Durchschlagenden Erfolg hat sie aber nie gehabt. Sie will lieber weg hier.

»Na, sag schon, was heckst du aus? Lass mal sehen!«

Der Junge dreht Claras Bildschirm zu sich, auf dem eine von Sébastien gesendete Excel-Datei geöffnet ist.

»Oha! Das da solltest du nicht einfach so offen rumliegen lassen, Mädel. Okay, okay, ich hab nichts gesehen!«, ruft er und rückt seinen Stuhl zurück.

Clara erwacht aus ihrer Benommenheit, schließt die Dokumente und sichert sie auf einem USB-Stick. Der Junge zieht die Kapuze seines Sweatshirts über den Kopf, so wie er es immer dann tut, wenn er an einer Überwachungskamera vorbeikommt. Also die ganze Zeit.

»Wofür auch immer das gut sein soll!«, schimpft sie vor sich hin.

Sie löscht die Sicherungskopien, die der Computer des Internetcafés automatisch gemacht hat.

»Das machste richtig, Mädel«, sagt der Junge dazu, während er mit einem Auge StarCraft im Netzwerkmodus weiterspielt. »Man kann nie vorsichtig genug sein.«

Auf dem Gehweg versucht sie, Sébastien zu erreichen. Anrufbeantworter. Das ist sie gewohnt. Männer und Frauen, die wirklich Macht haben, nehmen niemals ab, wenn es klingelt. Sie rufen zurück, sie verlangen uneingeschränkte Verfügbarkeit.

Clara geht die abgerissene Rue du Faubourg-Saint-Denis entlang. Kartons ragen aus den Mülltonnen, Mangos aus Pakistan liegen herum, Reisfässer, von Gewürznelken durchstochene Tüten. Sie sucht die Chinesin, fragt sich, ob sie schon fertig ist, ob sie zurechtkommt. Der Streifenwagen fährt weiter unten, Ecke Rue de l'Échiquier vorbei, dort, wo Sarkozy sein Hauptquartier für die Wahlkampagne 2007 eingerichtet hatte. Bertrand hasste es, dorthin zu fahren. Er hatte sich eine Dose Reizgas gekauft, um durch das Viertel zu gehen. Schon immer hat er vor allem und jedem Angst gehabt. Nimmt er das Flugzeug, dann macht er ein Schloss an seinen Koffer und ein kleines Farbband, um ihn wiederzuerkennen.

Vor Chez Jeannette, Treffpunkt der Hipster, diskutieren die vom Évin-Gesetz Betroffenen mit Glas und Zigarette in der Hand. Sie rackern sich ab in der Werbung, möchten sich von der Masse abheben, entdeckt werden. Borsalino, halblange, ins Gesicht fallende Haare, Style »unfrisiert«, Zeichenkarton unter dem Arm: wie uniformiert. Sie geben ihr Letztes, um sich die neueste Jacke von Kooples zu kaufen und wie Beigbeder auszusehen. Jeder ihrer Wünsche wird von der Gesellschaft erfüllt. Niemals sind sie so unglücklich gewesen. Sie gehören einer Generation an, die mit ihren Smartphones in den Krieg zieht. Von drinnen spuckt der Streamingdienst Deezer Musik aus dem Computer: **Placebo** – ***You Don't Care About Us***. Brian Molko setzt gerade zur zweiten Strophe an. Auf dem Gehweg zappelt ein Mädchen. Auf ihrem schlabbernden T-Shirt steht: *Originality is dead.*

Clara taucht in ihre Erinnerungen ab. Im Rhythmus des Schlagzeugs, nackt am Fußende ihres Einzelbettes, spielt Antoine den in Trance gefallenen Bassisten. Seit wann hört sie eigentlich keinen Rock mehr? Bertrand hat sie mit Cesaria Evora betäubt; Anne Sylvestre und ihre Abzählreime haben Trip Hop vergrault. Wo aber sind ihre ganzen Erinnerungen hin? Clara bekommt Lust auf unbeschwerte Textzeilen und fetten Sound. Auf Liebe. Sie möchte ihre Tasche, ihr Handy, Sébastien, die nach Clearstream* stinkenden Dateien, die ihr vollkommen egal sind, einfach hinter sich lassen. Sie versucht, ihre Haare glatt zu streichen, erneuert ihr Lipgloss. Sie geht in die knallvolle Bar,

---

* Clearstream International S. A. ist ein Dienstleister zur Finanzierung, Verwaltung und Verwahrung von Wertpapieren.

die seit den sechziger Jahren keinen neuen Anstrich mehr gesehen hat. Mit den Zierleisten, Stühlen aus Resopal, dem Grünspan und blinden Spiegeln wird das Dekor bis nach Shanghai kopiert.

Sie bestellt ein Glas Merlot bei einem breit grinsenden Kellner. In dieser Meute von »Kulturschaffenden«, die mit einem Hungerlohn abgespeist werden, fühlt sie sich ein bisschen wie eine Frau, die auf jüngere Typen steht. Den ganzen Tag hat sie noch nichts gegessen, genehmigt sich drei Erdnüsse, dann die ganze Schale, wird immer durstiger. Nach dem dritten Glas sagt sie ohne Punkt und Komma zu dem ewig lächelnden Kellner, der sie zudem mit Chips überhäuft:

»Ich habe einen Mann, zwei Kinder, drei Telefone und keinen Liebhaber. Ich bin ein Zirkustier, ein Tier aus diesem Zirkus. Die Mächte des Todes haben gesiegt. Das Leben ist entschwunden. Antoine ist zurückgekommen. Er wird alles ändern.«

Der Kellner spielt mit, drückt sie:

»Also gut, dann geht die nächste Runde auf Antoine.«

Er hätte sie fertigmachen können, hätte sie für fahrlässige Tötung einsperren lassen können. Den untersuchenden Beamten hatte er angelogen, er hat sie also nicht vergessen. Und wenn geliebt werden genau das bedeuten würde: niemals an das Ende zu glauben? Plötzlich richtet sie sich, vor Kraft nur so strotzend, heißhungrig auf. Ihr Blick ruht auf dem Kellner, der sich wie ein argentinischer Fußballer nach dem Spiel bewegt. Sie mag seine dicken, schwarzen schulterlangen Haare, den matten Teint, seine groben Züge, seinen kräftigen Oberkörper, der in einem knallblauen Puma-T-Shirt steckt. Sie hat Lust, ihn wie wild auf den Mund zu küssen. Einen Augenblick überlegt sie, es zu tun. Ihr Handy vibriert. Eine SMS von Bertrand reißt sie aus ihrem Traum. *Wo steckst du?*

»Am Rande des Wahnsinns«, antwortet sie innerlich. Sie drückt auf »Löschen«. Sie stürzt ihr Glas runter, auf ex, zwinkert kurz dem Kellner zu, lässt einen Zwanzigeuroschein auf dem Tresen liegen. Sie freut sich auf den morgigen Tag, ihr Appetit ist zurückgekehrt. Es ist eine Ewigkeit her, dass sie so etwas empfunden hat.

Sie ist bereit, sich ihren Phantomen zu stellen, und geht mit einem seltenen Gefühl von Leichtigkeit zur Metro-Station Bonne-Nouvelle. Weder bemerkt sie die chinesische Prostituierte, die eben noch vor dem Internetcafé herumlief und jetzt in den Gängen der Metro nach Freiern sucht, noch Polach, der in den benachbarten Wagen einsteigt und ihr bis nach Hause folgt.

24

Am Steuer des Autos seiner Frau fährt Jérémie die Allee hinauf. Die automatisch anspringende Beleuchtung zeichnet seinen Weg vor. Er fährt um den widerspenstigen Lamborghini herum, der das Eingangstor versperrt. Alison hat ihn nicht angerührt: Männer geben nicht gern ihr Spielzeug her. Ohne mit der Wimper zu zucken, geht er über den neuen Fußabtreter, den Alison heute Nachmittag unter dem Einfluss von Prozac gekauft hat, hinweg:

A desperate housewife lives here.

Langsam stößt er die schwere Eingangstür seines Hauses auf. Er durchquert den Korridor, würdigt die riesige Leiter von der afrikanischen Volksgruppe der Dogon, die er sich bei Sotheby's gegönnt hat, keines Blickes. Er wollte den Göttern näher kommen. Seinen Himmel hat er gegen einen großen Scheck eingelöst. Mechanisch lässt er sich in einen Sessel im Wohnzimmer, das in Dunkelheit getaucht ist, fallen. Er versucht seinen Tag zu rekapitulieren: das Bichat-Krankenhaus, sein Vater, das Armband, Gao. Mit einem Mal gehen die Wandleuchten von Ingo Maurer an. Engel an einem Drahtseil reißen ihn aus seinem Dämmerzustand. Der Schatten, den sie werfen, verwandelt sie in Fledermäuse.

»Ah … na, so was … du bist ja da?«, stammelt Alison mit dem Finger am Lichtschalter.

»Na ja, das ist immer noch mein Wohnzimmer, oder?«

Zu dieser Uhrzeit sehen sie sich eigentlich nicht mehr. Seit Monaten schon schlafen sie in getrennten Zimmern. Alison brauche ihre acht Stunden Schlaf, um fit zu sein.

Jérémie aber schnarche. Wenn das Begehren schwindet, muss eine Entschuldigung her.

»Obwohl …«, fährt er zweifelnd fort, sein Blick schweift durchs Zimmer. »Hast du etwa schon wieder die Couch gewechselt?«

»Du hast es bemerkt!«, antwortet Alison triumphierend. Sie geht um ihre neueste Errungenschaft herum und nähert sich ihrem Mann.

»Seit der letzten Messe in Mailand steht sie in allen Deko-Zeitschriften. Ich habe sie in deiner Lieblingsfarbe bestellt. Sie nennen das ›Gipfelweiß‹. Sie ist schön, oder? Findest du nicht?«

»Hör mal, es ist zwei Uhr morgens, ich hatte einen etwas komplizierten Tag, also bitte, die Farbe deiner Couch, echt jetzt, Wipfelgeiß …«

»Gipfelweiß!«

»Oh, hör zu«, stöhnt er auf. »Bei dir hat man einfach keine Zeit, sich an irgendetwas zu gewöhnen. Und dann so ein Ramsch!«

»Was?«

»Immerzu ist hier alles verändert! Warum bist du überhaupt um diese Zeit auf den Beinen? Und was sind das denn für Schuhe? Hast du die etwa in Pigalle aufgetrieben?«

Ihr mit rosa Pailletten besetztes Paar Pumps, zwölf Zentimeter Absatz und Plateausohle, baumelt an den Fingern ihrer rechten Hand. Alison läuft knallrot an.

»Ach, die … das ist gar nichts, nur eine Verkleidung. Erzähl ich dir später. Das ist für eine Überraschungsparty … Du weißt schon … Darf ich dir aber nicht verraten«, improvisiert sie, dabei versteckt sie die Schuhe hinter ihrem Rücken.

»Wieder mal ein Trip mit deinen Freundinnen vom Racing? Du solltest lieber aufpassen, mit wem du dich triffst.« Er macht sich über sie lustig. »Oder warte, das ist mal was anderes als euer Wettstreit um die besten Canelés.«

Alison ignoriert das.

»Wie geht es deinem Vater? Was sagen die Ärzte?«

»Gerinnsel im Gehirn. Wir werden sehen, ob es nach dem Aufwachen nur noch Brei ist.«

»Oh Gott! Sobald er raus ist, kommt er ein paar Tage zu uns, das wird ihm guttun. Wir könnten ihn nach Deauville mitnehmen. Er schaut doch so gern aufs Meer!«

»Vergiss es. Er hat sich nie um mich gekümmert. Da muss er jetzt auch ohne mich durch.«

»Komm schon«, versucht es Alison und kommt näher, »das ist doch bestimmt nicht leicht für dich, dass er dort liegt.«

»Alles im Leben hat seinen Preis. *End of the story*, wie man bei euch sagt.«

»Wie du willst«, sagt sie und setzt sich. »Aber du bist doch nicht bis jetzt im Krankenhaus geblieben?«

»Ähm, nee … bin rumgefahren.«

Nach dem Besuch im Bichat-Krankenhaus ist er drei Runden Ringautobahn gefahren. Auf einer der Mittelspuren, Geschwindigkeitsregler auf neunzig, den Kopf vollkommen leer, ist er um Paris gekreist. Da er sich nicht durchringen konnte, nach Hause zu fahren, und sich zugleich in Sicherheit wiegte durch ein Auto, das endlich mal gehorchte, verbrauchte Jérémie, dessen Augen und Geist von Tränen ganz verschleiert waren, beim Fahren eine ganze Taschentuchpackung. Würde er zum Waisen werden? Würde das etwas ändern? Seine Mutter war innerhalb von vierundzwanzig Stunden gestorben, kurz nach seiner Hochzeit. Sie hatte ihre Krankheit geheim gehalten, wollte sein Glück nicht trüben. Sie starb allein in ihrer Wohnung in Chatou, wo sie ihn nach der Scheidung großgezogen hatte. Jeremie ging in seinem Leben am anderen Ende der Welt vollkommen auf und bekam nicht mit, wie seine Mutter verfiel. Seither lehnt er es ab, Sohn zu sein, und meint, so seinen Kummer besänftigen zu können. Seinen Vater meidet er. Aber wäre er tot, würde er ihm für immer fehlen.

»Stell dir vor, der Arzt meines Vaters trägt ein T-Shirt von AC/DC unter dem Kittel und ein Kommunionsarmband. Ich hielt ihn für einen Assistenten. Der ist der verdammte Chefarzt! Mein Vater schwebt zwischen Leben und Tod, und das in den Händen von einem Jüngelchen!«

Alison legt mitleidig eine Hand auf sein rechtes Knie, mit dem er nervös wackelt.

»Hast du meine SMS bekommen? Ich wollte wissen, ob es Neuigkeiten gibt …«

Er hat eine Traumfrau, das Leben eines Schlossherrn, dermaßen perfekte Kinder, dass sie sich scheinbar von selbst erziehen, einen Job jenseits der Masse und oftmals jenseits aller Regeln – von jeglicher Schwerkraft befreit schwebt Jérémie dahin. Jede Mission ist ein halsbrecherischer Sprung, Saint-Cloud langweilt ihn, seiner Rolle als Vater kommt er nicht nach. All das ist zu groß für ihn, er verlässt sich auf Alison, die bodenständig und intelligent ist. Unerschütterlich. Er weiß nicht, welches Glück er hat, sieht nicht, was es sie kostet.

»Entschuldige, Liebling … Ich habe es ausgeschaltet, ich musste ein wenig allein sein. Und dann wollte sich Scb noch im Winston mit mir treffen. Angeblich hatte er mir eine superwichtige Sache zu sagen. Angeblich, warte … wie hat er es noch mal ausgedrückt … Ich wäre der Einzige, der ihm helfen könnte.«

»Und?«

Mit seiner Einrichtung im Stil eines englischen Klubs ist das Sir Winston Treffpunkt der jungen Wölfe aus Finanzwelt und Politik. Jérémie stand sich an der Bar die Beine in den Bauch und trank sich allein durch die Whiskey-Karte.

»Sébastien ist nicht gekommen. Ich schwöre dir, diese Typen von Folman … Aber Seb, der wirkt zurzeit total angespannt.«

»Mit so einem Job, ganz ehrlich …«, meint Alison dazu. »Und weißt du, was man sagt?« Sie tut schelmisch.

»Nein«, antwortet Jérémie, während er über die Couch streicht.

»›Es ist kein Zeichen geistiger Gesundheit, gut angepasst an eine kranke Gesellschaft zu sein.‹«*

»Was willst du mir damit sagen? Noch so ein Yogi-Ding von dir!« Er verzieht das Gesicht. »Nein … ich habe Seb noch nie in so einem Zustand gesehen. Und glaub mir, Leute, die am Abgrund stehen, die sehe ich jeden Tag. Ich weiß nur noch nicht, in welcher Geschichte er gerade steckt …«

»Ich bin müde«, unterbricht ihn Alison und steht auf. »Darling, wirklich, wenn es eine schmutzige Geschichte wäre, dann wärst du zwangsläufig auf dem Laufenden.«

Folman Pachs ächzt unter den Prozessen. Die Gerichte konnten bislang nur lächerliche Bußgelder verhängen. Hochexplosive Anhörungen werden im letzten Moment abgesagt. Die Firma möchte verhindern, dass die Katze aus dem Sack gelassen wird. Sie verhandelt lieber hinter verschlossenen Türen, erkauft sich das Schweigen, selbst wenn es mehrere hundert Millionen kostet, als ihr Konzept der »halben Information« erklären zu müssen: dass sie nämlich letztlich gegen die Interessen ihrer Kunden arbeitet. Kein Chef der Wall Street ist seit 2008 verurteilt wurden. Eines Tages jedoch wird sich jemand Folman vorknöpfen, die Firma von ihren nekrotischen Teilen befreien und sie zu-

* Jiddu Krishnamurti

rechtstutzen müssen, um sie wieder vorzeigen zu können. Bis zur nächsten Enthüllung. Sébastien wollte ihn bestimmt vorwarnen. Jérémie ist immer öfter »die einzige Person, die noch helfen kann«. Und in seinem tiefsten Innern macht ihm das Angst. Er hat Fonds angelegt, in Nanotechnologie investiert, Land in Argentinien gekauft, 2008 dreiundvierzig Wohnungen bei Versteigerungen, direkt von der Straße weg, in Miami und Chicago erworben. Er hat seine Familie in Sicherheit gebracht und weiß doch immer weniger, was genau das heißen soll. Das ist die Kehrseite der Globalisierung, die unglaubliche Verknüpfung von Schicksalen. Die 0,001 Prozent können die Sache drehen und wenden, wie sie wollen. Ob nun reich oder arm, niemand auf dieser Welt hat wirklich einen Plan B.

25

Wie auf einer Wolke kommt Clara von ihrer Spritztour ins X. Arrondissement nach Hause geschwebt. Von den vier Gläsern Wein und den strahlenden Augen des argentinischen Kellners benebelt, denkt sie an Antoine, als sie die Wohnungstür aufstößt. Beim Anblick der Fotos, die an der Wand im Eingang hängen, landet sie wieder auf dem Teppich. Die Trophäen des Familienlebens sind in Dämmerlicht getaucht. Sie bleibt einen Moment davor stehen: mit Bertrand auf den Bahamas; mit Théo in Shanghai; mit Lucie in Sevilla; erst zwei, dann drei, dann vier Personen, ihre Familie. Papier, Lächeln und Farbe werden welk. Clara und Bertrand haben seit dem Ende des letzten Jahrhunderts nichts mehr aufgehängt. Wenn sie nicht bald etwas unternimmt, wird sie wie die Fotos sein: ein leicht vergilbtes Stillleben.

»Maaama«, quengelt ihre Tochter.

Clara lässt mit einem Stoßseufzer ihre Sachen fallen. Lucie, halb eingeschlafen, liegt quer auf dem Parkett. Sie hat ihr aufgelauert, wie jedes Mal, wenn sie sich verspätet und erst nach sieben nach Hause kommt. Bei der Zeitung schaut sie heimlich die Fotos ihrer Kinder durch, die zu Hunderten auf ihrem Smartphone gespeichert sind. Sie spenden ihr Trost, erinnern sie daran, dass sie noch ein anderes Leben hat. Es sollte befreiend wirken, sie am Abend wiederzusehen, Sinn dieses absurden Schicksals sein. Aber meistens kommt sie hundemüde nach Hause, wird wütend, ist streng, gibt ihnen die Schuld. Sie »verwaltet« ihre Kinder, geht Hausaufgaben aus dem Weg, fürchtet die wenigen Stunden mit ihnen zusammen, den »Tunnel am Abend«, Bad, Essen, Gutenachtgeschichte. Wenn es noch da ist, versucht das Kindermädchen, sich möglichst unsichtbar zu machen. Betrübt wohnt es der ganzen Szene bei. Eine Unbekannte, die ums Überleben kämpft, bezahlen, um das Privileg zu besitzen, weit weg von seinen Kindern den Tag zu verbringen und spätabends nach Hause zu kommen, um sie anzuschreien: Das soll die Emanzipation der Frau sein?

Clara steckt ihre Tochter wieder ins Bett und legt sich neben sie. Lucie klammert sich an sie wie an einen Rettungsring, der aus herumschreienden Vierzigjährigen gemacht ist. Sie könnte dort schlafen, die Albträume ihres Kindes vorschieben, um dem Ehebett aus dem Weg zu gehen. Lucie löst nach und nach ihre Umklammerung. Beruhigt schläft sie ein. Clara schließt die Tür. Sie läuft den Flur entlang, um das hell erleuchtete Wohn- und Esszimmer zu umgehen.

»Du kommst spät, wo warst du denn?«, ruft Bertrand.

Die Herzstücke der Einrichtung, die auf ihrer Hochzeitsliste standen, haben sie von Pottery Barn, einer Ladenkette, die Clara liebte, als sie in New York lebte. Gemütliche Couches, Klubsessel, Bücherregale aus Stahl, robuste Sachen, die jeder Bewährungsprobe standhalten würden, aufgeputzt für »gute und schlechte Zeiten«. Außerdem hat Bertrand einige Dinge von seinen Reisen mitgebracht, etwa den pakistanischen Bergteppich, auf dem sie ihn nun liegen sieht. Er ist barfuß, zu einem seiner fünfundzwanzig blauen Hemden von Alain Figaret trägt er eine Bermuda aus Leinen. Die Augen richten sich auf ein Dokument, er arbeitet direkt auf dem Boden, um ihn herum verstreut zahllose Akten. Ein verwüsteter Sushi-Teller steht auf dem flachen Tisch aus indonesischem Teakholz, Radio Nostalgie läuft.

»Warum hast du mich nicht zurückgerufen?«

»Der Akku war leer … tut mir leid«, antwortet Clara.

»Nicht schlecht, das mit dem Akku! Ich habe bei der Zeitung angerufen. Keiner wusste, wo du warst.«

Im Radio beginnt **Eric Carmen** ***All by Myself*** zu singen, unverdauliche Schnulze und Welthit: »Als ich jung war, brauchte ich niemanden, und ich liebte nur zum Spaß, das ist jetzt vorbei.«

»Ich musste noch einen Artikel fertig schreiben. Hab es in der Redaktion nicht hingekriegt«, improvisiert Clara. »Ich musste mal raus und bin in ein Café gegangen.«

»Du, in ein Café? Welches Café?«

»Jetzt, alleine, denke ich an all meine alten Freunde, und wenn ich sie anrufe, ist niemand zu Hause …«

»Na, das … da … unten beim Büro. Horchst du mich etwa aus?«, reagiert sie gereizt, als auf Nostalgie Eric Carmen gerade zum unerträglichen Refrain ansetzt: »All by myself, don't wanna be …«

»Du hast recht … ich hab nichts Besseres zu tun.« Er macht sich über sie lustig, während er eine seiner Akten schließt.

Ihre Ohren erleiden Höllenqualen, Clara könnte schreien.

»Was ist das denn für Musik! Und warum nicht gleich Dick Rivers, wenn du schon mal dabei bist?«

Verzweifelt schaltet sie das Radio aus.

»Sag mal, in deinem Café hast du nicht zufällig Antoine getroffen?«

»Ich muss dich leider enttäuschen, nein, heute Abend kein Antoine.«

Einfach so hat sie seinen Namen ausgesprochen. In den fünfzehn Jahren, die sie jetzt zusammenleben, haben sie niemals über dieses Thema gesprochen. Sie versucht, ihre Fassung zu bewahren. Vorwurfsvoll entfährt ihr:

»Du könntest dir ein bisschen Mühe geben. Lucie lag auf dem Parkett rum!«

»Ach so? Als ich gekommen bin, lagen sie beide in ihren Betten.«

»Und das Kindermädchen hat nichts gesagt?«

»Ich habe nicht gefragt. Warum? Sollte ich?«

»Vergiss es. Ich geh schlafen, bin todmüde.«

Sie sagt sich, dass man die Enttäuschung über das Zusammenleben bis in den Tod teilt. Dann sollte man damit abschließen. Sie klammert sich in Gedanken an Antoine: Ist das der Ausweg? Bertrand hebt den Kopf, mustert sie, kneift die Augen zusammen. Heute Morgen ist er aufgewacht und wollte alles richtig machen, weiter an sie glauben. Am Abend hat er seiner Frau nichts mehr zu sagen, kann nur noch mit ihr streiten. Er ist dermaßen aufgebracht, dass er nicht mal in seinem Mund herumkaut. Da ist keine Spur von Gewissensbissen. Aus lauter Böswilligkeit wirft er ihr an manchen Tagen die gewöhnlichen Demütigungen vor, die er ständig im Ministerium hinnehmen muss. Hätte Clara sich nicht an diese erste Schwangerschaft kurz nach ihrer Heirat geklammert, hätten sie auf Reisen gehen, im Ausland andere Erfahrungen sammeln können. Er hätte die Prüfung für den auswärtigen Dienst am Quai d'Orsay ablegen können und nicht in Bercy anfangen müssen, wäre Diplomat und nicht Croupier in einem miesen Casino geworden. Er würde unbehelligt in irgendeiner Botschaft arbeiten und könnte sich dem Schreiben eines Spionageromans zum Thema Frankreich–Afrika widmen. In diesem Moment macht er sie für seine ganze Misere verantwortlich und würde sie am liebsten erdrosseln.

»Warte, das hätte ich fast vergessen.«

»Was denn?«

»Ich glaube, sie hat vorhin gekündigt.«

»Wer?«

»Das Kindermädchen.«

Clara hält sich am Türrahmen fest. Der Traum vom Wiedersehen mit Antoine stürzt in sich zusammen.

»Aber … jetzt, sofort … heute Abend?«

»Ja, sie hat die Schlüssel auf der Kommode am Eingang gelassen. Es gibt einen Brief für dich, du wirst schon sehen, ziemlich lustig.«

Sie geht vor sich hin schimpfend den Flur zurück und kommt wieder an den Fototrophäen vorbei, die ihr gar nichts mehr sagen.

»Ein Brief? Du machst dich lustig über mich. Das kann nicht sein … das kann nicht wahr sein … Nicht jetzt …«

Ein kleiner Zettel liegt unter dem Schlüsselbund.

Madame, ich muss dringend in mein Land zurückkehren. Und außerdem mag ich sie nicht. Sie sind Rassisten.

»Rassisten!«, ruft Clara.

»Ja, krass, oder?«, höhnt Bertrand, der plötzlich hinter ihr steht.

Seit der Geburt von Théo hatten sie zwölf verschiedene Kindermädchen. Clara hat versucht, den Werdegang jedes einzelnen, seinen Ansporn zu verstehen. Alle stellten sich bei ihr vor mit dem Satz, sie würden »die kleinen Racker lieben«. Für die meisten war es die einzige Alternative zum Strich. Clara kannte die Wettbewerbsvorteile eines jeden Herkunftslandes. Marokkanerinnen, freudestrahlend und wortgewandt. Chinesinnen, zuvorkommend und sehr beliebt bei Leistungsfanatikern: Schon in der Wiege lernen die Kinder Chinesisch. Filipinas, Gold wert, Profis in diesem Beruf: gefügig, fleißig, das Haus ist blitzblank sauber, das Essen leicht und bekömmlich. Ivorerinnen, warmherzig, aber geheimnisvoll, überempfindlich: rasten ohne Vorwarnung aus. Sie könnte einen Führer verfassen, eine Art anthropologisches Kindermädchenregister. Oder eine Fernsehserie mit diversen Geschichten darüber, was einem als Mutter mit Kindermädchen so alles widerfahren kann: die Kinder auf der Wache einsammeln, in einer Telefonzelle, in der Eckkneipe am Stammtisch vor einem Wodka Orange, im Waschsalon beim Hausaufgabenmachen. Oder das Kindermädchen in ihrem Bett mit einem Unbekannten erwischen. Oder in Trance vor einer Kerze, in Tränen aufgelöst, weil es zu Hause geschlagen wird. Clara hat alles versucht: Mitgefühl, Geschenke, Ratschläge. Jedes der Arbeitsverhältnisse endete mit einem Drama. Die eine hat die Kinder, die andere bekommt das Geld. Ein Nullsummenspiel, das immer böse ausgeht.

»Ich muss total viel arbeiten«, stöhnt Clara.

»Du musst vor allem Antoine sehen, stimmt's?«

»Was machen wir denn jetzt?«

»Was machst *du* jetzt!«, ruft Bertrand und vertieft sich wieder in seine Akten. »Kindermädchen ist Muttersache. Die ist doch da, damit du arbeiten gehen kannst. Morgen habe ich die unteren Chargen vom südafrikanischen Wirtschaftsministerium da. In drei Tagen muss das Positionspapier des Präsidenten stehen. Ich fahre übrigens mit, hatte ich das schon gesagt?«

Er wird für einige Tage fort sein. Keine wirklich schlechte Nachricht. Frisch geduscht geht Clara in ihr Zimmer. Er ruft jetzt immer lauter:

»Wir nehmen eine Delegation von Bossen des CAC mit. Das machen wir extra für die, um ihre Exporte anzukurbeln. Du kannst dir gar nicht vorstellen, wie schwer es war, sie von der Reise zu überzeugen. Das sei angeblich Zeitverschwendung, Quatsch. Die merken noch nicht einmal, was wir alles für sie tun. Alles nur Schleimscheißer, die sich in den Zeitungen über unsere angebliche Unfähigkeit auslassen. So, du musst mich jetzt entschuldigen, ich habe noch zu tun …«

Sie schlägt die Tür zu, ihre Handtasche mit USB-Stick und Handy lässt sie im Flur am Eingang einfach liegen.

Bertrand schaut die Tasche an und zieht für einen Moment in Erwägung, sie zu durchforsten. Er könnte die Liste ihrer letzten Anrufe überprüfen, ihre E-Mails lesen, vielleicht ein paar zärtliche Äußerungen finden. Könnte verstehen, was seine Frau so treibt. Er zuckt mit den Schultern und kehrt zu seinen Akten zurück. Das hat Vorrang.

26

Im Morgengrauen beschleunigt Polach seinen Schritt entlang der Bahnschienen im Pariser Norden, er ignoriert, dass ihn der Stoff seiner dunklen Jeans zwischen seinen Oberschenkeln reibt. Von Island her ist die Kälte in dieser Nacht zurückgekommen. Etwas Massiges liegt unterhalb der Schienen. Er geht näher an die brachliegende Böschung heran, rutscht fast aus auf dem mit Reif bedeckten Schotter. Ein zerfetzter Körper ist mit Plastiktüten bedeckt. Die Sonne kommt hervor, küsst den Leichnam. Das mittlerweile geronnene Blut hat einen Prospekt verfärbt, *Leclerc: Nein zum teuren Leben*. Ein paar Meter weiter, zwischen zwei Dosen und einem gewaltsam geöffneten Feuerlöscher, blinkt ein Smartphone. Polach zieht sich Handschuhe an. Der Willkommen-Bildschirm leuchtet auf, zwei kleine, absolut identische Mädchen in EuroDisney mit Mickey im Hintergrund erscheinen. Er drückt auf die Nummer des letzten Anrufs und meldet:

»Er ist tot.«

Polach legt auf, wählt eine neue Nummer und spricht mit maghrebinischem Akzent. Er gibt den Ort des Unfalls an. Mit einer Büroklammer aus seiner Tasche reißt er die SIM-Karte heraus, tritt mit voller Wucht auf das Telefon und verduftet grummelnd in die entgegengesetzte Richtung. Eine Überwachungsdrohne fliegt über ihn hinweg. Eine mit Graffiti übersäte Schallschutzwand aus Beton trennt die Eisenbahnstrecke von einer Sozialbausiedlung: ein paar *Angry Birds*, dann ein riesiges Augenpaar in Schwarz-Weiß, eine Fotografie des Street-Art-Künstlers JR.

Zwei Kilometer südlich entlang derselben Schienen, an der RER-Station Sarcelles, warten die Reisenden voller Ungeduld. Sie drängen sich auf den Bahnsteigen wie pralle Trauben, die kurz davor sind, zu platzen und sich in die Züge zu ergießen. Bei der Einfahrt atmet der Lokführer kurz ein. Ungeschicklichkeit, Rempeleien, Selbstmorde ... nicht immer lässt sich spritzendes Blut im Berufsverkehr vermeiden.

Etwas abseits unter einer der Bahnsteiglaternen stößt Antoine in der Zeitung auf Claras Leitartikel. Er bleibt an dem schlecht gemachten Foto von ihr hängen, das ans Textende gesetzt ist, während aus den Lautsprechern tönt:

»Aufgrund eines Unfalls mit Personenschaden im Streckennetz Paris Nord ist der Verkehr auf der Linie D unregelmäßig. Wir entschuldigen uns für alle Unannehmlichkeiten und wünschen Ihnen weiterhin eine gute Fahrt.«

»Schon wieder einer, der versucht hat, sich umzubringen.« Ein Typ tritt vor den Türen, die sich nicht öffnen, auf der Stelle. »Kann der nicht mal an die anderen denken und seinen Scheiß woanders abziehen? Mein Chef wird mir das vom Lohn abziehen!«

Unbewusst ruft Antoine die Seite von France Info auf. Er sieht den Aufmacher der Startseite und wirft seine Zeitung weg. Er läuft gegen den Passagierstrom zum Ausgang und schiebt die Leute mit den Ellenbogen zur Seite.

Die ersten Sonnenstrahlen hüllen die östliche Kuppel von Sacré-Cœur in warmes Licht. Die Avenue de Trudaine liegt noch verschlafen da. Das letzte Müllauto fährt durch die Rue des Martyrs. In Shorts und T-Shirt öffnet Bertrand mit einem Ruck die Zimmervorhänge. Töpfe mit vertrockneten Orchideen purzeln auf den Teppichboden. Clara zieht sich das Daunenkissen über den Kopf und brummt vor Erleichterung. In ihrem Traum hatte sich Antoine der Punkerin mit dem pinkfarbenen Iro aus dem Internetcafé flirtend genähert und sie selbst dabei schmachvoll missachtet. Hektisch betätigt Bertrand die Fernbedienung.

»Ich hätte etwas unternehmen sollen, Scheiße!« Er zappt aufgeregt hin und her.

»Was denn … Was ist denn los?«, schimpft Clara fast unhörbar vor sich hin.

»Das kann nicht sein, das kann einfach nicht wahr sein. Schau dir das an!«

Clara hat Mühe, sich aufzurichten. BFM TV meldet die **Herabstufung Frankreichs** durch Moody's. Experten wechseln sich vor den Kameras ab, um mit zerknirschtem Gesicht zu verkünden: »Ich hab's immer gesagt. Kurz vorm Bankrott. Wir werden das Griechenland des Nordens sein.« Die zig Mantren europäischer Regierungen, das Ende der Eurokrise sei erreicht, haben nichts geholfen.

»Ach, und wenn schon! Das hat sich doch lange angekündigt. Seit einer Ewigkeit haben die Märkte das vorausgesehen!«, kommentiert Clara, während sie sich wieder hinlegt.

Trotzdem, hätte Antoine die Punkerin etwa geküsst? Warum sie?

»Nein, warte, das meine ich nicht! Hier, schau dir das an!«, befiehlt er und setzt sich hin.

Die Fernbedienung rutscht ihm aus der Hand, plumpst auf den Teppich und landet unter dem Bett. Damit er Ruhe gibt, setzt sich Clara endgültig auf. Auf dem Fernsehschirm ist ein Tatort zu sehen: Krankenwagen in Gleisnähe, ein Körper in einem Leichensack, ein Polizeibeamter, der wild herumfuchtelt, um die Kamera zu verscheuchen. Dann Sébastiens Foto in Großaufnahme. Die Überschrift: *Tod des Kommunikationschefs von Folman Pachs*. Clara, deren Zwerchfell sich gerade in einen Flipperautomaten verwandelt, stürzt zur Toilette, um sich zu übergeben. Théos Stimme, die aus dem Flur dringt, bringt sie abrupt wieder in die Senkrechte:

»Mama, bist du schon wach?«

Sie taucht mit total verrutschtem Pyjama wieder in ihrem Zimmer auf und fleht Bertrand mit versteinerter Miene an:

»Aus … los, mach den Fernseher aus …«

Verdattert sucht Bertrand nach der Fernbedienung.

»Aber, aber … das ist doch Onkel Seb«, stottert ihr Sohn von der Türschwelle aus. »Was … was ist denn mit ihm? Warum ist er im Fernsehen?«

Clara schnappt ihn sich, dreht sein Gesicht vom Fernseher weg, starrt auf das Bild. Sie drückt ihn an sich. Das letzte Mal ist Ewigkeiten her.

An jenem Morgen organisiert Folman Pachs in London ein Frühstück mit den besten Kunden in den Räumen der Glazier Hall. Die Firma präsentiert ihre Voraussagen für das Jahr 2013, das übliche Gesülze: wiedererstarkte Märkte, Länder, die weiterhin unter Beobachtung stehen (»**In Frankreich empfehlen wir eine Senkung der Löhne um dreißig Prozent.**«), Spannungen bei Rohstoffen. Perblood erhält Polachs Anruf, just bevor er für eine kleine Frage-und-Antwort-Runde auf die Bühne steigt. Mit Sébastien zusammen wurde alles im Voraus abgefasst: das *no comment* zum Verhalten Kamflins, die Rechtfertigung der Boni für das Jahr 2012 in einer Höhe von hundert Millionen, diverse Dementi, darunter eines zur Manipulation des Goldkurses. Der Chef von Folman Pachs Europe setzt sein Oligarchenlächeln auf, ergreift das Wort vor einem Saal strammstehender Analysten und Investoren. Sein Frühstück, ein Schinken-Nutella-Sandwich, liegt ihm schwer im Magen. Besessen davon, seine Zeit einzuteilen, nimmt er täglich nur zwei Mahlzeiten zu sich, sechstausend Kalorien in zwei Schüben, bei Sonnenaufgang, dann so gegen siebzehn Uhr. Weil er es für obszön hält, isst er niemals in der Öffentlichkeit. Während seiner Ansprache macht die Neuigkeit auf den BlackBerrys der »Kunden« die Runde. Vom Podium aus sieht Perblood, wie sich ihre Züge verändern. Sie versuchen, Sébastien Costal unter den Mitarbeitern der Firma zu erspähen. Einige unter ihnen beginnen die ganze Szene zu filmen. Perblood beißt sich an ein paar Zahlen fest, bekommt aber nur Räuspern und Tuscheln zurück. Er trinkt drei Schluck Wasser, lockert seine Krawatte. Der nächste König der Wall Street beendet seine Präsentation in einem Lärm wie auf dem Bahnhof. Er schiebt eine dringliche Angelegenheit vor, sagt die Fragerunde ab, verschwindet durch einen Diensteingang, lässt die Tür seiner Limousine zufliegen. *Bad timing.*

Zurück in den Räumen von Folman Pachs, eilt er in eins der Büros, die für die »nomadischen« Mitarbeiter reserviert sind. Sébastien hatte seine Gewohnheiten. Irfan, ein junger Inder mit Diplom in Computerwissenschaften und neu in der Informatikabteilung, löscht von einem anderen Computer aus die Dateien von Sébastiens Laptop.

»Sie machen mir alles schön sauber.«

Sarah, seine Assistentin, kommt herbeigeeilt. Sie trägt ein neues Kostüm von Chloé, das die Rundung ihres Hinterns betont.

»Sie ist da, Mister Perblood«, sagt sie in lieblichem, aber bestimmtem Tonfall.

»Sehr gut, Sarah«, antwortet er tonlos.

Diese zwei Sekunden in einer geerdeten Atmosphäre tun ihm unheimlich gut, so kann er wieder auftanken. Er jagt zum *conference room*, der während seiner Abwesenheit in einen *war room* umgestaltet wurde. Es ist einer der schönsten in der City. Er ähnelt dem Saal des UNO-Sicherheitsrats. In einem der Sessel zu je sechstausend Pfund, mit Blick auf den großen ovalen Tisch aus kubanischem Mahagoni, sitzt Vanessa mutterseelenallein und starrt krampfhaft auf ihr Telefon. Perblood pflanzt sich vor sie hin und mustert sie mit verächtlichem Blick. Sie sieht aus wie eine schlecht gelaunte Luxushenne.

»Vanessa«, blafft er sie an.

Sie erschrickt und verzieht unbewusst das Gesicht, als wäre sie ein verängstigtes Tier. Diesen Ton kennt sie. Er zögert einen Augenblick, so alt, wie sie heute aussieht, hat er sie noch nie gesehen.

»Ich werde Ihnen die Details ersparen. Costals Ausfall ist eine schlimme Sache. Ich brauche Sie.«

»Ja, Mister Perblood.« Sie nickt und setzt sich auf.

»Ich will von Ihnen eine Rede, eine Pressemitteilung sowie eine Mail, die nur intern zirkuliert. Sie machen mir etwas in der Art von ›Geschocktsein/Mitgefühl für die Familie/Anteilnahme in schweren Augenblicken/das Unternehmen ist solide‹ und dem ganzen Pipapo. Ja, *schwere Augenblicke*, das ist gut, benutzen Sie das. Mit unseren Anwälten bauen Sie einen Krisenstab auf. Die Aasgeier werden jede Minute hier sein. Ich verlasse mich auf Sie: nüchterner, betroffener, professioneller Tonfall, an erster Stelle steht die *Stasifikation*, Verzeihung, die Satisfaktion unserer Kunden. Verstanden? Kann ich auf Sie zählen? Vanessa … hey, hallo«, stößt er hervor, »sind Sie noch da?«

Vanessas Blick verliert sich in London, das sich jenseits des Panoramafensters erstreckt. Als sie heute Morgen durch Perbloods wüstes Gefluche geweckt wurde, ist sie sofort in ihre Kleider gesprungen. Im Taxi zum Flughafen lief die Neuigkeit rauf und runter. Mehrere Male rief Vanessa auf Sébastiens Handy an, wieder und wieder hörte sie sich seine Stimme an, schluchzte immer lauter. Als Antenne Europa zwischen Horoskop und Tipps für Pferdewetten den Hit von **Chagrin d'Amour**, *Chacun fait ce qu'il lui plaît*, spielte, bat sie den Fahrer, den Ton abzustellen. Im Airbus A 321 um 7.30 Uhr nach Heathrow wurde ihr Schmerz durch Wut erstickt: Sie hatte nur einen Platz in der Economy-Class bekommen. Air France übernahm einige Passagiere, die durch die Blockierung des nördlichen Streckennetzes sowie des Eurostar auf der Strecke geblieben waren. Durch den *Unfall mit Personenschaden.* Die Wimperntusche, die sie in ihrem Bad noch schnell aufgetragen hatte, war in ihrem Taschentuch gelandet. Vanessa schloss sich in der Flugzeugtoilette ein, um sich neu zu schminken. Während sie durch die Luftlöcher über dem Ärmelkanal hin und her geworfen wurde und dabei smaragdgrünen Lidschatten von Shu Uemura auftrug, erinnerte sie sich an die letzten Worte, die Sébastien zu ihr gesagt hatte. Bei der UNESCO hatte Vanessa versucht, mit ihm zu reden. Seit fünfzehn Jahren schon versuchte sie es. Was Sébastien anbelangte, kam die Königin der Kommunikation immer zum falschen Zeitpunkt, griff daneben, traf niemals den richtigen Ton. Mit dem Blick in den Spiegel der Flugzeugtoilette sprach sie seine letzten, böswilligen Worte aus:

»Hast du dich mal angeschaut mit deinen zurechtgebogenen Augen, deinen falschen Lippen, deinem falschen Lächeln … deinem falschen Leben?«

Die Stewardess klopfte an die Toilettentür. Vanessa legte doppelt so viel Rouge auf wie normalerweise und schickte ihre Sprachregelung an Perblood zurück: »*No comment*«.

Im *war room* bei Folman Pachs, mit verquollenen Augen und missglückter Schminke wie bei einem kleinen Mädchen, reißt sie sich wieder zusammen.

»Ja, Mister Perblood, absolut. Ich bin ganz Ohr.«

»Fühlen Sie sich dem gewachsen? Wissen Sie, ich kann auch die Kanzlei Wilson engagieren, wenn Ihnen das lieber ist. Sie sind bei Weitem nicht *die Einzige*, die diesen Vorgang bearbeiten kann.«

Hat er gerade das *die* betont? Sie reckt ihr Kinn in die Höhe, achtet darauf, dass ihr Blick den des Kunden einfängt.

»Nein, schon gut. *No problem*«, bestätigt sie professionell, ihre Augenbrauen heben sich dabei. »Sie können auf mich zählen. Wie immer, das wissen Sie doch.«

»Okay ... Ich rate Ihnen, keinen Mist zu bauen. Ich hatte so eine Vorahnung bei Costal. Ich hätte darauf hören sollen. Als ob wir so was gebrauchen könnten! Gerade jetzt! Das Briefing haben Sie doch verstanden, oder?«

»Ja, Mister Perblood.«

»Keine Auswirkungen auf den Börsenkurs. Das *Board* trifft sich in sechs Tagen. Sechs Tage noch, und ich kann der *King* von Folman werden. Wenn Sie das gut hinkriegen, dann nehme ich Sie mit.«

Bei diesen Worten hat er die ganze Aufmerksamkeit von Vanessa. Er liebt diesen Augenblick, wenn er sieht, wie sie zu seinem Spielzeug wird: Sie plustert sich wieder auf, nimmt Haltung an, ihre Haare sitzen wieder richtig, ihre Augen ziehen sich zusammen, ihr Blick wird scharf. Er profitiert davon und ködert sie:

»Sie könnten Public verlassen, Ihr eigenes Ding aufziehen. Oder träumen Sie etwa nicht davon, Folman Pachs World in Ihrer Trophäensammlung zu haben? Da sehen Sie mal ein bisschen was von der Welt! Ich weiß nicht, wie Sie in Paris überhaupt leben können, es ist alles so ... lächerlich klein. Vielleicht sind Sie es am Ende auch ...«

Mit dieser Bemerkung verlässt er den Raum. Vanessa wendet sich London zu. Voller Zorn holt sie ein Notizheft heraus, zückt einen Stift, versucht, gleichmäßig zu atmen, und schreibt:

Faul, fauler, Fool! Fool my world!

Das Notizbuch fliegt durch den Raum, schlägt gegen die Fensterscheibe. Auf der anderen Straßenseite schlägt die Glocke der Saint Bride's Church zwölf. Mit ihrem Altar, der Journalisten geweiht ist, die in Konfliktsituationen ums Leben gekommen sind, wurde die Kirche in einen Saal für klassische Konzerte und Unternehmensfeiern umgewandelt. Vanessa wirft zwei Tabletten ohne Wasser ein. Sie atmet zehnmal durch die Nase ein und konzentriert sich mit geschlossenen Augen auf ihren Bauch, eine Technik, die sie beim letzten Agenturseminar *Negative Gedanken verjagen, um seine Leistung zu optimieren* erlernt hat. Sie dient dazu, das, was sie will, zu visualisieren, nämlich die mittlerweile nutzlosen Gefühle für Sébastien in eine verschließbare Schublade einzusortieren, deren Schlüssel sie im Geiste in einen tiefen Brunnen wirft, der zu einem schwarzen Loch wird. Zu einem Grab. Vanessa streift und kapselt ihre Stimmungen rigoros ab. Sie sortiert ihre Gedanken, stellt jene, die sie stören, unter Quarantäne, bündelt ihre Energie. Der Regen hat aufgehört, Sonne macht sich unverschämt breit. Wie in ihrem Kopf. Vanessa bringt ihre Burberry-Jacke wieder in Ordnung, alienartig zieht sie ihre Augenbrauen hoch. *Too bad* Seb, sagt sie zu sich, während sie ihr Notizbuch holen geht, um sich an die Arbeit zu machen.

27

Antoine hatte Sébastien fünfzehn Jahre lang nicht gesehen. Innerhalb von zweiundsiebzig Stunden hat er ihn erneut verloren. Voller Ekel rennt er vom S-Bahnhof weg, läuft durch die leeren Straßen von Sarcelles. Er rauscht bei sich zu Hause rein, stürzt zu seinem Schrank. Er zieht einen schwarzen Parka mit der Aufschrift *Veolia* über, schnappt sich seinen Motorradhelm und die Schlüssel.

Während er mit der Hayabusa über den Ring heizt, geht er die Möglichkeiten durch: Die Typen, die sich mit dem Kopf voran in irrwitzige Karrieren gestürzt haben, sterben weg wie die Fliegen, wenn sie die vierzig überschreiten. Mit Kalendern voll von nutzlosen Verabredungen, bei denen sie sich wertlosen Projekten widmen, haben sie keine Zeit für gar nichts. Sie machen das System glücklich. Für ihre Familien sind sie *der unsichtbare Mann*. Von ihren Kindern werden sie mit Monsieur angeredet. Sie antworten mit Ohrfeigen. Sie haben nur noch fünf Jahre, um sich hervorzutun. Danach sind sie »Rentner«, zu teuer, zu alt. Sie waren die »kleinen, aufstrebenden Wilden«. Einmal an der Spitze angekommen, gibt es niemanden mehr, nichts mehr zum Hinaufklettern. Das Unternehmen hat ihre ganze Lebenskraft ausgesaugt. Das Leben hat fast jeden platt gewalzt, wie eine Planierraupe.

Antoine hält einige Straßen von Sébastiens Wohnung entfernt. Um sich ihr zu nähern, mischt er sich unter die Passanten auf der Place de l'Étoile. Um die vierzig herum fangen ihre Rücken- und Blasenprobleme an. Sie fühlen sich ein wenig schlapp, schieben es auf die Umweltverschmutzung, auf zu wenig Schlaf. Sie sind überzeugt, die Welt zu beherrschen. Eines Morgens finden sie sich im Bett wieder, zusammengekrümmt, durchgeknallt, unfähig, aufzustehen oder einen Computer anzufassen. Der kleinste Anruf versetzt sie in Panik. Für die letzte Generation, die mit dem Mythos vom großen Unternehmen aufgewachsen ist, sind Burn-out oder sogar versuchter Selbstmord keine bloße Anekdote mehr. Auf dieser Ebene der Nahrungskette dient das Geknechtetsein dazu, dem Gedanken, man sei schon längst tot, aus dem Weg zu gehen. Die Amerikaner sehen da viel klarer. Sie reden nicht von Arbeit, sondern von »occupation«, von Inbesitznahme.

Antoine stellt sich hinter eine braunhaarige Frau mit Kinderwagen, um ins Haus hineinzugelangen. Etwas unwirsch mustert sie ihn misstrauisch, als sie aber den Schriftzug des Umweltdienstleisters Veolia auf seiner Brust erblickt, fasst sie Vertrauen.

»Ich habe den falschen Code«, entschuldigt er sich. »Immer kriegt man die falschen Codes gesagt. Nach Ihnen, Mademoiselle.«

Die junge Frau wird sanftmütiger. Der Trick mit dem »Mademoiselle« wirkt Wunder bei einer Frau, die gerade erst entbunden hat.

»Irgendwie sagt keiner mehr richtig Bescheid «, meint sie.

»Seit der Verlegung unserer Callcenter nach Marokko geht alles nur noch drunter und drüber.«

Er hält ihr die Tür zum Fahrstuhl auf. Sie atmet erleichtert auf, als er die Treppe nimmt. Bis zu Sébastiens Etage nimmt er zwei Stufen auf einmal. Er zieht Gummihandschuhe über, prüft das Schloss, holt einen Dietrich heraus. Mit einem Klick öffnet sich die Tür. Was nützt es, einen Wachhund an seine Rockzipfel zu heften, wenn man bei ihm ein und aus gehen kann? Antoine schlussfolgert:

Folman hatte keine Angst um Sébastien, sondern *vor* Sébastien. Er schleicht sich hinein wie eine Katze, erschrickt, als er sich selbst in einem großen Spiegel in der Diele wahrnimmt, der ihn dazu zwingt, sein eigenes Tun zu hinterfragen. Für wen hält er sich eigentlich?

Als vor fünfzehn Jahren der Anpfiff ertönte, war Antoine an sein Bett im Krankenhaus gefesselt. Er blieb mit gebrochenen Beinen und gebrochenem Herzen auf der Bank sitzen, während bei ausverkauftem Stadion das große Spiel um Status und Heirat anfing. Er hatte jegliche Motivation verloren, als er wieder rennen konnte. Sie erschienen ihm lächerlich mit ihrem streberhaften Ehrgeiz. Er floh »um die Welt«, ging auf Reisen, erfand sich neu als eine Art Unternehmerhippie. Aus der Entfernung begann er zu zählen: Dienstgrade, Vereinigungen, Kinder, Krankheiten, Scheidungen und dann die Toten. Einer dieser unter Strom stehenden Angestellten, die Zeitzonen und Liebhaberinnen verwechseln, die in einer dieser Luxuswohnungen leben, die nur das Herz des Innenausstatters höherschlagen lassen, hätte er sein können, hätte er sein sollen. Er hat dieselbe Ausbildung genossen, wie ein Computerprogramm, das für den alleinigen Willen zu siegen geschrieben wurde. Antoine hat niemals Lust verspürt, auf »on« zu drücken. War es die richtige Entscheidung? Er wohnt in einer Zweizimmerwohnung im Neubau und macht sich über ihr kleinkariertes Leben als überspannte Mittvierziger lustig. Sieht er klar, oder ist er bloß neidisch? Verschleiert seine Distanz, seine angebliche »moralische Überlegenheit«, nicht eher seine Enttäuschung, nicht mit von der Partie zu sein? Ist sein Stolz nicht überheblich? Er lebt ohne Druck von außen, verfügt über seine Zeit. Er ist allein, hat keine Sicherheiten. Schlägt er sich besser? Antoine ist zwar den Rattenfängern entwischt, den Ängsten jedoch nicht.

Behutsam schließt er die Tür hinter sich, macht ein paar

Schritte. Die Fenster des riesigen Wohnzimmers mit Flügeltüren gehen auf die Avenue Kléber.

»Ich glaub, mein Schwein pfeift«, ruft er beim Anblick des Arc de Triomphe, der am Ende der Straße aufscheint.

Die Atmosphäre von Einsamkeit und Verlassenheit, die hier herrscht, wirkt bedrückend. Die Möbel sind mit weißen Laken bedeckt. Er hebt ein Tuch an: abgenutztes Ikea. Gemälde mit Stillleben sind hier und da aufgehängt, stehen auf dem Fischgrätparkett herum. Der Kommunikationschef von Folman Pachs Europe hat in einer möblierten Wohnung voller Schund gelebt. Unterschlupf für überarbeitete Geschiedene? Versteck?

Sébastien war dazu verdammt, eines Tages zerrissen zu werden. Nicht, sich umzubringen. Er hat sich von der Erde entfernt, das Leben vergessen. Besinnungslos hat er sich in die Arbeit gestürzt, wie andere sich in die Liebe, den Sport, die Politik oder die Religion stürzen: um alles andere zu vergessen. Sébastien sind niemals Zweifel gekommen. Über sich selbst hat er sich keine Illusionen gemacht. Nichts hätte ihn enttäuschen können. Alles in seinem Leben hatte technischen Charakter angenommen. Selbstmord zu begehen, dafür hatte er einfach keine emotionale Kompetenz.

Ein zur Hälfte gepackter Koffer liegt auf dem Bett: Leinenjacken, Poloshirts, Shorts, Sonnencreme, Sneakers, ein Hinflugticket nach Dubai. Inszenierung oder geplante Flucht? Antoine findet, was er sucht: den Arbeitstisch, eine lange Platte aus Glas. Vertrocknete Blumen in einer marineblauen Vase haben jegliche Hoffnung aufgegeben. Akten stapeln sich, die Bleistifte liegen akkurat in Reih und Glied, ein PC im Standby. Ein quietschgelber Zettel klebt mitten auf dem Bildschirm:

Sie können meinen Computer beschlagnahmen, was jedoch in meinem Kopf ist, können Sie mir nicht nehmen.

»Einverstanden. Wenn man dir aber den Kopf wegnehmen würde? Hast du daran mal gedacht?«, sagt Antoine, wobei er achtgibt, das Papier nicht zu berühren.

Er tippt die Tastatur an, der Computer fährt hoch, die Startseite wird angezeigt. Er klimpert ein bisschen herum, schließt die Sicherheitsprozedur kurz, knackt das Passwort. Er meldet sich als Administrator an. Ein schwarzes Dialogfenster öffnet sich. Antoine kann auf das Gerät zugreifen. Er gibt eine Reihe Befehle ein, hat Zugriff auf die Hauptplatine, geht die abgespeicherten Vorgänge durch: bis zu sechstausend widerrechtliche Zugriffe pro Tag, als handelte es sich um einen von den Chinesen gehackten IBM-Server. Es ist die uralte Taktik: Einer aus der oberen Etage glaubt, er sei geschützt, weil er von zu Hause aus arbeitet, und macht sich keine Sorgen mehr. Ununterbrochen ist er Attacken ausgesetzt, bekommt aber nichts davon mit. Computer sind Siebe: Um Zugang zu erhalten, genügt es, eine Schwachstelle auszunutzen, deren detaillierte Beschreibung, etwa für Windows 8, Adobe oder selbst Chrome, in Foren frei zugänglich ist.

Sébastiens Festplatte wurde gerade von einem anderen Computer aus gesäubert. Antoine loggt sich aus und löscht die hinterlassenen Spuren. Reflexartig durchwühlt er den Mülleimer unter der Glasplatte und erstarrt. Mitten zwischen den lachsfarbenen Seiten der *Financial Times* findet er einen anderen zerknüllten Klebezettel, den er auffaltet:

Call CA.

Für Clara Arnoud, ihr Mädchenname.

Nach Luft schnappend steckt er den Zettel in seine Jackentasche und betritt den fensterlosen Flur. Ein paar Bücher – eine Ausgabe *Kommissar Maigret* und Liebesromane – versauern auf Regalen. Sébastien war ganz versessen auf russische Literatur. Was hat er bloß damit gemacht? Antoine bemerkt ein Foto in einem Plexiglasrahmen. An einem Strand haben Sébastien, Alison, Jérémie, Vanessa, Bertrand, Clara und er die Arme umeinandergelegt. Es ist eine Erinnerung an ihre Semesterferien in Figari, auf Korsika, ihr einziger Campingurlaub. Sie tragen alle das gleiche T-Shirt. Das Schul-Logo prangt auf ihren Oberkörpern, auf der Höhe des Herzens. Die meisten bewahren es heimlich bis zu ihrem Tode auf: *Life is a weekend.*

Was auch immer alle darüber sagen, die Jahre auf dem Campus glichen einem »goldenen Zeitalter«, einem riesigen Jahrmarkt. Die Schule bildete einen Kokon aus Watte, der in keiner Weise auf das Haifischbecken vorbereitete. Auf dem Campus tummelten sie sich, verausgabten sich aber kaum. Sport, Partys, schlaflose Nächte, von Harvard übernommene betriebswirtschaftliche Lektionen. Ihre Freundschaft wurde durch literweise billigen Wodka, verschämte Gefühle und notgeilen Sex besiegelt. Als sie die Aufnahmeprüfung bestanden hatten, setzten sie sich von der zähen Masse ab. Sie lernten, wie man richtig trinkt, sie verloren ihre Milchzähne. Eines Tages verließen sie das Nest, um sich ganz allein in den Rachen der Bestie zu stürzen. Sie sind gut damit »klargekommen«, haben einen auf hart gemacht, sich nicht in die Karten gucken lassen und ihre Nummer bei den Headhunter-Agenturen in Paris immer wieder in Erinnerung gerufen. Antoine hat von alldem nichts mitgemacht. Er hat fünfzehn Jahre gebraucht, um sich seiner Vergangenheit zu stellen. Sie kommt auf ihn zugerast wie ein mit Zombies beladener Zug.

Er schließt vorsichtig die Tür, um kein Geräusch zu machen, eilt die Treppen auf Samtpfötchen hinunter. Als Sébastien vor drei Tagen noch seine Sorgen angedeutet hatte, glich er mehr einem gehetzten denn einem verzweifelten Tier. Antoine hätte reagieren müssen: Niemand sonst weiß besser, wozu Unternehmen fähig sind. Er selbst bringt hohe Tiere, die zum Problem geworden sind, zu Fall. Eine ganze Reihe von Mittelsmännern, darunter Antoine, teilt sich die Arbeit, ohne je den Auftraggeber oder den Zweck zu kennen. Er führt regelmäßig Untersuchungen über »Ziele« durch, veranlasst, dass jemand abgehört wird, erstellt Akten, die gut verschnürt bei Gericht auftauchen. Er hat mit angesehen, wie vorbildliche Arbeitnehmer in kürzester Zeit ausgebootet werden. Sie verlieren alles, weil an ihrer Loyalität gezweifelt wird. Er hat Mauscheleien miterlebt, Transaktionen bar auf die Kralle, um das Schweigen oder die Kündigung von jemandem zu erkaufen. Damit die Mafia im Gleichgewicht bleibt, werden jeden Tag Menschen aus dem goldenen Dreieck verstoßen. Je mehr ein Unternehmen ausgibt, um sich den Anstrich zu geben, »menschlich« oder »kundenfreundlich« zu sein, umso weniger ist es das. Je mehr es seinen moralischen Anspruch herausstreicht, umso mehr betrügt es, vom Entwurf seiner Produkte bis hin zur Struktur seiner Geschäftsbilanz, von den Finanzparadiesen bis hin zur Finanzierung von Waffengeschäften. Je mehr es nach außen kommuniziert, umso mehr spricht es nur zu sich selbst, damit das, was ums Verrecken nicht enthüllt werden darf, in dem Lärm untergeht. Noch nie hat Antoine auch nur einen Tropfen Blut gesehen. Die weißen Westen bleiben sauber, es gibt höchstens ein paar Flecken kalten Schweißes. Unter der Hand begeht der CAC 40 aber ein Massaker.

In seiner Jackentasche reibt Antoine auf dem Klebezettel herum. *Call CA?* Aber was hat Clara damit zu tun? Bei der UNESCO stach ihre Frische gegenüber den anderen des engsten Kreises heraus. Ihre Gesten waren ungelenk, fast schon die eines Provinzlers, und unbewusst verdrehte sie ihre Augen vor Langeweile. Seit einigen Tagen schon überwacht er sie. Hat er eine ihrer Verabredungen verpasst? Er möchte nach Hause, sich ein Bad einlassen und die aufgefangenen Aktivitäten und Gesten auf seinem Rechner archivieren. Seinen Gedanken nachhängend bemerkt Antoine einen Mann mit eingezogenem Kopf, der nach oben geht. Eine Etage tiefer registriert er es bewusst und verlangsamt seinen Schritt. Er hat ihn irgendwo schon einmal gesehen. Versteckt hinter dem Aufzugsschacht im Erdgeschoss zieht er seinen Parka aus, ersetzt ihn durch eine Lederjacke, die in seinem Rucksack zusammengerollt war. Er versucht sich zu erinnern. Als er wieder auf der Straße ist, betritt er den Daily Monoprix gegenüber. Er tut so, als würde er einen Einkaufswagen beladen, lässt aber seine Augen nicht von der schweren Toreinfahrt. Der Mann, Polach, kommt heraus und entfernt sich mit kleinen schnellen Schritten. Antoine erinnert sich jetzt. Vor sechs Monaten hat er für ihn gearbeitet. Das europäische Parlament steckte ganz in der Debatte um die Regulierung des Finanzwesens. Die Bankenlobby suchte nach Möglichkeiten, die Abgeordneten zu beeinflussen. Ein Umschlag mit Bargeld hatte für die meisten gewählten Vertreter ausgereicht. Einige hielten dem stand. Polach hatte ihn gebeten, einem widerspenstigen deutschen Abgeordneten von den Grünen zu folgen. Er hatte seinen Bericht abgegeben, wurde bezahlt und nie wieder von diesem Auftraggeber kontaktiert.

Antoine bezahlt seinen Kram, geht wieder hoch zu Sébastien. Die Wohnung wurde intakt gelassen. Der Plexiglasrahmen liegt auf dem Parkettboden. Ihr Studentenfoto ist verschwunden. Der Computer zeigt die Startseite einer Plattform für Schwulenpornos an.

28

Seit der Meldung von Sébastiens Tod haben Clara und Bertrand, die niedergeschlagen auf den Fernseher starren, kein Wort gewechselt. Lucie kommt herein, zeigt mit dem Finger zum Fenster.

»Paris ist grau, Mama.«

Clara, deren Augen weit aufgerissen sind, zeigt keine Reaktion. Lucie geht näher heran, um sie zu streicheln, dann schüttelt sie sich:

»Du riechst nach Fisch, Mama.«

Clara fühlt sich, als treibe sie auf Packeis. Ihr ist sehr kalt, sie hat das Bedürfnis, sich an jemanden zu klammern. Reflexartig sucht sie nach Bertrands Hand, findet sie nicht. Das Mädchen stellt sich vor ihre Eltern, vor den Fernsehapparat. Clara springt vom Bett auf und stürzt zu ihrer Tasche, die seit ihrer Rückkehr aus dem Internetcafé im Eingang liegen geblieben war. Sie hockt sich hin, schüttet sie aus. Ihre Tochter weicht ihr nicht von der Seite. Der USB-Stick ist immer noch da. Ihr Handy zeigt eine SMS von einer ihr unbekannten Nummer an:

Sprich vor allem mit niemandem.

Sie verliert das Gleichgewicht und sackt auf dem Parkett zusammen. Als ob es sich um ein Spiel handeln würde, macht es ihre Tochter ihr nach und purzelt unter heftigem Lachen hin. Clara steht zitternd wieder auf. Von den Gläsern Wein bei Chez Jeannette brummt ihr der Schädel. Von der Kündigung des Kindermädchens auch. In Gedanken macht sie eine Liste: ihre Tochter anziehen, sie beschäftigen, während sie bei der Zeitung anruft, etwas trinken, ein

Kindermädchen finden, sie zur Schule bringen. Was ist Seb passiert? Woher kommt diese unvorstellbare Angst?

Schweigend holt sie Anziehsachen für ihre Tochter heraus und stellt sie vor sich hin. Wie ein Wirbelwind aus Jeans und roter Wolle kommt ihr Sohn die Treppe hinabgefegt, ohne ein Wort zu sagen. Bertrand schlägt mit der Badezimmertür. Allen fehlen die Worte. Clara geht ins Zimmer zurück zu ihrem Flachbildschirm. Die Anrufe auf Bertrands Handy reißen nicht ab. Niemals lässt er es liegen, selbst auf dem Klo geht er sonst ran. Sie schreit durch die Tür:

»Warum gehst du nicht ran?«

Seit der Nachricht von Sébastiens Tod sind dies ihre ersten Worte. Bertrand kommt aus dem Badezimmer, ein Taschentuch klebt unter dem Kinn, sein Blick ist bösartig.

»Und du, warum guckst du mich so an? Was weißt du, verdammt noch mal?«

»Hast du dich etwa beim Rasieren geschnitten?« Sie macht sich Sorgen.

Er wirft das Taschentuch weg. Sie starrt auf das Blut.

Auf engstem Raum gehen sie stumm um das Bett herum, wobei sie jede Berührung tunlichst vermeiden.

»Wenn du etwas weißt, dann sag es mir.« Er regt sich auf.

»Nein, nein«, stottert sie, überrascht von seiner Nervosität. »Es ist nur … es ist schließlich Seb!«

Sie streift ein Oberteil, dann einen Pullover über, ihr wird einfach nicht wärmer. In der Büroecke im Wohnzimmer setzt sie ihre Tochter vor den Hauscomputer. Sie gibt »Tchoupi« als Suchbegriff bei YouTube ein. Ein Fenster öffnet sich, verschiedene Trickfilme werden zur Auswahl angezeigt. Sie klickt auf den ersten Link, jenen, der die meisten Aufrufe hat, stellt auf Vollbild und geht sich einen Tee machen. Von der Küche aus hört sie, wie Lucie nach ihr schreit. Clara wird zornig.

»Was ist denn jetzt schon wieder! Kannst du dich nicht ein Mal zusammenreißen!«

Ihre Tochter fleht sie an. Verzweifelt kehrt Clara zum Computer zurück. Sie hört Gestöhne, versucht zu verstehen, was das in einem Kindertrickfilm zu suchen haben könnte. Entsetzt stürzt sie sich auf die Tastatur, schaltet alles aus. Sie schnappt sich ihre Tochter, drückt sie an sich, versucht sie zu beruhigen. Weil sie schnell machen wollte, hat Clara »Tchoupi und ihr erstes Mal« ausgewählt.

»Seit wann funktioniert denn die Kindersicherung nicht mehr?«, schreit sie in Richtung Bertrand.

»Seitdem dein Sohn diesen Computer benutzt«, antwortet er über den Flur, bevor er sich verdrückt.

Lucie schlängelt sich um ihr Bein. Clara wählt eine DVD von *Marie la Fourmie* aus. Sie hat zwölf Minuten. Sie ruft ihren Chefredakteur an. Völlig außer sich bestürmt er sie sofort:

»Sébastien Costals Tod, das ist dein Ding. Ich will niemand anderen.«

»Tut mir leid, aber ich kann nicht. Ich liege total flach, ich kann mich kaum auf den Beinen halten.«

Gestern Morgen um dieselbe Zeit hatten die Verwicklungen angefangen. Sébastien hatte sich mit ihr für den Abend verabredet, sich auf sie verlassen. Er verlangte von ihr, Bertrand zu misstrauen. Das hatte nichts von Abschiednehmen, sondern von Kampfansage. Bei manchen Äußerungen spürte sie die Verachtung in seiner Stimme: Hat sie nicht aus Zwang, sich zu bestrafen, alles aufgegeben? Oder hat er in ihr jemand anders als die in der Versenkung verschwundene Journalistin, die Rabenmutter und die frustrierte Ehefrau gesehen?

»Hör mal, ist ja gut, ich weiß doch, dass ihr befreundet wart«, fängt der Chefredakteur wieder an. »Ich verstehe, dass dich das berührt, Freundschaft über alles und so …

Das respektiere ich natürlich. Aber trotzdem! Nur du kannst für uns etwas über ihn zu Papier bringen.« Er versucht, sie zu motivieren. »Du wirst uns etwas über den Menschen, seine Vielschichtigkeit, seine Verzweiflung erzählen können. Ach, bitte, du bist einfach die Beste. Ich sehe schon die Schlagzeile: *Folman Pachs enthauptet!* Unsere Leser werden es *liiieben.*«

»Was?«

Sie stellt sich vor, wie er sabbert.

»Verstehst du, unsere jungen Männer, die *business men* spielen, stehen alle kurz vorm Selbstmord. Wenn jetzt jemand aus diesem Kreis zur Tat schreitet, dann ist das eine griechische Tragödie! Die Geschichte müssen wir bringen! Das ist deine Chance!«

Clara fällt es zunehmend schwer, ihre Wut zu kontrollieren.

»Meine Chance? Einer meiner besten Freunde wurde gerade von einer S-Bahn überfahren, und du willst, dass ich im Abfall herumwühle, und das ist deiner Meinung nach meine Chance!«

»Ach, komm.« Er geht es behutsamer an. »Verzeihung, ich habe mich etwas gehen lassen. Aber verstehst du, ich möchte gern, dass du uns erzählst … Was hat Sébastien Costal eigentlich geritten, Vanessa Dumoulin anzugehen?«

»Wovon sprichst du da …«

»Deine Party, bei der UNESCO … Sag nicht, du hättest nichts mitgekriegt. Er hat sie an Ort und Stelle zur Sau gemacht. Arbeiten sie etwa zusammen?«

»Nicht dass ich wüsste«, sagt sie kalt.

Als hätte er Blut geleckt, lässt er nicht locker.

»Worüber hat sich Costal aufgeregt? Das ist doch prickelnd, oder? Die Tigerin des Lobbyismus lässt sich von Folman Pachs' Kommunikationschef anschnauzen, während Frankreich sein Triple A zu verlieren droht. Und der

Typ wird zwei Tage später von einem Zug zu Matsch gefahren. Los, Clara, das ist deine Sensation. Eine echte Soap! Hau rein!«

»Ich habe gesagt, ich kann nicht. Später vielleicht.«

Sie denkt an den USB-Stick und die von Sébastien verschickten Dokumente.

»Ich nehme einen Tag frei. Setz jemand anders auf die Story an. Ich schicke dir eine Krankschreibung.«

Außer sich vor Wut schreit er am anderen Ende der Leitung:

»Der Zug ist für dich abgefahren, Clara!«

»Eine andere Metapher ist dir wohl nicht eingefallen? Ich bin krank, verstehst du?«

»Das werde ich nicht so schnell vergessen.«

»Daran habe ich keinen Zweifel.«

Die Verbindung ist unterbrochen, bevor sie ihren Satz beendet hat. Clara gibt eine andere Nummer ein. Eine Mädchen nimmt ab.

»Kindermädchenambulanz, guten Tag!«

Ihr bleiben noch vier Minuten.

29

Bevor er das Haus verlassen hat, hat Bertrand aus Claras Sachen eine Packung Sédatif PC geklaut, homöopathische Pillen gegen »nervöse Zustände und emotionales Ungleichgewicht«. Kinderkram, denkt er. Er wirft sich sechs Tabletten auf einmal ein, während er die Treppen hinunterstürzt. Auf der Rückbank des 308 vom Ministerium werden seine Glieder schlaff, erstaunlich gut treibt er dahin. Als er in Bercy ankommt, fühlt er sich zwar mehr und mehr benommen, jedoch außerordentlich glücklich. Der mürrische Technokrat Bertrand beantwortet die Grüße der Funktionäre mit leichter Verzögerung, wie im Schwebezustand. Auf seinem Weg dreht er sich um, murmelt etwas mit tiefer Stimme, versteht gar nichts mehr: Frankreich hat soeben sein Triple A verloren, der Pate seines Sohnes ist heute Morgen gestorben, zerquetscht von einem Wagen der RER, was Tausenden Arbeitern die Anfahrt nach Paris unmöglich machte: fünfhundertfünfzigtausend Personen, die auf der Strecke geblieben, und drei SNCF-Mitarbeiter, die von wutentbrannten Kunden angegriffen worden sind. Ein paar verpuffte Quentchen BIP.

Als der Amtsdiener ihn kommen sieht, steckt er sein iPhone weg. Gerade noch hat er das Foto auf der Seite des *Figaro* herangezoomt. Sébastien Costal ist ohne Zweifel einer von denen, die gestern hier waren. Er schien wütender als die anderen, als liefe er neben der Spur. Bertrand, zugedröhnt, lächelt den Amtsdiener selig an, obwohl er ihn bislang immer missachtet hat. Hinter geschlossener Tür betrachtet er genüsslich die Couch in seinem Büro, macht sich für ein Päuschen lang. Der schmiedeeiserne, ziemlich angerostete Globus, den er mit Clara auf einem Trödelmarkt im West Village entdeckt hat, scheint sich von ganz allein um sich selbst zu drehen. Er hört, wie Leute an die Tür klopfen und seine Telefone unentwegt klingeln, doch kommt er zu dem Schluss, dass er alle Zeit der Welt hat. Wie angenehm, dass diese Leute an ihn denken, sagt er sich und schließt die Augen. Traumwandlerisch schmiegt er sich an das rotbraune Leder. Zu Beginn ist alles perfekt und so weich. Mit Clara ist er draußen an der frischen Luft, sie halten sich an den Händen. Dann erscheint ein Bambuswald. Bertrand muss ihnen den Weg mit der Machete freischlagen. Clara ermuntert und beglückwünscht ihn, beide lachen. Es ist ein Spiel. Bertrand, König des Dschungels, König seiner Welt, ist stark. Der Bambus wird jetzt dichter, bis sie kaum noch etwas sehen. Jeder Schritt ist ein kleiner Sieg. Er reißt sich vom Boden los, um vorwärtszukommen, hat das Gefühl, rückwärtszugehen, schafft es nicht mehr wirklich. Er verausgabt sich sehr, und Clara ist verschwunden. Plötzlich fällt eine Giftschlange vom Himmel. Er springt leichtfüßig zur Seite, schwingt kampfbereit seine Machete. Sie ist schneller, stößt auf sein linkes Auge zu. Der Schmerz und ein Schrei wecken ihn. Bertrand kriecht auf allen vieren über den Teppich in seinem Büro und hält sich das blutige Gesicht. Keine Giftschlange zu sehen. Nur die Ecke eines niedrigen Glastisches. Er war mit der Augenbraue dagegengestoßen, als er gerade mit dem Bambus, der Angst und der Giftschlange rang. Dem Verhängnis.

»Alles in Ordnung?«, fragt der Amtsdiener, der durch Bertrands Schrei und den dumpfen Ton seines auf dem Boden aufschlagenden Körpers alarmiert wurde.

»Schon gut, schon gut, ich lebe noch«, schimpft Bertrand vor sich hin, wobei er die Augen öffnet und seine Sicht prüft. »Bringen Sie mir etwas Eis.«

Die Kapseln Sédatif PC haben ihre Wirkung verloren.

»Scheiße, ich verblute! Beeilen Sie sich.«

Der Amtsdiener leistet Folge, ohne auch nur die geringste Regung zu zeigen. Während er in seinem Büro eine Schachtel mit Taschentüchern sucht, bemerkt Bertrand eine dicke Akte mit der Aufschrift *Dienstreise nach Südafrika von Monsieur Bertrand Fisher* (erste Unterlagen zu seiner Reiseroute) sowie die Pressemitteilung von Folman Pachs, die unübersehbar mitten auf seinem Arbeitstisch liegt. Er lässt sich in den Sessel fallen und vergräbt sein linkes Auge unter einem Berg Kleenex. Er hastet durch die Zeilen, wobei er seinen Schmerz vergisst.

»Mit großem Bedauern geben wir den Tod von Sébastien Costal bekannt, einem unserer brillantesten und treuesten Mitarbeiter. Sébastien Costal wurde 1997 Teil unserer Belegschaft. Seither hat er alle Stufen bis in die Leitungsebene unserer Firma erklommen. Er war von unschätzbarem Wert, vor allem in den heutigen Zeiten, die für unser Metier große Herausforderungen bereithalten. Sein Ableben ist im selben Maße unerwartet wie unerklärlich, sodass wir nicht ausschließen können, dass die unaufhörlichen Angriffe, deren Gegenstand die Firma ist, der Grund hierfür sind. Trotz des Schmerzes, den wir in diesen schweren Augenblicken mit seiner Familie teilen, möchten wir klarstellen, dass Herr Costal nicht in beruflichen Belangen unterwegs war. Sein Tod hat keine Auswirkungen auf die erfolgreiche Fortführung unserer Aktivitäten. Trotz einer schwachen Konjunktur verfolgen wir also weiterhin unsere Wachstumsperspektiven für das zweite Trimester. Aus Respekt vor seinen Angehörigen wären wir Ihnen für größtmögliche Diskretion dankbar.«

»Diese Schweine!«, bricht es aus Bertrand heraus. »Die werden doch wohl nicht Sebs Tod nutzen, um sich selbst als Opfer darzustellen!«

Er wählt die Nummer von Vanessa. Das Freizeichen des englischen Netzes erklingt im Hörer. Das Blut kommt durch die Taschentücher durch und tropft auf die Pressemitteilung.

»Ich habe es gewusst …«, wettert er.

Ein Fleck entsteht über dem Wort »Respekt«.

»Was hast du gewusst?«, fragt Vanessa selbstsicher.

»Hast du die Scheiße verzapft?«

»Was?«

Sie hat sich im *war room* von Folman Pachs Europe eingerichtet und reicht gerade Sarah, Perbloods Assistentin, ein mit roten Anstreichungen versehenes Blatt. Vanessas Blick verweilt auf dem tadellosen Schnitt ihres Kostüms. Ihre Kunden, wichtige Manager, begaffen Frauen wie Mastvieh. Weil sie zwangsläufig mit ihnen in Berührung kommt, hat sie begonnen, sie nachzumachen, wobei sie zum Ärger der Belegschaft von Public zusätzlich noch frauenfeindliche Witze in ihrem Repertoire hat. Wenn sie einen Kunden in Russland begleitet, kann es vorkommen, dass sie mit ihm die Vorzüge von Luxusprostituierten, die in der Lobby des Hotels Champagner trinken, vergleicht. Dass sie ihm gar bei der Wahl hilft. Da sie unfähig ist, sich einem Mann hinzugeben, hat sie sich darauf verlegt, Frauen zu hassen.

»Die Erklärung von Folman über Seb! Warst du das?«

In London zeigt sie auf die Tür, bedeutet der Assistentin damit, sie allein zu lassen. Dann fährt sie fort:

»Hör zu, Bertrand, ich mache nur meine Arbeit.«

»Hast du Neuigkeiten?«

»Nein.«

»Komm schon!«

Seine Augenbraue macht ihm zu schaffen. Er beißt die Zähne zusammen.

»Nein. Nichts. *No comment*«, Vanessa dreht sich im Sessel dem Fenster zu. »Hier herrscht Krieg. Scotland Yard ist gerade gekommen.«

»Schon?«, entfährt es Bertrand besorgt. »Gut, du rufst mich an, sobald du etwas Neues hörst, ja?«

Mit Dollarzeichen in den Augen stellt sich Vanessa ihren nächsten Coup bildlich vor: die Unternehmenskommunikation von Folman Pachs World übernehmen. Ihr eigenes »Ding« haben.

»Und warum sollte ich das tun?«

»Scheiße, Mann ... Er gehört zur Familie, kapiert? Seb ist der Pate meines Sohns!«

»Ah ... Familie ... Gibt es wirklich keinen anderen Grund dafür?«, fragt sie und betrachtet prüfend ihre manikürten Hände.

Unter Flüchen legt er auf. Sein Auge pocht. Der Amtsdiener kehrt mit dem Arzt des Ministeriums zurück, eine Art Clooney um die fünfzig, der die Sekretärinnen in den Wahnsinn treibt.

»Was ist passiert?«

»Ähm ... ich war etwas müde und bin ausgerutscht«, gibt Bertrand vor und zeigt mit dem Kinn auf den Tisch.

»Allein?«, fragt der Arzt.

»Ja.«

Der Amtsdiener blickt bestätigend.

»Sie haben Glück, dass er nicht zerbrochen ist.«

Der Beistelltisch hat schon Hunderte Akten, Vasen und Fußtritte abgekriegt. Aber niemals einen Regierungsrat mit einer Überdosis homöopathischer Mittel, der mit einer Giftschlange kämpft. Bertrand kommt mit drei Stichen und einem sich selbst zugefügten blauschwarzen Auge davon.

30

Es ist das erste Mal, seit ihre Tochter in den Kindergarten gekommen ist, dass Clara vor dem Ausgang auf sie wartet. Sie ist zu früh vor dem Gebäude angelangt und steht etwas abseits. Heute Morgen hat sie Lucie zu spät abgesetzt und das Kuscheltier für den Mittagsschlaf, den Zucker für die Kochstunde sowie die Mütze gegen die Kälte vergessen, die plötzlich über Paris hereingebrochen ist. Erst hat sie sich im Raum geirrt, dann hat sie Lucie wie einen Wäschesack vor einer Erzieherin abgestellt, die sie nicht einmal erkannt hat. Ungeschminkt und mit ungeputzten Zähnen hatte sie sich auf die Schnelle nur etwas drübergezogen.

Vor der großen Eingangstür des Kindergartens halten sich die Kindermädchen am Rand, die Hausfrauen und Mütter quatschen: Wer hat den besten Kinderarzt? Die effektivste Creme gegen Schwangerschaftsstreifen? Müsste man nicht eine Petition aufsetzen, um Glutamate im Schulessen abzuschaffen? Wer hat die Läuse angeschleppt? Wie auf Verabredung drehen sich alle zu Clara um. Sie versucht, sicher zu wirken, zückt ihr Handy, denkt kurz darüber nach, dass sie mit ein wenig Humor daraus einen Beitrag für ihre Radiosendung in drei Tagen machen könnte. Nachricht von einer unbekannten Nummer:

Somit besteht die Aufgabe bei einer militärischen Operation darin, vorzugeben, mit der Absicht des Feindes übereinzustimmen. Sun Tzu.

Sie drückt die Nachricht weg: zweifellos falscher Empfänger. Die Türen öffnen sich, die Mütter stürzen hinein wie zum Schlussverkauf bei H&M. Als Lucie ihre Mutter sieht, springt sie vor Freude in die Luft. Kurz darauf verzieht sie das Gesicht:

»Wo ist denn Gladys?«

»Das hab ich dir doch erklärt, meine Süße … Gladys musste in ihre Heimat zurück. Sie ist weg.«

»Ich will aber Gladys«, quengelt die Kleine und schlurft beim Gehen.

In den Gängen beobachten die Mütter sie mit verächtlichem Blick: Es gibt keine größere Kränkung, als wenn das Kindermädchen der Mutter vorgezogen wird. Clara ist einen Tag in der Woche allein mit ihrer Tochter und weiß nicht, wie sie mit ihr umgehen soll. Sie hält sich für eine schlechte Mutter, völlig fehl am Platz. Falsch. Obwohl sie schon lange nicht mehr versucht, auf Mary Poppins zu machen.

»Liebes, heute ist es eben Mama«, versucht sie ihre Tochter zu besänftigen.

»Aber du warst noch nie hier, warum heute?«

Sie sucht nach etwas, um Lucie abzulenken, und sagt das Erstbeste, was ihr einfällt, in verschwörerischem Ton, während sie ihre Tochter in den Buggy setzt.

»Komm, ich habe eine Überraschung für dich.«

Sie drückt Lucie einen Trinkjoghurt und ihr Kuscheltier in die Hand. Sie besteigen einen Bus. Clara fragt, wie der Tag verlaufen ist. Schmollend gibt ihre Tochter einsilbige Antworten, das Gesicht, möglichst weit von ihrer Mutter weggedreht, klebt an der Scheibe. Sie steigen Place de la Concorde aus, gehen in Richtung der Tuilerien. Ihre Tochter merkt, dass sie zum Riesenrad gehen, das für den Winter aufgebaut wurde.

»Aber, Mama, du hast gesagt, ich bin zu klein.« Sie wird ganz aufgeregt.

»Das bleibt unser Geheimnis, du hattest doch so große Lust drauf!«

Clara lässt fünfzehn Euro springen für, dem Plakat zufolge, *One of the best views of the world.* Die Touristen schnallen den Gürtel enger, die Attraktion ist menschenleer. Lachend klettern sie in eine Gondel, sanft fahren sie in den Himmel hinauf. Clara betrachtet Paris, erleichtert darüber, mit Lucie wieder eine Verbindung aufgebaut zu haben.

»Die sehen aus wie Häuser von Puppen«, ruft ihre Tochter.

»Und von vielen Hampelmännern«, rutscht es ihr raus.

Als die Kabine den höchsten Punkt erreicht, bleibt das Riesenrad mit einem dumpfen Knarren stehen. An ihrem Kabel schwingt sie hin und her. Reflexartig prüft Clara ganz genau die Aufhängung der Gondel sowie das sie umgebende Blech. Sie hängen sechzig Meter über dem Boden in einer schäbigen Kiste. Alle anderen sind leer. Clara unterdrückt einen leichten Schwindelanfall.

»Was ist denn, Mama?«

»Mach dir keine Sorgen, Liebes, wir fahren gleich weiter. Setz dich hin.«

»Ich will nach Hause, Mama.«

»Ich weiß, ich weiß, es ist alles in Ordnung«, antwortet Clara in ruhigem Ton.

Der Wind fährt durch die Zwischenräume der Türflügel, das Riesenrad knarrt erneut, bewegt sich aber nicht. Sie macht sich Vorwürfe, hierhergekommen zu sein, sie ist eine Teilzeitmutter, die nur versucht hat, ihre ständige Abwesenheit wieder wettzumachen. Ihre Tochter schluchzt.

»Mamaaa.«

Clara drückt sie an sich, holt ihr Handy raus. Kein Netz. Ein Stück Packpapier ragt unter der abgenutzten orangefarbenen Kunstlederbank ihr gegenüber hervor. Clara beugt sich hinunter, wobei sie die Gondel leicht aus dem Gleichgewicht bringt. Ihre Tochter heult. Sie zieht den Umschlag hervor. Die Gondel stabilisiert sich wieder.

»Was ist denn das?«

»Ich weiß nicht.«

Sie dreht den Umschlag um.

»Na, mach auf, Mama.«

Clara reißt den Brief auf und holt ein großformatiges Foto heraus.

»Aber, aber … da bist ja du drauf, Mama!«

Sie sitzt vor dem Computer des Internetcafés im X. Arrondissement, starrt auf den Bildschirm, die Hand auf der Maus, ihre Stirn in Falten gelegt. Woher kommt dieses Foto? Die Punkerin? Ihr Nachbar mit der Kapuze? Eine eingebaute, auf sie gerichtete Kamera in einem anderen Computer? Das Riesenrad auf der Place de la Concorde setzt sich wieder in Bewegung und bringt sie unbeschadet zum Erdboden zurück. Als sie die Gondel verlassen, hat Lucie einen nervösen Schluckauf. Der Fahrer des Karussells, ein junger, aufgestylter Schwarzer mit Diamantohrringen und Haifischledergürtel, erklärt ihr, dass sie noch zwei Runden übrig habe. Außer sich vor Wut geht sie auf ihn los.

»Für wen arbeiten Sie? Ich werde die Polizei rufen.«

Lucie bleibt plötzlich stehen, um zu weinen, so wie sie es immer tut, wenn ihre Mutter schreit.

»Geht's noch? Was ist denn mit der los? Hau ab …«

Mit weichen Knien setzt Clara ihre Tochter wieder in den Kinderwagen, klappt den Regenschutz herunter, obwohl es gar nicht regnet. Sie macht sich auf in Richtung Paul Gauguin-Sporthalle, die in der Nähe ihrer Wohnung liegt. Sie könnte einen Bus nehmen. Aber laufen tut ihr jetzt gut. Abgeschottet in ihrem Kinderwagen hat sich Lucie bisher immer beruhigt. Clara ist seinerzeit die Avenue de Trudaine rauf- und runtergelaufen, als ihre Kleine noch ein Säugling war. Es war das einzige Mittel, um sie zum Einschlafen zu bringen und nicht, in einem Wutanfall gegen

3.22 Uhr, aus dem Fenster zu werfen. Clara schiebt ihre Tochter vor sich her. Mit weit aufgerissenen Augen fährt sie über die Füße der Passanten, stößt gegen Schultern und Ellbogen. Fünfundvierzig Minuten später erreicht sie die Sporthalle, Théos Basketballtraining endet gerade.

»Sag mal, geht's noch, mich vor meinen ganzen Kumpels abholen zu kommen!«, raunzt er sie leichenblass an.

Sie bemerkt seine verquollenen Augen, ohne ein Wort macht sie sich wieder auf den Weg zu ihrer Wohnung. Er holt sie ein und läuft schweigend neben ihr her. Als sie zur Rue des Martyrs kommen, bestürmt er sie mit Fragen. Es geht zunehmend bergan. Sie krümmt ihren Rücken ein wenig mehr, dabei gleicht sie einer kraushaarigen Schildkröte.

»Was ist denn mit Onkel Seb passiert?«

»Ich weiß es nicht, mein Schatz. Niemand weiß es bisher. Ich glaube, er hatte einen Unfall.«

»Und Papa, wo ist der?«

»Er kommt schon, er kommt schon.«

Plötzlich werden sie von einer Stimme unterbrochen, die ihnen befiehlt:

»Entschuldigung, Verehrteste, können Sie mal drum herumgehen?!«

Clara hebt den Kopf. Zehn Meter weiter sitzt eine Frau auf einer Couch, die mitten auf dem Bürgersteig steht. Direkt auf der Straße liegt ein geöffneter Koffer, sie hat eine Kaffeethermoskanne neben sich, und in der Hand hält sie ein Buch: Nietzsches *Götzen-Dämmerung*. Sie hat die Haut einer starken Raucherin, die verschmitzten Augen sind graugrün. Sie beobachtet Clara und ihre Kinder, lächelt sie an. In fröhlich-autoritärem Ton wiederholt sie:

»Können Sie mal drum herumgehen, bitte? Sie stören mich, verstehen Sie?«

Trotz der Mofas, die mit vollem Tempo angerast kommen, gehorcht Clara. Mit ihren Kindern betritt sie die Straße, um die Frau zu umschiffen. Wieder auf dem Gehweg angelangt und neugierig geworden durch ihre lustige Art, dreht sich Clara um und beginnt ein Gespräch.

»Wie geht's denn so, kommen Sie klar?«

Die Frau scheint überrascht zu sein.

»Was?«

»Na ja, keine Ahnung … leben, schlafen … hier.«

Mit den Augen deutet Clara auf die Couch. Ihr Sohn wird rot, raunt mehrmals »Lass es …«, während er am Ärmel seiner Mutter zieht. Die Frau empört sich:

»Ach so … aber ich schlafe überhaupt nicht hier, spinnen Sie? Was haben Sie sich denn vorgestellt?«

»Ah, Verzeihung, aber … aber, aber was machen Sie dann hier?«

»Ich, werte Fraahu, ich mache Kuhuunst«, ruft sie aufschneiderisch. »Das hier ist eine Installation. Eigentlich schaue ich mir *Sie* an. Also, sagen Sie mal, was machen Sie hier auf *meinem* Gehweg?«

»Ähm …« Clara sucht in ihrer zunehmenden Verwirrung nach Worten. »Ich versuche, zu mir nach Hause zu kommen.«

»Zu sich nach Hause, was für ein Witz!«, stößt die Frau hervor. »Sie Arme, Sie sehen aus, als hätten Sie gar kein Zuhause.«

Clara, Théo und Lucie quetschen sich in den Fahrstuhl. Clara atmet schon auf, das Ende des Marathons naht. Gleich schon werden sie sich bei sich einigeln können. Als sie auf ihrer Etage ankommen, sehen sie, dass ihre Wohnungstür sperrangelweit offen steht. Clara hatte aber doch den Schlüssel zweimal herumgedreht. Verwirrt sucht sie nach einer Erklärung, während ihre Kinder den Flur entlanggehen. Sie schreit, dass sie stehen bleiben sollen.

»Geht's noch, Mama. Hast du Verfolgungswahn?« Ihr Sohn macht sich lustig.

Sie ruft Bertrand auf seinen Handys im Ministerium an. Er nimmt nicht ab, die Mailboxen sind voll. »Der Teilnehmer ist zurzeit leider nicht erreichbar.« Sie klingelt bei der Nachbarin, jetzt bereut sie, dass sie sie auf der Treppe nicht mehr grüßt. Die alte Frau schaut durch den Spion.

»Entschuldigen Sie, ich bin beschäftigt«, schreit sie beim Weggehen von der Tür.

Clara und ihre Kinder hören das Knarren des Parketts unter ihren Schritten.

»Echt nett von der Oma«, schimpft Théo.

Clara lässt die Kinder auf dem Treppenabsatz zurücktreten. Beherzt geht sie durch den Wohnungsflur bis zur Küche, wo sie ein Messer hervorholt. Mit einem rostigen Taschenmesser bewaffnet, durchkämmt sie ein Zimmer nach dem anderen, öffnet Kleiderschränke, sieht unter Betten nach.

»Glaubst du, das ist ein Videospiel mit Vampiren?«, schreit Théo durch die Eingangstür.

Nichts in der Wohnung wurde verändert. Da sie nun gezwungen ist, sich auf jedes Detail zu konzentrieren, alles wirklich anzuschauen, kommt ihr die Wohnung absolut düster vor. Das soll also ihre Festung sein? Clara findet sich damit ab, vielleicht hat sie bei alldem die Tür doch nicht richtig verschlossen. Vielleicht wird sie auch verrückt.

31

Alison hat sich auf ihrer neuen gipfelweißen Couch ausgestreckt und lugt hinter einem schmalen Band von Anselm Grün, *Lebensmitte als geistliche Aufgabe*, hervor. Sie beobachtet Jérémie. Den ganzen Abend hat er den Mund nicht aufgemacht. Er geht die neuesten Artikel der *Financial Times* auf seinem iPad durch, sucht nach Informationen, die Sébastiens Tod betreffen. Sie ist sein Schweigen, seine Zornausbrüche, seine Gedankenverlorenheit gewohnt. Sie kennt die »dunkle Seite« des großen Chirurgen des Finanzwesens.

»Ich verstehe einfach nicht, was mit Seb passiert ist«, sagt er schließlich. »Klar, er sah supergestresst aus.«

»Er hatte einen Burn-out, Liebling. Seb hatte sich vollkommen zurückgezogen. ›Für andere nichts zu sein zerstört den Menschen.‹ Ich habe das mal von einem Schweizer Psychiater, **Davor Komplita**, auf einer Tagung über psychosoziale Risiken gehört. Grob gesagt, wer die Freiheit gewählt hat, ist verbittert. Das bin ich. Wer immer schön in der Spur geblieben ist, hat Angst. Das ist Seb. Je mehr du die Spielregeln respektierst, umso mehr machen sie dich kaputt. Total *screwed*. Komplita spricht von einem Leiden der Ehre, einem Verlust der Würde.«

»Würde … Das ist das einzige Konzept, das weder an irgendeiner Uni noch an den Eliteschulen gelehrt wird«, merkt Jérémie an, während er einen Artikel auf seinem Tablet wegwischt.

»Weil es zu subversiv ist. ›Diktaturen verschwinden dann,

wenn die Bevölkerung sich eher für ihre Würde als für ihr Leben entscheidet.‹«

Das hat sie in einem der letzten Texte von **Thérèse Delpech in der** *Libération* gelesen, wenige Wochen vor dem Tod der Politologin im letzten Jahr.

»Sag mal, du bist ja groß in Form«, ruft er. »Aber Sébastien war doch jenseits von Gut und Böse. Ich kann mir nicht vorstellen, dass er Selbstmord begangen hat. Nicht so. Er war viel zu genervt, um sich einfach so wegzuwerfen. Wenn du wütend bist, dann glaubst du noch an etwas. Wenn du dich durch etwas angegriffen fühlst, heißt das, du lebst noch.«

Diese Erfahrung konnte er während seines zweiten Tages im Krankenhaus machen, wo er alles beschimpfte, was einen weißen oder blauen Kittel trug. Sein Vater lag regungslos da, das Gehirn ein Brei, das Leben in der Schwebe. Nichts geschah. Das regte Jérémie nur noch mehr auf. Sein Vater wurde viel zu viel allein gelassen, er fror, seine Atmung war unregelmäßig, er hatte die Hand bewegt, zu viel Sonne schien herein, die Beatmungsmaschine machte seltsame Geräusche. Der Arzt, jener mit dem Kommunionsarmband, nahm ihn zur Seite, um mit ihm über die weiteren Schritte zu sprechen: War Jérémie auf dem Laufenden, was die Vorkehrungen seines Vaters hinsichtlich seines Todes anging? Mit dem Rücken an die Krankenhauswand gelehnt hatte er es ihm näher erläutern müssen: Ob er die Vereinigung für das Recht auf Sterben in Würde kenne? Für den Fall, dass sein Vater aufwachen würde, welche »Entscheidung« würde er treffen? Ob er schon mit einem Pflegeheim und einer Reha-Klinik Kontakt aufgenommen habe?

»Kannst du dir das vorstellen«, empört er sich, »die wollen, dass ich eine Sterbeanstalt für ihn finde und ihn dann abschalte. Noch nicht einmal vierundzwanzig Stunden ist er … ist er … *out.*«

Alison ist klar, dass Jérémie von seinem Vater spricht. Er hat die Angewohnheit, ohne Vorwarnung von einem Thema zum anderen zu springen. Er führt gern mit derselben Person mehrere Gespräche gleichzeitig.

Der Arzt hat ihm erklärt, dass sein Vater, dem betroffenen Gehirnareal zufolge, mit Gleichgewichtsstörungen und Zittrigkeit davonkommen könnte. Mit Blick auf sein MRT fürchte er jedoch eine Demenz, eine Aphasie. Jérémie hatte Begebenheiten erwähnt, die einem Beginn von Alzheimer glichen. Der Schlaganfall würde die Krankheit verschlimmern.

»Gao hat nicht angeboten, sich um ihn zu kümmern?«, fragt sie, ohne den Kopf von ihrem Buch zu heben.

»Keine Ahnung. Die ist doch sowieso zu nichts gut«, ätzt Jérémie.

»Das stimmt nicht«, erwidert sie kühl, wie aufs Stichwort.

»Gao arbeitet ja nicht mal.«

Sie seufzt, wie um diesen Tiefschlag anzunehmen.

»Ich wollte damit sagen …«, Jérémie versucht sofort, sich zu entschuldigen.

Schließlich schaut er seine Frau an, die ihre Augen über dem Buch zusammenkneift. Ein schwieriger Augenblick.

»So what?«, unterbricht sie ihn eisig. »Eine Arbeit: Das ist es also, was deiner Meinung nach jemanden befähigt, sich um andere zu kümmern. Wenn das der Fall wäre, dann würdet ihr alle Mutter Theresa sein und euch permanent helfen. Ihr verbringt aber eure Zeit damit, euch umzubringen und das zu zerstören, was euch umgibt.«

Alison gibt sich immer liebenswürdig. Hinter ihrem kalifornischen Lächeln versteckt, entgeht nichts und niemand ihrem Blick. Seit Hongkong hat sie nicht gearbeitet, mit der Begründung, sich ihrer Familie widmen zu wollen. Was sie von der Geschäftswelt mitbekam, hatte sie angewidert. Innerlich bereitet sie sich darauf vor, ihre Freunde nach und nach wieder einzusammeln. Ihre Zeit wird kommen, denn Alison weiß wohl, dass sie alle eines Tages wieder auf den Boden zurückkommen müssen. Sie träumt davon, sie bei sich willkommen zu heißen. Dann würde zu ihrem allergrößten Vergnügen aus dem Schlösschen ein Kibbuz. Und Alison hätte schließlich ihre Aufgabe gefunden.

»Ach, übrigens«, wechselt er das Thema, »wenn wir schon vom Helfen sprechen, Clara hat mich heute die ganze Zeit versucht zu erreichen. Ich soll ihr irgendetwas erklären. Schon wieder bin ich der Einzige, der helfen kann. Was ist denn nur mit allen los, dass sie meine Hilfe brauchen?«

»Ich weiß. Clara hat es mir gesagt. Sie schien verängstigt zu sein. Ich mache mir großen Sorgen um sie. Bertrand dreht durch, glaube ich, seit einiger Zeit schon.«

»Clara hat sie auch nicht mehr alle. Um Himmels willen, was ist denn nur los? Werden jetzt alle langsam verrückt, oder was?«

»Werden? Soll das ein Witz sein?«

Jérémie ist jetzt auch gereizt. Alison hat bisher immer zu ihm gehalten. Sie ist seine engste Verbündete, ein Leuchtturm in seiner weiten Einsamkeit. Diejenige, die weiß, wer er wirklich ist, nämlich ein kleiner Junge, der mit Autos und zu großen Geldbeträgen spielt. Er verlässt die Seite der *FT*, tippt »Schlaganfall« in die Suchmaschine von Google ein.

»Früher bekam ich total viel Spam, Schlankheitspillen, billigen Techno, Viagra, nackte Mädchen, Videos von blöden Katzen.«

»Ja, und?«, wirft Alison ein, ohne ihr Buch wegzulegen.

»Na ja, heute Morgen wurden mir meine Rentenpunkte zugesandt – ich weiß nicht, warum die sich damit rumärgern, das ist doch lächerlich. Als ob ich jemals eine Rente vom Staat beziehen würde. Und zur gleichen Zeit habe ich ein Angebot von Garantie Obsèques erhalten, eine Versicherung für Bestattungskosten. Sprechen die sich ab, oder wie?«

»Das ist die Suche bei Google, deine Hauptsuchwörter wurden analysiert. Und das ist doch auch ganz normal! Du bist vierzig. Du hast den Soziotyp gewechselt. Übrigens … ich weiß nicht, ob jetzt der richtige Moment ist, aber …«

»Ja?«

»Morgen habe ich Geburtstag.«

Jérémie erbleicht.

»Liebling, es tut mir leid … Das habe ich völlig vergessen. Wir machen alles, was du willst.«

»No worries«, beruhigt sie ihn.

Plötzlich schließt sie ihr Buch, steht auf, beugt sich nach vorn, mit einem Mal ganz aufgeregt:

»Ich würde gern etwas Ausgefallenes machen.«

»Was du willst.«

Sie setzt sich neben ihn, neigt ihren Kopf, streicht ihm über den Oberkörper:

»Komm schon … Wie lange ist das jetzt her, dass wir es zum letzten Mal miteinander getrieben haben …«

Jérémie strafft seinen Körper, ohne jegliche Regung in der Stimme gibt er von sich:

»Seb ist tot, mein Vater nur noch Brei. Das ist heute nicht der richtige Abend. Kommen wir auf deinen Geburtstag zurück.« Er nimmt ihre Hand weg. »Und was ist das überhaupt für ein Geruch?«

»Mit Zitrone versetzter Ingwer, hast du's bemerkt?«

»Geht so.«

Alison setzt sich auf, verstimmt betrachtet sie die parfümierte Kerze »Sexy Night«, die auf einem Stapel alter Ausgaben *Elle Décoration* und *Vanity Fair* herunterbrennt. Aus der Brusttasche ihres Hausanzugs aus perlgrauem Kaschmir holt sie eine Karte und hält sie Jérémie hin.

»Hier, ich möchte, dass wir uns morgen dort treffen, um 21.30 Uhr.«

»Das Pink Paradise!«, ruft Jérémie, der schließlich sein Tablet zur Seite legt. »Eine Nuttenbar! Du willst, dass wir zur Feier deines zweiundvierzigsten Geburtstags in eine Nuttenbar gehen? Würde mich wundern, wenn Clara und Bertrand sich überhaupt reintrauen.«

»Es ist nur für uns zwei. Und es ist auch keine … Bar, wie du es nennst. Es ist ein Strip-Klub.«

»Schon klar, mit Nutten.« Er macht sich lustig.

»Tänzerinnen!« Alison besteht darauf.

»Die Nutten sind!«

»Hör zu … ich dachte, das würde dir gefallen …«, sie müht sich sichtlich, ihn zu überzeugen, wobei sie ihre Hände verrenkt.

»Klar, ich steh total drauf. Ich bin nur etwas perplex, das ist alles.«

Er mustert seine Frau, streicht über ihren Kopf und beschließt:

»Das Pink Paradise, das ist eigentlich nicht so richtig dein Ding. Entschuldige, ich muss mich noch dran gewöhnen. Aber wenn du darauf bestehst, es ist ja dein Geburtstag, deine … Party. Wir machen, was du willst.«

Zum ersten Mal an diesem Abend küsst er sie auf die Wange.

»Eine Nuttenbar …«, bemerkt er beim Aufstehen. »Du erstaunst mich immer wieder … Was liest du da eigentlich gerade, wer ist dieser Typ?«

Das kleine Buch von Anselm Grün fliegt durch das Wohnzimmer und trifft Jérémies durchtrainierten Bauch.

32

Clara macht etwas zu essen, Makkaroni mit Butter, irgendwie schafft sie es, alles zu verkochen. Théo sieht einfach zu, wie sie hilflos herumhantiert. Lucie fragt die ganze Zeit, ob es ihr gut gehe, und sagt, dass sie sie lieb habe, dass sie die Schönste, die Stärkste sei. In welchem Alter verliert man den sechsten Sinn, diese Fähigkeit, im entscheidenden Moment genau das Richtige zu sagen?

Bertrand meldet sich überhaupt nicht. Sébastien hatte darauf bestanden, dass sie ihm weder von den Dokumenten noch ihrer Unterhaltung erzählt. Hat er ihm misstraut? Hätte er sie von Nachforschungen abgebracht? Mit ihren Nerven am Ende schaltet sie den Fernseher ein. Für das Finale von *The Voice* schreien sich die Titelanwärter die Seele aus dem Leib. In der Küche kehrt etwas Vertrautheit in Claras kleine Welt ein. Die letzte Kandidatin, ein hübsches Mädchen mit maghrebinischen Wurzeln, betritt die Bühne. Die Kamera fängt ihr Gesicht ein. Das Licht schmeichelt ihr. Das Mädchen legt fulminant los. Sie röhrt ins Mikro, aber es klingt richtig. Es ist die Chance ihres Lebens, und sie »gibt alles«, so wie die »Coaches« der Sendung es ihr beigebracht haben. In ihrer Küche schnappt Clara nach Luft. Das Mädchen auf dem Bildschirm reißt ihr schier das Herz heraus.

»Was ist das für ein Lied, Théo?«, nuschelt sie, den Teller mit den pappenden Nudeln auf den Knien.

»Kennst du etwa die Hits von gestern nicht? Da warst du aber schon geboren! Das ist *Lettre à France* von Polnareff.«

Clara ist überzeugt davon, dass es sich hier um den

Soundtrack für jeden Verrat handelt, den sie begangen hat. Beim Anhören des Songtexts sieht sie noch einmal alles vor sich, den Sturz ihrer großen Liebe in jener Nacht, den Termin für einen Schwangerschaftsabbruch, das Flugzeug nach New York, die Konzerte, sie allein in den Bars der Saint Mark's, die Balustrade vom East River Park und die zu Schnipseln zerrissenen Briefe von Antoine, ihre Zuflucht in den Armen von Bertrand, ihre Heirat wie ein Witz, ihr Brautschleier im Wasser bei den Hamptons. Ist hier der Ausgang? Die Maghrebinerin erhält stürmischen Beifall. Die Kamera zoomt die feuchten Augen der Jury heran.

Clara bringt ihre Kinder allein ins Bett.

»Na los, wir brauchen jetzt alle eine große Mütze Schlaf«, sagt sie wie zu sich selbst.

»Mama«, fragt Lucie, während sie in ihr Bett klettert, »was ist das, der Tod?«

»Der Tod? Du willst wissen, was der Tod ist?«

»Ja«, nickt sie mit dem Kopf und legt sich hin.

Clara sucht den Blick von Théo, heischt nach ein wenig Unterstützung. Er zuckt mit den Schultern.

»Der Tod, das ist wie ein Wagen der U-Bahn, der in das Dunkel zwischen zwei Stationen fährt und nie mehr wiederkommt.«

Ihr Sohn steht im Türrahmen und kichert.

»Das verstehe ich nicht. Irgendwas ist da faul.« Ihre Tochter hält ihren Plüschpinguin fest umklammert.

Clara würde gern das Zimmer verlassen, sich einen Tee machen, noch einmal *Lettre à France* hören, wieder auftauchen. Ihre Tochter lässt sie nicht aus den Augen. Clara holt Luft.

»Auf der ganzen Welt machen Menschen, die sich nicht kennen, im selben Moment eine letzte Reise und verschwinden dann.«

»Also, Onkel Seb hat die U-Bahn genommen und kommt nicht mehr zurück?«

»Genauso ist es«, bestätigt Clara an sie geschmiegt.

Durchaus stolz auf ihre Erklärung, schickt sie sich an aufzustehen. Lucie hält sie zurück:

»Gut. Aber warum ist er denn in die U-Bahn gestiegen?«

»Das weiß ich nicht«, antwortet sie müde.

»Und wirst du es herauskriegen?«, insistiert Lucie mit starrem Blick auf ihre Mutter.

»Was?«, sagt Clara gereizt.

»Warum er die U-Bahn genommen hat? Du wirst ihn doch nicht einfach so gehen lassen!«

Sie hat alles von Dolto und Cyrulnik gelesen, dessen Arbeiten über Tiere, seine Thesen zur unbewussten Mutter-Kind-Kommunikation. Wer wacht über wen? Alles liegt in diesem durchdringenden Blick, dieses Appellieren an den gesunden Menschenverstand, das Gerechtigkeitsempfinden, das Spiel von Gut und Böse. Bevor man in die Verhandlung geht, herrscht Ungewissheit.

»Ähm … ja«, antwortet Clara mit unsicherer Stimme und streichelt dabei den Kopf ihrer Tochter.

Die erste zärtliche Geste des Tages. Es ist 22.12 Uhr. Spürt Lucie, wie ihre Mutter zögert? Möchte sie mehr Streicheleinheiten? Sie zieht es in die Länge.

»Gut. Aber, Mama, wann wirst du denn die U-Bahn nehmen?«

»Das weiß niemand, mein Schatz.« Sie muss schlucken, den Tränen nahe.

»Ich werde den Weihnachtsmann fragen, ob er dir ein Fahrrad kauft.«

»Warum?«

»Dann nimmst du niemals mehr die U-Bahn. Wir auch nicht. Auch Théo nicht.«

»Genau, mein Schatz. Gute Nacht.«

Im Flur seufzt Clara erleichtert auf, ihre Arme hängen schlapp und nutzlos herab. Ein Luftzug reißt sie aus ihren Grübeleien. Sie macht einen Satz: Die Eingangstür steht sperrangelweit offen. Sie schließt sie wieder, schnauzt sie dabei an. Ihr Handy piept, das Zeichen für den Eingang einer Nachricht. Sie verflucht es. Es piept erneut. Sie hat Lust, einfach wegzurennen. Sie liest:

Was wirst du tun?

Das Gerät brennt ihr unter den Fingern. Hektisch antwortet sie:

Wer ist da?

Sie setzt sich auf den Boden, lehnt sich gegen die Tür, den Kopf zwischen ihren Händen, mit Blick auf die vergilbten Fotos einer nicht mehr ganz so vorbildlichen Familie. Sie wird überwacht, ferngesteuert. Sie möchte am liebsten den USB-Stick in die Seine, in den Schlucker des Müllautos bei Sonnenaufgang, in den Briefkasten von Tante Daniele von gegenüber werfen. Alles vergessen. Die Antwort kommt:

Antoine.

Ihr Herz macht einen Hüpfer. Lautstark atmet sie aus, tippt:

Beweisen Sie es.

Prompt:

Du hast sechsunddreißig Sommersprossen in deinem Gesicht.

Er war ganz versessen darauf, sie zu zählen, in ihrem Zimmer auf dem Campus. Bertrand hat ihr lieber Make-up gekauft. Mit einem Kloß im Hals schreibt sie:

Hilf mir.

Ein Schlüssel dreht sich in der Tür. Clara schreit beinahe auf. Bertrand rauscht herein, macht Licht im Flur. Antoine schreibt:

Kein Wort zu ihm.

Clara hat gerade noch genug Zeit, die Unterhaltung aus dem Handyspeicher zu entfernen.

»Was machst du denn hier im Dunkeln? Was für ein Tag!«, redet er gleich weiter, ohne ihre Antwort abzuwarten. Ein Pflaster klebt über seinem Auge.

Clara, die mit dem Rücken zur Wand am Eingang sitzt, bringt kein Wort heraus. Sie ist ganz baff.

»Du machst aber ein komisches Gesicht«, fügt er beim Ausziehen des Mantels hinzu. »Alles in Ordnung?«

Noch immer antwortet sie nicht. Dass er da ist, beruhigt sie ein wenig. Sie ist voll und ganz mit dem Piratenkapitän beschäftigt, den er auf einem der Fotos gibt.

»Sag mal, wann kommt eigentlich dein Text über Seb raus?«

»Ich schreibe keinen«, bringt sie schließlich hervor, während sie ohne seine Hilfe aufsteht. »Was soll denn das Pflaster?«

»Was? Ach … gar nichts. Aber warum machst du keinen Artikel?«, fragt er nach.

»Das ist eine Frage der Berufsehre. Ich bin zu nah dran.«

»Was für ein Quatsch! Wer wird sich darum schon scheren.« Er wird ungeduldig.

Sie würde ihm so gern das mit der Tür erzählen, dem Riesenrad, der obdachlosen Künstlerin, den Läusen in der Schule, das mit »Tchoupie« heute Morgen, dem Internetcafé gestern. Bertrands Handeln ist absolut rational: Problem/Lösung. Immer dann, wenn er unrecht hat oder sich in der Defensive befindet, spricht er mit ihr wie mit einem seiner Referenten. Sie denkt an den toten Sébastien, an den nicht weit entfernten Antoine und zweifelt.

»Warum fragst du mich das? Wieso interessiert dich das auf einmal?«

»Es ist … Er ist mein Freund, falls du dich erinnerst. Ich möchte nicht, dass er durch den Dreck gezogen wird. Ich möchte sein Andenken bewahren.«

Sie fährt aus der Haut.

»Ich glaub, ich spinne! Du hast dich doch noch nie für irgendjemanden interessiert. Alles geht den Bach runter, und du, du willst ›sein Andenken bewahren‹? Ab wann genau wirst du dich denn mal um die Lebenden kümmern?«

Wie ein Wahnsinniger, tiefe Falten auf der Stirn, kaut er in seinem Mund herum. Er weiß, dass er sie, vielleicht sogar alles, verlieren wird. Es ist nur eine Frage der Zeit. Einen Augenblick spielt er mit dem Gedanken, ihr alles zu erzählen, Sébastien in Bercy, die Typen am Telefon, die grassierende Ungerechtigkeit und Unmoral. Schweigend blicken sie sich an, taxieren sich, nur zwei Fingerbreit davon entfernt, alles zu enthüllen. Um sich gegenseitig zu vertrauen, um sich wieder an die glücklichen Momente zu erinnern, suchen sie nach Gründen, wägen ab. Und werden unterbrochen:

»Mama«, jammert Lucie von ihrem Bett aus. »Ein Glas Wasser …«

»Kannst du bitte gehen«, fleht Clara.

»Auf keinen Fall! Hör zu, ich hatte heute einen sauschweren Tag«, entfährt es Bertrand. »Weißt du, dass der Nikkei um sieben Prozent abgestürzt ist? Bald sind wir an der Reihe.«

33

Jérémie hat die Augen starr auf die Decke seines Zimmers gerichtet. Das Surren der Klimaanlage löst bei ihm Beklemmungen aus. Es erinnert ihn an das Beatmungsgerät, das seinen Vater am Leben hält. Da er nicht schlafen kann, durchkämmt er seine weitläufige, nahezu unbewohnte Bleibe in Saint-Cloud. »Wir füllen unsere Terminkalender, wir kaufen uns zu große Häuser, um uns niemals zu begegnen«, sagt er sich. Als würde er von ihm angezogen werden, geht er auf den Dachboden und wundert sich, dass er so gut aufgeräumt ist, alles voller schlummernder, unverbrauchter Erinnerungen. Jérémie sieht sich in einem riesigen antiken Spiegel, der direkt auf dem Boden steht und wie so ziemlich alle hier zwischengelagerten Gegenstände eines Tages von Alison auf einem Flohmarkt im XVI. Arrondissement entdeckt und geradezu zwanghaft gekauft worden waren: Vintagetaschen, Türme von Kartons voller ungetragener Schuhe, zwei massive Bauernschränke, ein Schlitten aus Österreich und ein in Windeseile erworbener Flügel. Abgestellt in einer Ecke und als sei sie neu, findet er seine alte Metallkiste von der Armee wieder, seine Zeitkapsel.

Vor seinem inneren Auge reist er zurück bis zum Juli 1994, dem Tag, an dem er die Ergebnisse der Aufnahmeprüfung erhielt. In der kleinen Wohnung in Chatou hielt es Jérémie nicht mehr aus. Um die Mittagszeit rief er beim Zulassungsbüro an, gab einer Frau seinen Namen durch. Seine Mutter verfolgte das Gespräch über den Lautsprecher am

Apparat. Gemeinsam hörten sie »angenommen«. Sie hatte ihn allein großgezogen, es war ihr Sieg. Sie setzte sich hin, um nicht umzukippen. Zur Feier des Tages lud sein Vater sie ins Restaurant ein. All die Jahre über hatten sich seine Eltern kaum gesehen. Am Tisch war er von den zärtlichen Blicken, der innigen Verbundenheit überrascht. Zeit und Groll hatten nicht alles zerstören können. Es gab etwas, das tiefer ging als die Wunden.

Sie sahen sich auf dem Campus wieder anlässlich der Verleihung seines Diploms, schließlich bei seiner Heirat mit Alison. Während der Zeremonie blieb seine Mutter im Hintergrund, eine schöne Frau mit brünettem Haar, das sie unter ihren Hut gesteckt hatte, würdevoll, aber einsam. Sein Vater hatte sich bei dieser Gelegenheit von seiner damaligen Freundin getrennt. Er diskutierte bis spät in die Nacht hinein mit Alisons Vater, einem Manager bei Cisco im Silicon Valley. Beim kalifornischen Brunch am darauffolgenden Tag (gegrillte Garnelen und Maiskolben, Mimosa-Cocktails) nahm ihn seine Mutter beiseite. Kurz angebunden bat sie ihn, sein Kinderzimmer leer zu räumen. Sie begründete es damit, ein Arbeitszimmer daraus machen zu wollen, man müsse ein neues Kapitel aufschlagen, etwas anderes machen. Er sei jetzt »groß«. Es sei sicher der falsche Zeitpunkt, aber es würde auch nicht drängen. Die natürliche Autorität seiner Mutter verdeckte ihre Zerbrechlichkeit. Ihr gegenüber ist er jedoch immer der kleine Junge geblieben. Wenige Stunden vor der Abreise nach Hongkong stopfte er diese Metallkiste von der Armee zusammen mit seiner Frau wahllos voll, um seine Kindheit, um die abgelaufene Zeit ihrer Geschichte aufzubewahren. Er war auf dem Trip, ein Typ mit großer Zukunft zu sein, ohne Rücksichtnahme ließ er seine Eltern und ihre Befindlichkeiten hinter sich. Er war überzeugt davon, sie würden immer da sein. Er bekam das Leiden seiner Mutter nicht mit, die einen Monat später vom Krebs dahingerafft wurde. Die Behandlung, die neuen Metastasen, den Rückfall hatte sie verschwiegen.

Die Kiste ging mit nach Hongkong und verstaubte anschließend in einem Lagerraum, während Jérémie und Alison durch Asien reisten, und landete dann sieben Jahre später, zusammen mit zweiunddreißig Kubikmeter Möbeln, einem Haufen gestorbener Illusionen und drei kleinen Kindern, in Saint-Cloud. Seine Zeitkapsel hat er seither niemals wieder geöffnet.

Ein großer Zettel in Herzform sowie ein Brecheisen kleben auf dem Deckel.

In case you are ready to see, my love.

Alison spürte, dass Jérémie eines Tages mit aller Gewalt ein wenig Kindheit suchen würde. Sie wusste, dass er ihr nichts davon sagen würde, dass er sich allein dort vor seiner Schatztruhe wiederfinden würde. Sie hat alles vorhergesehen und ihre Werkzeugkiste, die sie anlässlich ihrer Handwerkerkurse im BHV zusammengestellt hatte, vom Staub befreit. Als sie nach Frankreich zogen, bestand sie darauf, »ihr Haus zu bauen«, seine Eingeweide, Winkel, Schwächen wie aus dem Effeff zu kennen. Sie hatte eine ganze Sammlung an Profiwerkzeugen und brachte die Handwerker zum Staunen, die nacheinander Mauern einzogen, Parkett neu verlegten oder die vier Bäder installierten. Seitdem rufen sie zweimal im Jahr an, erkundigen sich, ob alles in Ordnung ist, fragen nach Neuigkeiten in der Familie. Vor allem nach Alison, für den Fall, dass sie mal wieder »Pannenhilfe« braucht.

Jérémie schlägt mit dem Brecheisen auf das Vorhängeschloss, das sofort aufspringt. Unter dem Deckel quillt eine Geruchsmischung aus Anti-Motten-Spray, Tennisschlägerbespannung und Bel Ami, seinem ersten Parfum, hervor. Neugierig hockt er sich vor die Kiste, zieht bedächtig die

Bücher von Tolkien heraus, zwei Head-Schläger, *Thriller* von Michael Jackson als Platte, die Ritterverkleidung seines letzten Rollenspiels im Wald von Fontainebleau, seine Zeugnisse ab der sechsten Klasse, sein Diplom, seine Übungsblätter für die Aufnahmeprüfung, Emmanuel Todds *L'Invention de l'Europe*, eine Goldorak-Figur, sein Ticket für das Konzert von U2 im Parc des Princes 1997, wo er Alison fragte, ob sie ihn heiraten wolle. Ganz unten bleibt eine Plastikschachtel mit Fotos übrig, die er mit einem klammen Gefühl in der Brust an sich nimmt.

Jérémie lässt sich auf dem Boden nieder. Mit dem Rücken gegen den eisigen Metallrand lehnend betrachtet er die Polaroidfotos aus seiner Kindheit, seiner früheren »Familie«. Auf einem sieht man seine Mutter auf der Entbindungsstation, er noch ganz winzig, an sie geschmiegt. Auf einem anderen seine Großmutter väterlicherseits – die mit dem Sandwich mit Galak-Schokolade – zwischen ihren Rosen, im Hintergrund des Bildes das Haus der Familie im Südwesten. Ein anderes zeigt seinen Vater, jung, wunderschön, wie er seine Frau auf die Stirn küsst vor der Geisterbahn, die er als Kind so liebte. Er strotzt nur so vor Gesundheit, und Jérémie ist ihm wie aus dem Gesicht geschnitten. Jérémie versinkt förmlich im Boden. Er ist ausgewandert, ist gestürzter König der Derivate. Er ist Vater, Multimillionär, Söldner. Aber seit wann ist er kein »Sohn« mehr? Es überläuft ihn kalt, er fühlt sich plötzlich elend. Ob seinem Vater, der allein in seinem Bett im Krankenhaus liegt, auch so kalt ist? Er denkt an den Körper seiner Mutter, den im Aufbahrungsraum anzusehen er sich nicht getraut hatte. An den Hauch des letzten Kusses am Abend, auf ihrem Kopfkissen.

Jérémie steht auf. Selbst geputzt wirkt dieser Ort erschreckend finster, zu viele verschiedene Personen, unerfüllte Wünsche, verpasste Augenblicke. Ein Foto aus der Schachtel steckt er in seine Tasche und lässt die Kindheitserinnerungen auf dem Boden liegen. Alisons Zettel in Form eines Herzens fällt auf die alten Dielen.

Ohne jemanden aufzuwecken und um sich aufzuwärmen, nimmt Jérémie ein kochend heißes Bad. Es ist sechs Uhr am Morgen, und sein Telefon spielt schon verrückt.

Bertrand: *Du musst Clara und die Kinder für einige Tage zu dir holen. Ich fahre mit dem ganzen Tross nach Südafrika. Mache mir Sorgen. Ruf mich wegen Xenia an. Muss dich briefen.*

Der Vorstandsvorsitzende von Xenia: *Könnten Sie schnellstmöglich hierherkommen*? Jérémie brummt: »Von mir aus kannst du verrecken!«.

Gao: *Ihr Vater ist aufgewacht.*

Er schlüpft in eine Jeans, einen weiten Pullover, Timberlands mit dicken Sohlen, die er sonst bei Schnee anzieht. Er verfasst eine Abwesenheitsnotiz für seine E-Mail-Adressen und igelt sich im Keller des Stadthauses ein, wo ihn niemals jemand stört. Im Fernsehen laufen die Morgennachrichten: Der Konkurs von Xenia steht kurz bevor. In China ist der Blogger Zhen Ran in die Psychiatrie eingeliefert worden. Ein paar Anhänger demonstrieren vor der Nationalversammlung. Auf einem Plakat steht: *Freiheit wird nicht durch herrschende Gruppen, sondern durch ein freies Internet geschaffen.* Bio-Kindernahrung enthält mit Antibiotika behandelte Katze. Bei einem Wohltätigkeitsessen der Glide Memorial Church in San Francisco hat Ted Weschler fünf Millionen für ein Gespräch unter vier Augen mit Warren Buffet hingelegt. Michael Perblood wird als zukünftiger CEO von Folman Pachs gehandelt. Niemand spricht mehr von Sébastiens Tod, nicht mal in den Kurzmeldungen.

Jérémie wartet, bis es acht Uhr ist, um Dr. Caltran im Bichat-Krankenhaus anzurufen. Mit verschlafener Stimme bestätigt er, dass sein Vater von der neurovaskulären Intensivstation, der *stroke unit*, in die Neurologie verlegt wurde.

»Wird er durchkommen?«, erkundigt sich Jérémie voller Hoffnung nach seinem Zustand.

»Sagen wir, er ist außer Lebensgefahr. Aber die Verletzungen seiner linken Gehirnhälfte sind recht umfänglich.«

Jérémie schaltet den Fernseher aus.

»Was soll das heißen?«

»Ihr Vater wird für so ziemlich alles auf Hilfe angewiesen sein. Er wird Sie vielleicht nicht mehr wiedererkennen.«

»Also, bitte! Sie wollen mir sagen, dass er mich nicht wiedererkennt?«

»Gut, absolut sicher kann man nie sein. Hoffnung gibt es immer«, schwächt der Arzt ab.

»Ich bezahle alles, er bekommt die besten Spezialisten. Wenn es sein muss, fahren wir nach Japan. In diesem Zustand kann er nicht bleiben. So kann es nicht zu Ende gehen, verstehen Sie? Und außerdem hat er seine Geschäfte am Laufen, Angestellte, ein Büro, Akten, eine Fami… na, ein Leben!«, verbessert er sich.

»Ich verstehe, dass es schwer zu akzeptieren ist. Aber nun ja, der Größe der zerstörten Areale und ihrer Position nach zu urteilen, kann Ihr Vater womöglich keine Gedanken mehr in Worte fassen.«

In seinem Keller stöhnt Jérémie auf.

»Verdammt, was soll dieses Kauderwelsch bedeuten?«

»Dass man lernen muss, anders zu kommunizieren?«

Anders!, flucht Jérémie in sich hinein. Wenn wir überhaupt miteinander kommunizieren würden!

»Das ist ungerecht«, ruft er bockig wie ein kleines Kind. »Er hat immer auf sich achtgegeben. Keinen Tropfen Alkohol, keine Zigaretten. Arbeit und Frauen, das war sein Ding.«

»Wir werden alles in unserer Macht Stehende versuchen.

Seiner Frau und Ihnen zufolge zeigte Ihr Vater erste Anzeichen von Alzheimer. Sein Schlaganfall wird das noch zusätzlich verschlimmern. Versuchen Sie, zur Ruhe zu kommen und alles Weitere vorzubereiten. Man muss für ihn einen Platz finden. Wir werden ihn nicht hierbehalten können.«

»Wie?«

»Eine spezielle Einrichtung, ein Pflegeheim auf längere Zeit«, präzisiert der Arzt.

»Eine Sterbeanstalt! Sie wollen meinen Vater in eine Sterbeanstalt stecken.« Jérémie bebt vor Zorn.

»Das Bett muss frei gemacht werden. Es tut mir leid.« Der Arzt bleibt beharrlich.

»Aber …«, stottert Jérémie.

Seine grauen Zellen rattern, und er geht gedanklich zum Gegenangriff über. Er muss Bertrand anrufen, seine Beziehungen spielen lassen, um das Bett zu behalten, einen Platz im besten Krankenhaus von Paris finden, ein sofortiges Treffen mit dem weltbesten Spezialisten für Schlaganfälle vereinbaren. Seine Kontakte müssen doch helfen können, vor den anderen dranzukommen. *Too big to fail*, Scheiße. Jérémie stöhnt.

»Es gibt eine Einrichtung, die ihn aufnehmen könnte«, fährt Caltran fort, »in Saint-Germain-en-Laye. Ich habe sie schon benachrichtigt. Es wäre gut, wenn Sie heute noch dort vorbeifahren könnten.«

Jérémie, der mit einem Mal realisiert, dass er der Letzte seiner Familie sein wird, notiert die Adresse, dann lässt er das Telefon fallen wie ein heißes Eisen. Zusammengerollt auf der Couch hört er seine Kinder, wie sie in den Schulbus steigen. Das Haus muss erst leer sein, damit er es verlassen kann. Er blickt sich um. Er wollte nach dem letzten Zipfel seiner Kindheit greifen. In seinem Bunker gibt es niemanden, der ihn holen kommt.

Mit dem Clio des philippinischen Hausmädchens fährt er am Lamborghini Aventador vorbei, der immer noch mitten auf der Einfahrt festsitzt. Eine Amsel hat sich auf dem Dach niedergelassen. »Kannste behalten«, schimpft Jérémie vor sich hin. Ein Foto von der Familie sowie ein Rosenkranz baumeln am Rückspiegel des kleinen Autos. Er dreht die Heizung bis zum Anschlag auf, ihm strömt aber nur kalte Fichtennadelluft entgegen. Er reibt sich die Hände, um sie aufzuwärmen, während das Tor sich öffnet. Ein anthrazitfarbener Peugeot 806 mit getönten Scheiben versperrt die Straße. »Was soll denn die Sch…«, knurrt er. Die hintere Tür öffnet sich, schwerfällig steigt ein siebzigjähriger Typ mit Bauchansatz aus. Jérémie erkennt den Chef von Xenia, den er heute Morgen im Fernsehen gesehen hat. Er kurbelt das Fenster herunter und ruft ihm übellaunig zu:

»Sie wünschen?«

»Sie fahren bei mir mit. Seit sechs Stunden versuchen wir, Sie zu erreichen. Wir brauchen Ihre Dienste. Die Zukunft des französischen Bankensystems und die Zahlungsfähigkeit der Gemeinden stehen auf dem Spiel«, belehrt er ihn.

Vor allem hat er Angst um seine Reputation als ehemaliger Staatssekretär im Finanzministerium.

»Aber natürlich«, Jérémie grätscht dazwischen. »Hören Sie, gehen Sie aus dem Weg, Sie stören. Ich habe zu tun. Ich komme morgen vorbei, das heißt, wenn Sie dann noch da sind. Und jetzt schieben Sie Ihren Panzer zur Seite! Ich habe keine Zeit.«

»Wir bezahlen Ihnen auch …«

Jérémie schließt das Fenster, ohne den Rest abzuwarten. Der Typ bewegt sich nicht. Jérémie legt den Rückwärtsgang ein und streift die Lackslipper des Vorstandsvorsitzenden. Er schaltet in den ersten Gang, schlägt das Lenkrad bis zum Anschlag ein. Die Reifen des Clio fressen sich in den Rasen am Rand der Auffahrt. Er schlängelt sich zwischen der Limousine und dem Tor hindurch, ein wenig Lack muss dran glauben, die Karosserie bleibt verschont. Das werde ich bezahlen, sagt sich Jérémie.

34

Clara kommt in einem leeren, kalten Bett zu sich. Bertrand ist nach Bercy geflüchtet. Innerhalb von vierundzwanzig Stunden ist ihr Leben eine wahrer Albtraum geworden. Sie schnappt sich ihr Telefon vom Nachttisch: Keine Nachrichten. Sie steht auf, ihr Magen rumort. In der Küche verbrüht sie sich mit dem Teewasser, gibt Salz anstelle von Zucker in ihren Joghurt, lauert die ganze Zeit auf eine SMS. Théo, dessen Kopfhörer vor ihm auf dem Resopaltisch liegen, schaut sie traurig an.

»Irgendwelche *news*?«

»Nein, mein Schatz.«

Ihr Telefon zeigt eine SMS an. Die Tasse rutscht ihr aus der Hand, sie beschimpft sich als dumme Kuh.

»Warum drehst du denn so durch, Mama?«

»Tu ich doch gar nicht«, lügt sie beim Auflesen der Scherben, »ich bin bloß besorgt.«

»Warum ist Papa nicht bei uns?«

Die entscheidende Frage. Vor ihren Kindern hält sie immer zu Bertrand. Sie versucht brav, das Bild vom liebenden, aber beschäftigten Vater aufrechtzuerhalten. Sie kultiviert den Anschein von Verbundenheit, erntet jedoch nur Verbitterung.

»Er wird wohl viel zu tun haben. Morgen Abend fährt er mit der Ministerin nach Südafrika.«

»Was! Er will uns allein lassen?«

»Nur für ein paar Tage, Théo, nur für ein paar Tage.«

Die Haustürklingel schallt durch die Wohnung und weckt die kleine Lucie. Clara stapft fluchend durch den Flur.

»Die kann's wohl kaum erwarten!«

Wütend reißt sie die Tür auf. Eine junge Frau lächelt sie strahlend an und begrüßt sie mit einer warmherzigen Stimme.

»Guten Morgen, entschuldigen Sie, ich hätte nicht klingeln sollen, aber seit fünf Minuten trommle ich an Ihre Tür, und ich hatte die Befürchtung, Sie wären schon gegangen.«

»B-Bitte?«, stammelt Clara, während sie versucht herauszubekommen, ob die Besucherin nun aus Libyen, dem Iran oder der Türkei kommt.

Die braunhaarige junge Frau mit den dunklen Augen betritt die Wohnung. Gehobenen Hauptes und mit einer Eleganz, so als sei sie bei sich zu Hause, schiebt sie Clara leicht zur Seite, um sich einen Weg zu bahnen. Eine selbstbewusste, bodenständige Frau, stellt Clara mit Erstaunen fest. Diesmal hat die Agentur, die sie mit Kindermädchen versorgt, innerhalb eines Tages einen echten Ersatz für Gladys gefunden. Und keine nichtsnutzige Studentin, die nur zeitweise arbeitet. Théo stürmt in den Flur und mustert die Neue eingehend von Kopf bis Fuß. Er malt sich die Gesichter seiner Freunde aus, wenn sie sie sehen werden, und ein Lächeln huscht über seine Lippen. Als Lucie sie erblickt, hört sie sofort auf zu heulen.

»Machen Sie nur, wir können uns heute Abend noch kennenlernen. Ich habe ein bisschen Zeit zum Quatschen mitgebracht. Die Agentur hat mir alles erklärt.«

»Sind Sie … sind Sie sicher?«

»Na los, Sie müssen doch bestimmt arbeiten, und ich bin ja jetzt hier«, bekräftigt die Frau erstaunlich selbstsicher, als würde sie über all ihre Qualen Bescheid wissen. »Man hat mir gesagt, ich soll gut auf euch aufpassen. Ich heiße Saadet. Und du, du bist bestimmt Lucie.«

Die Kleine kommt näher, die junge Frau hockt sich hin, entschuldigt sich bei ihr fürs Wecken und bittet sie, ihr die

Küche zu zeigen, um ein richtiges Frühstück zuzubereiten. Zögerlich greift Clara nach ihrem Handy, das seit drei Minuten signalisiert:

Du kannst ihr vertrauen.

Auf der Straße dreht sich Clara beim Gehen ständig um und blickt jeden, an dem sie vorbeiläuft, grimmig an. Innerhalb einer Nacht hat sie sich zur Kriegerin gewandelt. Sie hat den Entschluss gefasst, die Dokumente zu öffnen, möchte ihren Inhalt verstehen und anschließend einfach die Polizei benachrichtigen.

Ganz versunken in ihren Plan, ignoriert sie den jungen Typen am Empfang und ihre Kollegen im Aufzug. Sie schreitet durch den Redaktionsraum, überall wird getuschelt. Die Kollegen mustern sie, kennen ihre Beziehung zu Sébastien Costal. Als sie an der Schwelle ihres verglasten Büros ankommt, bleibt sie wie vor den Kopf geschlagen stehen. Alex, mit einem brandneuen Holzfällerhemd bekleidet, sitzt vor ihrem Computer und raucht. Claras Sachen – Kinderfotos, chinesische Antistresskugeln, Nippes aus aller Welt, VIP-Pass für so ziemlich alles, was in Paris an Konferenzen, Lesungen und Spektakel stattfindet, Tabletten gegen Sodbrennen, Schachteln mit Tampons – landen in einem offenen Karton auf dem Boden.

»Tu dir keinen Zwang an!«, giftet sie.

»Was denn? Ich habe gerade die *Tribune* gefickt«, ruft er ganz stolz. »Ich habe die letzten Statistiken zu den Arbeitslosenzahlen achtundvierzig Sekunden vor ihnen veröffentlicht! Kannst du dir das vorstellen? Ich habe ihnen gerade achtundvierzig Sekunden abgenommen!«

»Was hast du in meinem Büro zu suchen?«

»Geh zu Laurent. Es gibt Veränderungen.«

»Was?«

Sie stürmt zum Gemeinschaftsraum, trifft dort auf

den vergnügt telefonierenden Chefredakteur. Ohne das Gespräch zu unterbrechen, macht er Clara ein Zeichen, hereinzukommen.

»Ja, Sie können auf mich zählen. Kein Problem. Sie bekommen unseren besten Platz … Ja, die Rückseite … Ja, für das Finale der Fußballweltmeisterschaft … zum Freundschaftspreis … nein, nein, nichts zu danken, das ist doch selbstverständlich … Wie bitte? Mit Ihrem Flugzeug … Zum Großen Preis von Abu Dhabi? Ach … danke, danke. Ja, ich sage Ihrer Assistentin, wann ich Zeit habe … Bis bald also … Ja, genau, genau. Ich freue mich auch.«

Freudestrahlend legt er auf.

»Wer war denn das?«, fragt Clara.

»Foodyear.«

»Die bekommen eine ganze Seite für Werbung?«

»Ganz genau. Und nicht nur eine«, prahlt er. »Es gibt einen Deal für das ganze halbe Jahr. Na, was denkst du, wie lange haben wir so etwas nicht mehr gehabt?«

Vor Freude macht er kleine Hüpfer auf seinem schwarzen Sessel aus Kalbsleder, sie muss steifbeinig stehen bleiben.

»Aber meine Reporterin«, protestiert Clara, »rennt zu jeder Gewerkschaftsversammlung und sammelt seit drei Wochen Infos zur bevorstehenden Schließung des Werks.«

»Genau, du kommst gerade richtig. *Deine* Reporterin, wie du sagst, ist nämlich zurück.«

»Was? Könnten wir mal damit aufhören, den Konflikt totzuschweigen?«, empört sich Clara, während sie auf ihn zutritt.

In Frankreich finden massenhaft Kündigungen statt. Für die Leser der Zeitung war es noch nie so wichtig wie jetzt, den nächsten Schachzug des CAC voraussehen zu können, wer in Europa dichtmacht, um in Kenia, Kolumbien oder Nigeria, den nächsten BRICS-Staaten, wiederzueröffnen.

»Welchen Konflikt? Hast du gehört, dass von einem

Konflikt die Rede war? Das ist wie bei Mittal, Renault, Sanofi, Peugeot … die Luft ist irgendwann raus. Man weiß doch, wie das enden wird. Und außerdem«, er regt sich auf, weil ihm die Argumente ausgehen, »haben unsere Leser keine Lust auf eine Zeitung, die die ganze Zeit von Kündigung und Krise in Europa spricht, so ist das. Nein, was wir jetzt brauchen, sind ein paar Träumereien.«

Auf seinem schwarzen Schreibtisch sind, wie bei einem Schüler, der Federtasche und Hefte bereitlegt, Papierstapel aneinandergereiht. Jedes Mal, wenn er in einen Widerspruch gerät, fängt er hektisch an, Ordnung zu schaffen, schichtet Blätter übereinander zu kleinen, gleich großen Haufen. Ein guter Chef, hatte sein Vater immer wiederholt, besitzt ein aufgeräumtes Büro.

»Das ist zum Kotzen.«

»Du hättest an Bord bleiben sollen«, verspottet er sie, das Ordnungschaffen hat ihn wieder beruhigt.

»Ein einziger Tag! Es war nur ein Tag, verdammte Scheiße! Und warum sitzt Alex in meinem Büro?«

»Die Frage habe ich dir soeben beantwortet. Du suchst dir wieder einen Platz im *open space* zusammen mit den Freien und den Volontären. Wir sind hier nicht im öffentlichen Dienst.«

Der Chefredakteur macht ein Gesicht, als müsste er noch einen Leitartikel redigieren. Außer sich vor Wut versucht Clara, sich zu beherrschen. Niemals wird sie von einem Computer aus, wo jeder sie sehen kann, ihre Nachforschungen anstellen und den Inhalt des USB-Sticks anschauen können. Es sei denn, sie würde die gesamte Redaktion einweihen.

»Noch Fragen?«, sagt er gereizt, da sie wie angewurzelt mitten im Raum stehen bleibt.

»Ja«, beginnt Clara, »ich würde gern die Verbindungen zwischen Finanzwesen und Politik beleuchten.«

»Stimmt, dafür bist du genau die Richtige.«

»Wir befinden uns gerade in einer Demokratieverweigerung«, fährt sie fort, ohne auf seine Spitze einzugehen. »Ich hätte gern dein Einverständnis.«

»Das heißt?«, fragt er argwöhnisch und starrt sie an.

»Dass ... dass du mich unterstützt«, stottert Clara. Sie verliert ihren Mut.

Er lehnt sich in seinem Sessel zurück und legt seine Füße auf den Schreibtisch. Claras Blick fällt unweigerlich auf seine Minelli-Absätze. Er mustert sie.

»Das ist kein gutes Thema, nicht für uns. Das ist zu gefährlich.«

»Bitte?«, ruft sie verwundert. »Mach dir keine Sorgen, ich werde sehr vorsich...«

»Nicht doch«, prustet er los. »Ich mache mir keine Sorgen um dich. Das, was du da unterstellst, ist gefährlich. Ja genau, wenn du nämlich sagst, dass wir keine Demokratie mehr haben, dann liebäugelst du mit den Extremen, du steigst mit Marine Le Pen ins Bett. Nein, nein, echt jetzt, vergiss deine Idee. Lieber eine unvollkommene Demokratie als ein faschistisches Regime.«

Claras Telefon piept, eine neue SMS ist eingegangen. Reflexartig wirft sie ein Auge darauf, aus Angst, Saadet könnte ihr geschrieben haben.

Vergiss es. Der hilft dir nie.

»Alles klar?«, fragt er.

»Ja, ja«, sagt sie und geht zur Tür.

»Warte.« Er hält sie zurück, wobei er seine Füße wieder runternimmt und mit dem Finger auf sie zeigt. »Hast du eigentlich Neuigkeiten über die Untersuchung von Costals Tod?«

»Nein, nein. Gar nichts. Wirklich, ich bin die Falsche für diese Sache. Das weißt du genau, ich wäre nicht objektiv.«

»Ich glaub, ich träume. Wen interessiert das? Mach dich an die Arbeit!«

Clara verlässt den Ring. Schlechter Kampf. Ihre Tage, vielleicht ihre Stunden bei der Zeitung sind gezählt. Sie sucht nach einem freien Computer in der Mitte des Redaktionsraums. Wenn sie schon nicht mit Sébastiens Dokumenten arbeiten kann, so könnte sie wenigstens anfangen, ihren Radiobeitrag vorzubereiten. Noch achtundvierzig Stunden, bis sie auf Sendung geht, und sie hat nicht eine Zeile geschrieben, hat weder eine vernünftige Idee noch einen Anhaltspunkt, eine hervorzuzaubern. Sie findet einen etwas abseits stehenden, für Praktikanten vorgesehenen Tisch und stellt ihre Tasche darauf ab. Die Journalisten drängeln sich alle um den Bildschirm des Verantwortlichen für die Human-Ressources-Seiten von *Bizness Day*.

»Ich warne euch, Leute, das ist der neueste Scheiß.«

Der Redakteur schließt die Lautsprecher an, stellt auf Vollbild, gibt Clara ein Zeichen, zu ihnen zu stoßen. Alle gemeinsam sehen sie einen argentinischen Trickfilm von sechs Minuten, der Titel lautet ***El Empleo***, das Dienersyndrom. Zu Beginn lachen alle. Der Kommentar ist vernichtend:

»Nach Jahrhunderten der Sklaverei und feudaler Zustände hat die Weitergabe der Gene die Ausbildung einer menschlichen Unterart von Dienern bewirkt: eine neue Primatenart, den *homo larbinus*. Die Störung tritt während der Kindheit auf, jedoch verschlimmert sich der Prozess im Erwachsenenalter, sobald das Individuum sich seiner armseligen Lebensbedingungen bewusst wird. Der Diener leidet unter einem krankhaften Verhalten, das darin besteht, die am meisten begünstigten Klassen systematisch zu verteidigen, zum Nachteil jener, aus der er stammt. Um seine Enttäuschung zu kompensieren, identifiziert er sich mit seinen Herren […] handelt im Interesse derer, die ihn ausbeuten, um ihr Wohlwollen auf sich zu ziehen.«

Nachdem der Film zu Ende ist, gehen die Journalisten schwerfällig an ihre Arbeitsplätze zurück. Wie in einer Fabrik setzen sie ihre Kopfhörer auf, um den Lärm der anderen auszublenden. Über ihre Tastaturen gebeugt kleben sie an ihrem Schreibtisch und bilden das Betriebssystem der Nachrichten. Früher hat man von der Banalität des Bösen gesprochen, jetzt gibt es die Banalität des Verzichts, die Banalität der Kultur. Es handelt sich um einen schleichenden Verfall im Inneren wie des Gesamten, der jegliches Aufbegehren unterminiert, indem er es im Vorhinein schon unglaubwürdig erscheinen lässt. Niemand ist davon mehr betroffen als die Journalisten. Sie machen krumme Geschäfte mit Konzernchefs und Politikern, sie verlieren ihre kritische Distanz, möchten so werden wie sie, reich sein, im Rampenlicht stehen. Da sie ständig mit ihnen verkehren, glauben sie, ihnen zu ähneln. Ihre Gehälter stürzen in den Keller, ihr Beruf wird immer unsicherer. Klammern sie sich an ihren mickrigen Bürostuhl, so ist die Nähe zu den Mächtigen alles, was den Journalisten, die jene doch eigentlich überwachen und ihnen entgegentreten sollten, noch bleibt. Im Namen der Zahlen erstickt der Liberalismus seine Kritiker. Seitdem sie dem Diktat der Rentabilität unterworfen ist, gibt es keine vierte Gewalt mehr. Aufgrund geheimer Absprachen massakriert die Zunft ihre Daseinsberechtigung. Während ihrer Karriere war Clara mehr damit beschäftigt, bei Umstrukturierungswellen nicht entlassen zu werden, als zu recherchieren. Sébastien hatte recht: Der Journalismus ist tot. Jahrelang hat er davon profitiert, überlebt hat er ihn nicht.

Sie richtet sich an dem leeren Schreibtisch ein, schaltet mechanisch den Computer an, dessen Lüfter stotternd anspringt. Mitfühlend betrachtet sie den Tower: Auch Clara strampelt sich ab. Sébastien, Vanessa, Bertrand, ihr Chefredakteur, allesamt Meister im Dienen – sie waren darin ein wenig erfolgreicher als die anderen. Im Schutz ihrer Partei, ihres Großkonzerns oder ihrer Redaktion halten sie sich vom echten Leben fern. Ihre Selbstgefälligkeit verbirgt, wie gefügig sie sind. Sie lungern vor den Türen derjenigen herum, die sie für mächtig halten. Sobald man ihnen näher kommt, schnauzen sie einen an, beißen, wenn man sie berührt. Mit kleinen Privilegien, Bildern, Dingen und Medikamenten in regelmäßigen Abständen bringen sie ihre Tristesse zum Schweigen. Alles ist perfekt organisiert. Sie repräsentieren »die Zukunft des Landes«. Dabei sind sie fehl am Platz, überpflegt, der Neid verwandelt sie in Kläffer, die das kleinste Stück Zucker ruhigstellt.

Ihre rebellischen Fantasien, die sie vor fünfzehn Jahren mitsamt ihrem Herzen in der Versenkung hat verschwinden lassen, kommen jetzt wie ein Bumerang zurück. All die Jahre über hatte sie keine Angst davor, zu stören, sondern sich allein wiederzufinden, weit weg von der Mehrheit, von ihrem angestammten Platz. Meister im Dienen, so schlecht ist das eigentlich gar nicht. Herabstufung ist das Schreckgespenst der Generation X, ihr Verhängnis. Was kostet es, da auszusteigen? Und Antoine, ist er auch ein Diener? Ihr Handy setzt sie über den Eingang einer neuen Nachricht in Kenntnis.

Die Finanzkraft basiert auf der Ausbeutung geistiger Arbeit und der Abtrennung des Körperlichen.

In der Mitte des Redaktionsraums rückt Clara mit ihrem Stuhl zurück. Antoine beobachtet sie, aber liest er auch ihre Gedanken? Bis zu welchem Punkt hat er sie gehackt?

Der Typ vom Empfang baut sich vor ihrem Praktikantenschreibtisch auf.

»Das wurde gerade für Sie abgegeben. Ich dachte, es wäre vielleicht wichtig.«

Sie schaut ihn nur halb an, schnappt sich den Brief, ein gepolsterter A5-Umschlag, dann kehrt sie zum Gesicht des Rezeptionisten zurück, das ihr plötzlich vertraut erscheint. Sie runzelt die Stirn:

»Haben wir uns schon mal gesehen?«

»Bestimmt vorhin, als Sie gekommen sind.«

»Nein, vorher.«

»Nein, nein, ich glaube nicht«, brummelt er beim Weggehen.

Sie öffnet den Umschlag, der Typ ist schon vergessen. Zum Vorschein kommen ein altes Handy, drei Prepaidkarten, zwei schwarze USB-Sticks sowie ein Zettel mit der Angabe einer Uhrzeit und einer Adresse – Place Prosper Goubaux 1, wenige Straßen vom Büro entfernt. Das ist Antoines Handschrift, und das Treffen findet dort statt, sofort.

35

Am Waldrand von Saint-Germain-en-Laye nimmt Jérémie eine schmale Straße, an der ein Schild auf die »Residenz zum Ersten Lächeln« hinweist. Seit wann haben Hospize eigentlich Sektennamen? Als die Straße zum Waldweg wird, schlagen das aufgehängte Foto und der Rosenkranz wegen der Unebenheiten gegen die Windschutzscheibe. Er passiert eine erste, dann eine zweite Schranke. Ein großes, modernes Gebäude erstreckt sich am Ende eines durch den Regen vermatschten, von Mauern umgebenen Parks. Er parkt auf den Stellflächen für Besucher und atmet einmal tief durch, bevor er aus dem Auto steigt. Noch immer ist er keiner Menschenseele begegnet. Das könnte auch der Wohnsitz der Addams Family sein, oder ein Elefantenfriedhof, denkt er.

Die Eingangstür ist durch einen Zugangscode gesichert. Er drückt auf einen Knopf, und eine schnarrende Stimme fragt ihn:

»Geht es um eine Aufnahme?«

Jérémie macht vor Schreck einen Satz zurück.

»Es … es ist nicht für mich. Es ist für meinen Vater.«

Er hört, wie ihn die Überwachungskamera heranzoomt.

»Ich komme von Dr. Caltran.«

Es piept, die Tür macht klick, er geht hindurch und steht zwei dicken Katzenfischen in einem schlammigen Aquarium gegenüber. Vor dem Empfangsschalter schnarcht ein steinalter Mann in einem Stuhl allein vor sich hin. Eine Frau um die fünfzig in weißer Krankenhauskleidung und pinken Crocs kommt ihm entgegen. Währenddessen bringt sie ihre Haare in Ordnung. Wenn der betreffende Vater genauso gut aussieht wie der Sohn, dann will sie sich gerne um ihn kümmern.

»Willkommen in der Residenz zum Ersten Lächeln!«

Ihres ist recht schön und scheint ernst gemeint zu sein. Sie reicht ihm ihre kleine Hand mit von Desinfektionsmitteln trockener Haut.

»Ich würde … ich würde gern«, stammelt er eingeschüchtert.

»Ja, man hat uns Bescheid gegeben. Kommen Sie.«

Die Krankenschwester gibt ihm haufenweise Erklärungen. Er tut so, als würde er diesem tönenden Rauschen zustimmen. Er läuft gerade auf Autopilot. Er dringt in eine völlig neue Welt vor, jene, die nach dem Leben und vor dem Tod kommt. Mit geschärftem Blick entgeht ihm nichts: die weißen Strähnen in ihrem Haar, das Linoleum zur Abfederung bei Stürzen, Geländer zum Festhalten, im Versorgungsschrank die Tabletten von Pepsodent zur Reinigung der Gebisse, die riesigen Windelpackungen in den Serviceschränken, vertrocknete Blumen auf den Regalen, Sukkulenten in der Nähe der Fenster, vor den Zimmertüren abgestellte Rollatoren, die Nummern von Polizei, Feuerwehr und Krankenwagen an jeder Flurkreuzung. Und überall der Geruch von getrocknetem Urin, vermischt mit Clinogel. Die Krankenschwester stößt eine Doppeltür auf.

»Das ist unser Speisesaal, im Leben unserer Bewohner hat das Essen eine große Bedeutung. Natürlich haben wir auch einen Extraraum für ein Zusammensein im Kreise der Familie. Und hier sehen Sie unsere Stärksten, die mit der Mahlzeit bis 12.15 Uhr warten können!«, sagt sie mit Begeisterung.

Das Panoramafenster gibt einen direkten Blick auf die Eingeweide des Waldes, ein düsteres Loch, frei. Wurde das bei der Planung dieser Residenz absichtlich so konzipiert? Woran dachte man dabei, an den Besuch von Bambi und kleinen Häschen? Wahrscheinlich muss es auch hier »krachen«: viertausendfünfhundert Euro pro Monat, vierzig Betten, ständige Nachfrage, unbegrenztes Wachstum, wie eigentlich alles, was mit Abfall und Verschwendung zu tun hat. Die am Tisch sitzenden Insassen verzweifeln an Schweinebauch mit Linsen, wahrlich eine Zumutung für die zahlreichen Parkinsonkranken. Auf der rechten Seite schreit ein Mann:

»Zieh dich aus, du Schlampe!«

Der Alte, der bestimmt einmal gut aussah, bedroht mit einem Messer eine Angestellte der Kantine, eine Mexikanerin im ersten Praktikumsjahr.

»Das ist Herr Trident, Lehrer für Geschichte. Zu dieser Tageszeit ist er unschlagbar im Scrabble«, kommentiert die Schwester die Szene.

»Aber der hat sie gerade bedroht …«

»Ach, das …«, beruhigt sie ihn. »Er hatte einen Schlaganfall, der seine Alzheimerkrankheit beschleunigt hat.«

Jérémie erstarrt. Darüber hat er gestern im Internet gelesen. Ein Schlaganfall verursacht bei einem Alzheimerpatienten die Zunahme triebhaften Verhaltens, begünstigt sexuelle Enthemmung, die Leute werden einfach verrückt. Während die Bedrohte in die Küche verschwindet, sabbert sich Herr Trident voll, wobei seine Nachbarin, eine adrette Oma, die Chance nutzt, um ihr Gebiss zurechtzurücken und sein Brot zu stibitzen. Da die Krankenschwester Jérémies Interesse bemerkt, fährt sie in vertraulichem Ton fort:

»Herr Trident besticht das weibliche Personal, während es ihn wäscht. Er wollte, dass wir ihm den *Playboy* kaufen, dass wir Freundinnen zu ihm bringen. Jetzt hat ihm seine Familie ein iPad besorgt, und wir haben etwas mehr Ruhe.«

»Aber …«

»Windeln lehnt er strikt ab«, fährt sie, ganz versunken in ihre Einzelstudie, fort, »in der Nacht jedoch klingelt er, weil er Angst hat, zu sterben. Die menschliche Natur, das sage ich Ihnen … Aber was sollen wir denn machen?«

Jérémie würde gern nach Hause fahren. Sie aber dirigiert ihn weiter durch die Stockwerke. Die Zeiger der Uhr drehen sich immer langsamer. Sie haben die Raumzeit gewechselt. Bei jedem der Bewohner bleibt die Krankenschwester stehen, beugt sich nach unten.

»Wie geht es denn heute?«

Sie spricht laut, langsam, betont die Silben. Sie wartet die Antwort ab, bestätigt, was auch immer gesagt wurde, mit einem »Gut« und geht zum Nächsten. Jérémie betrachtet sie als Heldin. Wenn es hochkommt, zweitausendvierhundert Euro im Monat dafür, dass einem »alles vor der Nase wegstirbt«. Wie kann man nur so ein Leben wählen? Sie betreten ein leeres Zimmer. Eine zum Bett frisierte Krankentrage steht an einer Wand bereit. Jérémie bemerkt die Griffe, um sich aufzurichten, den Flachbildfernseher, den SOS-Knopf sowie die Talismane, um durch die Nacht zu kommen; die Fotos, Kinderzeichnungen, kleine Zettel, die über dem Kopfkissen angepinnt sind: Zeugnisse eines früheren Lebens, alles wie zum Schein. Jérémie, der nach Luft schnappt, ist weiß wie eine Wand. Sein Vater ist von der Business-Class in die vierte, in die Alzheimerklasse abgestiegen. Wie könnte er ihn hier »einliefern«? Ihn dazu bringen, nur noch Teil eines medizinisch versorgten Altersheims zu sein? Ich werde bezahlen, versichert er sich selbst. Sie nähern sich den Fahrstühlen. Bewohner stehen um einige reichlich gedüngte Grünpflanzen herum.

»Das sind unsere Gemeinschaftsplätze, unsere ›Treffpunkte‹. Die Damen kommen zum Plaudern hierher.«

Außer dem Schnarchen einer Großmutter, die auf einer

Eckbank mit braunem Polster sitzt, findet kein lebhaftes Sich-Mitteilen statt. Die Mauern schwitzen förmlich von latentem Hass, Klatsch und Tratsch, der einzigen Frage, die wirklich zählt: Wer wird als Nächstes das Zeitliche segnen? Der *pager* der Krankenschwester summt, wegen eines Notfalls lässt sie Jérémie stehen, verspricht aber, ihn holen zu kommen, sie möchte ihm noch etwas zeigen. Umzingelt von sehr alten und/oder sehr verrückten Kranken, die ihn stillschweigend beobachten, liest er konzentriert die Anweisungen für einen Feueralarm, die an der gegenüberliegenden Wand hängen. Er hätte in den Peugeot 806 steigen, den *war room* von Xenia betreten, diesen verwöhnten und allzu gierigen Bossen eine Lektion erteilen sollen. Niemals seinen vertrauten Bereich verlassen. Aus dem Augenwinkel nimmt er inmitten einer kleinen Gruppe Großmütter, die alle gleichzeitig vor sich hin dösen, eine leichenblasse Frau wahr, die aufstöhnt.

»Mir ist schwindlig, ich muss mich hinlegen«, seufzt sie schwach.

Sie versucht, sich aus einer Couch zu hieven, um in ihren Rollstuhl zu gleiten. Niemand kommt ihr zu Hilfe.

»Brauchen Sie Hilfe, gnädige Frau?«, bietet Jérémie vorschnell an.

»Wie?«, murmelt sie.

Er beugt sich nach vorn, reißt sich zusammen, um nicht zurückzuschrecken. Langsam weicht die Zeit aus diesem kleinen Körper, der einfach nicht mehr kann, ein Skelett, kaum noch bedeckt mit Haut, die kurz davor ist, aufzureißen. Von ihrem Gesicht sind nur lebhafte, durchdringende Augen übrig, die ausdrücken: »Ich möchte nicht sterben, ich möchte nach Hause.« Und warum hat Jérémie niemals versucht, seine eigene Großmutter, die Dame aus dem Südwesten, wiederzusehen, deren Zärtlichkeit ihn das Leben nicht ganz vergessen lassen hat?

»Ich werde nach jemandem rufen. Bleiben Sie, wo Sie sind«, schlägt er vor.

»Wie schön Sie sind, junger Mann.« Sie seufzt außer Atem. »Sie sehen aber so traurig aus. Haben Sie Angst vor dem Tod, junger Mann?«

Er sucht nach einer Antwort. Unter einem Poster von *Tim in Tibet* sitzt eine Frau, die ungestüm befehligt:

»Fassen Sie sie nicht an!«

Sie hat aschblondes, zerzaustes Haar, ist noch pausbäckig, wahrscheinlich etwas jünger als die anderen und zweifellos die Chefin auf der Etage. Wie eine Herrscherin thront sie auf ihrem Schaukelstuhl, ihr Kinn und ihre Wangen zieren dicke graue Barthaare.

»Frau Saint-Laurent liebt es, sich in den Vordergrund zu spielen, und auch wenn Sie ziemlich blöd aussehen, Sie könnten sie bestimmt rumkriegen«, gibt sie mit einer die gesamte Menschheit einschließenden Verachtung von sich.

Jérémie hat keine Zähne gesehen, nur ein Loch, aus dem Geräusche kommen. Er ist überzeugt, dass es sich um die Hexe aus den Albträumen seiner Kindheit handelt.

»Wie bitte?«, stößt er verblüfft hervor.

»Ja, ich kenne Sie«, fährt sie fort, wobei sie ihre Augen wie ein Schlauberger zusammenkneift. »Jeder hier verachtet Sie. Das ist völlig normal … Wenn man bedenkt, was Sie alles getan haben.«

Er erhebt sich, denkt, es handele sich um einen Scherz, versteckte Kamera, einen Test.

»Werte Frau, es muss sich um ein Missverständnis handeln, ich bin das erste Mal hier«, verteidigt er sich, ganz mitgenommen von der Dreistigkeit der alten Frau.

Die Schauspielerin aus *Der Exorzist* verkriecht sich also in Saint-Germain-en-Laye. Sie wirft ihm einen stechenden Blick zu, hebt die Hand auf Kopfhöhe, zeigt mit dem Finger auf die Schläfe und fängt an, ihn zu drehen:

»Ts, ts, ts … Sie sind ja verrückt.«

Die Insassen sind wie gelähmt. Jérémie schaut sich verzweifelt nach der Krankenschwester um.

»Aber, werte Frau, wenn ich Ihnen doch sage…«

Die kleine Alte, der er helfen wollte, zittert leicht. Die anderen Großmütter mustern ihn misstrauisch.

»Sie können mich mal«, blafft die Böse. »Und hören Sie auf, mir überallhin zu folgen. Sonst rufe ich die Polizei.«

Er nimmt den erstbesten Flur auf der Suche nach einem Notausgang. Ich werde dafür bezahlen, sagt er immer wieder zu sich, während er die Treppe hinunterrast. Er greift nach dem Handy in seiner Tasche, als ob es ihm helfen könnte, aus alldem einfach auszusteigen. Die Nachrichten häufen sich, die jüngsten werden angezeigt:

Wo zum Teufel steckst du, ruf mich an. Bertrand.

Ich muss mit dir etwas besprechen, kannst du mich bitte anrufen? Clara.

Vergiss nicht, heute Abend, 20 Uhr im Pink Paradise for my birthday. Don't be late. Alison.

Für Seb wird gerade ein riesiger Kranz gefertigt. Der Florist liefert ihn morgen direkt zur Kirche. Wenn du dich daran beteiligen willst, sag Bescheid. Vanessa.

Heute ist sein Tag in der Hölle. 14.48 Uhr: Die Zombies steigen aus ihren Gräbern, und überall sind nur noch Verrückte.

36

Clara fliegt förmlich zur angegebenen Adresse, gegenüber der Metro-Station Villiers. Ein eisiger Westwind bläst durch die Äste der Platanen. Die Mütterchen aus dem XVII. Arrondissement machen einen Buckel und klammern sich an ihre Dauerwelle, um gegen die Böen anzukämpfen. Clara postiert sich vor der Nummer 1 der Place Prosper-Goubaux. Die Namen und Bezeichnungen auf den metallenen Klingelschildern zeigen an, dass in dem Gebäude viele liberale Berufe vertreten sind: Sexualtherapeut, Anwalt, Psychologe. Bei wem wird Antoine wohl auf sie warten?

Mit einem Kribbeln in den Beinen hält Clara ihr Handy fest, das hoffnungslos schweigt. Überall sucht sie Antoine, ihr Herz schlägt wie verrückt, wie bei einem Finale im Tennis dreht sie den Kopf nach links, nach rechts, um ihn ja nicht zu verpassen, um ihn näher kommen zu sehen. Hinter ihr klingelt es. Es kommt von einer Telefonzelle, die Clara nicht bemerkt hat, auf dem Gehweg gegenüber dem Eingang zu dem Gebäude. Niemand reagiert darauf. Zitternd geht sie auf die Kabine zu, greift nach dem Hörer, der durch feuchte Aussprache über die Jahrzehnte scheinbar immer schwerer geworden ist.

»Ich bin's, Antoine.«

Beim Klang seiner Stimme schwankt sie.

»Aber …«, sie seufzt enttäuscht.

»Ich habe nicht viel Zeit, vertraust du mir?«

»Ich … ich habe wohl keine Wahl«, bringt sie gerade so über die Lippen.

»Die Polizei, die DCRI* und andere werden versuchen, dich aufzuspüren und zu vernehmen. Ich weiß, dass Seb sich nicht umgebracht hat und dass er versucht hat, dir ein paar Infos zuzuspielen. Was ist das genau? Wie hat er sie dir geschickt?«

»Auf einem USB-Stick … also … er hat mir gesagt, dass ich in ein Internetcafé gehen und eine Adresse eingeben soll, und dann habe ich alles auf einen Stick gezogen.«

»Was für ein Anfänger.«

Um sensible Informationen zu übertragen, hätte Sébastien besser auf »Geocaching« zurückgreifen sollen. Er hätte einen USB-Stick in einer guten alten Tupperdose an einem Ort vergraben sollen, dessen GPS-Koordinaten er, aufgeteilt, per Telefon, E-Mail und Post hätte verschicken können.

»Welches Café?«

»Bei der Rue du Faubourg-Saint-Denis … Ich erinnere mich nicht mehr genau …«

»An welchem Platz warst du?«

»Aber … Neben dem Fenster, wenn man reinkommt, hinten rechts.«

Clara ist wahrscheinlich von den Überwachungskameras gefilmt worden, ein Spyware-Programm hat die Dokumente, die sie heruntergeladen hat, vielleicht schon ausgelesen. Die Spuren ihres Besuchs dort, die Metadaten ihrer Sitzung, müssen gelöscht werden.

»Was hat er dir zugeschanzt?«

»Dokumente …«

»Worüber?«, drängt er sie.

»Ich habe nicht viel verstanden. Alles sehr technisch. Es sah aus wie Verträge, da standen Namen europäischer Län-

---

* Direction Centrale du Renseignement Intérieur – französischer Inlandsgeheimdienst

der, ein Kauderwelsch von Anwälten und Bänkern, Akronyme, ein einziges Geschwafel über so was wie Devisenswaps, und dann noch Beträge.«

»Ach, du Scheiße …«, Antoine erblasst.

»Ich muss das alles Jérémie zeigen.«

»Warte noch damit«, Antoine wird lebhaft, »zieh ihn vorerst nicht da mit rein. Ich werde dir helfen. Vor allem drucke nichts aus.«

Auf jeder Seite hinterlässt ein Laserdrucker winzig kleine Tintenflecke. Das hat nichts mit einem fehlerhaften Druck zu tun. Es ist ein Code, der Datum, Uhrzeit, Urheber des Dokuments und Seriennummer des Geräts beinhaltet.

»Und kopiere, was du hast, auf die beiden USB-Sticks, die ich dir gegeben habe, und nur auf die.«

»Was sind das denn für Sticks?«

»Auf ihnen ist eine Software installiert, die Programme erkennt, die von gewissen Stellen zur kriminaltechnischen Untersuchung benutzt werden. Wenn ein Fahnder deinen Stick in die Hände bekommt, dann löscht er sich selbst, und du bist außer Gefahr. Man kann dir nichts nachweisen.«

»Und was mache ich damit?«

»Ich warte auf dich in den Toiletten im Café gegenüber. Du gehst doch da immer hin, oder?«

»Äh … ja.«

»Bring mir einen Stick mit, den anderen lässt du in deiner Tasche. Du wirst ihn zu gegebenem Zeitpunkt noch brauchen. Und vergiss nicht das Original, das aus dem Internetcafé, ins Klo zu werfen.«

»Aber …«

»Ich warte dort auf dich. Ändere nichts an deinen Gewohnheiten. Misstraue allem und jedem, und vor allem Bertrand.«

Sie traut ihren Ohren nicht, als sie den Rest der Anweisungen hört: nichts mehr mit VISA-Karte bezahlen, die

Monatskarte einem Obdachlosen geben, nur Fahrscheine kaufen, eine Kapuze aufsetzen oder ein Basecap über ihre Haare, mit gesenktem Kopf laufen.

»Kommuniziere nichts über E-Mail oder übers Telefon. Mit mir nur IRL.«

»Was? Irreal?«

»*In Real Life*. Nur von Angesicht zu Angesicht. Ansonsten schalte das Telefon ein, das ich dir gegeben habe. Benutze es, um mit Saadet zu kommunizieren. Und lass dein Smartphone im Büro. Das ist 'ne Scheißfalle. Bis gleich.«

»Noch eine Sache: Das mit dem Kindermädchen … warst du das?«

»Ja, eine Stiefschwester, du hast nichts zu befürchten.«

Er legt auf. Clara dreht sich um ihre eigene Achse und sucht eingehend den Platz nach Antoine ab. Ihr kommt es vor, als sei ein Satellit direkt auf sie gerichtet. Sie öffnet ihre Tasche, betrachtet all die Dinge, die angeblich ihre »Freiheit« ausmachen: iPhone, Kreditkarten, Kundenkarten, Abo-Karten, Monatskarten. Die Werkzeuge beobachten uns.

Zurück bei der Zeitung, durchquert sie mit gesenktem Blick den Redaktionsraum und führt wie in Trance Antoines Plan aus: einen Datentransfer von Stick zu Stick.

Sie verlässt wieder das Haus, überquert blind die Straße, verschwindet auf die Toilette des Cafés, ohne den Kellner zu grüßen. Sie ist sauer auf Sébastien, auch wenn er tot ist. Sie gibt ihm die Schuld, wirft ihm vor, das Wiedersehen mit ihrer großen Liebe zu ruinieren. Antoine und Clara sind auf gefrorenem Asphalt auseinandergegangen. Jetzt sehen sie sich auf einem Klo wieder.

Die Toilette ist leer, aber sauber. Clara nervt diese Obsession, überall in den Pariser Cafés Spiegel anzubringen. Sie kann sich von allen Seiten betrachten: ein ängstliches kleines Tier, schlecht geschminkt, labberige Klamotten. Das soll ein neuer Anfang sein, schimpft sie vor sich hin, als sie mit pochendem Herzen und trockenem Mund die Tür zur Damentoilette aufstößt. Anstelle von Antoine thront ein Umschlag auf dem Waschbecken, von dem die Farbe abplatzt. Ihr Telefon piept.

»Tu den Stick in diesen Umschlag, steck ihn in die Plastiktüte hinter der Tür, wirf alles in den Mülleimer und verlasse das Café. Ich melde mich wieder.«

Clara ist zum Heulen zumute. Sie ist nichts weiter als eine Marionette. Sie kehrt ins Büro zurück. Der Rezeptionist ist verschwunden. Sie hat sein Gesicht wiedererkannt. Er saß neben ihr im Internetcafé. Eine letzte Nachricht:

*Die Macht besteht aus lernfähiger Energie.**

Sie betrachtet den Praktikantenschreibtisch in der Mitte der Redaktion, sammelt ihre Sachen zusammen. Sie geht nach Hause, um sich an die Arbeit zu machen. Das Problem besteht niemals darin, herauszufinden, ob man paranoid ist. Sondern, ob man paranoid genug ist.

---

* aus: Frank Herbert: *Dune. Der Wüstenplanet*, ab 1965

37

Während er im Clio durch Paris fährt, entspannt sich Jérémie langsam. Immerhin hatte seine Mutter denselben. Im Bichat-Krankenhaus angekommen, atmet er tief durch, bevor er das Zimmer betritt. Voller Elan stößt er die Tür auf. Das Bett ist leer, sein Herz zieht sich zusammen, springt schließlich vor Freude: Mit dem Rücken zu ihm sitzt sein Vater in einem zum Fenster gedrehten Sessel. Keine Reaktion auf die zuschlagende Tür. Jérémie räuspert sich, tippelt mit dem Fuß. Keine Antwort. Die Stille zerreißt ihm das Trommelfell. Das schafft er nie. Wie ein Dieb stürzt er in Richtung Ausgang, wobei er betet, Dr. Caltran nicht über den Weg zu laufen. Fahrbare Betten mit Patienten, wie auf Abruf bereitgestellt, reihen sich entlang der Flure aneinander, ihre persönlichen Sachen liegen verstreut zwischen ihren Füßen. Sie haben alle denselben gequälten Blick voller Resignation. Sein ganzes Leben hat er damit zugebracht, Niederlagen, seinem Vater, dem Tod aus dem Weg zu gehen. »Ich habe keine Zeit« zu sagen. Jérémie macht kehrt. Es ist wohl an der Zeit für eine neue Zusammenkunft, und niemand darf dabei fehlen.

Er verharrt einen langen Augenblick hinter seinem Vater. Regungslos vernimmt er seine Atmung, die Geräusche vom Flur und von der Flüssignahrung, die in seine Magensonde läuft. Er geht um den Sessel herum, stellt sich ihm vor die Augen. Immer noch nichts. Er zieht den einzigen Besucherstuhl heran, setzt sich ihm gegenüber. Wachsmaske, gespannte, aufgedunsene Haut, die Augen starr auf einen Punkt gerichtet, kurz davor, aus den Augenhöhlen zu springen. Es handelt sich um eine Figur aus dem Kabinett von Madame Tussauds. Jérémie rückt näher, wedelt mit der Hand vor dem Gesicht seines Vaters. Keine Reflexbewegung, nicht mal ein Zwinkern. Er prüft ihn auf Herz und Nieren, fixiert seine Pupillen. Es sieht aus wie das Spiel *Wer zuerst lacht*, ein Duell zwischen zwei Männern, die jeweils die Seele des anderen ergründen. Sein Vater, eingeschlossen in seinem Hirn, wird nicht zu schlagen sein.

»Was sollen wir bloß mit dir anstellen?«

In vollkommener Stille verstreichen die Minuten. Er bemerkt Gao nicht, die beide durch die Glastür beobachtet. Dann steht er ruhig auf, tritt an seinen Vater heran, denkt an die Krankenschwester aus der »Residenz zum Ersten Lächeln«. Er legt seine rechte Hand auf die seines Vaters, äußert laut, aber langsam:

»Wie geht es denn heute?«

Er wartet auf die Antwort, die nicht kommen wird, und hält kurz inne.

»Gut, Papa. Du kommst zu uns.«

Er streicht ihm über den Kopf, gibt ihm einen Kuss auf die Stirn, einen Kuss, der ihm wahnsinnig guttut. Bevor er den Raum verlässt, zieht er aus seiner Jackentasche das Foto, das er seit Beginn des Tages mit sich herumschleppt und das er der Plastikschachtel aus seiner Kindheit entnommen hatte. Er klemmt es an der Fensterbank fest, gegenüber dem Sessel seines Vaters: Auf der Terrasse des Landhauses im Südwesten sind beide in dasselbe Handtuch eingewickelt. Jérémie konnte nicht gut schwimmen. Sein Vater brachte ihm bei, wie man seine Füße in den Boden stemmt, um gegen die Strömung anzukämpfen. Er hatte ihn niemals losgelassen.

Dort geschah es, dass sein Leben als Sohn von einem Liegestuhl aus weißem Plastik aufgespießt wurde, in jenem Sommer der Scheidung. Dorthin werden sie alle zurückkehren.

Jérémie geht, im Reinen mit sich, aufrecht hinaus. Sein Vater bewegt einen Finger. Erst sehr viel später wird eine Träne darauf landen.

Jérémie gelangt zur Rue de Ponthieu, verflucht diesen nicht enden wollenden Tag. Er reicht den Schlüssel des Clio dem Parkwächter vom Pink Paradise, wo Alison auf ihn wartet, um ihren Geburtstag zu feiern. Er geht am Türsteher vorbei, steigt ein paar Stufen hinab. Das hier kann nicht schlimmer sein als die »Residenz zum Ersten Lächeln«, und einen Drink könnte er auch vertragen. Roter Samt auf den Bänken, gedämpftes Licht, Perlenvorhänge, nackte, in Glamour gekleidete Mädchen, auf die er nicht abfährt. Diese Attraktion ist Teil der üblichen Abende von jungen Rekruten im Finanzwesen, der vom Chef bezahlte *lap dance* ist ein Ritual. Was würde er nicht alles hergeben, um nach Hause fahren zu können. Er will sich in seinen Keller einschließen und alles Weitere überdenken. Er kann es kaum erwarten, Alison die Neuigkeit zu verkünden. Sie wird ihn unterstützen, sie hat ihn immer unterstützt. Im abgedunkelten Salon sucht er sie unter der Kundschaft, die viel normaler als in seiner Erinnerung, ja fast schon provinziell ist. Alison hat bereits zehn Minuten Verspätung. Er setzt sich an die Bar, bestellt einen ersten Whiskey. Den ganzen Tag über hat er noch nichts zu sich genommen.

Eingehüllt in ein Kleid aus weißem Kunstleder betritt eine sonnenstudiogebräunte Brünette die Bühne. Bei ihren ersten Worten fängt der Saal an zu toben. Eine Stimmung wie im Zoo. Sie ist offenkundig der Star der Szene. Jérémie würde am liebsten verschwinden. Was aber hat sich Alison nun schon wieder dabei gedacht? Und wo steckt sie überhaupt? Zwanzig Minuten Verspätung. Er ruft auf ihrem Handy an: Anrufbeantworter, das passt nicht zu ihr. Er bestellt ein zweites Glas. Und wenn ihr etwas passiert ist?

Er versucht es erneut, einmal, zweimal, dreimal. Sie hat immer die Stellung gehalten, war pünktlich, ohne Fehl und Tadel. Seit ein paar Monaten kommt er nicht mehr an sie heran. Er brachte sie stets zum Lachen, betrachtet sie als festen Besitz. Wenn sie sich jetzt auf und davon macht, dann wären die letzten Worte, die er zu ihr gesagt hat, folgende: »Was ist das denn für eine scheiß Zahnpasta mit Kräutern, die du da wieder gekauft hast!« Wahre Liebe. Er starrt auf die Treppe, will sie nicht verpassen. Er ärgert sich, denkt nach einem weiteren Glas daran, zu gehen. Das sieht nach einem schlechten Scherz aus. Er denkt wieder an die alte Hexe, die ihn im Hospiz einen Verrückten genannt hat. Er versackt auf dem Barhocker, findet ihn nach dem Whiskey zunehmend bequem. Dreißig Minuten Verspätung, er stürzt sich auf sein Telefon, das zwei Nachrichten anzeigt.

Ich bin gleich da, Darling. Warte auf mich. Alison.

Ich muss dich treffen. Bitte ruf mich an. Clara.

Er hat völlig vergessen, sie anzurufen, verspricht sich selbst, die Sache zu regeln, sobald er sein Glas geleert hat. So hört er kaum, wie die Brünette in Kunstleder daran erinnert, dass es sich um den ersten landesweiten Amateurwettbewerb im Poledance handelt. Die Vizeweltmeisterin 2011, die im Stil von **Laurence Hilsum** tanzt, betritt die Bühne. Es gibt stehende Ovationen für die Vorsitzende der Jury des Wettbewerbs an diesem Abend, eine riesige Blondine, wie gemeißelt in einem langen blauen Kleid mit Schlitz, der bis zur linken Pobacke geht. Sie hat eine blaue Feder hinter dem Ohr, einen Tänzerinnendutt, die Augen einer Wölfin: Miss World bei den Olympischen Spielen. Sie berichtet in wenigen Worten von den Kandidatinnen, die hier zum ersten Mal ihre Show zeigen, redet von Hartnäckigkeit, von Verletzungen. Die Präsentatorin kündigt die erste »Athletin« an, eine dreiundzwanzigjährige Architekturstudentin aus Toulouse, die seit achtzehn Monaten »Poledance macht«. Die Lichter gehen aus, der Vorhang öffnet sich und gibt zwei senkrechte Stangen frei. Das Mädchen, verschüchtert und als wolle sie sich dafür entschuldigen, hier zu sein, erscheint in Boxershorts und BH mit Strass. Der Saal feuert sie an, sie wird lockerer, folgt der Choreografie auf *Careless Whisper* von George Michael. Die Stange reibt an ihrer Haut, ihr Körper krümmt und biegt sich in alle Richtungen. Jérémie registriert die blauen Flecken an der Innenseite ihrer Schenkel, ihre keuchende Atmung, die Dellen der Cellulite in den Kniekehlen, wenn sie die Stange zu fest umklammert. Die Jury vergibt Noten für die Darbietung, dann äußert sich das Publikum für das Applausometer. Nächste Kandidatin. Weitere präsentieren sich, dünne, rundliche, begabte, fleißige, durch Bodybuilding gestählte Mädchen, ehemalige Turnerinnen oder Tänzerinnen, »Hobbystangentänzerinnen«. Die lasziven Posen dienen allein dazu, Luft zu holen. Jérémie findet langsam Gefallen an der Sache, diese manchmal vulgären, zumeist amüsanten Fitnessstudio-Prinzessinnen berühren ihn allesamt mit ihrem Wunsch, es richtig gut zu machen. Alison hat bereits eines Stunde Verspätung, sie wird sich im Klub geirrt haben. Sie braucht nur anzurufen. Ein schwarzes Mütterchen flippt während einer Nummer total aus.

»Das ist meine Enkelin, das ist meine Enkelin! Ist sie nicht wunderschön?«

Das Mütterchen schiebt nach:

»Bei den Amateuren ist es so viel besser als bei den Profis. Man spürt richtig den Einsatz, ihre Angst, die Anstrengung. Wissen Sie, das tut so dermaßen weh. Es gibt die, die Angst vor der Stange haben, und die, die sich genüsslich dranschmeißen. Am schwersten ist es, dabei noch zu lächeln. Eine Frau von heute kann durch diesen Sport was fürs Leben lernen.«

Nach dem Applausometer wischt sie ein Tränchen weg. Jérémie gibt ihr ein Getränk aus. Keine Neuigkeiten von Alison. Sie verpasst etwas. Der Saal ist voll, die Zuschauer klettern auf ihre Sitze. Die Präsentatorin kehrt auf die Bühne zurück.

»Ich habe eine große Schwäche für die nächste Kandidatin. Sie ist eine der besten Tänzerinnen der Pariser Schule. Wenn sie noch ein bisschen weiter an sich arbeitet, dann könnte sie zu den Profis wechseln. Das Erstaunlichste ist, sie hat drei Kinder und ist zweiundvierzig Jahre alt. Und wenn Sie sie an der Stange sehen, dann wollen sie einfach nur die Zahlen umdrehen. Also, urteilen Sie selbst. Hier ist Anastasia.«

Eine der vorherigen Kandidatinnen, ein Mädchen mit einem Frotteehandtuch um den Hals, steht direkt vor Jérémie und kommentiert:

»Oh ja! Ich kenne Anastasia. Sie ist im gleichen Kurs wie ich, ein echtes Arbeitstier. Die Stange hat sie total locker gemacht. Die hat verrückte Sachen drauf.«

Die ersten Klänge von ***Reckoning Song* von Asaf Avidan** hypnotisieren den Saal. Es handelt sich um den Livemitschnitt, Jérémies Lieblingsversion. Wenn Alison jetzt da wäre, sie würde begeistert sein: die lange melancholische Klage, hervorgebracht mit einer Stimme wie die von Janis Joplin, kontrastiert mit R 'n' B und einem Hauch Techno. Im Saal wird es still. Eine Frau kommt wie eine Katze auf die Bühne, greift mit sicherer Hand nach der Stange, schmiegt sich hingebungsvoll an und nimmt kopfüber eine erste Figur in Angriff. Jérémie springt von seinem Barhocker.

»Aber … das ist ja Ali! Meine Ali!«

Die Muskeln spannen sich unter ihrer Haut an. Bei jeder Bewegung sieht er, wie sie sich auf ihrem Rücken zusammenziehen, ihre zierlichen Handgelenke bezirzen das

Metall, die Bauchmuskeln trotzen der Schwerkraft. Sie ist wunderschön. Alison sagte, sie würde Tennis spielen … Jérémie hatte sogar den Verdacht, sie würde mit ihrem Trainer schlafen. Er wird fast ohnmächtig, als sie, gehalten nur durch ein um die Stange geschlungenes Bein, kopfüber nach unten gleitet. Fünf Zentimeter über dem Boden hält sie an. Auf einen Schlag ist er wieder nüchtern.

»Mannomann! Das ist superschwer«, ruft das Mädchen daneben. »Voll krass, die Alte.«

»Wenn du irgendwann ihr Niveau und ihre Klasse haben solltest, sprechen wir uns wieder«, erwidert Jérémie.

Er erkennt die Pumps mit den Pailletten wieder, die sie noch vor wenigen Tagen hinter ihrem Rücken versteckt hatte, aber nicht das Tattoo eines Schmetterlings, der sich unterhalb der rechten Niere aus ihren Minishorts davonzustehlen scheint. Alison atmet und lächelt kontrolliert. Es folgen aufeinander Spagat, Contorsion, Pirouette, manchmal alles zugleich. Athletisch ist das, und äußerst dramatisch. Asaf Avidan weint. Jérémie ist wie betäubt von ihrer Anmut, ihrer Kraft, ihrem Hintern. Die Musik endet, Alison empfiehlt sich mit einem leichten Knicks, erhält die Bestnote. Jérémies Gejohle holt die Stimme beim Applausometer. Alison ist sein Flaschengeist. Es ist höchste Zeit, dass er sie ebenfalls aus der Metallkiste herauslässt.

38

Antoine legt sein Handy in eine kleine Schachtel, die Miniaturversion eines Faraday'schen Käfigs. Dieser schirmt den Apparat von Funkwellen ab, isoliert ihn vollkommen, sodass jegliche Verbindung nach draußen verhindert wird. Er schleppt die Schachtel stets mit sich herum, benutzt sie immer dann, wenn er seine Standortdaten verbergen oder abhörsicher sprechen will. Er macht es sich in der Madeleine-Kirche auf einer der Bänke des Längsschiffs bequem. Er ruft die E-Mails des Alumni-Vereins der Schule ab, Ankündigungen von Konferenzen, Auszeichnungen, Todesanzeigen, in denen von »plötzlichem Ableben« die Rede ist, die Uhrzeit der Beerdigung im »kleinsten Kreis«. Niemals ist er zu so etwas gegangen.

Die Trauerfeier für Sébastien gleicht einem Meer aus schwarzen Anzügen und einem Schick, der sich mit dem Kürzel CAC 40 versehen ließe. *Who's who* könnte hier vorbeikommen und ein Gruppenfoto schießen: Finanzdirektoren und Chefs multinationaler Unternehmen, bedeutende Banker, Firmenanwälte, Berater aus Bercy, Matignon und dem Élysée-Palast, Verantwortliche der Wirtschaftspresse, die neue Riege der großen politischen Parteien, diese Leute, »die nicht leben, ohne zu töten«*. Die Mannschaft von Folman Pachs, dicht beieinanderstehend, sticht durch ihre extreme Steifheit hervor. Antoine erkennt sogar einige Gesichter ehemaliger Kommilitonen: Mädchen, die er, vor

---

* aus: Emmanuel Lévinas: *Ethik und Unendliches. Gespräche mit Philippe Nemo*, 1986

Claras Zeit, geküsst hat, Mitspieler beim Rugby; unter ihnen ein paar Leute, die es wirklich geschafft haben, Unternehmer, die unter der Überschrift »Manager des Jahres« auf der Titelseite von *Capital* erschienen sind. Und schließlich Sébastien, in seinem doppelt verriegelten Sarg. Nur für alle Fälle.

Als sie sich mit zwanzig auf dem Campus kennenlernten, waren sie damals schon, obwohl noch süße kleine Raubtiere, nur ein Haufen Klischees: Generation *Just do it*. Die Kindheit wurde erst in der Arbeit, dann im Alkohol hinter sich gelassen. Die meisten von ihnen haben immer noch miteinander zu tun. In fünfzehn Jahren Karriere, das Gaspedal durchgetreten, haben sie keine Zeit gehabt, andere Freundschaften zu knüpfen. Ehe, Racing-Mitgliedschaft, Weihnachten in der Sonne: Sie alle haben ein Luxusleben.

Sie lieben es, amerikanische Fernsehserien im Original anzuschauen, tauschen untereinander die besten Adressen in Shanghai, halten sich für fortschrittlich. Da sie innerhalb der Alterspyramide gut aufgestellt sind, werden sie automatisch, ohne großes Dazutun an die Macht gelangen. Und all das wird einmal ihnen gehören: die Führungsetagen der Unternehmen des CAC 40, die Loge des Grand Orient de France oder von Roland Garros, die Abendessen im Siècle oder im Élysée-Palast.

Freundschaften, Urlaub – alles ist Strategie, Eigeninvestition, Erfahrungskurve. Ihr Schicksal gilt ihnen als ein umfassender Aktionsplan, eine Abfolge von Herausforderungen. Erfolgreich sein bedeutet, ganz nach oben zu klettern: an die Spitze der Rutsche, des Turms von La Défense, der Nahrungskette. Sie haben Verbindungen überallhin, Bindungen keine. Von Büchern, verweichlichten Themen, Glauben haben sie abgelassen. Zweifeln heißt langsamer werden; sich auflehnen sich aufgeben. Sich ausklinken. Berechnung ist an die Stelle von Nachdenken, Zynismus an die Stelle kritischen Geistes getreten.

Antoine beobachtet sie heimlich. Er könnte alles ins Wanken bringen. Sie sind die Meister konformistischen Handelns, hier angelangt sind sie nicht aufgrund ihres Talents, sondern durch akribische Befolgung der Regeln. Treuepflicht. Dank der Generation vor ihnen, niemals aber gegen sie, haben sie Gestalt angenommen. Ohne Fragen zu stellen, schlüpfen sie in die Pantoffeln ihrer Vorgänger. Ihrer Mentoren, ihrer »Väter«, die man vielleicht umbringen, aber niemals enttäuschen darf. Für sie wurden kernlose Clementinen erschaffen, das aalglatte, genmodifizierte Leben ohne tieferen Sinn. Sie sind die Crème de la Crème der havarierten Macht, die Wachablöse, der Mickey-Mouse-Klub der Geschäftswelt.

Von der Wiege an verbinden die Bildschirme sie mit der Matrix, die sie für echt halten: Massenmedien, Gerüchteküche, Suchmaschine von Google. Sie sind die besten Vertreter der ersten Generation, die mit Markensachen und Fernsehen aufgewachsen ist. Sie sind diejenigen mit sehr großem Potenzial, die vom Großkapital Berauschten, verwöhnte Kinder, Nutznießer eines französischen Staats, der sie hervorgebracht hat und den sie zunehmend hassen. Frankreich hat schon immer seine Jugend verachtet. Sie treten, weil vorschnell gealtert, die Nachfolge an. Sie tun so, als seien sie Kassandra. Auf Frankreich zu pfeifen gehört zum guten Ton, durch den man sich absetzt.

Am heutigen Tag klammern sie sich an den Kirchenbänken fest. Einer der Ihren ist zu Fall gekommen. Das könnte ihnen auch passieren. Selbstmord, Attentat, Staatsräson, Gaddafis wiederaufgetauchte Schergen? Paris ertrinkt in zahllosen Gerüchten. Die Autopsie hat keinen abschließenden Befund erbracht, weil die Leiche zu stark verstümmelt war. Sébastien hatte eine erhöhte Menge Benzodiazepine im Magen, jedoch keine tödliche. Man wusste, dass er leicht depressiv, überarbeitet, durch seine Scheidung angeschlagen war, auf der Kippe stand. Aber wem geht es unter den Anwesenden im Grunde nicht ebenso? Frankreich verliert an Boden, Europa ist leckgeschlagen, die Kunden haben kein Geld mehr, die Terminkalender bleiben leer, Arbeitslosigkeit droht … Wer ist der Nächste?

Clara sitzt schräg von ihm ein paar Reihen weiter vorn. Er sieht sie im Profil, hinter den Brillengläsern ihre ungeschminkten Augen mit Ringen. Tränen haben das Make-up aufgesaugt. Trostlose Rinnsale verlaufen über ihre Wangen. Sie kann noch so viele Masken aufsetzen, sie wird immer dieselbe sein. Aber wird er es wagen, nicht nur per SMS mit ihr zu sprechen?

Michael Perblood tritt an den Altar heran. Er beginnt den von Vanessa vorbereiteten Text zu lesen. Unter ihrer schwarzen Brille knirscht sie mit den Zähnen. Sie hat eine Bromazepam eingeworfen, damit sie durchhält und nicht weint. Sie dachte immer, ihr bliebe noch genügend Zeit. Wegen ihres Hochmuts hat sie niemals gewagt, sich zu erkennen zu geben, die Kontrolle zu verlieren. Vor seinem Sarg, ihrer toten Liebe, ist sie im Dienst, *on duty*. Sie kümmert sich um die Kommunikation von Folman im Hinblick auf den »Vorfall«. Sie hat sich im Griff, unterdrückt die Gefühle, bleibt *corporate*, um hinter dem Briefing ihres Klienten zu stehen. »Geschocktsein/Mitgefühl für die Familie/Anteilnahme in schweren Augenblicken«.

»Wir sind heute hier versammelt wegen eines schrecklichen Verlusts, der durch nichts gemildert werden kann. Ich möchte hier eines aufopferungsvollen, außergewöhnlichen Mannes gedenken, eines unserer wichtigsten Mitarbeiter. Doch vorher möchte ich sagen, in welchem Maße wir gerade jetzt an seine Familie denken, die er über alles liebte und von der wir ihn getrennt haben …«

Vanessa beobachtet entsetzt Perblood, der vom Text abweicht.

»Ich erinnere mich an unsere Diskussionen darüber, welchen Preis wir für unsere Opfer zu zahlen hätten, für diesen Beruf, der uns so viel gibt, aber auch sehr viel abverlangt. Ja, Sébastien Costal hatte ein gutes Herz. Vielleicht konnte er es nicht mehr ertra-«

Er bemerkt Vanessa, die ihre Brille abgenommen hat und ihre Stirn runzelt. Perblood liest weiter.

»Vielleicht hat unsere Firma niemals einen so loyalen und kompetenten Mitarbeiter gehabt.«

Am Fuße des Altars, zwei Meter entfernt vom Pult, auf das er sich stützt, kleben die Zwillinge von Sébastien Sticker mit Rapunzel auf den Sarg ihres Vaters. Als sie fertig sind, mustern sie mit ihren zwei Jahren Perblood von unten. Das eine Mädchen schreit, zeigt mit dem Finger in seine Richtung.

»Papa weg. Papa arbeitet!« Hoch aufgeschossen mit seinen 1,90 Metern, kratzt er sich am Hals, sucht den Blickkontakt mit Vanessa. Sie bedeutet ihm mit einer Kopfbewegung, fortzufahren. Ein BlackBerry spielt die ersten Töne der Walküre, es folgen Stoßseufzer und Entrüstung. *Apocalypse Now*.

»Meine Damen und Herren, ich werde Ihre wertvolle Zeit nicht weiter in Anspruch nehmen … Es tut mir leid …«

Erschöpft verlässt er den Altarraum, durchquert die Kirche betroffenen Schrittes. Als er an Antoine vorbeigeht, murmelt der »Aas«. Perblood versucht zu einem Auto zu gelangen, das mit offener Tür direkt neben dem Leichenwagen auf ihn wartet. Der Mann mit dem perlgrauen Anzug und dem quietschrosa Rollkoffer, der vor seinem Büro in der Fleet Street kampiert, zückt mitten auf der Place de la Madeleine ein Plakat.

I am not your slave.

Die Fotografen veranstalten ein Blitzlichtgewitter, halten die Szene für die Ewigkeit fest. Eine in Drillich und Gabardine gehüllte Journalistin von BFM TV erwischt ihn in flagranti. Dafür ist sie Spezialistin. Bei der Affäre um Dominique Strauss-Kahn hatte sie sich stundenlang die Beine in den Bauch gestanden und sich vor Ort breitgemacht in der Hoffnung, ein Foto vom entthronten Chef des IWF zu schießen, wie er gerade sein Penthouse in Chelsea verlässt. Einige Monate später war sie vor der Klinik La Muette zur Stelle und wartete auf die Ankündigung der Geburt des Sarkozy-Babys. Dort hatte sie einen in Schwarz gekleideten Mann gesehen, der in den Mülltonnen der Klinik wühlte, auf der Suche nach Plazenta. Manche Frauen essen sie, um ihre schlanke Linie wiederzugewinnen und eine weiche Haut zu behalten. Placenta *made by Carla* war Gold wert. Sie schiebt das Mikro unmittelbar an Perbloods Mund. Der Kameramann hält direkt auf seine Nase, schaltet den tragbaren Scheinwerfer an. Vanessa kommt herbeigerannt. Perblood verliert, geblendet durch das Licht, das Gleichgewicht und hält sich an der Journalistin fest.

»Wissen Sie schon mehr über die Umstände des Todes von Sébastien Costal?«

»Das ist weder der richtige Ort noch der passende Zeitpunkt«, erklärt er mit zusammengepressten Zähnen. »Haben Sie bitte ein wenig Respekt.«

»Glauben Sie, dass damit Ihre Ernennung zum Chef von Folman Pachs World infrage steht?«

»*No comment*, danke«, bellt Vanessa, die ihm zur Seite geeilt ist.

Aus einem anthrazitgrauen Chrysler 300 C der Firma steigt Polach, um das TV-Team mit seinen Armen auf Abstand zu halten. Perblood wirft sich auf die Rückbank seiner Limousine. Bevor er einsteigt, tritt er knöcheltief in eine Pfütze. Er schlägt die Tür zu. Sein Fahrer saust wie der Blitz davon, und ebenso ein von den getönten Scheiben verschluckter Wutausbruch: »Das grenzt ja schon an Belästigung!«

In der Kirche nimmt sich Théo, der während der Messe an Claras Seite stand, sein iPhone aus ihrer Tasche heraus. Sie hatte es ihm am Eingang abgenommen. Sie zuckt zusammen, als sie sieht, wie er auf Facebook surft, reißt ihm das Gerät aus der Hand. Clara versucht zu entschlüsseln, was er gepostet hat.

Bin bei der Beerdigung von SC mit Ellis. SO sad. RIP, my friend.

»RIP?«, murmelt sie.

»Na, *Rest in Peace*! Komm mal wieder runter!«

Die Trauermusik ertönt: ***In the Mood for Love***. Plötzlich verlieren die Zuhörer die Fassung, sind wie versteinert. Die Violinen verstummen. Mit schlurfenden Füßen verlassen sie die Kirche, verwirrt und betroffen darüber, dass sie nicht wissen, was sie eigentlich beweinen: ihren Freund, ihre Jugend oder ihre Illusionen.

Auf dem Vorplatz dämpft Clara ihr Schluchzen. Hätte sie den Lauf der Dinge im Internetcafé ändern können? Hat sie ihn, Sébastien, ohne es zu wollen, auf die Schienen »gestoßen«, so wie sie damals Antoine »gestoßen« hat? Wo kommt nur ihre Weltfremdheit her?

Céline, Sébastiens Exfrau, kommt nun mit erhobenem Kopf, je einen Zwilling an der Hand, heraus. Clara nimmt ihren ganzen Mut zusammen, um mit ihr zu sprechen. Sie steckt ihre Hand in die Manteltasche auf der Suche nach einem Taschentuch. Ein Stück Papier irritiert sie, bestimmt ein Kreditkartenbeleg. Sie holt es aus ihrer Tasche, entfaltet es gedankenlos. Auf einem abgerissenen Stück des Liedzettels der Trauerfeier steht mit Kugelschreiber geschrieben:

Gib ihnen ruhig den Stick, den ich dir gegeben habe.

Clara hat keine Zeit, nach Antoine Ausschau zu halten. Sie wird plötzlich von zwei Männern flankiert.

»Frau Fisher?«

»Ja.«

»Würden Sie uns bitte folgen?«

»Jetzt? Aber … ich wollte mit auf den Friedhof gehen.«

»Genau dahin werden wir Sie auch begleiten«, antwortet einer der Männer, während er ihren Arm packt.

Sie zittert leicht, die Doppeldeutigkeit der Äußerung tut sie ab. Als Bertrand zu ihnen tritt, versucht er einzuschreiten.

»Die Herren?«, fragt er argwöhnisch. »Sie sind …«

»DCRI. Wir haben nur ein paar Fragen.«

»Was ist los, Mama? Wer sind 'n die Typen?«, fragt ihr Sohn, der die Gefahr wittert.

Sie begegnet Antoines Blick. Er nickt leicht, sie gewinnt wieder Vertrauen.

»Okay, in Ordnung. Wir sehen uns dann auf dem Friedhof«, beruhigt sie alle.

Sie erinnert sich an seine ersten SMS, die mit Sun Tzu: *Vorgeben, mit der Absicht des Feindes übereinzustimmen.*

»Bist du sicher?«, fragt Bertrand.

Er sucht ein Stück Haut an der Wangeninnenseite, auf dem er herumkauen kann. Seine Frau weiß mehr von der Sache, als sie ihm sagen will. Aber weiß sie alles? Sie wirft ihm einen sanften Blick zu, den er nicht erwartet hätte. Anständig, wie sie ist, wird sie jeden beschützen.

»Ja, kein Problem«, sagt sie und folgt ihnen auf dem Fuße.

Von beiden Seiten des Vorplatzes kommen Jérémie und Antoine auf Bertrand und Théo zugerannt:

»Aber was macht sie denn da?« Jérémie macht sich Sorgen.

Er hat Clara die ganze Zeit nicht zurückgerufen.

»Und du lässt sie einfach so gehen?«, beschuldigt ihn Antoine, der sich eine Zigarette anzündet.

Seine erste seit dem »Unfall«.

»Da ist er ja, unser Heimkehrer der Nation! Was machst du eigentlich hier? Und warum bist du haargenau zu diesem Zeitpunkt zurückgekommen, hä?«, ruft Bertrand und wirft Jérémie einen nach Bestätigung heischenden Blick zu.

»Sébastien war mein Freund«, kann Antoine hustend gerade so herausbringen.

Der Rauch brennt in seinen Lungen. Die Typen von der DCRI werden Clara einzuschüchtern versuchen, einen möglichen Angriff auf die nationale Sicherheit erwähnen. Morgen wird sie einen Brief erhalten, der eine bevorstehende Steuerprüfung ankündigt. Vielleicht durchsuchen sie ihre Wohnung, holen ihre Kinder von der Schule ab. Eine ganze Reihe von Einschüchterungsmaßnahmen, um die »Mutti« daran zu hindern, den Angriff zu vereiteln.

»Dein ›Freund‹? Sehr witzig!«

Antoine zieht an seiner Zigarette. Er starrt Bertrand an, dessen Kinn wie von selbst zu kreisen scheint.

»Seltsam ... als ob du vor irgendetwas Angst haben müsstest, ich meine, du für dich.«

Jérémie, plötzlich nervös geworden, schnappt nach Antoines Zigarette. Der Unfall seines Vaters hat ihn ziemlich mitgenommen, aber das Treffen mit Sébastien im Winston war die reinste Angstmache, nichts »Geschäftliches«. Das hätte ihn alarmieren müssen. Er ist tot, Clara hat um seine Hilfe gebeten, Bertrand will, dass er sie während seiner Abwesenheit beschützt. Das riecht nach Panik. Alison und Vanessa gesellen sich zu ihnen.

»What the fuck? Und du da«, regt sich Alison auf und zeigt auf Bertrand, »du tust einfach gar nichts. Wann wirst du endlich anfangen, dich um deine Frau zu kümmern? Kennt ihr die Typen etwa?«

»Noch nicht. Aber meiner Meinung nach werden wir alle vernommen werden«, kommentiert Vanessa ungerührt.

»Nun werdet mal nicht paranoid, Mädels«, ruft Bertrand, der sich darüber ärgert, einen Hautfetzen nicht ausspucken zu können.

»Hast du schon mal von einem Typen gehört, der sich um vier Uhr morgens zwanzig Kilometer von zu Hause entfernt auf die Schienen legt, um Selbstmord zu begehen?«, sagt Vanessa höhnisch.

»Und wenn du dir so sicher bist, warum arbeitest du dann für Perblood?«, greift Bertrand sie mit verzerrtem Mund an.

»Wenn dir eines Tages klar wird, dass wir *alle* für Perblood arbeiten …«

Antoine sieht, wie Bertrand auf seinem hohen Ross ins Wanken gerät.

»Ich weiß nicht, was ihm zugestoßen ist«, wirft Jérémie ein. »Was ich aber weiß, ist, wir haben ihn alle ein bisschen verrecken lassen.«

Clara steigt in einen zivilen Streifenwagen, ein beiger Renault Modus. Wenn die Agenten von der DCRI sie heute Abend ein Weilchen dabehalten, wird sie Bertrand vor seiner Abreise nach Südafrika nicht mehr zu Gesicht bekommen. Er macht einen Schritt in ihre Richtung, wie um sie zurückzuhalten. Claras Blick hatte etwas von einem endgültigen Abschied.

39

In aller Frühe, wenige Minuten bevor sie auf Sendung geht, erscheint Clara im Studio. Die Tontechniker grüßen sie. Sie antwortet mit einem schiefen Grinsen, das Gesicht hat sie tief im Mantelkragen vergraben. Der Moderator der Sendung wirft ihr einen freudlosen Blick zu, ohne ein Wort des Willkommens. Sie ist da, das ist alles, was zählt. Nicht dass er sie nicht mögen würde. Sie ist ihm schlichtweg egal, er hört ihr niemals zu. Sie ist Teil des Bataillons an Berichterstattern, die von der Chefetage durchgedrückt wurden. Er reicht ihr das Mikro für drei Minuten pro Woche und findet sich damit ab. Während er bis zu seinem Einsatz nur mit einem Ohr hinhört, verschnauft er, geht seine Nachrichten, die – stets giftigen – Kommentare über die Sendung auf Facebook durch, und das fünf Tage die Woche, ab Sonnenaufgang. Er steht an vorderster Front, seine Zeit verbringt er damit, Schläge zu kassieren. Von der Intendantin des Senders, den Zuhörern oder seiner eigenen Mutter, in deren Augen er niemals alles richtig machen kann. Er hat sich einen Panzer zugelegt, versucht, seine Stelle zu behalten, egal welche Änderungen ihm, zumeist in allerletzter Minute, zugemutet werden, wie die neue Aufteilung der Sendezeiten, das unerwartete Auftauchen eines Freundes der Radioleitung, eine Werbepause mitten im Hauptbeitrag, ein einschläfernder Gast, jedoch mit strategischer Bedeutung für die Karriere der Intendantin.

Ohne einen Ton zu sagen, setzt sich Clara an den ovalen Tisch in der Mitte des Studios. Ein ehemaliger Wirtschaftsminister, frisch geföhnt und unverschämt braun, hat es sich vor einer Porzellantasse und einem auf einer Papierserviette dargereichten Croissant bequem gemacht. Das ist der Gast der Sendung, er zeichnet sich durch nichts Besonderes aus: Weder bekleidet er eine Funktion, noch strebt er den Vorsitz einer Partei an. Auf dem Radar der Führungsetagen ist er nichts weiter als ein kleiner Punkt, der sich kaum noch bewegt und langsam vom Schirm verschwindet. Es ist schon so weit gekommen, dass er kostenlos Vorträge hält. Er hat Vanessa damit betraut, ihn »wieder in die Medien zu bringen«. Sie bereitet sein großes Comeback vor, ein Buch über sein Leben, geschrieben von einem Ghostwriter: *Tagebuch der G20*. Vanessa organisiert ihm eine Aufwärmrunde bei »einflussreichen, aber nicht allzu exponierten« Radiosendern. Sie hat die Intendantin angerufen, um ihren Kunden in Stellung zu bringen. Als diese sich sträubte, musste Vanessa ihrem Gedächtnis auf die Sprünge helfen. Während seiner Zeit als Minister hatte er sie auf ihre vorige Stelle berufen, die ihr schließlich als Sprungbrett diente, Intendantin eines öffentlich-rechtlichen Radiosenders zu werden. Will man auf dem Feld der Einflussnahme brillieren, muss man die ganzen kleinen Geschichten kennen, man muss über die Schulden penibel Buch führen. Wer hat wen ernannt/mit wem geschlafen und warum?

Die Redakteure, vertieft in ihre Notizen oder abgelenkt durch die Fliegen an der Decke, ignorieren Clara. Still nimmt sie Platz. Ticktack. Aus Höflichkeit lächelt ihr der Exminister mit all seinen von Zahnstein befreiten Zähnen zu. Vanessa wiederholt immerzu: Eine öffentliche Person muss ihre Reißzähne stets poliert haben. Clara betrachtet das Studio, ein fensterloser Raum, bis zur Decke mit einem Schallschutzmaterial ausgeschlagen, der Geräusche und Erschütterungen absorbieren soll. Wie eine große Isolationszelle in dunklen psychiatrischen Anstalten. Sie wird nicht mehr zurückkommen. Der Rest des Studios, der Teil mit der ganzen Technik, ist durch eine dicke Glasscheibe abgetrennt. Regie, Techniker und vier Praktikanten der Sendung sind dort abgestellt, wie bei Fischen in einem Aquarium wirken ihre Bewegungen wie in Zeitlupe. Ticktack. Die Intendantin wartet geduldig, kann jedoch nur schlecht ihren Überdruss verbergen. Niemals wohnt sie einer Sendung bei, es sei denn, der Gast gilt als eine »Beziehung«, die ihr oder ihm nützlich sein könnte. Paris ist ein Dorf, das vom Sich-Revanchieren, vom Tauschhandel regiert wird. Auf beiden Seiten wird die Höhe der Schuld gleich bei der ersten Begegnung anhand der Tiefe des Bücklings ermessen. Trotz der Sporen, die sich die Intendantin verdient hat, versucht sie unsicher, einen Blick, ein Lächeln, eine Einladung zum Essen zu erheischen. Dass man bei der Erstellung der Liste von Anwärtern auf eine Beförderung oder die Leitung einer Kommission an sie denkt. Ein »Danke«, und alle flippen aus, ein etwas getrübter Kommentar über die Sendung, und die ganze Mannschaft wird zusammengestaucht. Eines Morgens hatte ein Politiker, der bei etwas mehr als zehn Prozent der Bevölkerung beliebt ist, nach der Sendung der Intendantin ein einfaches »Hallo« zugeworfen, bevor er in den nächsten Fahrstuhl gesprungen war. Eine Woche brauchte sie, um darüber hinwegzukommen. »Verstehst du«, gestand sie Clara, die sie noch nie gegrußt hatte, »normalerweise geben wir uns Küsschen!«

Clara, die etwas neben sich steht und von der Erinnerung an ihr Verhör gequält wird, hat nichts vorbereitet. Niemand überprüft je das Thema oder den Inhalt ihres Beitrags. Sie hat »Carte Blanche«. Gewinn gesichert, Garantie gewährt, sie »liefert«. Sie gehört, was den guten alten »Warentausch« angeht, zum engsten Kreis, kennt die

Spielregeln. Ticktack. Ihr Sessel ist noch warm vom Vorgänger. Im Namen ihrer unzählige Male als Jingle angekündigten Politik der Öffnung hat die Leitung die Zahl der Gastredner vervielfacht, um »das Feld der Ideen« auszuweiten. Ticktack. Und da sie so frei sind, tragen sie alle ihren Stein zu ein und demselben Denkgebäude bei. Es gibt nur eine Einschränkung. Sie dürfen auf die Politik zwar einschlagen, aber nicht wirklich stören. *Bashing* ist nichts weiter als die perverse Umkehrung des abgekarteten Spiels der Medien. Wenn es nichts mehr zu sagen gibt, bleibt immer noch der Angriff auf die Person. Das Terrain muss vorausschauend besetzt werden, hier und da ein paar verstreute Leser aufgesammelt, aber keine neue »Stimme« hervorgebracht werden. Die Macht kritisieren, sie ins Lächerliche ziehen hat nur ein Ziel: Papier zu verkaufen. Journalisten agieren wie heillos verwirrte Trader: Je größer die Zahl derer, die alle dasselbe machen, desto größer das Gerücht, dass es umso mehr zu gewinnen gebe. Aus Mangel an Macht können sie nur Schaden anrichten. »Alles muss sich ändern, damit sich nichts ändert«, sagt Delon in *Der Leopard*. Ticktack.

Der vorher aufgezeichnete Wettereinspieler ist gleich vorbei, Clara wird jede Sekunde auf Sendung gehen. Mit einem Mal ist ihr Hals ganz trocken. Alles Flüssige wird aus ihrem Körper gezogen, wie bei Tieren kurz vor einer Katastrophe. Ticktack. Sie trinkt das Glas Wasser vor ihr, das neben einem kalten Kaffee und den Überbleibseln der vorhergehenden Klatschnachrichten stehen gelassen wurde.

In der Mitte des Tisches leuchtet das rote Licht auf, die Mikros sind offen. Der Moderator, bis eben noch still, hebt plötzlich mit einer strahlenden Stimme voller Enthusiasmus an, Clara zu begrüßen. Dermaßen warmherzig ist das, dass sie fast selbst daran glaubt. Dieser intelligente, einfühlsame Mann ist aus purem Konformismus zum absoluten Individualisten geworden. Aus Angst. Er unterwirft sich dem Dogma, dass der Zweck die Mittel heilige. Welcher Zweck aber? Seiner, ihrer?

Er erteilt Clara das Wort, sichtlich besorgt darüber, dass sie keine Notizen hervorzuholen scheint. Sie ist nun so weit, professionellen Selbstmord zu begehen, live auf Sendung. Mit stockendem Atem denkt sie an Antoine (nicht real), an Sébastien (tot), an Bertrand (weit weg), an sich (verloren). Ticktack. Sie denkt daran, wie sinnlos es ist, diesem Kreis, in dem sie schweigt, anzugehören, sich ein Kostüm anzuziehen und Zynismus, Sarkasmus, niemals aber Ernsthaftigkeit zu verbreiten. Gaston Bachelard und Milton Friedman zitieren, sich damit brüsten, einen höheren Standpunkt zu haben, zu wissen, welche Karten man hat, ohne groß Worte darüber zu verlieren. Was sich hier vor dem Mikrofon abspielt, das Fehlen jeglichen Engagements, setzt sich ohne Bruch in ihrem Leben fort. Sie dachte, sie hätte sich nur ein wenig arrangiert. Was ihre Gefühle, ihre Arbeit angeht, ist ihr Leben ein einziger Verzicht.

Sie schließt die Augen, nimmt Abstand vom Mikro, sträubt sich wie ein Pferd vor dem Hindernis. Ticktack. Erschrocken animiert der Moderator sie mit einem Scherz, wie um sie aufzuwecken:

»Kommen Sie, Clara Fisher, ins Mikrofon bitte.«

Sie beobachtet die Uhr, die mitten auf dem Tisch thront. Sie hat einhundertzwanzig Sekunden. Sie atmet tief ein, holt zum Schein ein Blatt Papier hervor und fängt an zu improvisieren. Der Moderator stößt unwillkürlich einen Stoßseufzer aus.

»Die Gründerväter haben von einem starken, weil wirtschaftlich vereinten Europa geträumt. Wachstum sollte Frieden garantieren, Freundschaft der Völker bedeuten.

Sonst gäbe es Inflation, Krise, Hitler, Krieg. Sie sahen es als notwendig an, dass die unterschiedlichen Volkswirtschaften zusammen gedeihen und wachsen. Die gemeinsame Währung, ein kaum rückgängig zu machender Baustein, wurde gegründet auf der Basis ökonomischer, von Gremien festgelegter Ziele. Das Ergebnis aber ist ein Europa mit der Brechstange, dargeboten auf dem Altar einer Frieden stiftenden Wirtschaft, die wundervolle Heirat von Idealisten und Technokraten. Von Deutschland bis Estland sind neun, zehn, elf, zwölf, dreizehn, vierzehn, schließlich fünfzehn Länder der Eurozone beigetreten, und das trotz ihrer zunehmend ungleichen Wirtschaftsleistungen. Auf wundersame Weise erfüllten alle die angeblich so drastischen Beitrittskriterien.«

Der Moderator lüpft eine Augenbraue, während er nach wie vor auf den Bildschirm seines Smartphones blickt. Das klingt ja gar nicht mal übel.

»Ja, liebe Zuhörerinnen und Zuhörer, für den Beitritt müssen drei Kriterien erfüllt sein: Kontrolle über die Preisstabilität, die öffentlichen Finanzen sowie die Zinssätze. Aber was passiert? Schon mit der ersten Beitrittswelle 1995 halten die Kandidatenländer die Latte für zu hoch: Politisch sei es unmöglich, die Bevölkerungen aufzufordern, auf ihre Währung zu verzichten und bei ihren Ausgaben zu sparen. Brüssel macht Konzessionen bei den öffentlichen Ausgaben. Es drückt beide Augen zu bei der einen Quote (öffentliche Schulden unter sechzig Prozent des BIP), sofern die andere (ein öffentliches Defizit von unter drei Prozent) eingehalten wird. Im Jahr des Beitritts muss man also die Konten bereinigen. Das Defizit unbemerkt unter den Teppich kehren. Umbuchen. Die Braut schminken. Und weitertanzen. Genau zu diesem Zeitpunkt sind die Banker erschienen, eine Art politischer DJs. Die Betrügereien, die den Beitritt Griechenlands 2001 begleitet haben, wurden uns so dargestellt, oder sollte ich sagen, ›verkauft‹, als handelte es sich um einen Einzelfall, der die gesamte Riege europäischer Spitzenpolitiker vollkommen überrascht hätte. **Die Manipulation der griechischen Konten durch Folman Pachs** ist mit der Zustimmung von Eurostat durch einen zu jener Zeit völlig legalen Vorgang vonstattengegangen, jedoch vor den Menschen geheim gehalten worden. Es handelt sich hierbei um Devisenswaps, die Umwandlung eines Teils der in ausländischen Devisen gehaltenen Schulden mit einem deutlichen Abschlag gegen die sofortige Zufuhr von Bargeld durch das betreffende Finanzinstitut zu einem für die Bank äußerst komfortablen, jedoch für das Land tödlichen Zinssatz. Die Abmachung besiegelt im Grunde das Vorkaufsrecht auf zukünftige Einnahmen. Sie haben nichts davon verstanden? Das soll so sein. Aber glauben Sie mir, es funktioniert!

Liebe Zuhörerinnen und Zuhörer, um dem Euro beizutreten, **haben mehrere europäische Länder – und nicht nur Griechenland – ihre Konten manipuliert**, mithilfe prominenter Institutionen, die dafür und mit dem einzigen Ziel bezahlt wurden, die Konvergenzkriterien zu erfüllen und einem politischen Projekt zu dienen. Versunken in ihren messianischen Traum – erinnern Sie sich, Europa musste gemacht werden, sonst würde es Krieg geben! – hat die europäische Elite mit dem Schlimmsten gerechnet und nur das Beste gewollt, während Brüssels Technokraten so taten, als wären sie blind. Die politische Klasse ebenso wie ihr ganzes Personal, Wirtschaftsexperten insbesondere, haben diesen Schwindel verheimlicht. Sie haben die Bevölkerung nicht geschützt; die Finanzwelt hat die Schwächen der Länder ausgenutzt; Brüssel hat sein Projekt nicht verteidigt.«

Clara verschnauft kurz, Zeit, um an Bertrand zu denken, den sie nun endgültig im Stich gelassen hat. Ticktack. Der Moderator ergreift die Gelegenheit, sie mit einem zweifellos miesen Scherz zu unterbrechen:

»Liebe Clara, nun ist es Zeit, abzurechnen …«

Wie eine Tigerin stürzt sie sich aufs Mikro.

»Diese Manipulation wurde ab 1995 für eine begrenzte Zeit nicht in Griechenland, sondern in Italien als System gestartet. Es war ein vorübergehendes Arrangement mit dem Ziel der gemeinsamen Währung. Ein gar nicht so wundersames, sondern legales, für die Finanzwelt äußerst lukratives Vorgehen. Die Praxis hat sich etabliert, verfeinert, ausgeweitet und hat zu Mauscheleien, Lügen zwischen Staaten und Geldinstituten sowie zu Ländern mit astronomisch hohen Schulden geführt. Schulden, die durch ein Sparprogramm getilgt werden sollen, das in größter Panik verabschiedet wurde und die Bevölkerung, niemals aber die Elite, bestraft. Die Wirtschafts- und Währungsunion, dieses große Projekt, das man uns seit Ende des Zweiten Weltkriegs anpreist, gründet auf einem Spiel mit Zahlen, einem Spiel zum Schein. Es gab Derivate, Devisenswaps, ein ganzes Arsenal legaler Techniken, ein lupenreines Ingenieurwesen. Die Eurozone ist nichts weiter als ein **riesiges Ponzi-Schema**. Der Beitritt der einen dient zur Unterstützung des Beitritts der anderen, sodass der Betrug immer weniger offensichtlich, dafür aber immer unverschämter wird, sofern er die Bevölkerung in Prozesse verwickelt, die nicht wieder rückgängig gemacht werden können. Je mehr außerstaatliche Institutionen Kriterien vorgeben, umso mehr fälschen die Länder ihre Bilanzen, und desto mehr haben die Banken Arbeit. Ohne die Gründerväter gäbe es Europa nicht; ohne die Innovationen am Finanzmarkt jedoch gäbe es den Euro nicht! Die ganze Zeit ist die Rede von Sparpolitik! Die Währungsunion ist der große Ausverkauf des Politischen gewesen. Kein Politiker, keine Politikerin, weder aus dem linken noch aus dem rechten Lager, hat es gewagt, diese kleinen Absprachen anzuprangern. Warum? *Moral Hazard*, was so viel heißt wie, die Mächtigen werden sich immer aus der Affäre ziehen.«

Der Exminister lächelt nun überhaupt nicht mehr. Kleine Schweißperlen zeigen sich genau auf der Höhe seiner neuesten Implantate. Jenseits der Glasscheibe befindet sich die Intendantin kurz vorm Herzinfarkt. Clara redet immer schneller, sie weiß, dass sie das Mikro abschalten werden.

»Es sind jetzt bereits vier Jahre, dass man die Griechen stigmatisiert, ihre politischen Vertreter, ihre Kultur. Diejenigen, die versucht haben, diese Affäre publik zu machen, wie zuletzt Sébastien Costal, sind ausgeschaltet worden. Sébastien Costal ist unter einem Waggon der RER in den Selbstmord getrieben worden durch einen Söldner, der für einen privaten Sicherheitsdienst arbeitet. Der Tod des Kommunikationschefs von Folman Pachs Europe ist ein finanzpolitischer Mord. Er war drauf und dran, die Affäre aufzudecken, eine Akte mit dem Codenamen Brandenburg, die die Verantwortlichen seiner Bank bestens kennen.«

Die Intendantin brüllt in den Kopfhörer des Moderators, der mit dem Mischpult verbunden ist. Überfordert versucht er, etwas zu sagen.

»Hören Sie, Clara, wir wollen doch vernünftig bleiben. Ihre Nähe zu Sébastien Costal muss wohl Ihr Urteil trüben. Das ist ja wie in einem schlechten Roman von John Le Carré …«

Sie lässt sich nicht beirren, ist gleichgültig gegenüber der im Studio steigenden Aufregung. In dieser Sekunde hören ihr Hunderttausende Menschen zu. Ticktack. Auf einmal ist sie wie elektrisiert.

»Im Laufe der Jahre wurde der Betrug zu groß, als dass er hätte aufgedeckt werden dürfen. Zu viele Akteure haben etwas zu verlieren: die Politiker von damals, ihre Nachfolger, die Ratingagenturen, die Banken, die dieses Pseudoeuropa finanziert haben, wobei sie hier und da Finanzprodukte erfanden, mit denen sie ihren Reibach machen. Die Politik hat kurzfristig ein paar Punkte beim BIP gutgemacht, aber die Schuldenkrise mittelfristig verschärft. Und die Presse hatte keine Lust, diesen Taschenspielertrick zu verstehen, geblendet von der Aura der Politiker und dem Geld des Finanzwesens. Europa ist ein wirtschaftliches, finanzielles, politisches und moralisches Desaster. Es ist niemals eine lebensfähige ökonomische Konstruktion gewesen. Es ist eine Täuschung. Sie wurde aufrechterhalten von mindestens drei Generationen sogenannter ›Eliten‹. Die goldene Regel ist eine Beleidigung für den gesunden Menschenverstand. Das Friedensprojekt Europa könnte im Krieg enden. Wir sind die Vorhut der kapitalistischen Dekadenz. Nun, liebe Zuhörerinnen und Zuhörer, was denken Sie: War das Experiment Europäische Union das wert? Dass man betrügt? Dass man daran stirbt? Was soll nun daraus werden? Die Gründerväter würden sich in ihrem Grab …«

Die Intendantin lässt das Mikro abschalten.

»Das war ein Beitrag von Clara Fisher von der Zeitung *Bizness Day*. Vielen Dank, Clara, und bis nächste Woche«, schließt der Moderator mit einer warmherzigen Stimme an, so als hätte er nichts mitbekommen.

Er wirft ihr einen vernichtenden Blick zu, seine Hand fuchtelt in der Nähe seiner Schläfe herum. Er bedeutet ihr damit, dass sie verrückt sei.

»Und jetzt etwas Musik.«

In der Regie wird irgendeine Scheibe aufgelegt. Als die Mikros abgeschaltet sind, fangen alle zu schreien an. Clara, die keine Zeit hatte, den Mantel abzulegen, nimmt zitternd ihre Sachen. Der Exminister springt von seinem Stuhl auf und verlässt wutentbrannt das Studio. Die Intendantin rennt ihm wie ein Schoßhündchen hinterher.

»Das ist ein einmaliger Vorfall«, hechelt sie, »ein **schwarzer Schwan**, ein höchst unvorhersehbares Ereignis. Die Frau ist ein Nichts, es wird sich einfach wegsenden.«

Der Exminister, der sie um gut dreißig Zentimeter überragt, dreht sich vor dem Fahrstuhl um. Er führt seinen Daumen unter das Ohr, bewegt ihn langsam am Kehlkopf vorbei zur anderen Seite des Halses. Er tritt in die Kabine, knirscht mit den Zähnen und reckt das Kinn, bevor sich die Türen schließen.

Im Studio beschimpfen sich die Redakteure gegenseitig. Clara schleicht an den Wänden und dem Glaskasten entlang. Die Techniker applaudieren. Seit Jahren schon und wegen permanent neu aufgesetzter befristeter Verträge wohnen sie, ohne zu murren, dieser Phrasendrescherei bei. Die Intendantin schreit, als Clara gerade die Treppe nehmen will:

»Du Schlampe, du bist einen Scheißdreck wert, du bist erledigt. Solange ich lebe, wirst du niemals wieder ein Mikro in die Hand nehmen. Du bist tot!«

Clara fliegt förmlich die Treppen hinunter, ihr Herz rast. Die Worte sind wie von selbst gekommen. Es ist der Aufstand einer Dienerin. Clara hat auf den Auslöser gedrückt. Die Magie einer Livesendung. Es ist der äußerste Akt von gesellschaftlichem *hacking*: sich einer Umgebung anpassen, ihre Sitten und Gebräuche beherrschen, sich zum Ritter schlagen lassen, wie von selbst eine strategische Position beziehen, gar eine Auszeichnung erhalten. Sobald es seine Schutzschilde senkt, das System von innen torpedieren.

Bertrand, der während einer Pressekonferenz des Präsidenten in Kapstadt davon unterrichtet wurde, schickt ihr eine SMS.

Ich werde dir alles erklären.

40

In Sarcelles lässt Antoine, abgetaucht in seiner Badewanne, etwas heißes Wasser dazu und checkt seine Bildschirme: auf einer Karte von Paris ein roter Punkt, Claras Position; in einem blauen Fenster alle ein- und ausgehenden SMS von Bertrand, dessen Telefone und Computer er gehackt hat; ein Videobild von Claras Wohnung mit Saadet, die die Kinder für einen vielleicht notwendigen überstürzten Aufbruch vorbereitet; ein IRC-Fenster, wo er mehrere Chats gleichzeitig führt; eine Dropbox, in die er die Dokumente von Sébastien hochlädt. Das Kollektiv *Anonymous* ist in heller Aufregung. Diesen teils gehemmten, oft aber sehr begabten Kids fehlte bislang ein echtes politisches Bewusstsein. Antoine steht an der Spitze dessen, was in dieser Nacht als Operation European Gate seinen Anfang nehmen wird.

Mit tief ins Gesicht gezogener Basecap nimmt Clara Reißaus. In der Avenue George-V geht alles nur in Zeitlupe voran. Sie steigt in den Bus 72, um nach Hause zu fahren. Das Radio erstattet die Kosten für das Taxi, jedoch nur die Hinfahrt. Sie nimmt das Prepaidhandy, das Antoine, ihr Rettungsanker, ihr gegeben hat.

Wenn du willst, kannst du ziemlich ausgebufft sein. Geh auf keinen Fall nach Hause. Mach dich in der U-Bahn unsichtbar und bleib immer in Bewegung. Und wechsle die SIM-Karte. Traue nichts und niemandem. Cash only. Ich melde mich wieder bei dir, mach dir keine Sorgen. Saadet kümmert sich um deine Kinder. Clara schwankt zunächst, befolgt dann aber die Anweisungen. Sie taucht in der Masse von Leuten unter, die als Manager, Angestellte oder Studenten verkleidet sind. Mit schlaffen Gesichtern und aufeinandergepressten Lippen schließen sie sich in ihre Blasen aus Touchscreens, Kopfhörern und Einsamkeit ein. Sie hat eine Bombe hochgehen lassen. Paris dreht sich ungerührt weiter.

In ihrem Büro im VIII. Arrondissement mit weitem Blick über die Champs-Élysées geht Vanessa vollkommen methodisch vor. Claras Behauptungen dürfen von den klassischen Medien nicht aufgegriffen werden. Sie wird alles im Keim ersticken. Sie schiebt den Unterkiefer vor und frohlockt. Seit Langem schon wollte sie das machen. Sie beginnt damit, der Intendantin ihre Anweisungen zu geben: Zuerst Claras Beitrag vom Server löschen; anschließend weder dementieren noch kommentieren, absolutes Schweigen, es hat nicht stattgefunden. Eine Reaktion bedeutet Eingeständnis, dient als Anknüpfungspunkt. Das Feuer in den Medien muss gelöscht, das Streichholz ausgeblasen werden. Vanessa kann sie sogar überzeugen, so zu tun, als ob es diesen Augenblick, diesen irrwitzigen Beitrag, niemals gegeben hätte. Widerwillig fügen sich die Techniker den Anweisungen. Die Websites der Globalisierungskritiker tönen davon, jedoch gelangt niemand an die Originaldatei. Clara wird gelöscht bei Facebook, Google, Twitter, den Tentakeln der Macht. Obwohl Perblood sie ununterbrochen anruft, kontaktiert Vanessa persönlich die Chefs von AFP, Reuters und Bloomberg. Die Meldungen werden entfernt, wobei während derselben Telefonate mehrere Werbeverträge geschlossen werden. Anschließend verhandelt sie mit dem Chefredakteur von *Bizness Day*. Sie erwirkt Claras sofortige Suspendierung wegen schwerer Schädigung, im Gegenzug gibt sie brandheiße Informationen, die den gesamten Tag lang als Gegenfeuer dienen werden: die außerehelichen Beziehungen von amtierenden Ministern. Clara sei eine seiner besten Journalistinnen, feilscht der Chefredakteur. Dafür erhält er das Exklusivrecht über die gestohlenen Fotos von Ministern in flagranti. Kleine Bömbchen ansammeln und zu gegebenem Zeitpunkt hervorzaubern, das ist Einfluss.

Clara irrt durch Paris, je nach Antoines Anweisungen, die er von Sarcelles aus gibt. Sie glaubte, sie könne das Gesicht der Welt ändern, das Andenken an ihren Freund wiederherstellen, aus allem aussteigen, ihre Kinder stolz machen. Ihr Beitrag, das »Coming-out eines Wachhundes«, so die Überschrift bei *AgoraVox*, ist ein Gerücht, das wie ein Kuchen in sich zusammenfällt. Als Verschwörungstheoretikerin verspottet, wird sie von ihren Netzwerken fallen gelassen, ihre Eltern »machen sich große Sorgen«. Sie sei übergeschnappt, paranoid, müsse weggesperrt werden. Sie geht unter im vorschriftsmäßigen Trommelfeuer. Ihre Enthüllungen werden unter der eigentlichen Meldung begraben: »Die Schäferstündchen der Mächtigen im Abglanz der Republik«.

Verloren schleicht Clara in den Gängen der RER-Station Nation herum. Gerade hat sie eine Staatslüge angeprangert. Um ihre eigenen Lügen besser zu vertuschen? Und wenn das alles eine Falle von Antoine war? Wenn er mit ihr gespielt hat? Ihm war klar: Es würde ihr bei der Verkündung der »Wahrheit« darum gehen, all die Jahre ohne Freude oder Ernsthaftigkeit ungeschehen zu machen. Dieser Idealismus ist veraltet, deplatziert. Eine Stimme, die man zum Schweigen bringen würde. Wie jedes Mal. Sie hat überhaupt keine Chance angesichts der Macht des Systems, nichts hat sie ungeschehen gemacht außer sich selbst. Als sie Kontrolleure sieht, steigt sie an der Station Opéra um. Krank vor Sorge um ihre Kinder prüft sie unentwegt, ob Nachrichten von Saadet eingehen. Keine. Auf dem Bahnsteig von Étoile sacken ihre Schultern herab, sie steht nach vorn gebeugt da. Sie hat ihre Familie, sie hat Bertrand zerstört. In ihrem Umfeld wird niemand jemals irgendwo mehr sicher sein. Sie geißelt sich selbst: Schlecht war sie schon immer; seit heute Morgen noch lächerlich dazu. Und so allein wie nie zuvor. Sehnsüchtig betrachtet sie die Gleise. Ihr Drang, sich umzubringen, kollidiert mit ihrem automatischen Selbstschutz. Während sie durch U-Bahn-Gänge und über Rollbänder läuft, vorbei an Zigeunerorchestern und alten Krüppeln, die auf dem Boden kauern und betteln, träumt sie davon, nach Chile abzuhauen, ihr Psychologiestudium wieder aufzunehmen, wieder in ihre Bude an der Orchard Street in der Lower East Side zu ziehen, einem Unterschlupf für Drogenabhängige, wo sie gleich nach dem »Unfall« gewohnt hatte. Endlich schreibt Saadet:

Machen Sie sich keine Sorgen.

Clara hat sich entschieden. Sie wird mit ihren Kindern auf einen Bauernhof in Focalquier ziehen. Sie wird Blumen auf dem Markt verkaufen. Ihr Plan verflüchtigt sich, zunichtegemacht durch eine SMS von Antoine.

Treffen Porte d'Orléans in 25 Minuten unter dem BP-Schild.

Eine Tankstelle am Südrand von Paris? Was treibt er für ein Spiel? Wie ein verängstigtes Ding treibt sie durch die Tunnel, wird herumkommandiert von einem Mann, den sie beinahe getötet hat. Jetzt zeigt sich ihr wahres Gesicht. Die obdachlose Künstlerin in der Rue des Martyrs hat letztlich doch recht gehabt: Clara hat eigentlich kein Zuhause.

Sie ist pünktlich. Für eine weitere Episode dieser infernalischen Schnitzeljagd schaut sie auf ihr Telefon. Sie kann nicht mehr. Wenn er jetzt nicht kommt, dann lässt sie sich umdrehen für ein wenig Sicherheit im Gegenzug, sie wird sich öffentlich entschuldigen, niemanden mehr stören. Hinter ihr heult ein Motorrad auf. Sie hört nur ein »Steig auf«.

Sie erkennt Antoines Stimme wieder, es gelingt ihr aber nicht, sein Gesicht unter dem getönten Visier seines Helms auszumachen.

»Und meine Kinder?«, stammelt sie kurz vorm Herzstillstand.

»Wir holen sie ab. Zieh das über.«

Ohne abzusteigen, reicht er ihr eine Motorradlederjacke und einen Helm. Den, den Sébastien letzte Woche getragen hatte. Sie zögert.

»Du wolltest doch immer ein Pirat sein, oder? Willkommen im Untergrund.«

Schweigend und des Kämpfens müde klettert sie auf das Motorrad. Da die plötzliche Nähe sie irritiert, klammert sie sich, steif wie ein Besen, an den Griffen unter dem Sitz fest. Antoine nimmt die A6, die Sonnenroute. Clara wirkt wie ein Gegengewicht, sie macht keine einzige Bewegung des Motorrads mit; charakteristisch für Leute, die die Kontrolle nicht abgeben können. Antoine spürt ihre Steifheit, ihr Zögern zwingt ihn, die Maschine zusätzlich abzustützen. Dass er sich aufs Fahren konzentrieren muss, hilft ihm. Es fiel ihm leichter, sich hinter seinem Computer zu verstecken, um sie in Paris per SMS herumzuschicken. Von jetzt an kann alles passieren.

Jedes Mal, wenn ihr Helm beim Bremsen oder bei einem Schlagloch gegen seinen Helm schlägt, ringt sich Clara in ihrer Anspannung ein »Entschuldige!« ab. Er antwortet nicht. Sie kämpft gegen die Schwerkraft, um seinen Körper keinesfalls zu berühren. Sie hat Krämpfe in den Fingern, weiß, dass sie nicht lange durchhalten wird, dass sie sich wohl oder übel an ihm festhalten muss. Auf ihn verlassen muss. Bei Tonnerre kann sie nicht mehr und schlingt ihre Arme um seine Hüfte. Becken und Kopf schiebt sie jedoch nach hinten, sodass sie notgedrungen, noch viel unbequemer als vorher, ihren Rücken durchdrücken muss. Sie beißt die Zähne zusammen. In Vienne tanken sie. Antoine verbietet ihr, den Helm abzunehmen, selbst als sie auf die Toilette geht. Es wird der einzige Satz sein, den sie den ganzen Weg über wechseln. Beim Anblick der ersten Pinien in Valence gibt sie vollkommen erschöpft auf und lehnt ihren Kopf an seinen Rücken.

Leise, geschützt hinter dem Visier ihres Helms, eingelullt durch die Vibration des Motors, weint Clara. Trotz der Geschwindigkeit spürt Antoine deutlich, dass ihr Atem unregelmäßig geht. Er zieht sich in seine Rolle als Fahrer zurück, der sich auf Hindernisse konzentriert, einen Zeitplan einzuhalten hat, den nächsten Schritt vorbereitet. Fünfzehn Jahre sind wie im Fluge vergangen.

Am Morgen des »Unfalls« hat Clara den Campus verlassen und sich in ihrem Kinderzimmer im XV. Arrondissement wiedergefunden. Dort hatte sie alles erlebt, das Anziehen ihrer Puppen, ihre ersten Flirts, jeden Mittwoch das Training auf den Zehenspitzen, als sie davon träumte, Primaballerina zu werden. Auf einem Seil oder weit weg zu sein. Sie hat den weißen Schreibtisch betrachtet, an dem sie philosophische Lehrsätze und Begriffe verschlungen hatte. Wie eine Stopfgans vor Weihnachten. Hatte sie auch nur eine Zeile, eine Idee behalten?

Zwölf Tage später betrat Clara eine Apotheke in der Rue du Commerce. Unter einem großen Schal versteckt fragte sie nach einem Schwangerschaftstest. Die Apothekerin hielt ihr eine Schachtel hin, als handelte es sich um Aspirin. Die Packung brannte ihr förmlich unter den Nägeln. Im erstbesten Café bestellte sie ein Glas Orangina und stürzte auf die Toilette. Der Chlorreiniger verschleierte nur unzureichend den Geruch eingetrockneten Urins. Sie holte den kleinen rosa-weißen Stab heraus. Seit dem Unfall aß sie nichts mehr. Außer Zitrusfrüchten war ihr alles zuwider. Über der Kloschüssel hängend beobachtete sie, wie der Streifen mit dem Urin reagierte. Antoine im Krankenhaus war schon eine Katastrophe. Zwei Linien auf dem Indikatorpapier des Tests jedoch das Ende der Welt. Der erste Strich, das Zeichen, dass der Test funktionierte, erschien sofort. Clara richtete ihre Augen an die Decke, warf den Kopf zurück und betete. Urteil in sechzig Sekunden. Die Glühbirne baumelte trostlos unter einem kaputten Lampenschirm. Der zweite Strich trat langsam, aber sicher und gegen all ihr Flehen hervor. Bis zum Tresen schlug sie immer wieder gegen die Wand. Mit geweiteten Pupillen bezahlte sie taumelnd ihr Getränk, ohne es anzurühren. Der Besitzer wetterte gegen diese gut situierten Drogensüchtigen, die immerzu seine Toiletten in Beschlag nehmen würden. Sie schleppte sich verängstigt durch Paris, gleichgültig gegenüber Zeit, Passanten, Autos. Sie setzte sich in einen Park. Kinder erfreuten sich an der kleinsten Schlitterbahn. Als Kind war sie die Königin des Drehkarussells gewesen. Mit überkreuzten Füßen konnte sie sich halten, ohne Hände und ohne sich zu übergeben. Das war gestern. Innerhalb von zwei Wochen hat sie der Strudel des Lebens aus der Manege geworfen, in der sie gut festgeschirrt zu sein glaubte.

Am Tag darauf ging sie in das Zentrum für Schwangerschaftsabbrüche des Montsouris-Krankenhauses. Am Empfang gab sie ihren Schwangerschaftstest ab, wartete anschließend auf einer hellbraunen Polsterbank. Andere Mädchen, verlegen und schwermütig, meist in Begleitung ihrer Mutter oder ihres Freundes, saßen unter Plakaten, auf denen die Verdienste der Verhütung oder des Stillens gepriesen wurden. Clara glaubte einfach nicht daran. Die Tests waren nie zu hundert Prozent sicher. Die Werte der Blutuntersuchung würden keinen Zweifel mehr zulassen. Die Krankenschwester führte sie zur diensthabenden Psychologin, einer Frau mit weißem Haar und mütterlichem Blick. Zitternd vor Kälte erzählte Clara: Der Vater sei tot, es sei ein Unfall gewesen, alles war ein Unfall. Die Psychologin nahm ihre Hände.

»Was auch immer Ihre Geschichte ist, nur Sie allein dürfen über ihren Körper verfügen. Das ist Ihr grundlegendes Recht. Wie auch immer Sie sich entscheiden, Sie müssen dafür die Verantwortung übernehmen.«

Sie öffnete die Tür und gab ihr eine Woche Bedenkzeit. In ihrem Bauch war das Leben also ein Ei, das Herz schlug bereits. Die Schule rief an: Man hatte für sie im Rahmen eines Universitätsaustauschs einen Platz an der Columbia in New York ergattert. Abfahrt am 4. Januar, gleich nach den Feiertagen. Mitten in der Katastrophe klammerte sie sich an das, was sie kannte: Effizienz. Ziel/Mittel, Problem/Lösung, Handeln. Fest entschlossen kam Clara eine Woche später zur Familienplanungsstelle zurück. Die Krankenschwester hielt ihr zwei Pillen und einen Becher Wasser hin. Mit zugeschnürter Kehle schluckte sie die erste Tablette herunter. Bei der zweiten weinte sie wie ein Schlosshund. Eine Krankenschwester stützte sie an der Schulter und brachte sie schließlich zu einem Bett in einem riesigen Beobachtungssaal. Zum ersten Mal dachte sie an Antoine in seinem Krankenhausbett. Um sie herum krümmten sich die Mädchen vor Schmerzen, wechselten sich auf der Toilette ab, kamen völlig verstört zurück. Die Kontraktionen stürmten aus heiterem Himmel auf sie ein. Clara brach sich einen Backenzahn heraus. Später lernte sie: Ein Kind mehr, ein Zahn weniger. In der U-Bahn, auf dem Rückweg, lief ihr Blut in eine Damenbinde, die so dick war wie ein Windelhöschen. Sie hatte ihr Innerstes herumgedreht, war für immer gezeichnet. Clara wollte ein gutes Mädchen sein. Innerhalb von fünfzehn Tagen hatte sie zweifachen Mord begangen. Niemand würde jemals etwas erfahren, beruhigte sie sich. Von da an ging sie ihrem Leben nach, aber der Tod war ihr steter Begleiter.

Clara, die in Halle C auf einer Bank saß und auf das Schild *Ausgang* starrte, wartete auf das Ende des Boardings, betete, dass irgendetwas passieren, dass irgendjemand sie zurückhalten würde. Wie bei einer ungewollten Heirat. Hier sollte sie langmüssen? Hätte es denn nicht einfach sein können? Sie hatte noch nie eine richtige Reise gemacht, hatte eigentlich die Welt mit Antoine erkunden wollen. Nichts hatte vorher bei ihr darauf hingedeutet, dass sie auswandern würde, schon gar nicht fliehen. Krisen sind dazu da, durchlebt zu werden, hatte ihr Vater vor ihrer Abreise gesagt. Sie fing mit einem Ozean an. Das Leben bootete sie aus. Sie schiffte sich ein. Sie verbrachte den Flug auf ihrem Sitz in der Economy-Class, niedergeschlagen und die Augen auf die Rücklehne des Vordersitzes gerichtet. Die übrigen Passagiere befanden sich inmitten einer schweren Existenzkrise: Wie nur sollte man das gesamte Videoprogramm in den acht Stunden Flug schaffen?

In New York glaubte sie recht schnell, alles hinter sich gelassen zu haben. Das Studium an der Columbia war in intellektueller Hinsicht das anregendste Jahr in ihrem Leben. Ein von Rockefeller gestifteter Campus, von mit Vitamin C angereichertem Orangensaft gepäppelte Studenten, Vorstellungen von Amerika auf neoliberalem Triumphzug. Sie verbrachte Stunden mit Werken der Gender Studies, stopfte ihren Stundenplan mit zusätzlichen Kursen voll, bis zur geistigen Erschöpfung. Ihre Gefühle zertrat sie mit Begriffen. Am Wochenende durchstreifte sie die Stadt, die Nase gerümpft und glücklich darüber, sich zu verlieren. Samstagabends ging sie auf Konzerte in den Bars im East Village. Zwischen zwei eher mittelmäßigen Bands haute es sie dann glatt um. Mit der Gitarre des Besitzers bestieg Jeff Buckley das kleine Podest vom Sin-e, einem Café in der Nähe vom Saint Mark's Place. Umwerfend schön und zerbrechlich sang er mit seiner lieblichen Stimme *Hallelujah* von Leonard Cohen. Manhattan verstummte, um Platz fürs Erhabene zu machen. Jeff Buckleys Atem umfing die vierzig Privilegierten im Sin-e Café, dieser Atem, der ihm zwei Jahre später fehlte, um einer unheilvollen Welle im Mississippi zu entgehen. Bevor er starb, knackte Jeff Buckley Claras Panzer. Wie eine Chimäre hatte Antoine ihre Psyche in Beschlag genommen. Im Anschluss an das Konzert löschte sie alle Musik, bis auf unverfänglichen Rap. Ihr Leid begrub sie unter fetten Beats aus New York.

Die Absolventen ihres Jahrgangs an der Columbia, Infanteristen des *American way of life*, verstärkten die Bataillone von Citigroup, Revlon oder Unilever. Für Clara war die Stadt viel zu schön, um sich in ein eiskaltes Büro ohne Fenster einzuschließen und den ganzen Tag lang die Farbgebung von Trockenfutter für Hunde auf einem Werbeplakat zu überprüfen. Völlig abgebrannt und mit einem Diplom in der Tasche fand sie in der Lower East Side ein Zimmer in der Orchard Street. Zu Beginn schrieb sie ein paar Beiträge für französische Wirtschaftsmagazine, ernannte sich selbst zur Freelance-Korrespondentin. Davon konnte sie ihre Miete zahlen. Ihr Zimmer war selbst für New Yorker Verhältnisse ein Loch. Von einem Futon mit zweifelhaften Flecken aus konnte sie vollkommen gebannt Stunden mit NY1, dem lokalen Fernsehsender, zubringen. Ein Stau auf der Madison Avenue, ein Raubüberfall in Harlem, das Wetter in der Bronx, sie geriet förmlich in Trance. Sie lebte im Zentrum der Welt. Weder Familie noch Freund noch Arbeit, mit einer düsteren Anschrift in einem Unterschlupf für Drogensüchtige – noch nie hatte sie sich dermaßen gut versteckt gefühlt. Sie hätte dort sterben können. In aller Seelenruhe.

Die Universitätsverwaltung schickte ihre Post nach. Jeden Donnerstag erreichten sie Antoines Briefe. Sie erkannte die Schrift auf dem Umschlag. Auch wenn sie etwas abgehackter war als sonst, sie hätte sie unter Tausenden wiedererkannt. Auch wenn sie die Briefe nicht öffnete, fühlte sie sich von seinen Schreiben belästigt. Da sie ebenso unfähig war, sie zu lesen, wie sich von ihnen zu befreien, stapelte Clara sie auf dem verdreckten Fernsehgerät, versteckte sie unter dem Futon, im Eisfach, fand deswegen keinen Schlaf mehr. Am Ende sammelten sie sich einfach im Briefkasten im heruntergekommenen Eingangsbereich ihres Wohnhauses.

Am 31. Dezember ging sie auf den Times Square, um die zwölf Schläge zu Mitternacht zu hören. Sie ließ sich von einer Familie aus Arkansas, die »Happy new year« schrie, in die Arme nehmen. Es fing an zu schneien. Ein Jahr hatte sie schon hinter sich, das schwerste. Mit den guten Vorsätzen für das neue Jahr dachte sie sich ein Ritual aus. Jeden ersten Samstag des Monats durchquerte sie das Sozialbauviertel vom East Broadway, das zwischen ihr und dem Fluss lag. Im East Park River, unter der Manhattan Bridge, gegenüber von den Tennisplätzen, holte sie die Briefe des Monats aus einem dunklen Plastikbeutel heraus. Aufgestützt auf das Geländer zerriss sie sie mitsamt dem Umschlag. Die Schnipsel warf sie weg und beobachtete, wie einer nach dem anderen je nach Wind und Strömung verschwand. Sie hatte Antoine nicht festgehalten. Also würde sie es mit seinen Briefen auch nicht tun. Als es das Wasser des East River berührte, weichte das cremefarbene Vergé-Papier trostlos auf. Die schwarze Tinte verschwamm, die Wörter wandelten sich zu Tränen. Sich bei ihm zu melden hätte bedeutet anzuerkennen, dass der Augenblick existiert hatte, dass sie an diesem schrecklichen Abend auf dem Balkon gewesen war. Nun war Antoine überall, in dem unheilschwangeren, nahezu verstrahlten Wasser des East River, unter einer lärmigen Brücke, hinter einem abgelebten Park und vor dem verwahrlosten Brooklyn. Sie dachte, sie würde ihre Erinnerungen so loswerden, wie man es mit der Asche einer geliebten Person macht. Das war ihre Katharsis, ihre Art, einen untoten Toten zu ehren.

Frisch diplomiert bestritt Bertrand sein freiwilliges praktisches Jahr im Konsulat in New York. Sein Terminplan war überschaubar, die Organisation von Reisen anspruchslos, die Vorbereitung von Reden erforderte keinen besonderen Einsatz. Der Konsul, im besten Sinne mit dem Protokoll vertraut, bediente den Nimbus Frankreichs: seine Weine, die Provence, Sophie Marceau. Er war ein Lebemann, großzügig, jovial und durchaus glücklich über seinen Coup. Er ließ Bertrand zunehmend gewähren. Etwa wenn Bertrand am Wochenende eigene Partys in den Privatgemächern des Konsuls feierte, während dieser in den Hamptons auf einem Boot herumschipperte, was ihn an seinen Vater in Saint-Gilles-Croix-de-Vie erinnerte.

Bertrand avancierte zum Liebling der Gemeinde der Auslandsfranzosen. Vernissagen, Cocktail-Empfänge, Premieren, Absacker in der quer durch die Weinkeller der Republik ausgestatteten Küche des Konsulats, er bestritt ganz allein eine Agentur für Eventmanagement. Er hatte etwas von Montand, zur Zeit von Marilyn, schneidig und komisch. Clara kam niemals, hielt großen Abstand zu diesem Kreis von *Frenchies*, die vom mondänen Gehabe wie berauscht waren. Sie strampelte sich in ihrer Wohnung in der Orchard Street ab, verfasste für *L'Expansion* pausenlos Reportagen über diese »im Ausland erfolgreichen Franzosen«. Bertrand rief sie an, bot ihr an, sie mit französischen Redaktionen in Verbindung zu bringen. Für *France-Amérique*, das Wurstblatt der Ausgewanderten, ergatterte er eine regelmäßige Kolumne für sie. Sie lehnte ab. Abgesehen von Alison versetzte sie alles, was sie an die Jahre auf dem Campus erinnerte, in Angst und Schrecken. Dem Untersuchungsbeamten hatte Bertrand vom Spießrutenlauf seiner gedemütigten Freundin über den Campus erzählt. Es war das Letzte, was er von ihr gesehen hatte. Tief im Innern fragte er sich, was wohl passiert wäre, wenn er an diesem Abend im November 95, anstatt Antoine die Leviten zu lesen, versucht hätte, sie aufzuhalten. Sie aufzufangen.

Schließlich wartete er auf sie in der Orchard Street, vor ihrer eigenen Haustür. Kinder spielten mit Springseilen auf der Straße, sprangen um total zugedröhnte Typen auf dem Asphalt herum, der mit dreckigem Papier, das aus einer abgewrackten Mülltonne herauswirbelte, übersät war. In seinem Dress eines Diplomatenlehrlings – Bundfaltenhose aus Leinen, blassrosa Hemd von Ralph Lauren, Slipper – war sich Bertrand selbst fast unheimlich. Er versteckte sich an einer Kreuzung, hinter einem Schild, das Hotdogs von Subway für fünfundsiebzig Cent anpries. Clara kam in Secondhandklamotten, ungeschminkt, ja fast schon verschlampt aus ihrem Eingang geschwebt. Ihre Haarpracht jedoch, die sich ihrem Phantasma vom Verschwinden partout nicht fügen wollte, zahlte es ihr heim, frohlockte förmlich. Um Ruhe zu haben, versteckte sie ihre Haare unter einem Piratentuch. Mit einem Turban auf dem Kopf, bleichem Gesicht und eingefallenen Zügen glich sie einer Kranken im Endstadium oder einem Junkie auf der Suche nach einem Schuss. Hochgeschlossene schwarze Turnschuhe rieben an ihren Schienbeinen. Die Raumfahrerschuhe beschwerten sie, sodass der Wind sie nicht davontragen konnte.

Clara blieb auf der Vortreppe ihres Hauses stehen, um mit einem Mädchen zu reden, das eine Steppdecke trug und einen gewölbten Bauch hatte. Kindermütter bevölkerten das Viertel. Sie strich ihr mit beklemmender Zärtlichkeit über den Kopf. Wie konnte sich ein strahlendes Mädchen innerhalb von sechs Monaten in einen Zombie verwandelt haben? Seit wann sprach sie spanisch? Aß sie wenigstens genug? Um Antoine zu vergessen, hatte sie eine Atombombe gezündet: eingeäscherte Vergangenheit, verwüstete Gegenwart, ungewisse Zukunft. Blieb nur noch die Frage, ob sie nicht, völlig vereinsamt in ihrer Bruchbude in der Lower East Side, den Löffel abgeben würde.

Ohne sie anzusprechen, flüchtete Bertrand in die U-Bahn, überwältigt von ihrer Einsamkeit. Ihrer Kraft. Clara machte keinen Hehl aus ihrem Katzenjammer. In der U-Bahn, Linie 4/6, betrachtete er seine Weston-Schuhe, er kam sich lächerlich vor mit seinen dummen Partys, seiner *guest list* aus Schnapsdrosseln. Seinem unechten Leben.

Im Konsulat wurde er zum Verantwortlichen für die Akkreditierungen der Journalisten für das Weiße Haus befördert. Er brachte es zustande, eine für Clara zu reservieren. Ihr war es immerhin gelungen, den Aufnahmetest einer Eliteschule zu bestehen. Der Kampfgeist würde ihr schon nicht abhandengekommen sein. So war sie gezwungen, aus ihrem Versteck zu kommen. Es bedurfte nur eines besonderen Köders, einer Angel aus massivem Gold. Ihre Karriere als Journalistin würde an diesem Sesam-öffne-dich, dem Zugang zu Washington, hängen. Mit geheimen Informationen über die Ankunft von Ministern oder über Pressekonferenzen des Bürgermeisters versilberte er ihre Rendezvous, nahm sie für sich ein, *business only*, versteht sich. Auf dem Flohmarkt kaufte sie sich ein Jackett und stieg ins Spiel ein. Ihre Artikel erschienen in *Libération*, *La Croix*, sogar in *Le Monde*. Bei geringem Kostenaufwand steigerte sich ihr Wert zunehmend. Wegen Einsparungsmaßnahmen begannen die Redaktionen, ihre fest angestellten Korrespondenten zurück nach Hause zu holen. Ein absoluter Glücksfall für Clara, die pro Beitrag bezahlt wurde. Wie berauscht fiel sie nach wenigen Monaten um: Das Gewinnersyndrom hatte sie voll erwischt. Mit dem Kopf voller Projekte senkte sie die Schutzschilde.

Le Figaro veröffentlichte auf der Titelseite ihren Bericht über die Lewinsky-Affäre. Bertrand lud sie zur Feier des Tages ins Konsulat in der Fifth Avenue ein. Es war eine regelrechte Falle. Er führte sie in das verlassene, von Kerzen erleuchtete Stadthaus. Clara, die sich in dem Augenblick wie eine Prinzessin am Ballabend vorkam, stützte sich auf ihn, um die Stufen der riesigen Treppe aus weißem Marmor hinaufzusteigen. Lachend öffnete er die Türen zum Balkon, der auf den Central Park hinausging. Dieser elegante Schachzug eines perfekt vorbereiteten *french lover* war durch ein gutes Dutzend Eroberungen bereits getestet und für tauglich befunden worden. Der Tisch war gedeckt. Für die Masche hatte der Konsul sein bestes Geschirr zur Verfügung gestellt, das dem Besuch des Präsidenten der Republik vorbehalten war. Der heiße Wind einer Hochsommernacht blies die Kerzenleuchter aus. Sie speisten in dem Licht, das die Gebäude der Skyline warfen. Ein Gewitter zog auf, der Wind schüttelte die Äste der Kastanien. Auf der Fifth Avenue beschleunigten die Schaulustigen ihren Schritt. Jeden Moment würde es einen alles reinigenden, befreienden Wolkenbruch geben. Clara hatte keine Lust mehr, zu widerstehen. Ihr Blick richtete sich schließlich auf Bertrand, wich nicht mehr aus. Über den Tisch hinweg spürte er ihren feuchten, ruckartigen Atem. Als der Blitz den Himmel aufriss, liebten sie sich auf dem Boden aus schwarzen und weißen Fliesen. Bei ihrem überhasteten Gefummel auf kaltem Steinzeug glichen sie zwei hemmungslosen Teenagern. Bertrand würde sich davon nicht mehr erholen.

Er gab seine Rolle als Verbindungsmann der Auslandsfranzosen auf, um sich ausschließlich um Clara zu kümmern. Gemeinsam entdeckten sie die Off-Off-Broadway-Szene in den schäbigen Theatern vom East Village, lasen Chomsky, plünderten den Strand-Bookstore, das Antiquariat am Union Square. Nachts spielten sie Verstecken im Labyrinth der Flure des Konsulats und gingen dann zum Schlafen in Claras verdrecktes Zimmer in der Orchard Street. Bertrand schenkte ihr eng anliegende Oberteile von Banana Republic, er sah, wie sie sich veränderte, wieder zunahm, zu neuem Leben erwachte. Eines Tages, sie hatten sich soeben geliebt, fragte er sie:

»Warum bist du eigentlich niemals auf den Campus zurückgekehrt?«

Sie richtete sich auf, ihre Augen pechschwarz. Zwischen dem verknäulten Bettzeug und mit zerwühlten Haaren glich sie einem verängstigten Tier. Mit Grabesstimme rang sie ihm ein Versprechen ab.

»Sprich nie wieder davon.«

Ein Jahr später warf sich der Konsul seinen Trikoloreschal um und besiegelte ihre Vereinigung im Heiratssaal, dort, wo sie sich zum ersten Mal geliebt hatten. Alison und Jérémie, denen sie kurz vorher noch Bescheid gegeben hatten, waren aus Hongkong gekommen. Alison, deren Augen im Moment des Ringtauschs von Tränen verschleiert waren, glänzte in der Rolle der Trauzeugin. Der Konsul empfing die Eltern in seinen Privatgemächern. Vergoldungen und Champagner ließen diese Heirat, die wie aus dem Nichts gekommen war, vergessen.

Clara und Bertrand verfrachteten ihre paar Freunde in einen Bus und schließlich auf eine Fähre nach Fire Island, einem ein Kilometer breiten und fünfzig Kilometer langen Sandstreifen gegenüber von Long Island. Ein mit dem Boot erreichbares irdisches Paradies in einer Stunde Entfernung von Manhattan. Sie tauschte ihr Hochzeitskleid gegen Jeansshorts, behielt jedoch ihren Schleier auf. Am Strand tanzten sie, tranken, lachten ausgelassen, wie in einem Werbespot von Abercrombie & Fitch. Für die Nacht stellten sie um ein Feuer herum Zelte auf den Sand. Eingemummelt in ihre Decken schrien sie sich mit *We are Family* von Sister Sledge die Lungen aus dem Leib.

Im Morgengrauen lief Clara allein den Strand entlang. Der Blick verlor sich irgendwo am Horizont im Dämmerlicht, sie lächelte bei dem Gedanken an die französische Küste auf der anderen Seite des Atlantiks. Plötzlich kamen ihr Zweifel. War sie tatsächlich so dumm gewesen, aus purem Stolz, gar aus Rache zu heiraten? Sie erinnerte sich an einen Abend, eine Party auf dem Campus, als Bertrand und Antoine, die beide total besoffen waren, sich ausgiebig küssten, nachdem sie sich Loyalität bis in den Tod geschworen hatten. *We are family*? Einige Meter vom Ufer entfernt flog ein Pelikan vorbei. Urplötzlich tauchte er ab, kam wieder herauf mit einem Fisch im Schnabel, der, sich windend, sich zu befreien suchte. Während er mit seiner Beute in die aufgehende Sonne flog, entleerte der Pelikan vor Freude seinen Darm. Clara warf ihren Schleier so weit wie möglich in die Wellen. So, wie sie es mit ihren Zweifeln auch tun würde.

41

Auf dem Küstenboulevard Kennedy in Marseille hält das Motorrad schließlich an. Noch nie hat jemand so wenig Zeit für die Strecke gebraucht. Für Clara eine Ewigkeit.

»Meine Kinder?«, stammelt sie leichenblass mit Blick auf das Mittelmeer, mit weichen Knien, Ohren voller Hummeln und ganz benommen vom Asphalt.

Er nimmt seinen Helm ab. Sie mustert ihn. In Situationen kompletter Abhängigkeit ist sich Clara nicht sicher, ob es sich um einen Albtraum oder die Chance ihres Lebens handelt.

»Schau«, antwortet Antoine und zeigt auf den Strand weiter unten.

Saadet, Théo und Lucie spielen im Sand Fußball.

»Wo fahren wir denn hin, was werden wir machen?«, fragt sie, erleichtert beim Anblick ihrer Kinder und unsicher wegen dem, was kommt.

Antoine zeigt auf ein Kreuzfahrtschiff, das in den Hafen einläuft.

»Wir schiffen uns um zweiundzwanzig Uhr ein. Das ist vielleicht keine Weltreise. Aber immerhin …«

»Und die Schule?«, stottert Clara.

»Willst du echt, dass deine Kinder jemand werden, der sich um die Facebookseite einer Joghurtmarke kümmert?«

Es ist das erste Mal seit langer Zeit, dass sie lächelt.

»Magst du immer noch die Schokokekse mit Aprikose?«

Sie dreht sich weg.

»Ich weiß, dass alles den Bach runtergeht«, gesteht Antoine. »Und ich versuche einfach, damit klarzukommen.«

»Damit … klarzukommen«, wiederholt Clara wie für sich selbst.

Wenigstens lügt er nicht, sagt sie sich. Ein Mann um die fünfzig, sein Bauch schwappt über eine alte Jeans, lehnt gegen einen Renault 5. Auf der Motorhaube hat er einen Vogelkäfig abgestellt. Der Kanarienvogel flattert herum, grüßt die untergehende Sonne.

»So, geht's los, oder was?« Er wendet sich ihnen zu.

Verblüfft wirft Clara ein Auge auf das Auto. Hinten auf der Ablage erkennt sie eine von Lucies Puppen.

Saadet, die Kinder, Clara, Antoine und der Mann mit dem Kanarienvogel setzen sich in ein kleines Café im Nordviertel. Antoine geht allein an die Theke und bestellt Pommes und Würste bei einer Frau, die noch nie so viele Kunden gehabt hat.

»Und was trinken Ihre Kinder?«

»Das sind nicht …«, beginnt Antoine. »Ähm, ich weiß nicht, zwei Fanta bitte. Und ganz viel Ketchup.« Lucie hatte ihn darum gebeten.

Er schaut nervös auf die Uhr. Über ihren Köpfen, gegenüber dem kleinen Speiseraum, gehen gerade auf dem Fernseher des Cafés die Nachrichten von France 3 zu Ende.

»Wäre es vielleicht möglich, auf TF1 umzuschalten?«

Die Frau nickt mit dem Kopf. Laure Fazalle erscheint im Nachrichtenstudio. Der erste Beitrag handelt von der Reise des Präsidenten der Republik und seiner Wirtschafts- und Finanzministerin nach Südafrika. Milliardenschwere Verträge werden mit viel Händeschütteln und Lächeln in die Kamera angekündigt: Kampfhubschrauber, Kernreaktoren für erdbebengefährdete Gebiete, Kampfflugzeuge vom Typ Rafale, TGVs, Bonbons aus den Vogesen. Ankündigung heißt nicht Vertragsunterzeichnung. Für ein paar Tage hilft das dem Kurs an der Börse. Präsident, Minister und Vorstandsvorsitzende des CAC, die extra dafür gekommen sind, schauen in die Kameras.

»Guck mal«, ruft Théo. »Da ist Papa!«

Die Ministerin steht im Rampenlicht. Bertrand verschmilzt mit dem Dekor aus grauen Männern, die sie begleiten, ihr als Handlanger dienen. Clara seufzt. Wenn er über die Jahre all seine Träume, seine Wünsche nicht verdrängt hätte, wenn er ein »normales« Wesen mit einem Körper und nicht nur mit einem Gehirn geblieben wäre, hätte Bertrand sich wahnsinnig in sie verliebt. Und ihre Beziehung hätte einen »normalen« Verlauf genommen.

Laure Fazalle leitet gerade zu ihrem zweiten Beitrag über, als plötzlich das Logo des Kollektivs Anonymous sie vom Bildschirm verdrängt. Ein befremdlicher Vorspann startet zu Angst einflößender Musik. Dann verkündet ein stämmiger Mann mit einer Maske in der Art einer Nachrichtenmoderation:

»Heute Morgen hat eine Journalistin im öffentlichen Rundfunk versucht, Ihnen eine entscheidende Nachricht über geheime Absprachen zwischen Kräften aus der Politik und dem Finanzwesen zu übermitteln. Genauer gesagt hat diese Frau versucht, eine Staatslüge, einen Pakt auf höchster Ebene unserer demokratischen Instanzen hinsichtlich der Einführung des Euro aufzudecken. Den ganzen Tag über sind ihre Worte diskreditiert oder einfach nur gelöscht worden. Hier sind die Beweise für das, was sie vorgebracht hat.«

Im Turm von Boulogne-Billancourt, Sitz von TF1, herrscht Panik. Den Hackern war es bis zu diesem Zeitpunkt nur gelungen, Internetseiten von Zeitungen zu übernehmen. Die tagesaktuellen Seiten erlitten regelmäßig Angriffe: Leitartikel wurden durch falsche ersetzt, Artikel von Journalisten verdreht, gefakte Interviews auf der Startseite platziert. Im Allgemeinen ließen es die Redaktionen geschehen. Die meisten Leser bemerkten es sowieso nicht. Niemandem war es bisher gelungen, eine Livesendung im Fernsehen zu hacken. Auf technischer Ebene war es eine herausragende Leistung. Auf politischer ein Donnerschlag.

Auf dem Schirm verbindet eine tadellose Grafik alle wesentlichen Elemente: Nennung der Maastricht-Kriterien; aufeinanderfolgende Beitrittswellen; Kopie der Verträge über Devisenswap-Geschäfte, die zwischen den Staaten und Banken achtzehn Monate vor dem schicksalhaften Datum geschlossen wurden; Auswirkungen davor/danach auf die öffentliche Hand und besonders auf die Finanzlage, da die Schulden zunächst wie von Zauberhand verschwinden, achtzehn Monate später jedoch explodieren; Zahlen der betroffenen Banken in den Jahren nach der Unterzeichnung der Verträge und Beitritte; Listen mit Personen, die im Verdacht stehen, den Schwindel aufzudecken, und aus den Medien zu verbannen sind. Die Präsentation schließt mit dem Auszug aus einem Memo von Folman Pachs, einem Geständnis:

»Der Devisenswap war eines der zahlreichen Verfahren, die viele der europäischen Regierungen angewandt haben, um die Kriterien des Vertrags zu erfüllen.«

Die Montage ist Profiarbeit. Den Text hat Antoine geschrieben. Er hat nur ein paar Stunden dafür gebraucht. Die Macht des Netzes … Die Stimme spricht weiter:

»Wir glauben, dass der wahre Grund, warum Folman Pachs 2008 nicht fallen gelassen wurde und auch niemals fallen gelassen wird, warum Folman Pachs jeden Tag ein bisschen mehr Einfluss auf unsere Demokratien bekommt, weder darin zu suchen ist, dass viele ehemalige Mitarbeiter dieses Finanzdienstleisters in der amerikanischen Führung vertreten sind. Noch darin, dass die Firma ›zu groß ist, um unterzugehen‹.«

Auf dem Bildschirm wird eine Karte mit politischen Führungskräften weltweit angezeigt, die die ungeheuerliche Infiltration der Instanzen europäischer und internationaler Politik durch Mitarbeiter von Folman Pachs aufdeckt.

»Ihr Untergang wird den Betrug offenbaren, der seit Jahren verübt wird, und er wird die gesamte politische Klasse Europas diskreditieren. Mitbürgerinnen und Mitbürger, informieren Sie sich. Die meisten Dokumente sind öffentlich zugänglich. Sie werden von einer politischen Klasse regiert, die von der Geschichte, die sie sich in die Tasche gelogen hat, überholt wurde und die sich nun in Lügen verstrickt hat. Sie allein bezahlen die Zeche. Und jetzt kann Ihre allabendliche Dosis Knechtung weitergehen. Wir sind Anonymous, wir sind viele, wir vergeben nicht. Es ist sinnlos, uns zu bekämpfen. Wir sind nichts weiter als eine Idee.«

Laure Fazalle, der die Haare zu Berge stehen und die wütend an ihrem Ohrknopf fuchtelt, erscheint wieder auf dem Bildschirm. Clara schaut Antoine zum ersten Mal fest in die Augen und realisiert: Er hat sie also nicht fallen lassen. Er hat gewartet, bis sie springt, und sie dann aufgefangen.

Am anderen Ende der Welt verlangsamt Bertrand seinen Schritt inmitten des Gefolges, das die Ministerin für ein Bad in der Menge in einer Straße von Johannesburg begleitet. Die Männer vom Sicherheitsdienst sind äußerst angespannt. Sie beobachten allein die Ministerin, außer Polach, der dem Tross in dreißig Meter Entfernung folgt. Mit leichter zeitlicher Versetzung schaut er sich auf seinem Handy an, wie die Nachrichten von TF1 gehackt worden sind, und braucht ein paar Sekunden, um zu verstehen, dass er Paris abschreiben kann.

Antoine hat Clara von seinem Computer aus unauffindbar und unangreifbar für die DCRI gemacht. Er hat sie aus den Überwachungskanälen verschwinden lassen, ihr beigebracht, ihre Dokumente zu verschlüsseln, ihren Computer zu säubern. Und er hat die Aufmerksamkeit des Inlandsgeheimdienstes sowie Polachs und Folman Pachs' auf Bertrand gelenkt. Zum jetzigen Zeitpunkt haben die Schergen von Bercy den Schwindel sicherlich kapiert. Seit dem Tod Sébastiens ist Antoine mit der Mailbox von Bertrand verbunden. Sich in die Computer politischer Berater einzuschleichen gilt als Initiationsritus bei den Hackern. Ein gefakter Link auf Facebook oder LinkedIn reicht aus, um an IP-Adresse sowie Passwörter zu gelangen und eine *back door*, eine versteckte Tür, zur Kontrolle des Geräts zu installieren. Antoine hat unter Bertrands Namen falsche E-Mails geschrieben, die in zunehmend alarmierendem Ton an Michael Perblood versendet wurden. Im Zuge des Mordes an seinem Freund begann er zu zweifeln, drohte damit, alles aufzudecken, er konnte das alles nicht mehr weiter decken. Es war ein plumpes Täuschungsmanöver. Es hat wunderbar funktioniert. Zumal Bertrand in Johannesburg erwartet wurde, was ihn zugleich von Clara entfernte. Morgen würde Antoine selbst die Nachricht über die gehackten Server des Ministeriums durchsickern lassen und zeitgleich die gesamte Akte Brandenburg auf AnonLeaks posten.

Polach gehörte ehemals zum MI5, den Meistern der Infiltrierung, der Einschüchterung, aber totalen Nieten, was Technik angeht. Was jetzt folgt, kann er sich leicht ausmalen: Michael Perblood, sein Kunde, wird erklären müssen, welche Rolle er im sogenannten »European Gate« spielt. Er war es, der mit seinen dicken Ringerhänden bei Folman Pachs die Abteilung »Derivate«, die die Staaten geradezu verhext hat, aufgebaut und den Mechanismus im großen Pott der Euroeinführung geschaffen hat. Mitten im Zentrum von Johannesburg rudert Polach zurück, macht schließlich kehrt: Er ist in Afrika, muss nur wieder ins Business Geiselbefreiung oder Personenschutz einsteigen, was im Gegensatz zum Kraken weit weniger gefährlich ist.

Gut dreißig Meter vor ihm bleibt Bertrand einfach stehen. Der Tross vor ihm entfernt sich, vergisst ihn bereits. Er hat alles verloren. Die Polizei wird ihn am Flugzeug erwarten, um Clara zu finden, wenn das nicht schon geschehen ist. Sie werden ihn gegen sie aufstacheln. Théo wird ihn fragen, wie er nur dermaßen betrügen konnte. Die Pariser Intelligenzija wird sich darüber hermachen. Unter dem Einfluss Vanessas wird eine große Tageszeitung titeln: »Der Mann im Herzen der Macht, der alles wusste und alles versteckte«. Er wird aus dem inneren Kreis ausgeschlossen oder muss in die Klapse.

Bertrand kapituliert, er wird die Reihen verlassen. Am Ende einer heruntergekommenen und schlecht beleuchteten Straße nimmt er eine dicke Frau wahr, die ihn anlächelt. Niemals wird er je den Ansprüchen genügen. Es ist stärker als er. Nach Selbstaufgabe, Kompromittierung und Lüge bleibt einzig die Flucht. Der Rückzug.

42

Für Vanessa war es ein Kinderspiel, das Feuer, das Clara und Antoine mit dem Euro gelegt hatten, zu löschen. In diesen für die Europäische Union wirren Zeiten wäre es ein Leichtes gewesen, zu kontern, indem einfach anders über Europa berichtet, indem auf seine Annehmlichkeiten, seine Justiz, die Menschenrechte, die höhere Bildung hingewiesen würde. Vanessa musste sich jedoch nicht die Mühe machen. Ihre Krisenstrategie nutzte die um sich greifende Verdrossenheit der Bevölkerung, was europäische Fragen angeht. Vanessa kannte die öffentliche Meinung besser als sonst jemand. All die Jahre hatte sie sie organisiert. Bei diesem Schwindel setzte sie auf die Verstrickung der führenden Politiker mit den Medien, auf ihre Lähmung. Niemand war interessiert daran, dass diese Nachricht die Runde machte. Damit die Meldung überhaupt eine Chance gehabt hätte, hätten Journalisten die Dokumente, die in der Firma publik geworden waren, übersetzen müssen. Hätten den langen – englischen – Artikel von *Zero Hedge* analysieren müssen, ebenjenen, der den allerersten Vorgang dieser Art in Italien aufgedeckt hatte. Hätten dann die Schlussfolgerungen der Studie des Wirtschaftswissenschaftlers **Gustavo Piga, *Derivatives and Public Debt Management***, veröffentlicht 2001 und finanziert vom CFR, einem gleichwohl sehr pro-europäisch eingestellten Thinktank, auseinandernehmen und prüfen müssen. Zu komplex, nicht hip genug, das Thema gab einfach nichts für den Boulevard her. Die Journalisten schlossen die Augen und passten. Abgesehen vom Tag ihres Comingouts wurde Clara nicht bestraft. Sie wurde beurlaubt. Vanessa selbst redete dem Chefredakteur von *Bizness Day* und der Intendantin gut zu. Man sollte bloß keine Wellen schlagen, sie auf keinen Fall ausbooten. Das hätte bedeutet anzuerkennen, dass es ein Problem gibt. Als TF1 gehackt wurde, zuckte die Bestie kurz zusammen. Sicher, der kleine Clip von Anonymous war ein schöner Erfolg im Netz. Aber im Hinblick auf die öffentliche Meinung war es ein Mikrobeben, weit weniger getwittert als »Allô, t'as pas de shampoing« von Nabila. Vanessa selbst war auf den Spruch aufmerksam geworden und hatte ein paar weltoffene Feuilletonisten angerufen, um das Gegenfeuer zu eröffnen, sobald die Aufregung über außereheliche Beziehungen von Ministern abgeebbt war. Eine Woche später wurde alles wieder normal und falsch. Die große Tat von Anonymous verwandelte sich in eine bloße Laune von Rotzbengeln, die etwas zu begabt und durchgeknallt waren, um glaubwürdig zu sein. Die Franzosen meckerten auch weiterhin vor ihren Fernsehern, und die Presse hörte nicht auf, die Regierung runterzumachen, währenddessen sie jegliche Alternative im Keim ersticken ließ. Perblood konnte schließlich den Posten des CEO World der Firma ohne Zwischenfall übernehmen. Er hielt sein Versprechen. Vanessa übertrug er die weltweite PR-Leitung. Um die Gegenangebote für ihr Bleiben seitens des Chefs von Public zu parieren, setzte Perblood einen Vertrag über fünf Jahre auf mit einer *retainer fee* von hundertzwanzigtausend Dollar im Monat, exklusive Steuern und Spesen. Die Steueranwälte der Firma kümmerten sich persönlich um die Eintragung von Vanessas Kommunikationsagentur *corporate* in Delaware, einem Steuerparadies wenige Stunden von New York entfernt. Es tut so gut, sich begehrt und frei zu fühlen, hatte Vanessa bei der Unterzeichnung ihrer Papiere gedacht.

In ihrem nagelneuen New Yorker Loft wartet Vanessa etwas verloren auf die Möbelpacker. Sie setzt sich auf das schwimmende Parkett, in einen Lichtfleck. Das musste alles sein, damit sie sich eine »Auszeit« gönnt. *You made it*, sagt sie sich. Sie fröstelt in ihrem kraftblauen Kaschmirpullover. Die Nachmittagssonne im Oktober züngelt an den Fenstern ihres Wohnhauses, einem *cast-iron building* in der Orchard Street in der Lower East Side. Innerhalb von fünfzehn Jahren ist das Viertel gesäubert, von Ratten befreit worden. Bürgermeister Giuliani ließ die Drogensüchtigen vertreiben, Galerien und französische Restaurants eröffnen. Bloomberg, sein Nachfolger, verjagte die letzten Crackheads durch Umwandlung der heruntergekommenen Parks in Kindergärten.

Sie beugt sich zum Fenster auf der Suche nach dem Möbelwagen. Die Fußgänger stehen gedrängt auf den Gehwegen, sie sind vollkommen glücklich darüber, ihr Geld ausgeben zu dürfen. Nichts kann diese mörderische Wirtschaftsspirale aufhalten. Wenn die Menschen zu arm werden, dann schreitet das System, mithilfe der Firma, zu einer straff durchorganisierten Akkumulation, zur Übernahme der Kontrolle über die öffentlichen Finanzen und zur Explosion des privaten Versicherungssektors. Unterdessen würden in Europa die extremen Parteien mit dem Finanzwesen fusionieren. Vanessa kann es egal sein, sie wird auch weiterhin kollaborieren.

Ganz versunken in ihre Gedanken, sieht sie nicht, wie gegenüber auf dem Gehsteig ein Mann mit einem quietschrosa Rollkoffer sein Plakat aufstützt.

I am not your slave.

Mit ihrem Tablet setzt sie sich wieder in das Viereck aus Sonnenlicht. Sie surft auf ein paar Seiten mit Klatsch und Tratsch, mit Promis herum und entschließt sich dann, ihre Seite im sozialen Netzwerk *ASmallWorld* auf den neuesten

Stand zu bringen. Die Nachrichten, die sie zu ihrer neuen »Position« beglückwünschen, häufen sich in ihrem Briefkasten. Sie checkt die Liste ihrer »Freunde«.

Jérémie und Alison haben ihren Standort geändert: Cap-Ferret. Sie sind wohl in ein Haus von Jérémies Vaters gezogen, mit ihm und seiner Frau. Diese Familienzusammenführung ekelt Vanessa an. Weiterklicken.

Clara und Bertrand haben seit drei Monaten kein Lebenszeichen von sich gegeben. Zuletzt sollen sie ihre Scheidung eingereicht haben. Vanessa wählt das Kästchen »remove friends« für Jérémie, Alison und Clara, während sie sie als *loser* beschimpft. Bei Bertrand zögert sie, behält ihn letztlich als Freund. Irgendwann wird er schon wieder auftauchen. Ist er erst mal geschieden, kann man ihn sogar noch gebrauchen.

Sie verweilt etwas bei dem sehr strengen Foto von Sébastien Costal. In der Firma hat sie jetzt beinahe seinen »Posten«, allerdings sogar weltweit. Mangels einer echten Liebesgeschichte tritt sie in seine Fußstapfen. Ihr ist es in diesen letzten drei Monaten nicht gelungen, sein Profil auf *ASmallWorld* zu löschen. Wenn man stirbt, was wird dann aus dem Avatar? Verfügen die sozialen Netzwerke über einen Friedhof? Wer gibt ihnen Bescheid, fragt sie sich flüchtig, besorgt darüber, was wohl aus ihrer Wenigkeit werden würde, wenn sie einmal selbst …

Sie beugt sich über ihre Tastatur, um die Funktion »In a relationship« auszuwählen, die Anzeige, dass ihr Herz vergeben sei. Im richtigen Leben ist es ihr niemals gelungen, sich um Sébastien zu kümmern. Sie wird seinen Avatar lieben. In der Sonne funkeln die auf dem Rücken ihres Pullovers aus kleinen Swarovski-Kristallen geformten Buchstaben noch stärker:

Love.